Best Time

白马时光

叶非夜 著

你的来电

百花洲文艺出版社
BAIHUAZHOU LITERATURE AND ART PRESS

图书在版编目（CIP）数据

你的来电 / 叶非夜著．— 南昌：百花洲文艺出版社，2023.3
ISBN 978-7-5500-4818-8

Ⅰ．①你… Ⅱ．①叶… Ⅲ．①长篇小说－中国－当代
Ⅳ．① I247.5

中国版本图书馆 CIP 数据核字（2022）第 196713 号

你的来电
NI DE LAIDIAN
叶非夜 著

出 版 人	陈 波
出 品 人	李国靖
特约监制	夏 童
责任编辑	陈 愉 刘 云
特约策划	夏 童 甜木酒
特约编辑	甜木酒
营销编辑	萧 关
封面设计	小茜设计 Miniqian Designstudio/QQ:310094811
版式设计	彭 娟
封面绘图	遐屿璐
插画绘图	桃不甜 岛 岛
赠品绘图	别 仓鼠栗子 华 臣
出版发行	百花洲文艺出版社
社 址	南昌市红谷滩区世贸路 898 号博能中心 I 期 A 座 20 楼
邮 编	330038
经 销	全国新华书店
印 刷	三河市金元印装有限公司
开 本	880mm × 1230mm 1/32
印 张	11.5
字 数	375 千字
版 次	2023 年 3 月第 1 版
印 次	2023 年 3 月第 1 次印刷
书 号	ISBN 978-7-5500-4818-8
定 价	49.80 元

赣版权登字：05-2022-220

发行电话 0791-86895108 网 址 http://www.bhzwy.com

给你比个心，刚刚
那事就算过去了？
你比。

「你是我的小老板。」

「啊？」

「就算是故意让我去送塔，我也会去的。」

你收到的100个电话
都是我想听见你声音的来电
《你的来电》
2022.12.25

CONTENTS

目 录

MIRACLE

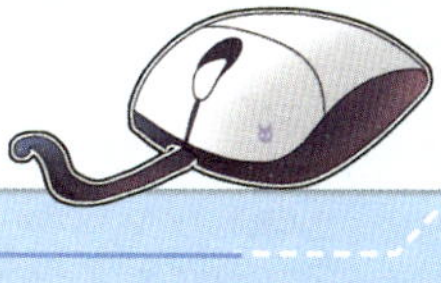

L
I
N
J
I
N
G

第一通

你的来电

海城七月初的天气有些糟糕，林京已经连续好几天收到暴雨黄色预警的短信了。

下午三点，窗外满天的乌云斜压下来，天黑得让人分不清昼夜。

林京再次打开电脑，查看了一遍高考分数，脸色阴沉得如同窗外的天气。

她学习一直挺好的，在年级里属于拔尖的，高考前的模拟考发挥得也很稳定。所有人都觉得她稳了，但高考结果却是她失利了。

查高考分数的那天，她是班里第一个接到班主任电话的。班主任听到她的分数后，沉默了两秒才开口说：“过一本线了，挺不错的。”

隔着手机，林京都能感觉到班主任的失落。

之后接到同学们的电话，大家听完她的分数后，反应和班主任大同小异。

“啊？你是在开玩笑吗？”

“你确定首位数不需要再加个‘1’？”

“林京，你是不是输错准考证号了，查的是别人的分数？”

“……”

其实林京的高考分数也没那么差，只是和她平时模拟考的分数对比来说，差得有些过分。

高考分数出来的那天，蒋琬卡着点拿着她的准考证查分数，看到成绩的那一刻，蒋琬没像班主任那样失望地安慰她，也没像同学那样不敢置信，更没像一些脾气不好的暴躁家长那样指着她破口大骂。蒋琬的表情十分冷静，冷静得接近于冷漠，她什么话都没说，只是盯着电脑里的分数看了几秒，然后就起身离开了林京的房间。

之后，蒋琬再也没跟她说过话，一日三餐也不做了，在家里看到她，就当她不存在一样。

林京最怕的就是蒋琬对她使用冷暴力，最受不了的也是蒋琬的冷暴力。

她已经记不清，这是第多少天蒋琬对她这样不闻不问了，一开始，她会主动去跟蒋琬讲话，甚至去接蒋琬下班，但蒋琬每次都把她当空气一样，正眼都不带瞧一下的。

时间久了，林京开始为此感到焦躁，尤其是最近这一周，她胸口频繁发闷，夜里时常惊醒或失眠。

林京深深地叹了口气，关掉面前的电脑，拿起手机，翻出蒋琬的微信。

妈妈，对不起。

妈妈，我错了。

妈妈，是我不好，没考好……

林京陆陆续续地编写了十几条消息，但最终还是都删掉了。她实在是想不出来该怎样跟蒋琬缓和关系，焦虑地抠了会儿手机，脑子里突然闪过了一个人。

一个许久都没联系过的人。

她的父亲林正儒。

林正儒和蒋琬是在她高一那年离婚的。离婚前的三个月，蒋琬不知道因为什么事，将林正儒从主卧里赶了出去，之后不管林正儒怎么低声下气地跟蒋琬说话，蒋琬一个表情都没再给过他。林正儒大概是受够了，在一天清晨，他暴躁地摔碎了一只玻璃杯，对着蒋琬说“离婚吧”。

两个人当天上午就办好了离婚手续，林正儒净身出户，房子、车子、孩子都归蒋琬。

林京手机里没存林正儒的电话号码，但她记得。十一个数字，她一个接一个地按下，然后按了拨通。

电话响了好几声才被接听。

“谁？”

随着这个陌生的声音落定，手机那头还传来了一阵困倦的哈欠声。

林正儒的声音，什么时候变得这么年轻好听了？

林京眨了眨眼睛，看向手机屏幕，发现自己把电话号码中的“5”按成了“6”。

她下意识地想要道歉，话还没到嘴边，电话那头的人又出了声：“喂？”

大概是因为她这边迟迟没出声，那边的人有点儿暴躁了，声音听起来特别不耐烦，像是会随时骂人。

但就是这声不怎么友好的、有点儿凶的“喂”，让林京的手一抖，收住了到嘴边的那声“不好意思”。

她好像知道对面的人是谁了……

不，不是好像，是就是……

他就是网上那个红极一时的盛况。

林京情不自禁地咽了口唾沫，然后听到电话那头的人又不耐烦地“喂”了一声，感觉接下来不像是会随时骂人，而是就会骂人。

“啊，”林京本能地张了下嘴，紧张之下，没怎么过脑子的话脱口而出，“这位先生，您好，恭喜您中奖了，一万元现金和一部最新款手机……”

电话被毫不留情地挂断了。

林京听着手机里“嘟嘟嘟”的忙音，跟做梦似的缓了好几秒，才转头看向屏幕。

她盯着通话记录里最上面的那十一位数字，眨了眨眼睛，犹豫了几秒，把这个误打误撞拨出去的电话号码保存了下来。

——姓名：盛况

——手机：182******25

今年《王者荣耀》的世冠总决赛在深圳举行。

距离比赛开始还有两个小时，春茧体育馆外已经人满为患。杀入这次总决赛的队伍，分别是上海 GDT 战队和成都 HJC 战队。

两个战队都属于老牌战队，人气不相上下。那些排队进场的观众手里都拿着灯牌，一眼望去，两个战队的粉丝倒也分不出差别。

除了战队粉丝外，更多人手里拿着的灯牌印着选手的名字，其中 GDT 战队 Miracle 的应援牌是最多的。灯牌的灯光是统一的金色，远远望去，体育馆外排队的人群更像是一条盘旋着的金色长龙。

和体育馆外热火朝天的景象相比，体育馆内 GDT 战队的后台休息室里十分安静。

两个黑色的真皮长沙发上，一边聚着五个正在低声讲话的人，其中四个分别是GDT的上单[①]、中单、射手[②]和辅助[③]，另外一个看着稍微年长一点儿的是 GDT 的教练；另外一边的沙发上躺着一个人，队服蒙在脑袋上，睡得正香。

要不是他的手机突然响起，真的很难让人发现他的存在。挂断电话之后，他将队服蒙回脑袋上，没了反应。

跟其他几个队员做完赛前指导的教练，抬头看了眼对面疑似又陷入昏睡的人，喊了声他的名字："盛况？"

沙发上的人一动不动。教练走过来，又叫了他一声："Miracle。"

躺着的人终于动了一下，过了大概三秒，他才慢吞吞地抬起手掀开队服，缓缓地坐起身。

教练弯腰，从桌上捡了一瓶水，递给盛况。

盛况拧开，仰着头喝了大半瓶，然后才跟彻底清醒过来一样，站起身。

"昨晚几点睡的，怎么困成这样？"

盛况没说话，打着哈欠走进洗手间。

教练跟过来问道："刚才谁打的电话？"

盛况用冷水洗了一把脸，双手撑着洗手台，抬起眼皮看了眼镜子里的教练，声音含糊地说："骗子。"

教练没听清，看着镜子里皮肤白到泛着冷白光的少年，问道："什么？"

盛况关掉水龙头，瞥了眼挡在门口的教练，抽了两张纸巾，擦干脸上的水，吐字清晰地又说了一遍："一个女骗子。"

晚上八点，雨还在下，雨滴杂乱无序地拍打在玻璃窗上，发出噼里啪啦的

---

① 上单指一些竞技类网游地图上路单线发育的位置。在这条路线上只有一名游戏人物在线上推进线路，则称这个游戏人物为上单，中单、下单以此类推。上单通常是战士、坦克；中单通常是法师；下单通常是射手。

② 射手是游戏中远距离物理伤害输出类型游戏人物的简称。

③ 辅助型游戏人物在团队中的主要作用就是负责保护队友。

声响。

林京缩在椅子上，怀里揣着个抱枕，正屏着呼吸、目不转睛地看着正前方的 iPad，里面播放的是《王者荣耀》世冠总决赛的第五场。

游戏已经进展到了最后时刻，两个解说正你一言我一语地激情呐喊。

“GDT 强拆高地中塔，HJC 的关羽复活了，而且还绕后了。”

“HJC 的关羽有点儿厉害，一刀斩杀了 GDT 的中单，下单也差点儿被带走，还好闪现及时。”

“GDT 这边只留下了三个人，下单还回家了，想要一拨结束有点儿难，应该撤退。”

“对，应该撤退……啊？发生了什么？ HJC 的中单怎么没了？”

“Miracle，是 Miracle 的露娜，导播给我们切个回放……”

解说的“放”字音还没落定，另一个解说开口了：“露娜两杀了，两……不，是三杀，三杀了……四杀！五杀！”

随着解说激动地站起身，GDT 的兵线到了，丝血[①]的露娜一个飘逸的动作落在水晶前，挥剑砍向 HJC 的水晶。

在水晶爆破的那一秒，两个解说异口同声地喊道：“恭喜 GDT 获得世冠总决赛冠军！”

与此同时，林京面前的 iPad 屏幕上飘过密密麻麻的弹幕，遮盖住了画面。

恭喜 GDT，恭喜 Miracle。

况神还是那个况神，永远能出其不意地给你惊喜。

况神又在打哈欠了，这是今天比赛的第几个哈欠？

Miracle 牛！盛况牛！ GDT 牛！

为况痴，为况狂，我为况况哐哐撞大墙。

比赛已经结束一个小时了，林京还有点儿没走出来。现在时间不算早了，她先去洗了个澡，出来后躺在床上拿着手机，忍不住将比赛的经典镜头又看了一遍。看完之后，她点进微博，一点儿也不意外，有关今天比赛的话题在热搜

① 丝血指游戏人物的血量，常用于“丝血反杀”一词中，双方对拼，劣势方已经快没有血了，但是反而击杀了血量多的对方。残血、半血也指游戏人物血量。

榜上占了好几位。

“GDT夺冠”“Miracle露娜五杀”“盛况，打着瞌睡夺冠军”“18个哈欠”……

林京虽然刚看完那些经典的比赛镜头，但一点儿也不嫌腻地在微博热搜里又看了一遍，看到原本困得睁不开眼的盛况，站在领奖台上和队友一起举起奖杯时，缓缓地抬起眼皮，眼神清明地对着台下笑得张扬肆意，而这也是点赞最多的一条微博。

这条微博下，热评第一是：“盛况，GDT.Miracle，KPL[①]第一打野[②]，十六岁参加高考，省高考状元。之所以考状元是为了让家里同意他打游戏，同年参加了KPL秋季赛，为GDT创下三十连胜的战绩，为GDT拿下《王者荣耀》比赛史上的第一枚冠军奖牌。之后有关《王者荣耀》的比赛，只要有盛况，冠军都属于GDT。”

在这条热评中有很多回复，其中占据楼中楼热评第一的是：“截至今年世冠赛，况崽总共拿了五次冠军，接下来敬请大家继续关注况崽。”

这条微博视频播放量破两千万，点赞破五百万，热度堪比娱乐圈一线明星。

盛况是真的很火，火到很多明星都会来跟他互动蹭热度。

他之所以能这么火，一来是《王者荣耀》这个游戏够火；二来是他颜值足够高，高到他随便一张生图放在靠颜值吃饭的男明星中都丝毫不逊色。

盛况不混娱乐圈，却收获了一大批让娱乐圈男明星做梦都羡慕的女粉丝。

这些女粉丝分为两类，一类是女友粉，一类是妈粉。女友粉和妈粉很好区分，喊“况崽”的是妈粉，喊“况况”的是女友粉。

林京抱着手机，刷了一遍盛况微博的评论区，一眼望去，百分之九十的人喊的都是“况崽”。

其实真不是大家非要当妈粉，把盛况当成儿子看，说起来造成这种局面的始作俑者还是盛况本人。他出道的第一场比赛就拿了MVP[③]，仗着那张好看到让人移不开眼睛的脸蛋，一下子红遍了整个电竞圈，当时盛况收获的几乎全都是女友粉。但过了没多久，盛况性取向为男这件事被曝了出来，当时不少女友粉为之伤心欲绝，不过伤心归伤心，盛况的游戏打得实在是太好了，久而久

---

① 王者荣耀职业联赛。

② 打野就是击杀野怪，也可以指击杀野怪的游戏人物。

③ MVP是英文Most Valuable Player的简写，就是贡献最高的人、游戏里伤害最高的人。

之，那些女友粉逐渐转成了妈粉，只留下了一小撮到现在做梦都想将盛况掰直的女友粉。

就连林京，虽然比盛况小了一岁，但骨子里也算是那种偏向于妈粉的。

GDT 又一次夺冠，俱乐部老板很高兴，当晚大手笔地请大家聚餐。大家回到基地，已经差不多是深夜一点了。

吃饱喝足的一伙人，进来之后做的第一件事，就是拿出手机登游戏。

GDT 二队的中单小陌还没睡，见他们回来，结束了手上这局游戏后，立刻凑了过来："刚刚我收了好几个礼物，都是给况哥的，其中有个礼物是男的送的。"

一伙人见怪不怪，玩游戏的玩游戏，逛微博的逛微博，其中参加比赛的下单，看到论坛有人喷他"菜"，还不爽地骂了几句脏话。

小陌看大家那么淡定，忍不住凑到 GDT 一队比较和蔼可亲的辅助陈景跟前："景哥，那个男的送的东西有点儿奇怪，有玫瑰花，还有巧克力……"

小陌这边话还没说完，那边不远处盛况的手机里传出了略微粗犷的男声："况神？"

盛况没说话，单手持机选英雄。

那边又开了口："我去，真的是况神，我竟然匹配到了你，你收没收到我送你的礼物？"

小陌收住到嘴边的话，转头看向盛况，两秒后，他大惊失色地撞了下陈景的胳膊："景哥，是那个男的，是下午给况哥送玫瑰花的那个男的。"

比起小陌的震惊，盛况进入游戏后淡定地操控着韩信走出水晶。

那位给盛况送玫瑰花的人选了蔡文姬，全程跟着盛况，倒是没给盛况奶多少血，但话挺多："况神，真没想到我居然能匹配到你，我们真是有缘分啊。

"况神，你喇叭没关，说明你在听我说话对不对？况神，你看没看到我送你的礼物？玫瑰花里有卡片，你看了吗？那是我的心意……

"况神，我对你是真心的……"

游戏打了十分钟，那位兄台讲了十分钟的话。

盛况玩得比较随意，失误了一下，屏幕黑了。他看那位兄台还在说个不停，抬手打了一句话发了出去。

那位兄台以为盛况被自己感动了，激动地安静了两秒，有点儿羞涩地回了一个数字。

盛况的韩信还有两秒复活，他懒得打字，随手点开了语音："巧了，我也是。"

盛况的手机里传出"啪"的一声响，像是谁的手机砸在了地上。他跟没听到似的，不慌不忙地跳进野区①，滑落在红 buff② 面前："咱俩只能做姐妹。"

"……"

带走红 buff 的盛况跃入龙坑，他看了眼屏幕里开着技能往自己这边靠的蔡文姬，慢悠悠地又开了口："听您的声音，比我大吧……"

他故意地停顿了下："姐姐。"

盛况手机里传出"扑哧"一声笑，不知道是另外三个队友里的谁。

往他这边赶的蔡文姬，被那一声"姐姐"雷得在中路停顿了五秒，然后往相反的上路去了。

一直到游戏结束，那位喋喋不休的兄台再也没开口说过一句话。

盛况昨天睡得晚，几个小时前打了几场比赛，这会儿有点儿累了，他随便玩了一局游戏后，收起手机打算上楼去睡觉。

小陌全程都在关注着盛况，看得他的眼神逐渐扭曲，嘴巴惊得能塞下一枚鸡蛋。直到盛况消失在楼梯拐角处，小陌才慢慢地缓过神来。小陌跟见了鬼似的撞了下陈景的肩膀："景哥，况哥他真的是……"

陈景看了眼小陌。

小陌连忙收住后面要脱口而出的数字，求生欲爆表地澄清道："首先，我声明，我绝对没有任何歧视的意思，我就是单纯地好奇，问问。"

看着小陌只差没当场竖起三根手指发誓的样子，陈景起了逗他的心思："心动了？"

"啊？"小陌反应两秒，头摇得跟拨浪鼓一样，"没有，没有，没有。"

陈景问："那就是害怕了？"

小陌眨了眨眼睛，满脸疑惑。

---

① 野区指游戏中有野怪的地方。

② buff 是指增益效果，比如：加移动、加伤害、加护甲、加攻击力、加攻速等增益效果。

陈景伸出手拍了拍小陌的脑袋："不用怕，你的况神看不上你的。"

陈景这么逗新人，中单兰博文实在看不下去了："小陌，你别听老景胡说八道，你况哥的性取向和咱们的一样。"

射手黎柏打完一局后贴心地为小陌科普道："这事还得从两年前说起，况崽刚火那会儿，一群妹子追他就跟追星一样，有些都追到俱乐部来了。有那么一段时间，俱乐部外面聚满了人，况崽去哪儿都有人偷拍，甚至还有人为了见况崽一面，频繁地按俱乐部的门铃，严重地影响到了大家的生活和训练。有一天早上，六点就有人跑来装成快递员，那会儿况崽刚睡下就被吵醒了，一打开门就是快贴到他脸上的手机和几个女生叽叽喳喳的表白，处于极端暴躁状态的况崽，弯腰对着一个女生的手机摄像头，当场来了句'我喜欢男的'。"

"……"

小陌脑补了下黎柏说的画面，又回忆了下刚刚盛况在游戏里的台词，忍不住感叹道："况哥还真是什么都敢说。"

陈景知道盛况昨晚为什么晚睡，说道："他不只什么都敢说，他还什么都敢做。昨天你况神直播的时候，HJC 战队的粉丝跑到他直播间骂他'菜'，说他只配给 HJC 提鞋。他一怒之下把人家的粉丝全都禁言了不说，还扬言他一晚上不睡觉，第二天照样拿冠军。这要是被禹哥知道了，绝对扣他钱加开批斗会，两个小时不带停的那种批斗会。"

禹哥叫杨禹，是 GDT 的教练。

小陌听得一脸崇拜："啊啊啊啊，况哥好跩啊！"

陈景嗤笑了一声，一副小陌没见过世面的样子："知道你况哥比赛结束那会儿接受采访，人家问他'能看出来您今天的比赛状态不怎么好，一直打哈欠，是因为紧张没睡好吗'，他是怎么回答的吗？"

小陌一脸期待。

陈景说："他说'睡好了，就只有四场比赛了，粉丝大老远地跑来看比赛，怎么也得多看会儿，让票价物有所值'。"

"……神一般的票价物有所值，这理由简直绝了，狂还是我况哥狂。"

林京是被开门声吵醒的，醒来的时候天已大亮，手机上显示的时间是上午八点。她竟然睡了足足七个小时，是她这段时间睡得最好的一晚。

门外又传来了门响声，她撑着身子坐起来，找到拖鞋踩上出了房间。

蒋琬正好从洗手间里出来。

林京站在门口，看着她叫了声：“妈妈。”

蒋琬跟没听到似的，与她擦身而过进了主卧。

门在她身后被关上，过了大概两分钟的样子，又被拉开，蒋琬换好衣服后看都没看林京一眼，直接换鞋离开了家。

宽阔明亮的房间里，只剩下林京一个人。她在原地站了一会儿后进了厨房，灶台冷冰冰的，已经好些天没人用过了。餐桌被擦得干干净净，上面除了一盒纸巾，没有其他东西。

那种说不出来的窒息感，又一次席卷而来。

林京闭着眼睛，深吸了好几口气，才转身回了房间。

她拿起手机点进微博，有关GDT夺冠的话题还挂在热搜榜上，除此之外，还多了一个新的话题。

林京点进去后，发现是个大V收到的私信爆料，一段很短的视频，视频是录下来的游戏界面，左上角的小喇叭一闪一闪的，盛况的声音从里面清晰地传了出来：“巧了，我也是。”

这种爆料放在任何有热度的人身上，多多少少都会引起争议，但放在盛况身上，网友的反应显得相对和谐多了。

视频刚发出来没多久，热度却很高，满屏的弹幕跟不要钱似的一拨接着一拨地飘过。

啊啊啊！我家况崽的声音真好听！

况崽，我爱你！

为况痴，为况狂，我为况况哐哐撞大墙。

真不是盛况这群粉丝双标，也不是这群粉丝无脑护，对比两年前盛况对着别人的手机大声宣告的前史，这次他没拿着个喇叭在直播间里喊“巧了，我也是”，已经算是很低调的行为了。

一众妈粉很是心满意足，就连林京都觉得盛况成熟了、不冲动了，还很欣慰地给这条微博点了个赞。

比起这条微博，盛况的超话更热闹，已经有人手快地发了个帖子，就盛况和一众 KPL 职业选手的适配度讨论了起来。

在这些热火朝天的讨论中，有些人已经开始编起了小故事，林京看着看着突然就来了灵感，心血来潮般地拿起 iPad 点开了画板。

画画的时间总是过得很快，等林京大功告成，已经是下午四点了。她最后调了个色，确定没什么问题后，将图片上传到微博。

甜甜甜甜同学：为况崽挖矿的第一天。

PS：此图纯属娱乐，请勿带入现实。

林京虽然没说画的是谁，但配图里的一些服饰风格让大家一眼就认出她画的是盛况和陈景。

盛况的热度很高，粉丝很疯狂，她们经常会在微博里搜索他。林京的画风格独特、华丽夺目，陆续地引来了一些粉丝。

太太好棒，为爱发电！

林京画了大半天还没吃饭，她点了份外卖，填饱肚子后拿起手机，跟自己微博下的评论互动了一番，又进了盛况的超话。

最先看到的是一个视频，发了没几个小时，但点赞量已经好几万了。

视频是盛况这些年打游戏夺冠的片段混剪。视频很长，将十六岁少年到即将十八岁的少年所有美好的镜头都放了进去：

盛况举起奖杯对着台下意气风发地比了个枪。盛况深情地吻了奖杯。盛况搂着奖杯困倦地打了个哈欠。

除了领奖的画面，还夹杂了他打游戏的一些经典镜头和比赛时的一些表情，以及他说过的一些狂言狂语。

“我就是冠军。”

“他们赢不了我的。”

“我想体会下第二名是什么感觉，不过这辈子可能都没机会了。”

“你况神就是你况神。”

视频剪得很热血，看得林京激动地起了一层鸡皮疙瘩，到最后，她的手心都泛出了一层薄薄的汗。

“追星”在这个社会上，并不算是一个很好的词。她不知道别人是怎么定义“追星”的，但在她看来，追星就是追那个你最想成为的人。

林京抿了抿唇，等到心情平静下来之后，又将这个视频看了一遍。

镜头里的少年，鲜衣怒马、肆意耀眼，是少年最该有的样子。

一年前，在踏进高三时，她写下过两个愿望。

一个是自己想去的大学。

另一个是她崇拜的人闪闪发光，所以她也要闪闪发光地去看一场他的比赛。

而如今，她高考失利，去不了想去的大学，也亮不起自己的灯。

视频播放完了，一片安静，林京垂着眼沉默了良久，直到窗外天色渐黑，她才重新拿起手机，翻出蒋琬的微信。

她盯着屏幕想了好一阵儿，像是下了什么决心一样，飞速地按了几下屏幕，字打好后没有犹豫，直接发了出去：妈，我要复读。

两年后。

晚上十点，B 大的自习室灯火通明。

林京坐在最后一排靠窗的位置，戴着白色的蓝牙耳机，听着英语单词，不紧不慢地写完最后一道高数题。

林京八点就坐在自习室里了，她放下笔，甩了甩有些发酸的手腕，抬头看了前边一眼。

马上要期末考试了，这会儿都快十一点了，教室里还是满满当当的，没几个空位。

林京搞完了今天的学习任务，没多待，麻溜地收拾好东西，回了宿舍。

这会儿室友都不在，林京洗漱完，趴在桌前拿起 iPad 将前两天差不多完工的画收了个尾，然后上传到微博。

甜甜甜甜同学：又是为况崽挖矿的一天。

时隔两年，她的这个账号已经收获了将近 100 万的粉丝，微博的热度也从当初几十个赞，变成了几万个赞。

这条微博发出去没一分钟，评论已经过百了。

终于蹲到了太太的神仙图。

啊啊啊啊！已经过去一个星期了，终于又产粮了。

这都什么年代了，怎么还有人粉盛况？他都过气八百年了吧？

林京滑动着屏幕，没怎么细看内容，却眼尖地留意到了那条“过气”的回复。

她指尖一顿，盯着那句话看了两秒，然后拉黑了这位博主。

过了没多久，她的微博连续收到了好几条私信，那个被她拉黑的账号换了个小号来撒泼了。

拉黑我？

盛况的粉丝都这么玩不起吗？

我说错了吗？盛况没过气吗？

早在两年前，他就过气了，醒醒吧，脑残粉。

盛况就是“菜”，盛况过气了，盛况过气了，盛况就是“菜”……

林京看着屏幕里不断发来的私信，想都没想就将这个账号送进了小黑屋。

过了几秒，她越想越觉得不爽，点进黑名单，将这个账号放了出来，指尖飞速地打了一行字，甩了过去。

为况痴，为况狂，我为况况哐哐撞大墙。

对方有点儿蒙，发了一个问号。

林京跟没看到似的继续打字。

况崽勇敢飞，我们永相随。

况崽永远是霸主。

况崽你是最棒的。

对方发来消息。

真是脑残粉？

好脑残。

林京装看不到，把盛况粉丝的那些应援词又从头到尾地发了一遍，发到她自己也不清楚第几句时，对方把她拉黑了。

虽然这个小插曲告一段落，但林京还是多多少少被影响了心情。

其实说盛况过气的人不止这一个，现在算少的，最多的时候当属去年。

盛况十八岁正式成年的第二天，KPL 秋季赛正式拉开序幕。

常规赛开始的前几场，盛况一如既往地强势，那时候的少年还是光芒万丈的，但比赛进行了大概半个月之后，一切开始变了。

GDT 上了两个新人，替换了当时的中单兰博文和辅助陈景。

那两个新人没上过场，比赛经验不足，他们当时对抗的战队又是 KPL 的强队，即便有盛况在，还是输了。

接连输了两场比赛之后，GDT 的粉丝开始骂了，GDT 给出的官方解释是培养新人和研究新的战术。

之后的比赛依旧是那两个新人上场，陈景打辅助的时候以盛况为核心，新来的辅助围着射手转，盛况的打野变成了半辅助一样的存在，战绩不是那么可观，又引来了粉丝的不满。

就是从那个时候开始，有人爆料盛况的个人英雄主义太强，这是个团队游戏，他只顾着秀自己；也有人爆料说盛况被大家捧得太高了，飘了，不好好打游戏了；还有人说盛况不参加训练赛……总之事情愈演愈烈，直到 KPL 秋季赛 GDT 错失了冠军之位，越来越多的人开始相信那个出道即巅峰的盛况，再也不是他们吹捧的战无不胜的神。

第二年，陈景被 GDT 挂牌转会到 CEC 战队，第一中单兰博文宣布退役，而盛况沦落成了替补。

截至现在，盛况有将近一年零两个月没有打过比赛了。

两年前，网上刷得最火的一段话是：

“盛况，GDT.Miracle，KPL 第一打野，十六岁参加高考，省高考状元。

之所以考状元是为了让家里同意他打游戏，同年参加了 KPL 秋季赛，为 GDT 创下三十连胜的战绩，为 GDT 拿下《王者荣耀》比赛史上的第一枚冠军奖牌，之后有关《王者荣耀》的比赛，只要有盛况，冠军都属于 GDT。

“截至前年世冠赛，况崽总共拿了五次冠军，接下来敬请大家继续关注况崽。”

然而，那个鲜衣怒马、张扬肆意的少年郎，永远地留在了十八岁那一年。

此后的两年，十八岁之后的盛况，职业成绩是空白的。

宿舍的门被推开，舍友回来了。

兰婷婷拎着外卖纸袋，蹦蹦跳跳地凑到林京跟前：“京酱，吃夜宵吗？”

林京回神，摇了摇头：“刷完牙了，不吃。”

“好吧。”兰婷婷没勉强，拉开椅子一屁股坐下，撕开纸袋啃起了炸鸡，吃了两口，她像是想起什么一样，抬头看向林京，“京酱，你听说了吗？这周末 GDT 和 JZ 的半决赛，Miracle 要上。”

林京转头问道：“啊？真的假的？”

“真的吧，我在论坛上看到的，都刷遍了。”

林京没说话，拿起手机登进了《王者荣耀》的官方论坛，果不其然，排在第一位的就是 Miracle 时隔一年后重新上场的爆料。

这场比赛在周末，而且还在北京。

林京几乎没犹豫就去看票了，盛况这两年的电竞生涯虽然一塌糊涂，但粉丝量还是有的，门票早就卖完了。

林京在网上搜了搜，果然有人加价卖票，位置是前排，价格有点儿贵。她咬咬牙，还是下单了。

第二通

给你比个心

今年 KPL 春季赛半决赛这天，林京特意很早出门赶往体育场。

即便如此，她还是排了将近十分钟的队才进场。

林京的位置是真的好，在最前面的 VIP 区域，而且还是第三排。她坐下没一会儿，周围陆陆续续地就坐满了，唯独第一排的几个位置是空的。

比赛快开始了，林京把所有的注意力都放在舞台上，没留意到有三个人坐在了那几个空位上。

那三个人进来的时候很低调，坐下之后也没任何交谈，看现场的看现场，低着头玩手机的玩手机，并没有引起周围太多人的注意。

半决赛办得不像总决赛那样盛大，在正式比赛之前也没那么多花里胡哨的玩法，三个解说各就各位后，先是做了一番自我介绍，然后就开始介绍 GDT 和 JZ 两个战队在这个赛季的成绩。

解说们还算公正，讲了两个战队的优势，也点出了两个战队的劣势。

“总之，不管是 GDT 战队，还是 JZ 战队，都是很强的战队，相信今天的比赛一定很精彩……”

讲完两个战队的情况，选手们开始进场了，解说对着观众又是一通介绍。

说到选手，其中一个解说想到了最近一直被爆料的小道消息：“听说 GDT 战队今天会派出一名老将，虽然被喊老将，但实际上一点儿也不老……”

解说的话还没说完，台下一阵欢呼尖叫，“Miracle”的名字被粉丝喊得几乎要将整个现场掀翻。解说 A 和解说 B 也讨论了起来。

“不过，GDT 第一场比赛，还是首发阵容，没有我们的况神。”

“可能是 GDT 研究出来的新套路，大概在后面几场才能看到。”

“好久没看况神打比赛了，想想还是很期待的。”

“好了，选手都各就各位了，两边教练已经握手了，让我们进入第一场比赛……”

直到两边战队开始扳选英雄，有关“Miracle”的呼喊声才逐渐消失。

陈景见现场总算稍微清静了一些，放下捂着耳朵的手，凑到盛况耳边问道：“况崽，你看没看到那些图？”

盛况头都不抬一下地继续打游戏，直到对方水晶炸开，他才摘下耳机，问：“什么图？”

“就是我发给你的那些图。”

盛况没说话，点进微信，看到陈景头像上亮着十几个红色提醒。盛况点进对话框，随便选了张图放大，他只看了一眼，就一脸不感兴趣地切回到游戏里。

“怎么样？是不是很有趣？”

盛况敷衍道：“嗯。”

“是吧，我也觉得很有趣，尤其是你。”

盛况不走心地说了句：“少往我身上扯。”

“什么叫往你身上扯，那些图本来画的就是你。”

盛况正准备点“开始游戏”的指尖一顿，过了两秒，他扭头看了眼陈景。

“你别告诉我你不知道，那些图在网上可火了，是个挺出名的博主画的，画了差不多两年了，七七八八加起来应该有将近一百张了，每一张里都有你……”

盛况想到刚刚一扫而过的那张图，面无表情地看了陈景两秒，然后低头点进微信。

那十几张图画得都挺有意思的，除了他是固定的，他身旁的人一直变来变去。

“这位博主靠着画你都吸引了一百多万粉丝了，我专门考古了一下，她就是在两年前你说‘巧了，我也是’那天开始画你的……”

兰博文坐在旁边专心看比赛，没听陈景和盛况两个人的对话，他突然骂了句脏话，然后说道：“GDT 的中单居然被 JZ 中单单杀了。”

陈景看向屏幕，导播正好将 GDT 中单被 JZ 中单单杀那一幕回放了一遍，他毫不忌讳地骂了句“这菜鸟中单”，然后就专心致志地看比赛去了。

盛况低头看了眼陈景发来的图，沉默了一下，也摁灭屏幕，开始看比赛。

GDT 和 JZ 的水平不相上下，今天两边的状态都还可以，比分一直咬得很紧，不知不觉中到了第七场，一决胜负的时刻。

这都第七场了，GDT 还没换人的意思，为 Miracle 而来的粉丝渐渐开始不满。

“不是说 Miracle 要上场吗？这都最后一局了，怎么还没上？”

“我专门为我家况况来的，结果就给我看这个？”

“……”

林京听着后面两个女生的对话，抿了抿嘴唇。

第七场开始了，GDT 依旧保持了现在的阵容，最后一局 JZ 打野失误，导致前期崩了，比赛开始不到二十分钟就结束了。

林京后面的那两个女生，最后一局比赛基本没怎么看，全程都在吐槽 Miracle 没上场。

吐槽到最后，GDT 现任打野杨斯年的一位粉丝不满了：“教练不让盛况上，肯定有教练的道理，再说现在 GDT 不是赢了吗？”

“我们吐槽我们的，关你屁事？”

“就关我屁事了，怎么的？”

比赛结束了，大家开始有序离场。

两边粉丝吵起来，挡了林京的路，让她没法儿往外走。

林京连续说了两次“让让”，见杨斯年的粉丝一心只顾着和盛况的两个粉丝对骂，压根儿不理她，就索性又一屁股坐回到了椅子上。

两边越吵越激烈，吵到最后，盛况的两个粉丝都已经走了，杨斯年的粉丝还在气呼呼地嚷嚷：“哪儿来的两个神经病，简直是脑子里有坑，天天嚷着让你们家上，上什么上，指不定上了之后和前年一样连续输。

“都醒醒吧，现在 GDT 是杨斯年的天下，不是盛况的天下，你们怕不是还活在二十世纪吧，盛况早过气了。”

一直置身事外的林京，抬起眼皮看了眼这位骂骂咧咧的杨斯年粉丝。

兴许是这几天撞到了好几次有人在她面前晃悠着说盛况过气了，兴许是满腔热血地奔赴过来看比赛结果却没看到想看的人上场，也兴许是盛况这边的粉丝都走了，她还在没完没了地骂骂咧咧，林京只觉得心头压着的那股火突然就炸了，她想都没想就扬起手中的矿泉水瓶，冲着面前的座椅狠狠地敲了一下。

杨斯年的粉丝闭嘴、低头。

林京仰头看着她：“你用的是什么护肤品？”

杨斯年的粉丝被问得一愣：“什么？”

林京吐出的每一个字都透着不耐烦：“我说，你用的是什么护肤品，把脸皮养得这么厚。”

那个粉丝缓过神来：“走了几个傻子，又来了一个，我就纳闷了，盛况是你老公，还是你男朋友，你这么护着他。”

林京被“老公”和“男朋友”这两个词噎得沉默了一下，跟人吵架当然不能吵到一半就闭嘴。林京一心想着撑回去，没怎么过脑子就脱口而出了一句：“他是我儿子。”

“扑哧——”一道轻笑声，从旁边的人行道里传来。

林京抬头，带着不悦看去。

三个人沿着旁边的走道，正往出口走去，在炎热的夏天，他们不怕热似的戴着帽子，中间的那个男生，个子高高的，瘦瘦的，穿的还是长袖，拉链拉到了最顶端，遮掩住了小半张脸。

受疫情影响，所有人都戴了口罩。

虽然看不清那个穿长袖的男生的脸，但林京还是一眼认出了她儿子，不，认出了盛况。

站在盛况前面，比盛况稍微矮了那么一点点，穿着件黑色短袖，脖子上挂着一款银色配饰的少年，露出的眉眼是弯的。

他脖子上的那款配饰，林京太熟悉了，在她的画里至少出现过三次。

就是那位“肥水不流外人田”里的另一位主角，GDT 前任辅助，CEC 现任辅助——陈景。

看他微颤的肩膀，不用想，也知道刚刚那声笑是他发出来的。

这会儿人已经走得差不多了，这片区域的前三排，只留下他们这几个人。

杨斯年的粉丝准备了一大堆话，还没来得及发挥，就听见了陈景的笑。

她下意识地转头，正准备回头接着跟林京吵架，忽然像是意识到什么似的，又往后看了一眼，然后认出了眼前的人是盛况。她嚣张的气焰顿时跟被扎破的气球一样瞬间消散，取而代之的是背后说人坏话被人当场逮个正着的尴尬。

不过杨斯年的粉丝尴尬归尴尬，反应还挺快的，下一秒就拎起自己的包走了。

直到那位粉丝混入不远处往外走的人群里，林京才眨了眨眼睛，脑子稍微清醒了一点儿。

盛况他们还没走，就站在离她差不多五米远的地方看着她。

林京默不作声地回视着他们，只觉得整个人还是有点儿蒙。

两边的人短暂地对视了几秒，林京才后知后觉地反应过来自己刚刚说了句什么话。

他是我儿子……

我儿子……

儿子……

林京的手指一抖，攥着的矿泉水瓶“啪”的一声掉在了地上，然后沿着光溜溜的地面滚了几圈，滚到了陈景的脚边。

比赛场地越靠近舞台越低，眼看着矿泉水瓶直直地冲着下面滚去，站在陈景后面一点儿的盛况，看都没看一眼脚下，抬起脚就踩住了矿泉水瓶。

白色的板鞋，沿着瓶身往瓶底挪了两下，微微一个使劲，将瓶子直接踩得站立在地上。

他低头，看了眼脚边的矿泉水瓶，发现里面还有小半瓶水，将帽子往上抬了抬，露出一小撮黑色的头发，问道：“还喝吗？”

虽然大家天天在网上刷什么“况崽勇敢飞，我们永相随”“况崽加油，我们爱你”，但那毕竟是在网上。

现实中她要是说那些话，也勉勉强强能凑合过去。

可她说的是什么？

她说的是“他是我儿子”。

不知道的还以为她在骂人。

林京沉浸在大型“社死”带给自己的尴尬中，根本没听到盛况说了什么。

盛况等了两秒，抬起眼皮：“嗯？”

林京张了张藏在口罩后面的嘴：“啊？”

盛况沉默了一秒，懒得说话，弯腰捡起脚边的矿泉水瓶，冲着林京走来。

林京以为他是来跟自己算账的，本能地往后缩了缩肩膀，然后想到杨斯年那位粉丝一声不吭就跑掉的样子，决定依葫芦画瓢。

这么想着，她人已经“嗖”的一下站了起来。她动作有点儿猛，惊得盛况脚步一停。

林京想着自己照搬别人“三十六计，走为上计”，也要照搬出新意。她思考了一秒，举起胳膊，对着正打算向她走来的盛况在脑袋上比了大大的心。

盛况收住递出矿泉水瓶的手。

在盛况有点儿不解的状态中，林京隔着口罩对他灿烂地一笑，比着心歪了下脑袋，然后拔腿冲着出口方向头也不回地跑了。

盛况看着她的背影，嗤笑了一声。

陈景问：“笑什么？”

“没什么。”盛况低头看了眼手里拎着的矿泉水瓶，心想，那姑娘逃得还挺快，跟只兔子一样。

过了两秒，他又笑了一声：“呵，来看个比赛，还得帮人扔垃圾。”

从看比赛到现在，都还没吃晚饭，陈景嚷着肚子饿，三个人从体育馆出来，叫了一辆车直奔附近的一家火锅店。

虽然已经快九点了，但是火锅店里人还是满满当当的，三个人杵在门口等了差不多十分钟，才总算等到服务员收拾好了一张四人桌。

落座后，陈景用手机扫完码，刚递到盛况面前喊他点菜，盛况的手机响了，是 GDT 现任中单小陌打来的电话。

盛况接听，隔着手机，他清晰地听见小陌那边传来杨斯年的声音：“服务员，先来一扎酒。”

“况哥，”小陌很快出了声，“我们在庆功，禹哥让我问问你来不来。”

“不了。”

“行吧，那待会儿基地见。”

等盛况挂断电话，陈景边滑着手机屏幕边点菜边问："小陌？"

盛况漫不经心地"嗯"了一声。

陈景问道："喊你去吃庆功宴？"

盛况没说话。

陈景点完菜，把手机推到盛况跟前："看看还想加点儿什么。"

盛况没看，直接让下单了。

等菜的过程中，陈景去微博逛了一圈，看了没几分钟，忍不住骂了句脏话："GDT 真的恶心透了。"

兰博文挂了女朋友的查岗电话问道："怎么了？"

陈景说："况崽粉丝去 GDT 官博骂了，说 GDT 欺骗粉丝。GDT 给出的解释是况崽今天身体不舒服，然后 GDT 还不要脸地给杨斯年买了一拨热搜，吹他打野多么厉害，赶超了当年的况崽。GDT 为了捧新的明星选手简直脸都不要了，杨斯年这都被捧了多久了，还没学会独立行走，每次都要绑着况崽蹭热度。"

陈景骂骂咧咧了好一阵儿，然后抬头看了眼盛况："况崽，春季赛一结束，就是新的一年的转会期。你要是错过今年就又得等一年，GDT 现在还按着你不让你转会吗？"

兰博文看透似的冷笑一声："这还用问，况崽就算是一年多没打比赛，人气依旧是最旺的。GDT 没榨干况崽的最后一丝价值，怎么可能舍得放他走？"

陈景说："当年那事是没证据，要是有证据，早跟他们鱼死网破了。"

比起陈景的暴躁，盛况一脸的无动于衷。陈景受不了他这样，在桌底下踢了他鞋尖一下："况崽，你不能一直这么混下去，职业这碗饭，就是青春饭，最佳状态就几年，耗不起的。反正你学习好，不然你回去读大学吧。"

盛况眼皮都没抬一下："不去。"

陈景问道："那你想怎样？总不能就这么一直坐冷板凳、守饮水机吧？"

盛况没接陈景的话，转头看向旁边的兰博文："你腰伤怎么样了？"

"还那样，"兰博文倒了杯水，"要不是我的腰真的扛不住，现在 KPL 第一中单的位置，说不定还是我的。"

吃完火锅，盛况回到 GDT 基地时，已经十二点了。

大家都去参加半决赛的庆功宴了，基地里空荡荡的，没什么人。

盛况回到自己房间，洗了个澡，冲掉一身的火锅味，拉了把椅子打了几局游戏，就躺到床上了。

睡前，他去微博看了一圈，跟陈景说的一样，网上的节奏被带得飞起，说什么杨斯年才是 KPL 第一打野，盛况早就是过去式了。

盛况看着看着，不知道怎么就刷到了 @ 甜甜甜甜同学的微博。

看比赛之前，陈景跟他说的事晃进了他的脑子里，他想了两秒，点进 @ 甜甜甜甜同学的主页。

盛况是在刷微博的时候睡着的。第二天醒来时，他解锁屏幕看时间的时候，看到手机里的图片愣了下，把手机翻过去，看到背后刻着的“Miracle”，才确定这真是自己的手机。缓了几秒，他总算弄明白是怎么一回事了，忍不住在心底骂了自己一句“有病”。

别人画他，把他画成这样也就算了，他还跟着研究上了。

这不是“有病”是有什么。

盛况丢下手机，捡起旁边的短袖套在身上，趿着拖鞋进了浴室洗了个澡，他刚在牙刷上挤好牙膏，门被敲响了。

他咬着牙刷，懒散地晃到门口，拉开了门。

来人是小陌。

“况哥，你醒了。”

盛况没说话，让出了门口。

小陌左右看了一圈，确定没人在楼道里，飞速地挤进盛况的房间，关上了门。

他站在洗手间门口，看着微弯着腰、半湿着头发正在刷牙的盛况，犹豫了一会儿，往前走了几步：“况哥，我有件事想跟你说。”

盛况“咕嘟咕嘟”地漱着口，含糊不清地吐了个“说”字。

小陌纠结了片刻，一闭眼，道：“况哥，昨晚在外面聚餐的时候，我无意间偷听到杨斯年跟禹哥提议，KPL 决赛的表演赛让你上。好让大家都知道，你现在就是水平下降了，跟娱乐职业选手一样，只能打打表演赛。然后，杨斯年还跟禹哥说，决赛让你去当解说。”

盛况一顿。

小陌嘟嘟囔囔地吐槽道："他参加的决赛，让你去给他解说，这不摆明了是在对外说你要退役，只能给新生代的职业选手当解说了嘛……"

听到这儿，盛况忽地笑了一声："还真挺有意思的。"

说着，盛况把手里的牙刷往牙缸里一摔，抽了两张纸巾，擦干脸上的水珠，往旁边的垃圾桶里一丢："真挺有意思的。"

小陌打完小报告就溜了。

盛况对着镜子摆弄了两下头发，套上战队服跟没事人一样下楼去吃早餐。

快吃完的时候，杨斯年睡醒了，顶着一头乱糟糟的头发进了餐厅，他看到盛况，愣了下，打了声招呼："况神。"

盛况动了下眼皮，慢吞吞地抽了一张纸巾擦了擦唇角。

杨斯年站在水吧前，一边倒水，一边笑得很无害地又喊了声"况神"："昨天真的挺不好意思的，我打得有点儿上头，教练也有点儿上头，我们都忘了你。昨天你来现场了吧，还待到了最后，不管怎样，都应该让你上一局的。"

盛况卷着手里的纸巾，看着杨斯年不说话。

杨斯年喝完一杯水，又笑着说："昨天是我跟教练疏忽了，况神，你别往心里去啊。马上月底了，我得补直播时长，先去直播了。"

盛况没拦他。

直到杨斯年消失不见，盛况才低头轻笑了一声，下一秒起身，踢开身后的椅子，走进训练室，打开了自己的电脑。

他好久没直播了，进直播间还没一分钟，里面就已经涌进了不少人。

他一边登录手机游戏，一边抬头随意地捡着几条弹幕回应。

"怎么突然直播了？"

"不是直播，是来 PK 的。"

"跟谁 PK？"

"跟我们大名鼎鼎的 KPL 第一打野杨斯年 PK。"

"难怪杨斯年也直播了，提前约好的？"

"当然是提前约好的。"

盛况一边说，一边将直播间的名字做了更改：1V1PK 赛，输一局一万块。

盛况从不上场之后，几乎没怎么开过直播。现在他不但难得一见地开了直播，而且还露了脸，已经够劲爆了，直播内容还是和杨斯年相约一块儿 PK，这消息对于粉丝来说简直如同过大年，就在盛况设置直播间标题的这一会儿工夫，他的人气量已经突破百万了。

盛况跟杨斯年是一个战队的，直播的签约都在一个平台上，不少粉丝两边窜。

杨斯年刚设置好账号铭文①，正准备打排位，抬头看到弹幕里一群人在刷屏。

啊啊啊啊！梦幻联动。

输一局一万块，GDT 不愧是豪门战队，玩得这么大。

哈哈哈哈！我不起床了，我就赖在床上看谁输得多。

压注了，压 Miracle 的敲 1，压 Sinian 的敲 2。

11111111111111。

22222222222222。

杨斯年被弹幕搞得一头雾水，研究了好一会儿，才弄明白是怎么一回事。

他拿起私用的手机，在俱乐部群里发了条消息。

GDT.Sinian：@GDT.Miracle，况神，直播间里怎么都在带节奏，说我们两个要 PK？

盛况听见手机响，往旁边的桌面上扫了一眼。

他见是杨斯年发来的消息，点都没点进去，盯着直播助手里的弹幕，继续跟粉丝互动："怎么突然想起来 PK 了？这不是半决赛赢了嘛，GDT 高兴，给广大粉丝送福利。"

盛况平时训练用的是训练机，除了游戏之外，没安装其他软件。

他自己用的那部手机，放在旁边的桌上，在他说话的这一小会儿时间里，他的手机响个不停。

他一边单手持训练机建房间，一边长按自己手机的锁屏键关了机。

进入房间，他邀请了在线的杨斯年。

杨斯年没接受。

① 铭文是《王者荣耀》游戏中提升英雄属性的一个重要道具。

盛况再次邀请："怎么不进来？谁去帮我看看什么情况？"

盛况这句话一说完，杨斯年直播间的人气量暴涨五十万，弹幕刷得飞起。

接受啊，接受啊，接受啊！

Miracle 已经在等你了。

替我们家况崽来看情况的。

到底比不比啊，该不会是临时怂了吧？

杨斯年你到底行不行？

杨斯年看着屏幕里纷纷催促的弹幕，在战队群里又 @ 了盛况一次。

盛况当他是空气一样，始终没在战队群里冒泡，却在直播间的游戏里第三次邀请了他。

杨斯年弹幕里越来越多的人问他是不是怕了，他一咬牙，丢下私用手机，拿起训练机接受了盛况的邀请。

在游戏开始之前，盛况像是想起什么一样，低头看了眼自己身上穿着的刻有 GDT 标志的队服。

他沉默了下，抬手将摄像头扣在桌上，将衣服脱了下来，反面套在身上。

怎么回事？人呢？

况崽，露脸，要看脸！

我正看得开心呢，怎么没了，还我况崽神颜！

盛况扫了眼屏幕里抗议的弹幕，抬手将摄像头立了起来。

咦？况崽衣服穿反了。

所以刚刚况崽是在屏幕前面脱衣服了吗？

况崽，你居然把我们当外人。

盛况扯了下唇角，低头去选英雄了。

盛况和杨斯年总共打了十八局。

从上午十一点打到了下午两点。

两个人都开着直播，俱乐部的人谁都不敢擅自闯过去阻拦。

十八局游戏，盛况赢了十七局。

盛况唯一输的那局是最后一局，他在五分钟的时候就已经发育起来了，站在杨斯年水晶和一塔之间，杨斯年活过来一次，他秒一次。如此循环了差不多五次，在杨斯年心态崩到正准备投降的时候，盛况手快，抢在前头点了投降。

“不能剃人光头，让一局。”

盛况说着又邀请了杨斯年。

杨斯年刚进来，两个人的电脑屏幕黑了，直播被迫断了。

紧接着盛况在的训练室的门被推开，GDT 的经理张伟和教练杨禹气势汹汹地走了进来。

“盛况，你在搞什么鬼？ GDT 什么时候答应你跟杨斯年直播 PK 的？

“你瞅瞅你直播间的标题，输一局一万块，拿游戏玩赌博？严重违反了我们俱乐部的规章制度，我一定会严肃处理这件事。

“昨晚，杨斯年还跟杨禹商量说，让你代表 GDT 去决赛上当解说，还让你去打娱乐赛，今天你就这么让杨斯年下不了台。”

盛况懒洋洋地坐在椅子上，垂着眼听张伟气急败坏的骂声，低头看了眼身上反穿着的衣服，忽地轻笑了一声，然后伸手抓着衣领，将衣服用力地一扯，直接撕成了两半。他将衣服往桌上一扔，抬眼看向张伟：“解约吧。”

张伟一愣：“什么？”

盛况踢开身后的电竞椅，拿起桌上的手机：“我这人，你知道的，疯起来什么事都敢做，所以劝你与其动别的歪心思，不如好好想想解约金。”

盛况找杨斯年PK这事闹得很大，俱乐部所有人几乎都堵在训练室的门口。

训练室的门没关，盛况说的话大家听得一清二楚。

小陌看他出来，下意识地开口：“况哥。”

盛况伸出手拍了拍小陌的肩膀，头也不回地上了楼。

回到房间，盛况打开柜子，随手挑了件白 T 恤往身上一套，然后又捡了几件私服，连带着电脑和充电线往背包里一塞，就出了门。

小陌站在门口，看他出来，立刻抬起头问道：“况哥，你真要离开

GDT 啊？”

“嗯。”

“况哥，你离开 GDT 以后，还打不打游戏，你是不是打算就这么……”小陌喉咙哽了一下，过了半晌，才把后面的话说了出来，“退役了？”

盛况笑了声，没接小陌这话：“好好比赛。”

小陌红着眼睛低下了头。

盛况在他面前站了下，转身走了，走了两步，他又停了下来：“有缘再见。”说完，盛况抬脚，在 GDT 很多人的注视下，扬长而去。

走出 GDT 基地大楼的那一刻，他想回头看一眼，但最后还是没回头。

路边正好停着一辆出租车，他拉开车门钻了进去。

车子驶动的那一刻，他往窗外看了一眼，只看到了那个他待了四年的大楼的一角。

有缘再见。

有缘的话，王者峡谷再见。

出租车开出好一会儿，盛况才意识到自己的手机那会儿关机之后到现在都没开机。

他从兜里掏出手机，长按了几秒开机键，见屏幕亮起，就松开了手指，约莫过了半分钟，他的手机在掌心里疯狂地振了起来。

等到手机安静下来，他才低头看去。微信消息炸了。

除了 GDT 俱乐部群里杨斯年 @ 他，问他 PK 是几个意思之外，还有杨禹和张伟，以及几个二队和杨斯年关系不错的人 @ 他。

消息特别多，盛况看都懒得看，直接点开群设置，想要退群。在他指尖落下的前一秒，他想到群里那么多人，他就这么退了，未必有人会发现，于是把群备注的名字改了下，然后返回群里。

Miracle：@GDT.Sinian，菜鸡。

丢完这颗炸弹，盛况毫不留恋地退了群。

除了 GDT 的群，还有很多职业电竞选手问他和杨斯年是怎么回事，其中消息发得最多的当属陈景。

CEC.Scene：况崽，你突然睡醒了？终于开始虐杨斯年了？老子早就看他不顺眼了。

CEC.Scene：哈哈哈！这局打得爽！

CEC.Scene：看没看到我给你送的飞机？

CEC.Scene：不能剃人光头，让人一局，哈哈哈！伤害性很高，侮辱性极强。

CEC.Scene：快点给我拍一下杨斯年，让我看看他现在的脸是不是黑的。

CEC.Scene：况崽，你要退役？！

盛况还没来得及回陈景消息，陈景的电话就打过来了，盛况接听，一句话都没说，陈景在那边就已经跟机关枪似的一通叭叭：“况崽，你真的要退役？这也太突然了吧？你才二十岁，退什么退？杨斯年比你还大一岁，你给我挺着，挺到他先滚……

“盛况，老子在这里跟你讲话，你居然改微博名和头像！朋友圈也改了？”

陈景看着盛况把个人社交软件上跟 GDT 有关的一切全都删了后，沉默了两秒，态度认真了许多：“况崽，你跟我说实话，你真要退？虽然昨天我跟你说，实在不行回去读书，但我说归说，心里还是希望你能再站到舞台上的。因为我知道你的状态还在，就这么退了太不甘心了……”

盛况删完了朋友圈里最后一条和 GDT 有关的状态后，突然出声：“春季赛一结束，就是新的一年的转会期。”

陈景愣了下，觉得这句话略微有些耳熟，他反应了一下，反应过来这是昨晚他说给盛况的话：“怎么？况崽，GDT 终于答应你转会了？”

“不是。”盛况顿了下，说道，“是你。陈景，转会吗？”

蒋琬去进修了，最近这几个月都不在家，林京想着自己回去也是一个人，决定暑假留在北京。

蒋琬听到她的决定，并没有反对。

暑假两个月，林京不想住校，决定好暑假不回家之后，就一直都在找地方住。

还没等到她找到房子，蒋琬的电话就打了过来了，说她有个老同学在北京，正好这个月要出长差，家里养了条狗需要人照顾，反正她都要找地方住，就干脆住到她老同学那里去。

蒋琬这个人一向很独断，压根儿没询问她的意见，就帮她拉了个群："林京，这是秦阿姨。"

那位老同学心也够大的，什么都不问，上来就把家里的地址和大门密码甩了出来，然后还发了一条长达六十秒的语音。

"京京，是叫京京吗？不是叫京京也没关系，阿姨就这么喊你了。家里的东西很全，你随便用，房间也很多，你喜欢哪个就住哪个。家政阿姨每天都会定点过去打扫卫生，她做饭很好吃的，你想吃什么可以跟她说。她会给你买菜，钱你不用给，她会记账找我报销的。狗狗你也不用特意照顾，主要是晚上啦，晚上我怕它自己在家害怕。"

"……"

暑假住的地方，就这么被定下来了。

期末考试结束的当天下午，林京收拾好自己的东西，按照那位秦阿姨给的地址，换乘了三趟地铁，总算找到了。

林京本以为是个普通住宅，到了之后，才发现这小区里全都是独栋的大别墅。

她拖着个箱子，在小区里绕了大概二十分钟，总算找到了地方。

走到门前，她对着手机里那位秦阿姨发来的六位数字逐一输入，门不但没开，还收获了一道提醒声："请输入正确密码。"

林京以为自己哪个数字按错了，正打算再次输入，结果她刚按了一个数字，别墅二楼的窗户被推开了："找错家门了。"

林京仰头看过去，然后愣住了，是陈景。

他一只手撑着另半边固定住的玻璃，半个身子探在窗外，伸着脖子看着她笑眯眯地提醒了一句："小妹妹，你迷路了，这不是你家。"

"……"

小妹妹？

林京喉咙一哽，低头看了眼自己胸前，然后重新抬头去看陈景。

陈景见她不但不走，还看着自己，于是也看着她。

两个人对视了大概十几秒，陈景懂了："……私生饭？"

"……"

脏话到嘴边，林京还没来得及骂出来，手机响了。

她低头看了眼来电显示，是公益机构那边打来的，她狠狠地瞪了陈景一眼，背过身，拖着行李箱，走到别墅对面的路边去接电话了。

打电话的是公益机构那边的一个负责人："林京，那个没留名字、只留了电话号码、尾号是 25 的人，他之前赞助的几个贫困生，中考考得不错，给他做了手工礼物，想要托我们转交给他。你不是一直负责跟他对接吗？你看看能不能联系下他，要个地址？"

林京知道盛况的电话号码，是在第一次高考失利之后。

那个电话号码一直保留在她的通讯录里。一年后，她拿到了 B 大的录取通知书，成功进入大学后，在蒋琬的建议下，加入了公益机构当志愿者，然后在一排名单里看到了熟悉的电话号码。

是她主动提出负责对接那个电话号码的。

这一年里，除了公益机构那边的事，她没因为别的事给盛况打过电话。

这一年里，她联系过盛况挺多次的，但每次联系，她多多少少还是有点儿激动和紧张。

挂断负责人的电话，林京咽了口唾沫，深吸了一口气，拨通了盛况的电话。

信号接通的那一刻，随着林京手机里传出的彩铃声，她的身后响起了悦耳的铃声。

林京被这种巧合吓了一跳，心想着她一打电话，身后就响铃声，不知道的还以为盛况在她后面……

陈景的声音突然响起："况崽。"

林京手一抖，下意识地回头。

盛况戴着黑色口罩，手里拎着一个大袋子，站在她刚刚输入过密码的门前，正从兜里往外摸手机。

还真是这么巧！盛况还真就在她身后！

在盛况接听电话的那一刻，林京想都没想就将手机从耳边拿下来挂断了。

陈景从里面打开门，问道："谁的电话？"

盛况把手机塞回兜里："不知道。"

盛况进门，刚想往里走，见陈景站在门口，扶着门目不转睛地盯着正对面看，他顿了下，转头刚想问陈景干吗，眼角的余光却瞄见了路对面的人。

个子小小的一个女生，穿着百褶裙、白球鞋、和上衣同色系的袜子，两条腿又细又直，在夏天的阳光下，白得反光。

盛况视线上移，落在了林京戴着口罩的脸上。那口罩有点儿熟悉，上面印着的皮卡丘似曾相识。

正在盛况想着那口罩貌似在哪儿见过，旁边的陈景突然恍然大悟般地“啊”了一声：“我想起来了，我知道她是谁了。

“况崽，小黑粉！

“她就是那个决赛的时候，要当你妈的小黑粉。”

“……”

私生饭，小黑粉……

林京有一瞬间很想把手里的手机砸陈景脑门上。

盛况对这位小黑粉颇有印象，慢吞吞地“嗯”了声，视线从林京的脸上移到了她腿边的大行李箱上。

林京见两个人都进了这栋别墅，翻出聊天记录，又确定了一遍门牌号，然后拖着大大的箱子穿过马路，来到两个人面前：“请问，这是 C-1-2 吗？”

盛况拎着东西，垂着眼隔着门看着比自己矮了一头的林京，答道：“是。”

“那请问两位是怎么进入这栋别墅的？”

陈景被林京这话问乐了：“反正不是爬进来的。”

林京白了一眼陈景：“我的意思是，你们进入这栋别墅，经过别墅主人的同意了吗？”

陈景彻底乐了，笑得很欢快，他撞了下盛况的胳膊：“主人，你进入这栋别墅，有经过别墅主人的同意吗？”

主……主人……

林京听到这个称呼，顿了两秒，僵硬着脖子看向盛况：“……这不是秦瑶阿姨的家吗？”

“是。”

“那……”

“秦瑶阿姨是我妈。”

“那别墅的密码……”

“我改的。”

“……”

盛况耷拉着眼皮，看着说不出来话的小姑娘问道：“你是怎么认识秦瑶阿姨的？”

他怎么一直学她喊“秦瑶阿姨”？

林京翻出微信，把群聊天里秦瑶的语音放给了盛况。

熟悉的声音，熟悉的语调。

盛况听得有些头疼，不等林京放完，就抬起眼皮问：“所以，你要住在这儿？”

林京并不是非住这儿不可，之前是因为没人住，现在人家的亲生儿子住过来了，她当然不能再住在这里。

更何况，人家的亲生儿子看起来还不是特别欢迎她住……

林京特别识相地摇了摇头：“我也可以不住在这儿。”

“不，你可以住在这儿。”

陈景睁大眼睛转头看向盛况：“况崽?！”

盛况无视陈景，微低着头看着林京：“必须住在这儿。”

这反转来得太突然，林京一时间有点儿消化不过来。

盛况往她旁边扫了一眼，把另一只手里拎着的袋子一把塞进旁边站着的陈景怀里。

“给我。”

林京呆滞地看着盛况没反应。

直到盛况冷白瘦削的手腕伸到她面前，她才跟梦醒似的，眨了两下眼睛：“啊？”

“箱子。”

“哦。”林京乖乖地把行李箱递了出去。

第三通

欢迎小京酱

院子里的路铺了鹅卵石，盛况接过箱子顺势压着按钮将拉杆推进去，单手拎起，留了句“记得关门”，就往里走了。

“听见没有，记得关门。”陈景跟复读机似的把盛况的话强调了一遍，抱着盛况塞过来的大袋子，追了上去。

林京梦游似的关上门，跟着他们进了屋。

盛况正好换完鞋，看她进来，对着旁边的鞋柜抬了抬下巴：“拖鞋在里面。”

“哦。”

林京打开鞋柜，看到里面有几双拖鞋，看着码数挺大的。她不太确定自己可以穿哪双，发现鞋柜的一角塞着一双没开封的一次性拖鞋，便将它拿了出来，慢吞吞地拆开包装袋，弯腰换上了。

她起身的时候，正好看到被盛况随手放在玄关处的行李箱，才后知后觉地反应过来，刚刚在盛况提出帮忙拎箱子的时候，她别说没拒绝了，就连客气一下都没有。

还有后来，人家让她关门她就关门，人家让她自己拿拖鞋她就自己拿拖鞋。

她就像一个被盛况操控的没有感情的机器人。

林京正对着行李箱默默地鄙夷自己，突然不远处传来了一句：“你住三楼吧。”她抬头，正好对上盛况的脸：“……哦。”说出这个字的瞬间，她反应过来自己又像机器人了，想收回已经晚了。

为了让自己长记性，她暗自在心底悄悄地告诫了自己三遍。

绝对不能再有下次，绝对不能再有下次……

盛况看她站在原地没动，以为她是到别人家里认生："走吧，我带你上去。"

绝对不能再有下……

第三遍告诫还没落定，林京就点点头："哦。"

半分钟后，林京忍着恨不得咬掉自己舌头的冲动，硬着头皮拖着行李箱，跟在盛况身后进了电梯。

家庭电梯里的空间不大，盛况很高，再加上一个大大的行李箱，显得有些拥挤。

林京偷偷地往盛况那边瞄了一眼。

少年站得笔直，直视着正前方，耳朵里塞着耳机，漫不经心。

他比镜头里看着要高一些，脸也更精致一点儿。难怪他不上妆在镜头里也能那么好看，底子实在太好了。

电梯门打开，盛况动了下头。

林京飞速地收回视线，握着行李箱的把手跟着盛况走出电梯。

三楼比一楼和二楼小很多，但也有两三个房间。

盛况简单地给她做了个介绍："最里面那个房间，是秦瑶阿姨的收纳间，中间这个房间还算大，你住这个吧。"

"哦。"

盛况默不作声地按下了电梯下行键。在电梯门打开之前，林京回头："那个……"盛况收住刚要踏进电梯的脚，看向她："嗯？"

看到他的脸，林京又没出息得有点儿像机器人了。虽然她短暂地忘记了自己想说什么，但好在这次她还有点儿自己的意识。她看着他努力地思考了两秒："……谢谢。"

想了想，林京又补了一句："谢谢你帮我拎箱子。"

盛况听到她那句"谢谢"，以为她是礼貌地客气下，正想点个头回应下，结果又听到了她后面的那句话。直接把他整愣了。

他直勾勾地看了她一会儿，似笑非笑地说道："你这反射弧还挺长。"

"……"

"都能绕地球一圈了。"

"……"

这是在间接地嘲讽她脑子不好使、反应慢吗？虽然高考发挥失常过，但她好歹也是个学霸。林京下意识地想为自己辩解两句，还没开口，她的手机突然响了。

是秦瑶阿姨的语音电话，林京按了接听。

“京京，找到家了吗？需不需要阿姨安排个司机去接你？”

林京刚想说话，盛况突然低头凑到了她的手机跟前。

少年身上带着好闻的青草香，瞬间灌满了林京的整个鼻腔。她拿着手机的手一顿，转头看到了盛况长长的睫毛。他懒洋洋地说：“到了。”

手机那边的秦瑶安静了一会儿，问道：“盛况？你怎么突然回家了？

“盛况，我跟你说，京京是妈妈老朋友的女儿，是我特意邀请到家里住的，对我来说就是贵宾。贵宾知道是什么意思吗？不知道就去查一下。总而言之，你要是敢怠慢我的客人，你给我等着瞧。”

秦瑶不带喘气地说了这一通话后，总算绕到了重点：“……对了，我可爱的狗子呢？妈妈好久没见它了，把它抱过来，让妈妈看看。”

盛况的眼皮跳了下：“……陈景带它出去遛弯了。”

没等秦瑶说话，盛况就问道：“还有别的事吗？没事挂了吧，人家姑娘等着收拾东西呢。”

“好吧。”秦瑶把电话挂了。

盛况缓缓地直起身。

有了这个插曲，林京的大脑清醒了很多：“所以，你只是短暂地回个家？”毕竟他们职业选手为了方便训练，都是要住在基地里的。

“不是。”

不是？

林京疑惑地抬头看向盛况：“那……”

这回换成盛况的手机响了，他掏出手机看了眼来电，对着林京指了下中间的房门：“晚一会儿说。”然后就一边接电话，一边进了电梯。

林京看着关上的电梯门，在原地站了一会儿，拖着箱子进了盛况安排给自己的那间房。

房门没锁，她握着门把轻轻一转就开了。

房间收拾得很干净，配有独立的更衣室和洗手间，窗前的小圆桌上放着郁郁葱葱的吊钟。中央空调在吊钟上面，微风吹过，翠绿色的叶子轻微晃动。

林京放下箱子，绕着房间转了一圈，想到盛况那句“中间这个房间还算大”，忍不住在心里暗暗地吐槽了句“显摆”。

这叫还算大？

这都快赶上一小居室了。

不，这就是一小居室。

陈景守在电梯口，看盛况出来立刻扑了上去：“盛况，你怎么把那个姑娘留下来了？你是不是看上人家了？”

盛况看了他一眼，没说话。

“你该不会真的看上那个姑娘了吧，虽然那个姑娘身材的确挺好的，但到现在为止她都没摘过口罩，指不定一摘口罩毁所有。”

盛况坐在沙发上拧开了一瓶水，喝了两口。

陈景跟着坐下：“不过话说回来，那个姑娘的比例是真的好，腰细腿长，声音还甜。”

正喝着水的盛况停了下，他耳边突然响起那个姑娘刚刚跟自己说的话。她的声音挺好听的，软软的、糯糯的，还有点儿耳熟。

两秒后，盛况又喝了口水，打断了正在一旁叽叽喳喳的陈景：“那是秦女士请来的贵宾。”

“贵宾？贵宾怎么了？贵宾……”

盛况将瓶盖拧回去，放在面前的桌子上，转头看向陈景：“我擅自把她的房子征用了，秦女士还不知道。”

陈景瞬间愣了。过了许久，他才回过神：“盛况，你就不怕你妈知道以后手撕了你？”

“啊？”盛况的长腿往前一伸搭在了茶几上，他掏出手机滑动着屏幕，漫不经心地说，“不会，顶多不要我。”

“……”

“反正，她经常不要我，也不在乎多这一次。”

“……”

陈景看盛况这么淡定，心大得也不担忧了，他重新瘫陷进沙发里：“多个人住就多个人住吧，也不是什么大事。主要是多的那个人是个姑娘，我岂不是不能光着膀子乱晃了，我岂不是半夜喝水的时候，不能穿着短裤出来溜达了……想想好不方便啊，时时刻刻担心自己走光……”

盛况正按手机的手一顿，好像想起什么似的，抬起头往楼梯那边看了一眼。

“算了，你是老板你说了算，我去超市买包烟。”陈景说着站起身，他拿起桌上的钱包和手机，刚打算出门，电梯门打开了，贵宾从里面出来了。

贵宾洗了个澡，换了件比较宽松的T恤，衬得两条腿更细更直了。

她素面朝天，没戴口罩，皮肤白嫩得像是剥了壳的鸡蛋，鼻尖翘翘的，嘴巴小小的，看起来青春又养眼。

陈景保持着弯腰拿东西的动作，一动不动地看着林京。

林京从电梯里出来，见陈景跟定格了似的盯着自己看，便也学他的样子盯着他看。

跟那会儿站在门外一样，两个人对视了一会儿，她转头看向盛况。盛况清了清嗓子，抬起脚踢了下陈景的屁股：“你不是说要去买东西？”

“噢噢噢。”陈景站起身，视线黏在林京身上，往门口走去。

走了几步，他回头看向林京：“小妹妹，我去超市，你有什么需要我带的吗？”

林京摇了摇头：“不用，谢谢。”

陈景盯着林京，继续问：“况崽，你呢？”

“也不用”三个字刚到嘴边，盛况忽然抬起眼皮，视线落在了林京脚上踩着的一次性拖鞋上。她应该在楼上洗过澡或者洗漱了下，薄薄的白布拖鞋湿了。

盛况顿了下，收回视线：“带双拖鞋吧，粉色的，小码的。”

“什么？”陈景总算舍得将视线从林京身上挪开了，他诧异地看向盛况，刚想问他为什么要搞一双粉色的鞋，话到嘴边，忽然回头看了眼林京脚底下踩着的鞋，一脸什么都懂了的样子对着盛况比了个“OK”的手势，推门走了。

别墅里只剩下盛况和林京两个人。

盛况没说话，见林京还在不远处傻站着，想到这姑娘脑回路比较长，就用手指轻轻地敲了敲手机屏幕。

林京闻声看向他。

盛况垂着眼看着手机屏幕，漫不经心地说：“坐。”

“哦。”

林京暗暗地咬了下自己的舌头，犹豫一下，选了离盛况最远的一个单人沙发坐下。

盛况没跟她说话，房间里很安静，林京隐约能听到他的耳机里传出《王者荣耀》的游戏音效声。他的手指在屏幕上飞速地滑动着，大概这局游戏对他来说太无聊，他打到一半打困了，打了个长长的哈欠。

刚刚在楼上，林京收拾好东西洗澡的时候，特意冲的冷水。冰凉的水浇得她一激灵，让她确信今天发生的一切不是梦。

可这会儿，平时只能在屏幕里看到的人，鲜活地坐在离她不远的地方，还很生动地打着哈欠打游戏，她又开始觉得不真实了。

林京觉得自己不能再这么大脑宕机下去，她拿手机轻轻地磕了磕脑袋。刚磕了一下，盛况的视线扫过来，林京的动作一顿，装成头皮痒的样子蹭了两下，然后十分冷静地把手机拿到面前，一脸平静地解锁屏幕。

微信里有未读消息，是兰婷婷发来的，她那会儿在洗澡没看到。

林京顺势回消息。和兰婷婷聊了两句后，她抬头往盛况那边看了一眼，犹豫了下，开始打字。

小京酱：我不是来我妈朋友家借住嘛，你知道我碰到谁了吗？

起床困难户：谁？盛况？

小京酱：……

起床困难户：别告诉我，我猜中了？真的假的？

小京酱：真的，他就在我面前，大概三米远。

起床困难户：啊啊啊！这是什么神仙缘分！

起床困难户：京酱，给我拍个照，或者偷偷地录个像。

起床困难户：算了，我们视频吧。

林京的手机屏幕里弹出兰婷婷的视频邀请，她迅速按断。

兰婷婷发来三个问号。

林京抬头看了眼不远处打游戏打得快睡着的盛况，微抿了下唇，低头打字。

小京酱：要是在比赛现场，我怎么给你拍都可以，但现在是私下，我不能给你拍。

起床困难户：好吧，尊重你。有没有什么可以透露的小细节？

林京歪着头想了想，继续打字。

小京酱：况崽他喜欢粉色。

起床困难户：哈哈哈！真不愧是姐妹，我也喜欢粉色。

起床困难户：对了，你看没看网上的新闻，Miracle 退役了。

小京酱：啊？

起床困难户：真的，Miracle 的微博名都改了，GDT 的前缀没了。

林京下意识地看了眼盛况，然后就点进了微博。她前几天忙期末考试都没怎么上网，现下搜索盛况，才发现他真的改名了。

GDT.Miracle 变成了 Miracle，原本的认证信息“《王者荣耀》GDT 打野”也被取消了。

他的置顶微博还是年初的春节祝福，评论区里有不少粉丝在问他是不是真的退役了。

林京逛了下微博，才知道她忙期末考试的那几天，盛况还跟杨斯年直播 PK 过。一些博主爆料，说盛况就是因为要退役，所以走之前才无所顾忌地跟杨斯年来了一场 PK。

其中有个博主，分析得头头是道，感觉很有道理的样子。林京忍不住多看了一会儿。

盛况打完一局游戏，将手机放在一旁，起身去冰箱里拿了一瓶水，拧开瓶盖喝了一口。他正准备回客厅，扫了眼在外面低着头正玩手机的人，又拉开冰箱拿了一瓶水。

盛况回到沙发前，弯腰将水放在林京面前。林京看手机看得正入迷，没发现他靠近。他没说话，放完水后刚打算坐回去，无意间看到了她手机里的信息。

GDT.Miracle 更名为 Miracle，取消认证信息，预计本月底会正式宣布退役。

盛况一时无语。这个不知道从哪儿冒出来的博主还挺会编，编得头头是道就算了，还配了他几张生图。配就配了，配的还正好都是他不喜欢的。

盛况扯了扯唇角，见林京看这种不着调的新闻看得还挺入迷，一时间没忍住，低声说：“假的。”

林京被头顶突然冒出来的声音吓了一跳，她抬头对上盛况的眼睛。盛况敲了敲放在她面前的矿泉水瓶：“那个博主在瞎扯。”

说着，他坐回到沙发上，想到那几张生图，又说道：“还眼瞎，没审美。”

“……”

其实从这位博主选的照片来看，他真不是没审美。

首先，盛况的底子放在那儿，三百六十度没死角，网上压根儿没什么黑照；其次，看得出来这位博主为了拿盛况的颜值博眼球，特意精挑细选过，那几张图，基本都是盛况比较出圈的图。

林京盯着手机里的那些照片，琢磨了一会儿说道：“不用修图的。”

盛况没太懂她的意思：“嗯？”

林京举起手机：“这些图虽然都没精修过，但比很多精修过的图要好看很多。”

“……”

盛况看了林京一会儿，面无表情地拿起手机点了几下，“啪”的一声，将手机扔在了她面前：“看清楚了，这才是我的审美。”

照片里的盛况戴着口罩，将脸遮挡得严严实实的。

要不是他身上穿着的队服带有“Miracle”，真的很难让人辨认出他是谁。

“……”

林京沉默了两秒：“你的审美还真挺……”

她及时地收住后面的“奇葩”，停了下，生生改口说：“……好的。”

盛况伸手拿回自己的手机：“谢谢。”

林京真没想夸他：“……不客气。”

房间里重新安静下来，林京看着盛况懒洋洋地靠在沙发上打着字跟人聊天，她抿了抿唇，问道：“所以，你不打算退役？”

盛况敷衍地“嗯”了一声，打字的动作没停。

“那你打算转会吗？”毕竟微博名字改了，认证也取消了。

盛况没说话，直到打完字放下手机，才看向林京：“也不转会。”

不退役，也不转会……

林京愣了下，想问“那你有什么打算”，话到嘴边，又觉得不太合适。他和她到目前为止，充其量算是见过面。她这么追问他的隐私，貌似有点儿不礼貌。

盛况用指尖蹭着手机屏幕，盘算了几秒后和林京说：“一切待定，但接下来这个家里会陆陆续续来一些人，你别紧张……”

在盛况说话的时候，陈景回来了，他将拎着的袋子放到茶几上，从里面掏出一双拖鞋，“啪”的一声丢在林京的脚边：“小妹妹，给你买的，换了吧。”

林京看着脚边的拖鞋，眨了眨眼睛，看向盛况。粉色拖鞋不是买给他的吗？

盛况收住本来想说的话：“你先换鞋。”

“……”

还真是给她买的。

“谢谢。”

一次性拖鞋沾了水后穿着真不舒服，林京没客气，换完鞋后，问道：“多少钱，我转给你们。”

“不用了，”盛况停了下，清了清嗓子，接着陈景回来之前的话往下说，“……也别让秦瑶阿姨知道我住在家里，总之秦瑶阿姨给你打电话，你就说一切正常。”

陈景大大咧咧地坐在盛况身边，对着林京疯狂点头：“对，小妹妹，千万别告诉秦阿姨。你放心，况崽不会牵扯到你的，等暑假结束，你是要回学校住的，对吧？这两个月里，秦阿姨回不来的，等秦阿姨回来，况崽他会一人做事一人当的。”

所以，盛况这是要在家里搞事情，而且搞的事情还不能让他妈知道。

林京低头看了眼粉色拖鞋，沉默了几秒后抬起头：“买这双拖鞋，是为了收买我？”

陈景的手一抖，险些将刚捞起来的抱枕甩出去。

他怎么都没想到，这位漂亮得像小仙女一样的小妹妹，不开口则已，一开口如此吓人。他一脸震惊地看着林京愣了十来秒，才勉强出声：“小妹妹，你是在讲冷笑话吗？”

林京摇摇头：“不是。”

“……那就是在讲笑话？”

“大哥，你才是来讲冷笑话的吧？”

旁边传来了一声轻笑，是沉默了有一会儿的盛况发出的。

“一双拖鞋就能把你收买了？”

林京的背脊一僵，她顿了下，转头看向盛况。

理智告诉她，她要义正词严地回他一句“你仿佛在做梦，我可是‘富贵不能淫，贫贱不能移，威武不能屈’的，岂是一双拖鞋就可以随随便便收买的”，可她看着眼睛里仍留有笑意的盛况，一时失语，那些在脑子里绕了好几圈的台词怎么都没能说出来。

盛况迎着林京的视线和她对视了一会儿，慢悠悠地接着说：“那你还挺好被收买的啊。”

“……”

林京的大脑逐渐清醒，意识到自己又成机器人了。她刚想为自己辩解两句，盛况的声音又传了过来：“你真是大学生？”

林京收住到嘴边的话。

“你怎么看着傻乎乎的？”盛况斜靠在沙发上，样子松懈又散漫，“被卖了，会数钱吗？”

“……”

她其实挺能撑人的，但在盛况面前总是掉链子，比如这会儿。她越是强迫自己冷静下来找句话撑回去，越是不知道该怎么撑。

陈景坐在一旁看热闹不嫌事大，“扑哧”一声笑了：“就算是会，也是被卖了帮别人数钱吧？”

“……”

怎么，野辅联动、强强联手欺负她一个？她对况崽没脾气，不代表她会爱屋及乌到对陈景也没脾气。

林京想着，转头狠狠地瞪了一眼 KPL 粉丝圈众所周知的英语烂到家的陈景：“英语单词你会背几个？除了你的名字Scene，其他的应该都不认识吧？”

陈景“啊”了一声：“我还认识一个，Miracle，我们家况崽的名字。”

林京语塞，一句脏话险些脱口而出。

陈景在比赛的时候特别细腻，就像一座翻不过的大山，让人特别有安全感，怎么私底下贱兮兮的？

林京面无表情地瞪了两人一会儿，打算离他俩远点儿。她还没来得及起身，盛况的声音又传了过来："帮忙。"

"帮忙"这两个字来得有点儿突然，林京愣了一下，看向盛况。

盛况问道："你叫什么名字？"

他这句前言不搭后语，让林京有些摸不到头脑，她沉默了下答道："林京。"

"不是收买，是帮忙，"盛况说，"这位叫林京的小朋友，愿不愿意帮个忙？"

陈景看着林京头也不回地进了电梯，等到电梯门关上才依依不舍地收回视线。

"我也算是有不少女粉丝的人，打比赛的时候，她们也没少过来和我拍合影。去年秋季赛，我还现场跟当红女明星打过水友赛，怎么也算是见过大世面的人了吧。但是碰到这位姑娘，我发现，我世面见得真不算大。"

盛况没搭理他，耷拉着眼皮，散漫地给兰博文发消息。

"话说，盛况，你妈是怎么认识这么一位姑娘的？"

盛况眼皮都没抬一下："秦女士老同学的女儿。"

"羡慕，我怎么就没这么一个妈，我妈怎么就没这么一个老同学，我妈的老同学怎么就没这么一个女儿。"陈景沉浸在林京的惊艳亮相中无法自拔，情不自禁地又感叹道，"不得不说，你妈这位老同学的女儿，是真的绝，抛开高颜值不说，气质也真好，那气质太干净了，你懂吗？干净得让人特别想追到手……"

盛况停下打字的动作，看了眼桌上刚刚被陈景随手丢下的超市小票："陈景。"

陈景扭头问道："干吗？"

"看下你微信的收款码。"

"看那玩意儿干吗？"陈景边说，边把微信收款码点了出来，"怎么，要给我钱？"

盛况没说话，举着手机对着陈景的手机屏幕扫了一下。紧接着，陈景收到了一条小金额付款的提醒。

"还真给我钱？盛况，你什么时候这么好了，是不是有事求……"陈景顿了下，盯着那金额研究了会儿，"咦？我怎么觉得这个数越看越眼熟，像是在哪儿见过？"

盛况持机的手一颤。他若无其事地瞟了陈景一眼："兰博文跟 YLS 谈完了。"

YLS 是个不知名的战队，去年从次级联赛打进了预选赛，年初从预选赛打进了 KPL 联赛。

老板纯粹是因为爱好搞的这个战队，因为资金有限，自始至终就养了五个队员，连个替补都没有。上半年春季赛打到一半，战队的资金链出现了问题，最近这两个月开始频繁拖欠队员的工资。那几个队员没有专业教练，成绩是相当差，春季赛虽然还没结束，但大家都已经心知肚明，YLS 注定要以倒数第一的成绩被降级回预选赛了。

降级就算了，战队还穷，他们被 KPL 春季赛淘汰的当天，有两个队员心态崩了收拾东西回老家了。

组一个新战队太麻烦不说，还得从次级联赛打起，所以盛况在决定和 GDT 解约的时候，就盯上了 YLS。

陈景成功被带跑了思路："贵不贵？"

"还行。"

盛况说的还行，是真的还行。

YLS 的老板为了这个战队欠了一屁股债，现在正处于极度缺钱的状况，碰上有人要买他的战队，特别好说话。兰博文和他对了两次，这事就敲定了。

不过，这事虽然进展得很顺利，但并不代表就万无一失了……

想着，盛况又说："YLS 走了两个队员，只剩了三个，三个里其中一个是打野，跟我位置重叠，另外两个还好，一个是中单，一个是射手，中单调教调教还是能凑合着用的，但那个射手……"

盛况一言难尽地"啧"了一声："够呛。"

"所以，你的意思是我们现在不但缺个上单，还缺个射手？"

"嗯。"

"春季赛决赛就在下周六，一结束就是预选赛，这总共不到半个月的时间，请问从哪儿去搞上单和射手？"

"直播。"

"嗯？"

林京乘坐电梯回三楼的路上，耳边反复回响着盛况那句："这位叫林京的小朋友，愿不愿意帮个忙？”

电梯停下门打开，林京迫不及待地冲进房间的浴室，打开水龙头洗了一把脸。她抬起头看着镜中的自己，脑子里回放着刚刚在楼下的画面。

盛况问完她愿不愿意帮个忙之后，她几乎没有任何犹豫，一句“愿意”就脱口而出。

大概是她答得太干脆利索，反倒把盛况给答愣了。

当时的客厅里一片安静，过了没多久她回过神后，想都没想转身就跑。

林京想到这些，懊恼地闭了闭眼睛，再次低头捧了一把冷水扑在脸上。

从洗手间里出来，林京倒在床上，将脸狠狠地扎进枕头里。她生无可恋地挺了半个多小时的尸，手机突然响了一声。她实在觉得没脸见人，在床上盲摸了好一会儿，才摸到手机。

等到把手机拿到眼前按亮屏幕，她才发现是某直播平台的提醒：“Miracle直播了——”

盛况居然直播了？

想到不久前发生在楼下的事，林京又是一阵懊恼，但懊恼归懊恼，她的手还是不受控制地点进了盛况的直播间。

“直播什么呢？直播……”手机里传出盛况的声音，懒懒洋洋的，伴着他的话音，还有敲机械键盘的清脆声传来，“……求虐。”

紧接着，林京看到盛况的直播间改了名字：Miracle 在线等虐。

啊啊啊！况崽居然又直播了！

请况崽保持这样的直播速度！

呜呜呜，况崽你真的要退役了吗？

求不要退役……

怎么个虐法？

盛况换了件衣服，但依旧是白色 T 恤，看着直播屏幕里密密麻麻刷过的弹幕，他面无表情地垂着眼调整游戏铭文。

他无意间抬了下头，大概是看到了弹幕里的某句话：“怎么个虐法？很简单，欢迎各路高手来跟我说‘开房间 1V1PK’，只要你赢了，条件随你开。”

玩得这么大吗？
没限制吗？
那要是对方输了呢？

盛况又抬了下头："输了？输了就输了。"

顿了下，盛况放下手机："再说，输给我不是很正常吗？"

啊啊啊！这么好的吗？况崽，我来！
我也来！
我 IOS 系统，微信区，ID 名叫……

盛况看着多到爆炸的弹幕："不是什么人都能来跟我 PK 的，是有条件的，荣耀百星，国服玩家。"

"……"

林京正准备跟着大众也刷句"我也要来"，听到盛况的限制条件，默默地缩回了手指。

盛况的直播间流量很大，他这种玩法不一会儿就传了出去。有想来蹭他热度的技术主播跑来送打赏，发弹幕自告奋勇参赛。盛况随便逮了一个，加上好友，直接进入游戏。

盛况选了五个人，打了五局，五局全胜。

第六局开始的时候，弹幕画风不再是"为况痴，为况狂，我为况况哐哐撞大墙"或者"况崽勇敢飞，我们永相随"之类的话。

今天是怎么回事？陈景居然也直播了？
而且直播内容和况崽一模一样。
Scene 这是跟 Miracle 学的吗？
哈哈哈，这还用说吗？肯定是跟况崽学的。
梦回当年的 GDT，况崽犯错，陈景总会跟上。
楼上的，别忘记了，还有兰博文。
兰博文：是我不配吗？

因为盛况，林京关注了 GDT 首发阵容的五个人。

她看到弹幕里的这些话顿了下，退出盛况的直播间，在关注列表里找到陈景点了进去。

如同盛况弹幕里说的那样，陈景直播间的画风跟盛况的一模一样，都是在线玩 PK，都是赢了有好处，输了就输了。

唯一的区别是，陈景没盛况那么狂，是赢了送你一个你想要且能买到的皮肤，不限金额。

哈哈哈！陈景你怎么好的不学，净跟着况崽学坏？

景老板，学学况崽，玩得多大，你这不够大气啊！

不是景老板不够大气，是景老板一个职业辅助，专业挨揍的人，跟人 PK 真没什么优势。

哈哈哈！况崽那边是在线虐人，景老板这边是在线被虐，近水楼台先得月。

林京刚刚在盛况的直播间的时候，给他打赏了两百块钱。

她在陈景的直播间待了会儿，打算回盛况那里，临走之前她想了想，决定也给陈景送个打赏，把直播平台免费赠送的小鱼干全都投给了陈景。

回到盛况直播间，林京加入弹幕大军问道“这是第几个人”。没等弹幕里有人回复，低着头选英雄的盛况就答道“第十个了啊”。

虽然盛况这话是说给整个直播间听的，但林京还是忍不住代入了下这句话是说给自己听的。

她想到盛况就在自己楼下的某个房间直播，这种代入感顿时变得更强烈了，一激动忍不住又去充了两百块钱，打赏给了盛况。

今天是什么神仙日子？

退役了一年多的兰博文，居然也开播了！

真的假的？

妈呀，我回来了，是真的，蚊子开播了！

开播就算了，开播内容竟然和况崽、景老板一样！

林京被弹幕刷得，忍不住好奇再次离开了盛况的直播间，转去了兰博文的直播间。

兰博文作为曾经的第一中单，直播 PK 赢了他的条件虽然比不上盛况那么张扬，但比陈景大方很多。如果是主播，那就是一万块钱的打赏；如果不是，那就是一万块钱的现金红包。

有生之年系列，居然同一天碰到况崽、景老板和蚊子一起直播！

如果没记错的话，上次还是三年前吧！

是的，三年前，他们 KPL 秋季赛夺冠的那天晚上！

林京看了会儿热热闹闹地追忆往昔的弹幕，打算重回盛况的直播间去。

为了公平起见，走之前她把刚刚充值后系统赠送的免费小鱼干给了兰博文。

林京到现在还没吃晚饭。她那会儿只顾着懊恼了，压根儿没感觉到饿，这会儿在盛况、陈景还有兰博文三个人的直播间来回窜了一阵儿，她才后知后觉地意识到自己饿得肚子直叫。

现在已经是晚上九点多了，林京懒得出去，拿手机叫了份快餐。

送餐员速度很快，不到二十分钟，林京的手机响了。她一边接电话让送餐的人稍等会儿，一边急匆匆地踩着拖鞋下了楼。

推开屋门，她一路小跑到别墅大门口，隔着栅栏接过外卖。她的确饿了，当场拆了包装，啃着汉堡往回走。

这会儿户外没那么热，风一吹还挺舒服的，林京走得慢吞吞的。来到门口，她刚想伸手去拉门，突然想起什么，抬头望向面前紧闭的门。

盛况把密码改了，没告诉她。她刚出来拿外卖跑得有点儿急，没注意到门自动关上且锁上了。

林京拿着汉堡仰头看了眼二楼。

二楼的灯全亮着，里面的人在直播，她要是这么吼一嗓子，估计整个直播间都炸了。

林京纠结了一会儿，索性在院子里找了个地方蹲下，翻出手机一边看直播一边继续啃汉堡。汉堡啃完了，正在直播的盛况也打完了一局游戏。

“我上个洗手间。”盛况扔下这句话，摘下耳机起身离开了。

虽然他人不在，但直播间的弹幕依旧很热闹。

盛况离开的时间稍微有点儿久了，弹幕里有人开始问：

况崽怎么还没回来？

景老板在一分钟前也去洗手间了。

我好像懂了什么。

我好像也懂了。

林京看着弹幕里的这些话，也忍不住打起了字。字还没打完，身后的门突然被推开了。

盛况看了一眼背对着自己蹲在门口捧着手机打字的人，问道："数星星呢？"

林京被这头顶上突然砸落的话吓得一哆嗦，条件反射般地仰起脖子。

小姑娘挺瘦的，蹲在地上小小的一团。在院子里的灯光的映射下，她皮肤白得反光。

盛况垂着眼看了片刻，移开了目光。

他的视线刚碰到不远处的一棵树，突然察觉到她手机屏幕里的画面有点儿熟悉，又将视线移了回来。那是他的直播间。

弹幕里有一群人在刷"懂了""秒懂女孩儿在这里"之类的话。

盛况"呵"了一声，正想嘲讽一句"这群戏精又懂什么了"，突然看到屏幕里飘过的两句话：

况崽和景老板一起消失五分钟了。

错了，姐妹，是五分二十秒。

盛况大概明白了刚刚刷的那些"懂了"是什么意思。

他懒得跟她们一般见识的，刚想将视线挪走，突然发现林京的手机屏幕下方有一句打完还没发出去的话，也是调侃他和陈景的。

"……"

所以，眼前这位先是被陈景喊"小黑粉"，后来被陈景叫"小妹妹"的姑娘，也是个戏精？

林京缓了一会儿才反应过来，刚想说“谁家星星在地上”，见盛况目不转睛地看着自己的手机，便顺着他的视线低下了头。

看到刚刚打完的那句话，她脑子有点儿蒙，下意识地想点“退出”，结果却点成了“发送”。

密密麻麻的弹幕里，她那句弹幕缓缓飘过。

“……”

“……”

此时此刻，林京想死的心都有了。她一边努力地维持着自己面上的镇定，一边暗暗地操作想退出直播间。大概是因为紧张，她一不小心点进了自己的个人主页。她的头像是自己给盛况为爱发电画的Q图。

名字：小京酱。

个性签名：“为况痴，为况狂，我为况况哐哐撞大墙”，这句话出自我。

这句应援词真的出自她手。

四年前她在GDT官方微博下一时兴起打下这句话，没想到它莫名其妙地变成了热门评论，更没想到后来成了应援词。

虽然“矿工”（盛况的粉丝名称）经常发这句话，但没什么人知道出处。

盛况挺嫌弃这句话的，在四年前的一次直播里还问过：“我就想知道这句话是谁说的。”

四年，整整四年，盛况都不知道这句话是谁说的。而她和盛况认识了不过四个多小时，就暴露了自己。她可真能耐。

林京活了十九年，自认为是个挺机灵的人，怎么都想不到自己竟然会有这么“社死”的一天。

现在想想，对比此时此刻，她下午做“机器人”以及面对盛况的求帮忙毫不犹豫地说出“愿意”，真不叫事。

下午那会儿，她觉得丢人能撒腿就跑，可这会儿盛况堵在门口，她往哪儿跑？难不成穿着宽大的短袖和拖鞋，往大街上跑？

林京想象了一下忍不住打了个寒战，觉得自己宁可在这儿“社死”到底，也不能丢人丢到大街上去。

网上挺多人调侃盛况和别的职业选手关系的，不过他大概没在现实生活中见过。他一时间被震惊了，看了她好一会儿都没什么反应。

林京被看得心里有些发毛，她默默地咽了口唾沫，也不知道抽了什么风脱口而出："要不，我跟前几天在半决赛现场一样，给你比个心，刚刚那事就算过去了？"

林京说完这句话的一瞬间，反应过来她嘴又快了。

她是生怕盛况忘记那天她对着别人说"他是我儿子"，哪壶不开提哪壶。见过翻黑历史的，没见过翻自己黑历史的。还有那个比心，当时比完她都替自己感到尴尬。

林京看着盛况，不敢再说话了，主要是怕越说越"社死"。

比起林京尴尬地只想找个地缝钻进去，盛况反倒一身轻松地往旁边的门上一靠，不管直播间里一群人在等着他，慢悠悠地上下打量了林京一圈："你比。"

"……"

她并不想比。

林京学聪明了，说话之前先在脑子里过了几圈，确定没问题才温馨提醒："那个，你正直播呢。"

盛况"嗯"了一声，问道："然后呢？"

"……"

然后呢？你说然后呢？那么多人在等着你，你不能让大家一直等着啊！

林京眨了眨眼睛，硬着头皮往下说："让粉丝等久了不好。"

"没关系，"盛况慢悠悠地说，"反正他们都懂。"

"……"

林京在心里悄悄地给盛况竖了个大拇指：牛。算你狠。我认输。

事情明显已经发展到死胡同里了，就在林京想着要不直接装晕倒地上完事时，二楼的窗户突然被拉开，陈景的声音传了出来：

"况崽。

"况崽，你的粉丝在找你。

"况崽，你人呢？"

"来了。"盛况抬起眼皮往上看了一眼，连陈景的脑袋都没看到。他站直了身子，将门往外推了推，确定不会自动关上之后，转身进了屋。

林京在门口冷静了足足十分钟才故作镇定地进了屋。

虽然外面不算热，但她待久了还是出了一些汗。回到三楼，她重新洗了个澡，吹头发的时候，想到刚刚发生的那些事，一时没忍住拿着吹风机往自己脑袋上狠狠地敲了一下。

她疼得“嘶”了一声，揉了揉脑袋，继续拿着吹风机生无可恋地吹头发。

从浴室出来，林京躺在床上拿起手机。她此时对直播 App 有点儿心理阴影，挣扎了好半天，还是没忍住点了进去。

盛况、陈景、兰博文他们都还没下播，林京先去了兰博文的直播间，又去了陈景的直播间，最后才进了盛况的直播间。

盛况刚打完一局游戏，靠在椅子上，单手操控着鼠标不知道在设置什么。他的直播间人来人往的，林京心想自己进去也不会被人注意到的。

哪知道，她这想法还没落定，盛况就抬了下眼皮，扫了下电脑屏幕里的直播助手，在一排“××× 进入了直播间”里，一眼捕捉到了“小京酱进入了直播间”。

他笑了一声，一边和下一位找他 PK 的人加好友，一边看似无意地说了句：“欢迎小京酱。”

“……”

林京吓得将手机直接甩了出去。好在床够大，手机落在了床边。十秒后，她伸手将手机拿到面前，退出了盛况的直播间。

一直到盛况下播，林京再也没打开过这个直播 App 一次。

第四通

贵宾重地

盛况他们几个人下播时，已经是晚上十二点了。

这个点对职业选手来说还早，盛况随手在三个人的群里发了条消息，十分钟后他们会聚在负一层的休闲室里。

兰博文最先到，见陈景和盛况一前一后从电梯口里走出来，没等两个人坐下就直接问道：“有收获吗？”

陈景从冰箱里拿出一瓶饮料，丢给经过的盛况：“有几个。”

盛况接过饮料，拧开瓶盖仰着头喝了两口。

“我也有几个，”兰博文说着，转头问坐下的盛况，“盛况，你呢？”

盛况慢慢地拧回瓶盖，将今晚的直播在脑海里回忆了一遍，然后思绪停在了下播之前最后一个跑来找他 PK 的名叫“青醉”的人身上。

这个“青醉”一上来就很坦诚地表明自己不是主播，也不是百星，但比那些菜鸟主播和垃圾假百星强太多了。

看得出来“青醉”很想和他 PK，在弹幕里一个劲儿地刷屏。刷到最后，这位“青醉”嚷着不信就试试，要是 PK 下来觉得他“菜”，他在直播间连麦当场喊盛况“大哥”。

盛况就喜欢当人家的大哥，他想都没想就破了先例，跟“青醉”加了好友。

事实证明，“青醉”真不“菜”。不是不“菜”，是相当不“菜”。他比那些每天直播花式秀演技的主播要强很多，反应很快，打法很刚，用的还是上单英雄。

盛况一开始真没往心上去，打得很随意，玩了几分钟之后，他渐渐地开始认真了起来。他选的英雄和“青醉”的相比并不占优势，但好在他天赋在那儿摆着，还接受过专业的训练。虽然赢了，但他心里很清楚，赢得挺侥幸的。

盛况收回思绪，将饮料放在桌上：“有一个。”

兰博文很了解盛况，听他这么说，顿时问：“听你这语气，是已经确定想要这个人了？”

盛况“嗯”了一声。

陈景问道：“多强？是哪个区的百星？是哪个英雄的国服，还是主播？”

“都不是，”盛况顿了下，“是个野路子。”

“既然你都这么说了，我明天重点去联系，”兰博文说道，“至于我跟陈景看上的，还有你那边备选的，回头搞个名单给我，我也挨个儿去联系联系。”

“行吧，事情就这么说定了，”陈景看了眼时间，“我不能再在这儿待着了，CEC 那边的经理已经给我发了好几条消息了，不管怎样我现在还是那边的人，得回基地了。”

陈景走后，兰博文紧跟着也站起了身。他看了眼还坐在沙发上的盛况：“不回楼上？”

盛况摇了下头：“不着急，我打算把你跟陈景今晚的直播回放一遍，看看还有没有漏选的。”

兰博文捶了下腰：“我不行了，陪不了你了，我今晚就坐了这么几个小时，腰就疼得厉害，我得回楼上敷药睡觉了。”

盛况皱了下眉：“这都挺久了，怎么还没养好？”

兰博文无奈地一笑：“哪儿那么容易养好，腰伤，估计得一辈子了。”

“当年都怪我……”

“盛况，”兰博文笑着打断了他的话，“那事跟你无关。”

盛况的喉结滚动了一下，转头看向不远处的酒柜。

“事情重来一次，我还是会那么做的。”兰博文低着头，在他面前站了会儿，又笑了一声，“好了，不提以前的事了。我是真累了，不陪着你熬了。”

兰博文走了。

一百多平方米的休闲室里只剩下盛况一个人。

他盯着酒柜玻璃门上隐约倒映出来的自己的影子，看了许久，抬起手搓了一把脸，随后就跟没事人一样，拿起遥控器打开电视，连接手机看起了直播回放。

盛况一直看到深夜两点，他实在扛不住了，打了个哈欠关掉了电视，起身进了电梯。

他按楼梯上行键的时候，看了眼“2”上面的“3”，指尖微顿了下，按亮了“2”。

兴许是看到了三楼，想到了住在三楼的那位姑娘，他脑子里慢慢悠悠地晃出了那姑娘的样子。

她长得是挺漂亮的，就是脑子貌似有点儿问题。

他说那个博主没审美，她以为他是嫌弃人家没给他修图。

他看她踩着一双一次性拖鞋，让陈景给她捎双鞋，她觉得他在收买她。

他就想问问，谁收买人会用一双拖鞋。

那会儿没觉得有什么，现在回想一下，怎么想怎么觉得自己被那位姑娘侮辱了。

盛况“啧”了一声，推开房门，脱掉衣服进了浴室。洗完澡出来，他感觉有点儿口渴，光着上半身，拿毛巾擦着头发就往门口走。

走了几步，他想到陈景下午在耳边嚷嚷的话：“我岂不是半夜喝水的时候，不能穿着个短裤出来溜达了。”

盛况擦头发的动作一顿，在原地站了两秒，嘀咕了句“真麻烦”，然后就进了更衣室。

盛况喝完水回来拿起手机，发现十二点多的时候兰博文给他发了一条消息：“YLS 那边的人明天一大早就会到。”

盛况没在意，随手回了个“嗯”。放下手机后，他关灯上床。

明天一大早 YLS 那边会过来三四个人，还都是男生……

盛况翻了个身，看了天花板一眼，然后他掀开被子下了床。

林京睡着睡着突然惊醒了。她总觉得自己好像忘了什么事，而且是很重要的事。

她睁着眼睛努力地想了好一会儿，在困意再次来临之前，想到慈善机构那边让自己联系盛况的事。

现在大半夜的，盛况八成已经睡了，只能明天再联系了。

林京闭上眼睛打算继续睡，结果没几秒，她又睁开了眼睛。除了这件事，还有一件事。

秦瑶阿姨的狗。

她在这家里待了这么久，别说见到狗影了，就连狗叫声都没听到过。

林京想都没想，就下床踩着拖鞋出了卧室。

她正打算绕着别墅转一圈找找狗，刚关上屋门，就看到楼道不远处，盛况站在电梯的正对面，正在墙壁上挂着的一个硬纸板上写字。

林京愣了一下，走了过去。她不靠近还好，一靠近看清楚盛况正写着的字，被雷得下巴险些掉在地上——“贵宾重地，男士止步”。

林京震惊了好一会儿，才缓缓地将视线从盛况写完的那八个大字上移到了他的脸上。

盛况看起来好像对自己写下的这八个大字还挺满意，欣赏了一下，“啪”的一声扣上笔帽。他往后退了两步，打算转身按电梯下行键，一歪头看到了站在旁边的林京。他愣了下，收住动作。

盛况刚想问“大半夜不睡觉，跑楼道转悠什么”，话到嘴边，他发现女孩儿看他的眼神有点儿诡异。

这姑娘该不会还有梦游的习惯吧。

盛况寻思了下，伸手在林京面前晃了晃，他见她的眼珠子随着自己的动作转了两下，放下心来：“不是梦游就好。”

“……”

咱俩此时的行为，谁更像是梦游？林京的唇角微抖了下，没说话，慢慢地转头看向墙壁上挂着的硬纸板。

她越看那八个大字，越觉得自己像是误入了某个洗浴中心。

贵宾重地，男士止步。

女士澡堂，男士止步。

你瞅瞅这多对称，多相近。

林京闭着眼睛深吸了一口气，然后面无表情地睁开眼睛，抬起手指了下硬纸板，平静地问：“这是什么意思？”

“为你好的意思。”

林京用一种“你仿佛有什么病”的眼神和盛况对视了一会儿：“你为人好的方式还挺奇特的。”

盛况没开口，但发出了一道“嗯哼”的声音，然后就看向了墙壁问道：“不喜欢？”

林京心想，这还用问？

盛况盯着自己写下的八个字，没觉得哪儿不好。他寻思了一下，想到小姑娘戴的口罩都印着史努比的图案，大概率是嫌弃他这八个字太素了，不够花里胡哨。想着，盛况往前走了一步，拔开了笔帽。

那八个大字写在硬纸板的正中间，两边还有挺多空地，林京亲眼看着盛况在左边写了四个字，又在右边写了四个字。

从左到右，这八个字连起来是“勇敢京京，不怕困难”。

“……”

写完之后，盛况把笔帽按回去，转头冲着林京挑了下眉：“现在呢，满意了吗？”

林京看着盛况的眼神，从“你仿佛有什么病”逐渐变成了“你就是有什么病”：“你……”

她脑子总算快过嘴一次，止住了差点儿就紧跟着说出来的“能不能立刻带着这个硬纸板麻溜地消失”。

她闭着眼睛平复了下情绪，面带微笑地睁开眼，真心实意地建议道：“麻烦你下楼的时候，能不能把这个硬纸板一起带下去？”

“不能。”

盛况拒绝得特别干脆，林京下意识地张口。

她还没说话，他就好像猜出来她要说什么，紧接着出了声：“比心也不能。”

“……”

谁要给你比心了?!

林京觉得自己距离心梗只差那么一点儿，她深吸了口气，沉默了几秒，看着盛况严肃地问：“你是不是因为那个应援词，故意的？”

她这话说得前言不搭后语，盛况被说得一愣，过了会儿他才反应过来她指的是那句“为况痴，为况狂，我为况况哐哐撞大墙”。

盛况心想这个姑娘还挺敏感：“不是。”

都快三点了，盛况还没合过眼，真有点儿困了。他懒洋洋地打了个哈欠，不想在这儿耗下去了，指了指墙壁上那个硬纸板，说了句“别摘啊”，转身按了电梯下行键。

电梯停在三楼，门打开，林京下意识地出声：“唉。”

盛况没回头，一边困倦地打着哈欠往电梯里走，一边说：“真是为你好，明天你就知道了。”

眼看着盛况要进电梯，林京眼疾手快地拽住他的衣服。

盛况正往前走着，感觉后腰有一股很轻的拉扯力，他本能地收回迈进电梯里的脚，侧头往后看了一眼。

她只用了两根手指扯着他的衣服，手指白白细细的，指甲修剪得很整齐，不像其他同龄女生那样做一些花里胡哨的美甲。她的手腕很细，戴着个纯黑色的细发圈。

盛况垂着眼顿了下，不动声色地将视线往上移了移。

他以为她要继续纠缠那个硬纸板的事，正想着强调一遍他真是为她考虑。

他视线刚碰到她的眼睛，还没开口，小姑娘眨了眨眼睛，问道：“那个，狗呢？”

“嗯？”

“秦瑶阿姨的狗呢？”林京松开盛况的衣服，稍微往后退了一点儿，“那会儿你不是说，陈景带着出去遛弯了吗，我怎么到现在都没看到？”

“不在家。”

“啊？”林京实在猜不透“不在家”这三个字背后的意思，“陈景遛丢了？”

“……”

林京看盛况不说话有点儿急了：“真遛丢了？丢了你们怎么不去找啊？找不到可以报警的啊，再不然贴寻狗启事……”

“没丢。”

林京看向盛况。

盛况清了清嗓子，避开她的视线：“宠物寄养店呢。”

“……”

林京沉默了一会儿问道：“哪家宠物寄养店？”

盛况困得厉害，没怎么过脑子地答道：“就小区对面那家。”

虽然已经放假了，但林京还保持着上学时的生物钟，早上七点她准时睁开了眼。看着陌生的环境，她一时有点儿茫然，盯着天花板上漂亮的灯饰看了差不多一分钟，才后知后觉地反应过来自己这是在哪儿。

尽管昨天跟盛况说了好几次话，但林京现在一想，还觉得跟做梦一样。

能不觉得是做梦吗？

她放个暑假不回家，借住在妈妈朋友家一段时间，结果好巧不巧那家的儿子就是盛况。

整件事就跟电视剧里演的一样。

林京想着好不容易放假了，想再赖会儿床，但是想到被盛况毫不留情地丢到宠物寄养店的狗，她轻轻地拍了拍自己的脸，打起精神后从床上爬了起来。

洗漱完，林京随便套了个短袖和短裙，就拿着手机下楼了。

别墅里很安静，盛况和昨晚住过来的兰博文都还没醒。这别墅很大，就算闹出点儿动静，也未必能惊醒二楼的两个人。林京受住校习惯的影响，把动作放得很轻，就连关别墅大门时都小心翼翼的。

昨天她到的时候是下午，顶着个大太阳，又晒又热，她压根儿没心思观察这个小区。

这会儿太阳还没完全升起，天气也很凉爽，林京一边往小区门外走，一边观察着周围的环境。

清一色的独栋别墅，栋与栋之间隔着一段距离，既保证了隐私又增加了绿化。

出了小区门，林京沿着人行道走到对面。

盛况说的宠物寄养店很好找，和一家宠物医院连在一块儿。

林京推门进去，里面只有一个穿着蓝色工作服的小姐姐在挨个儿给宠物们投食，她听见动静往后看了一眼："请问，您有什么需要帮助的？"

林京答道："我来带宠物回家。"

"您稍等会儿。"小姐姐喂完面前的一只小泰迪，带着林京走向了前台。

她问了林京寄养人姓名，因为领宠物的和寄养宠物的不是一个人，还要了林京的身份证做了个登记，然后示意林京稍等片刻，就去了后面。

没半分钟，她牵着一只雪白的萨摩耶从里面走了出来。

林京虽然没见过秦瑶阿姨，但通过几次微信聊天能感觉到她是个雷厉风行的人，再加上盛况是她儿子，林京心想着秦瑶阿姨的宝贝狗子一定也是个狠角色。哪知秦瑶阿姨养的这只萨摩耶乖得很，虽然和林京是第一次见面，但好像知道她是来接它一样，看到她不叫不闹，吐着舌头笑眯眯地围着她转。

林京对着小姐姐道了句“谢谢”，牵着狗离开了。

萨摩耶认识回家的路，屁颠屁颠地跑在她面前。走到人行道前，对面正好是红灯，它见旁边的人不动也停了下来。

距离红灯倒计时还有十秒的时候，萨摩耶突然站直了身子，对着马路对面叫了起来。

林京费劲地拽住想往马路上窜的狗，顺着它叫的方向看过去。

昨晚三点还没睡的盛况顶着一张困倦的脸，正插着兜往人行道这边走。他听到狗叫声，看向这边。

林京感觉盛况看到她的时候似乎愣了下。

红灯变绿灯，盛况穿过马路走了过来。

萨摩耶停止了叫声，摇着尾巴围着他转来转去。

盛况一脸嫌弃地伸出手指了它一下，萨摩耶继续围着他转，但明显和他拉开了一点儿距离。

他看了眼林京，冲着她身后微抬了下下巴：“买个早餐。”

林京“哦”了一声，见他没牵狗的意思，只好继续自己牵着。

萨摩耶看到了盛况就不肯往家那边走，开始屁颠屁颠地跟着盛况。它被秦瑶阿姨养得肥嘟嘟的，扭着屁股跟着盛况的样子虽然看着很萌，但它力气很大，拽得林京迫不得已地跟着盛况往早餐店走去。

盛况没进店里，站在门口要了两份三明治。

等三明治的时候，他斜靠在旁边的玻璃墙上，没看林京一眼，也没跟林京说一句话，全程低着头摆弄手机。他的手长得很漂亮，手指修长。

他大概觉得就出来这么一会儿，口罩戴得很敷衍，说是戴，其实是挂在下巴上，露出挺拔的鼻梁，微抿着的唇颜色也很好看。

店里有两个女生在等早餐，盛况倚在玻璃墙上，她们只能看到他的一个后背，但还是引得她们频繁地往他这边看。

林京看到这一幕，忍不住在心里感叹了句：果然长得好看的人，哪怕是个背影，也是受人瞩目的。

没多久，老板娘把盛况要的三明治送了出来。盛况道了声谢，只拿了一个三明治，另一个留在了老板娘手里。

他用手机扫码付款，抬头见三明治还在老板娘手里，往林京这边看了一眼，问道：“不吃吗？”

“啊？”林京眨了下眼睛，“给我买的？”

盛况“嗯”了一声，站直身子后把手机塞回兜里，从她手里接过牵萨摩耶的绳子，往人行道那边走去。

林京拿上剩下的那个三明治，追上盛况。

回到家后，盛况把萨摩耶往笼子里一塞、锁一锈，就上了楼。

林京拆开三明治啃了两口，抬头往面前的桌上看了一眼。盛况买的另一个三明治放在上面，压根儿没动。

她低头又啃了一口三明治，然后转头往楼梯和电梯那边看了一眼。她怎么觉得盛况刚刚不像是去买早餐的，更像是去接狗子的？

林京不确定是不是自己小说看多了，才脑补出来玛丽苏的剧情。

男主角一开始没反应过来女主角问宠物寄养店是什么意思，告诉了女主角之后，才意识到她想去接狗，于是熬夜的他特意起了个大早，结果没想到还是比女主角迟了一步。他不想让女主角知道自己想抢在她前面把狗接回去，为了不让她白跑一趟，临时胡诌了个买早餐的借口……

林京脑补得还挺来劲儿，就是想着想着觉得好像哪儿不太对劲。直到她啃完三明治，才后知后觉地反应过来，她脑补的剧情里差辈了。

过了会儿，她又想，就算她不是妈粉，他和她在小说里，他要是男主角，她最多也只能是男主角的朋友。

林京想到买早餐那会儿，隔着玻璃一直看盛况的那两个女生，忍不住替她们悲伤了一下。

好不容易在大街上碰到个养眼的帅哥，结果帅哥压根儿不喜欢自己的性别。

林京摇着头缓缓地“啧”了一声，扬手把三明治的袋子丢进垃圾桶，起身刚准备上楼，门铃响了。

她以为是快递，没看监视器，直接走过去拉开门。

门外没人说话，她抬头看去，愣了。

她面前站着四个男生，其中三个看着和她差不多大，或者比她大个一两岁，长相略微有点儿眼熟，像是在哪儿见过。

那四个男生大概也没想到开门的会是一个年轻的小姑娘，一动不动地看着她。

林京见他们谁也不开口，清了清嗓子问道："那个，你们是？"

其中一个男生最先回神："找错地儿了吗？"

"没有啊，门牌号对得上啊。"

"那是怎么一回事？难道这个小区里有两个一模一样的门牌号？"

"我打个电话问问。"

其他几个男生也都陆续开了口，就是没有一个人的话是回给她的。

那个说打个电话问问的人，看着年龄至少二十五岁了，说完这话就真的打了个电话："喂，兰哥吗？我们到了，但我们好像找错地方了……啊？你听到我讲话了？我没找错地方，那为什么开门的是个女孩儿？"

身后的电梯门打开了，兰博文从里面走了出来，他把手机从耳边拿下来，按了挂断："进来吧。"

林京知道兰博文住在盛况家，兰博文昨晚从陈景口中知道三楼住着一个姑娘，只不过两个人还没来得及见面。

林京听他这么说，让开了门。

几个男生一前一后地进了别墅，在兰博文的招待下，他们围着沙发坐了一圈。

被盛况关在笼子里无精打采的狗，看到家里突然来了这么多人，立刻精神地站起来，绕着笼子转圈圈。

林京看大家的样子像是有事要谈，识趣地打算上楼，走了没两步，她听见有人悄悄地问："兰哥，你们这儿还允许带女朋友住啊？"

"……"

女朋友，指的是她吗？

林京往后看了一眼。

也不知道是谁问的那句话，总之还挺八卦的，一屋子的人因为他那句话，全都齐刷刷地往她这边看来。

大家的视线恰好撞在一起，气氛显得有些尴尬。

安静了大概十秒，兰博文率先跟林京打了声招呼：“你好，兰博文。”

其他的四个人，见兰博文对林京报姓名，也跟着报。

那个二十五岁左右的人最先开口：“你好，姜鑫。”

“你好，李小舟。”

“你好，何忘。”

“你好，秦余。”

林京看着跟在兰博文后面做自我介绍的四个人，沉默了几秒说道：“林京。”

她见他们一个个的还在盯着她看，想了想，以为是因为自己没问好，又说：“你们好。”顿了下，她又补了句，“还有我单身，不是谁的女朋友。”

正打算说话的几个人，一下子沉默了。

在一片安静中，林京突然意识到这几个人她好像在哪儿见过，他们的名字也好像在哪儿听过，她眨了眨眼睛，顿时记起来了：“我知道了。”

大家不约而同地想问她知道什么了，还没来得及开口，林京依次看向李小舟、何忘、秦余说道：“0-11-7 的射手？每次给对方送红 buff 的打野？还有被网友戏称是‘中路提款机’的中单？”

本来想再次说话的几个人纷纷收住到嘴边的话，越发地沉默了。

在一片死寂中，林京一时间没忍住：“所以，你们就是那个去年从预选赛勉强打进 KPL，然后春季赛十三连跪，被刷回预选赛的 YLS 战队？”

“……”

“……”

“……”

姜鑫看着快被林京说到自闭的三个人，忍不住笑了一下。他的笑声还没落，林京的视线落在了他脸上。他的心莫名地“咯噔”一声，脸上的笑容逐渐凝固。

果不其然，下一秒林京看着他面无表情地说：“而你，就是那个，有等同于无，除了比赛之前会跟人握个手，其他什么都不会的教练？”

“……”

兰博文强忍着鼓掌的冲动，清了清嗓子打圆场：“昨天就听陈景提过你了，只是没来得及见面，接下来的这段时间，大家可能要经常相处，男生都让着点儿女生啊。总之，住在这栋楼里，大家就都是朋友了，不嫌弃的话，互相加个微信？”

说着，兰博文率先摸出手机，看着林京：“我扫你，还是你扫我？”

林京点开自己的二维码：“你扫我吧。”

“好嘞。”兰博文添加了林京为好友。

其他四个也掏出手机，各自扫了林京的二维码。

林京正挨个儿通过几个人的好友验证，身后的电梯开了。

盛况补了一觉，顶着睡得有点儿乱的头发，睡眼惺忪地从里面走了出来。

他没想到客厅里有这么多人，愣了下才反应过来是怎么回事，然后看几个男生拿着手机，林京也拿着手机，随口问了句：“开黑呢？”

“不是，”兰博文收起手机，“加了个微信。”

盛况从桌上拿起一瓶水正打算拧瓶盖，闻言一顿：“嗯？”

兰博文说：“我们跟小姑娘加了个微信。”

盛况转头看了眼沙发上坐着的那几个 YLS 的残兵败将，顿了下，很轻地“嗯”了一声。

林京听到两个人的对话，抬了抬眼，往盛况这边看了过来。他正仰着头喝水，脖颈拉得很长，喉结滚动着。

她盯着盛况的侧脸看了两秒，视线下滑落在他微突的喉结上，直到盛况喝完水才收回视线。

盛况慢条斯理地拧回瓶盖，从兜里摸出手机。

林京盯着盛况的手机动了下唇，话到嘴边又停住了。

刚刚是兰博文他们主动加的她的微信，她跟盛况也没那么熟，现在凑过去加他的微信，会不会不太好？林京纠结了一会儿，把要说的话咽了回去。

盛况滑动着手机屏幕，看了两眼微信的未读信息，抬起眼皮往手机上方扫了一眼，见已经中午了，问道：“吃什么？”

兰博文问：“你想吃什么？”

盛况答：“随便。”

兰博文看向其他几个人：“你们呢？想吃什么，我点外卖。”

YLS 的残兵败将也纷纷表示“随便”。

林京见盛况打了个哈欠，把手机塞回了兜里，这才默默地摁灭了手机屏幕上了楼。

兰博文挑了附近做得挺不错的鳗鱼饭，一边问大家要什么配菜，一边点单。盛况坐在他旁边懒洋洋地玩着手机，抬起眼皮看了眼进电梯的人，直到电梯门关上，才出声说道："记得多叫一份。"

林京从电梯里出来，一眼就看到了墙壁上挂着的硬纸板。

她沉默了一会儿，默默地往卧室那边走去，走了几步又退了回来，把硬纸板摘下来抱走了。

林京回到房间，想到昨天公益机构负责人打电话交代自己的事，翻出盛况的电话号码。

拨通电话后，她原封不动地将事情转述了一遍。

盛况听完后，"嗯"了一声，留了个地址。

地址并不是盛况现在住的这个别墅，联系人也不是他的本名。林京没多问，按照他说的记下地址。

挂断电话后，林京把地址反馈给了公益机构的负责人，然后看向盛况的电话号码。她犹豫了一会儿，复制了电话号码，点进微信，在添加朋友里搜了一下，没搜到盛况的微信。他关掉了用手机号搜微信的功能。

林京放下手机，在床上躺了一会儿，想起来自己还没点午餐，正准备叫餐，突然微信响了一声。

兰博文：下楼吃饭了。

小京酱：不用了，我自己点。

兰博文：不用什么不用，点了你的饭了，不吃就浪费了。

兰博文：快点儿下来，大家都在等着你呢。

林京没客气，回了一个"哦"字，就从床上爬起来下了楼。

盛况家的餐厅挺阔气的，但也架不住人多。

林京到的时候，只剩一个位置了，就在盛况旁边。她别无选择地坐下，对着大家说了句"谢谢"。

一群男孩儿吃饭跟打架一样，没一会儿餐桌空了一大半。

林京不紧不慢地吃完饭，见盛况坐在旁边正在跟人发微信。

她跟做贼似的偷瞄了一会儿他的手机屏幕，还是没能看到他的微信号，才依依不舍地起了身。她一边往电梯那边走，一边低着头摆弄手机，把微信常年关闭的附近功能给放了出来。

她点了查看附近的人，排在最上面的是 YLS 的中单秦余，之后是兰博文，再往后的人全都是她不认识的了。附近的人，是按照距离远近排的。

林京知道，最上面没有盛况的微信，后面就更不可能有了，但她还是不死心地往下刷了几下。

电梯门打开，她走了进去。门正要关上，盛况进来了。

林京抬头看了他一眼，又低头去找附近的人了。

盛况伸手按了二楼，往她这边扫了一眼。见她捧着手机，一个劲儿地在刷新“附近的人”。

电梯很快到了二楼，盛况走了出去。门合上，林京不抱希望地又点进了“附近的人”。

秦余排在了第二。

第一位是 Miracle。

林京的心跳漏了一拍，过了几秒，她点开了 Miracle 的头像。

她看着屏幕里的“打招呼”三个字，踌躇了许久，始终没胆量点下去。回到房间，她越想越心痒，再次点进“附近的人”。

出现在她面前的不是“附近的人”，而是一行小字：附近有一个人给你打招呼。林京点进去，看到了熟悉的头像。

Miracle：搜都搜出来了，不考虑打个招呼吗？

林京蒙了。

盛况的微信跟微博头像用的是同一个，是 GDT 俱乐部之前专门请人给他设计的。

她盯着熟悉的图片看了好久，直到手机收到消息，在掌心里振了一下，她才回过神点了通过验证。

微信主页的顶上多了一个人，黑粗体的 Miracle 下面有一行灰色的小字：你已添加了 Miracle，现在可以开始聊天了。

加完好友，盛况没跟林京发消息，林京也没敢打扰他。

虽然没聊天，但她还是躺在床上捧着手机仔仔细细地把盛况的微信研究了个遍。

他的微信名是 shengkuang1125，有拼音有数字，乍看挺乱的，但熟悉盛况的人都知道，他名字后面的数字是他的生日。

他的朋友圈特别单调，相册是原始背景，个性签名是空的，什么内容都没有，头像下面就一句话：朋友仅展示最近半年的朋友圈。

盛况的微信真的没什么可看的，但林京还是从他的朋友圈到他的个人资料主页来来回回逛了好几遍才放下手机。她拎着盛况昨晚挂在电梯对面的硬纸板，坐在了桌前，翻出画笔。

第五通

不能吃辣椒

盛况吃完午饭后，回到楼上换了身衣服就出门了。等他回来时，已是傍晚。

外卖刚送到，YLS 的残兵败将正在围着桌子拆袋子。兰博文见他进来，喊了他一声：“盛况，吃饭。”

盛况换完鞋，径自往电梯那边走去：“我换个衣服。”

“那正好，你顺便去趟三楼。”

盛况收住进电梯的步子，往后看了一眼。

“我刚给楼上那个姑娘发了好几条消息，喊她下楼吃饭，她都没理我。”

盛况点了下头，进了电梯。本来他是想先去二楼换了衣服再去三楼的，想了想还是直接按了“3”。

盛况站在林京的房门外，敲了两下门。里面很安静，他又敲了一次。他没什么耐心，等了几秒后刚准备敲第三次，门后传来了脚步声。

紧接着门被拉开了，露出一道缝隙，宅在房间里的小姑娘探了个脑袋出来：“有事？”

盛况垂着眼看了她两秒：“吃饭。”扔下这两个字，他转身走了。

林京刚想跟出去，想到自己的手机还落在床上，只好折回去拿。

盛况前一秒进电梯，后一秒听见身后的门响声，他下意识地抬起手拦了下电梯门。

随着小姑娘的脚步声逐渐靠近，他无意间掀了下眼皮，发现对面的墙壁上只留下了一个光秃秃的无痕挂钩。

盛况沉默了两秒，收回了挡着电梯门的手。

走近电梯时，林京发现门开着，以为盛况在等自己就加快了步伐。结果她刚到电梯跟前，门当着她的面毫不留情地关上，然后下行了。

“……”

是她自作多情了。

林京一边按电梯下行键，一边暗戳戳地摸了摸鼻尖。

吃完晚饭，一伙人作鸟兽散，相约开黑的开黑、直播的直播。

盛况在中午不紧不慢地吃饭，晚饭时倒是最先放下筷子走人。

林京是最后一个离开餐厅的，她没着急回楼上，而是将关了一天的萨摩耶从笼子里放出来，牵着出去遛了个弯。回来时天已经黑透了，林京走到笼子前打开门，萨摩耶乖乖地扭着屁股钻了进去。

挂上锁，林京上了楼。林京回到房间后，坐在桌前捡起笔继续画画。

下午画了好几个小时，这会儿已经接近尾声了，林京修修改改地画了半个多小时，彻底完工。

她收拾好画笔后去浴室洗了个澡，出来后找了个抱枕，窝在床上打算玩会儿手机。

按亮屏幕，她发现直播 App 给她弹了个推送：CEC.Scene 直播了。

林京顺手点进直播 App。

盛况没直播，兰博文也没直播，只有陈景一个人在直播。

CEC 没有打进 KPL 春季赛决赛，陈景最近不需要训练，是在疯狂地补直播时长吗?

林京想着，进了陈景的直播间。

景老板今天不 PK 了吗?

况崽在线，景老板拉况崽双排啊!

拉况崽，拉况崽，拉况崽。

景老板，求求你拉况崽，只要你拉我就送烟花。

弹幕刷得很疯狂，一眼望去全是让陈景拉盛况的。

陈景毫不犹豫地退出了正在匹配队友的单排："开玩笑，我是那种为了烟花就跟人双排的人吗？"说着，他开房间，邀请了盛况。

三秒后，陈景被拒绝了。

陈景又拉，盛况又拒绝。

陈景第三次拉，盛况进来了。

游戏房间页面上，显示盛况发了一条消息："不跟不杀生的人双排。"没等陈景点"开始游戏"，盛况就退出了房间。

哈哈哈哈哈哈！

不杀生，这是嘲笑景老板没有人头吗？

绝还是我况崽绝。

今天又是景老板被嫌弃的一天。

在热热闹闹的弹幕中，陈景开始了游戏。

匹配很快成功，选完英雄进入缓冲，匹配上的五个人的 ID 名出现在了大家的视野里。

林京本来想离开陈景直播间的，但当她看到五个对手中间那位选李白的 ID 名，顿时收住了退出的动作。

Miracle。

Miracle？况崽？

不会吧？这么巧，匹配到了况崽？

是假的吧？

我刚去王者助手看过了，不是假的，是真的。

这是什么缘分?!

欢迎大家观看即将到来的大型家暴现场。

在大家热闹的讨论声中，游戏开始了。

陈景刚刚没看手机，听到"敌军还有五秒到达战场"时才拿起，他看对面阵容时看到了盛况的 ID 名，沉默了一下，随手打了个问号。

与此同时，游戏页面也跳出了新的消息。

[全部]Miracle：稳了。

哈哈哈！“稳了”是什么意思？
况崽能不能别这么狂啊，虽然我喜欢。
做不了一家人，就做敌人。

林京看着讨论得热火朝天的弹幕，感觉来了点儿灵感。她看了会儿直播，手痒地拿起旁边的 iPad。

林京一画画就会很投入，等她停下来时已经十二点十分了。

挺晚了，林京把画了三分之一的画保存好，放下笔，去了趟洗手间。出来之后，她感到有些口渴，就慢吞吞地往门口走去。她走了没几步，想到那个硬纸板就又折了回去。

把硬纸板挂回三楼电梯正对面的墙壁上，林京才下了楼。

一楼客厅没开灯，只有餐厅那边亮着一盏灯。

林京以为是谁忘关灯了，握着手机走过去，还没到餐厅门口，她就听见了里面传出的讲话声。

“今天下午，你去 GDT 谈得怎么样？”说话的是兰博文。

“谈完了。”紧接着开口的是盛况。

林京听到他的声音，下意识地停住了脚步。

兰博文不可思议地问道：“张伟跟杨禹同意你解约了？”

“嗯。”

“感觉这不太像他俩的作风啊。”

盛况笑了下：“有什么不像的，去年是肯定不会跟我解约的，但是今年不一样，离我合约到期没多久了，现在解约还能拿点儿钱。”

顿了下，盛况嘲讽地说道：“再说，他们也没少要我的钱。”

兰博文说：“但我还是觉得不踏实，总觉得他们不像是那种能这么平静地放你走的人。”

盛况的手机响了一声，他掏出来看了一眼。

“谁？”

盛况没说话，垂着眼看了会儿手机，轻笑一声：“还真被你说中了。”

“什么？”

“热搜。”

兰博文听到这两个字，立刻掏出手机，没过半分钟，他就奓毛了：“我就知道GDT不可能不搞事的，之前不搞事是想让你多吐点儿钱出来吧！这热搜里的水军也太明显了吧！什么叫杨斯年那天跟你PK连跪是因为头一天比赛赢了，一高兴喝多了，第二天酒没醒就来跟你打游戏，状态不好；什么叫你就是一个队霸，仗着是老将，在GDT打压新人，这都是些什么啊！”

在兰博文激动的骂声中，盛况的手机又响了一声。

CEC.Scene：**况崽，小姐姐还好吗？**

盛况回了一个问号。

CEC.Scene：**就是接下来要跟我们一起住的那个，长得跟小仙女一样的小姐姐，她今天还好吗？**

盛况总算弄明白陈景说的是谁了，他想到三楼被摘掉的硬纸板，缓缓地“啧”了一声。

什么长得跟小仙女一样的小姐姐，分明就是一个不识好歹、好赖不分的傻子。

盛况没回陈景，把手机摁灭了塞回兜里。他眼角的余光无意中看到了林京，愣了下，偏头看过去。

林京碰触到盛况的视线，张了张嘴。

虽然她不是故意听他们说话的，虽然他们说的话好像也不算什么秘密，但她还是被盛况看得有点儿莫名地心虚，她指了指餐厅：“那个，我来拿水。”

盛况顿了两秒，冲着旁边的冰箱慢悠悠地抬了抬下巴：“你拿。”

林京站在原地没动。

盛况站直了身子，拉开冰箱，等他把水拿出来，站在餐厅门口的人跟受惊的兔子一样转身跑了。他轻笑了一声，想把水放回冰箱里，又想着有点儿凉就顺手放在了旁边的桌上。

兰博文没受林京出现的影响，又接着骂了一通才结束了跟盛况的谈话。说了半天话，他口渴了，想喝盛况刚刚拿出来的那瓶水，结果手还没碰到水瓶，就被盛况抽走了。盛况冲着他晃了晃水瓶，懒洋洋地留了句“晚安”，走人了。

电梯到了三楼，门打开，盛况走了出去。他往林京的卧室走了两步，又退了回来，然后转身看向墙壁。

硬纸板被重新挂了回来，不过和之前的有些不同。

除了“贵宾重地，男士止步”这八个字之外，其他地方都被水彩遮住了，小姑娘的配色很大胆，特别具有视觉冲击力，一簇一簇的花围绕着那八个字绽放了一圈。

一眼望去，那个硬纸板不像提示牌，更像个艺术品。

盛况看了好一会儿，低头笑了下，他走到林京门前，把矿泉水瓶盖拧开又拧了回去，放在地上后抬手敲了两下门，不等里面的人开门就走了。

林京回到房间才意识到自己做了些什么。

她都故作镇定地说自己是来拿水的，水没拿转身跑个什么劲。

林京闭了下眼睛，忽然有立刻打开箱子收拾东西走人的冲动。主要是她觉得太丢人了，没脸在这儿住下去了。

她越回忆越觉得自己刚刚的反应很傻，生不如死地转过身对着门轻轻地磕了下脑袋。

门外传来两道很清脆的敲门声，惊得林京抬起手捂了下自己的眉心，确定不是自己磕出来的声音后，才出声问道：“谁？”

没人说话。

“谁呀？”林京又问了一遍。

门外还是很安静。

林京怀疑是不是自己听错了，但又觉得这种可能性很小，便悄悄地拧着门把手打开了门。

楼道里空荡荡的，一个人都没有。

“……”

真的是她听错了？

林京鼓了鼓腮帮子，顺手关门。关到一半，她停了下来，然后低头看向地面。

一瓶水。

林京弯腰捡起，拧了下瓶盖。一瓶瓶盖已经被拧开的水。

林京捏着瓶子，盯着空荡荡的走廊看了会儿才关上门。

她喝了小半瓶水，口渴缓解了不少。她将盖子拧回去，把水放在桌上，待了一会儿，忍不住拿起手机。

点进微信，她盯着盛况的名字犹豫了下，然后戳了进去。

小京酱：水是你放的？

过了几分钟，手机振了一下。

Miracle：嗯。

小京酱：谢谢。

盛况那边又没动静了。

林京在微信的朋友圈里乱逛了会儿，确定盛况大概率不会回她消息了，便去了微博。

受那会儿兰博文的话影响，林京点进热搜后第一时间找盛况。

“Miracle 队霸”这个词条位居热搜榜高位，很好找。

林京戳进这条热搜，就看到了兰博文骂了大半天的那篇爆料。

盛况的粉丝挺多的，但这会儿大半夜的，还活跃着的粉丝并不多。一眼望去，话题里基本上都是帮杨斯年说话的水军。

除了老生常谈的那些“盛况嫉妒杨斯年”“盛况打压杨斯年”的言论外，还有一些人说“盛况就是出道比较早，那会儿比赛不太讲究战术。现在职业选手越来越厉害了，盛况这个前浪注定要被后浪拍死在沙滩上”。更有人说“盛况就是靠脸吸引了一批女粉丝，人气比较高，KPL 是为了热度才一直把他当成明星选手对待的”“盛况这种人放在娱乐圈里，就是偶像，只能靠脸博噱头”。

总之说法五花八门，基本上都往死里踩盛况。

盛况的女粉丝战斗力比较强，虽然大半夜大多数人都睡了，但还是有一些评论杀了出来。

况崽怎么不强了？况崽之前拿了多少个冠军，连赢了多少场比赛，放眼现在 KPL 所有战队，有谁比他的成绩更辉煌？

这条评论下的回复挺多的，排在前面的大多都是不怎么好的言论。

别总拿以前讲话。

现在呢？把盛况现在的成绩拿出来秀一秀。

盛况和他的粉丝也就只能活在过去了。

面对这种质问，想反驳都无从说起。

任何竞技都是用成绩说话的，这一年多以来，盛况的职业成绩是空白的，辉煌是曾经的，过去永远都替代不了现实，也代表不了将来。

林京缓缓地叹了口气，正准备退出微博，手机突然“嗡”地响了一声。

Miracle：嗯。

盛况回她消息了，但就一个字。

林京不知道该怎么回，纠结来纠结去，最后干脆没回。

她正打算退出两个人的微信聊天对话框，手机屏幕晃了两下，页面里蹦出一行小字：“Miracle”拍了拍我，她给了我个拥抱。

这句话放在盛况那边，应该是：我拍了拍“小京酱”，她给了我个拥抱。

微信的“拍一拍”功能刚出来的时候，林京就设置了这句话，平时也没什么人拍她，最多就是宿舍群里的人会拍两次，大家都是女孩儿，拍完了也不会觉得有什么问题。可现在这句话落在盛况身上，不知道怎么的，就变得有点儿敏感和怪异。

Miracle：晚安。

看着盛况发来的消息，林京回了个“晚安”，然后盛况又拍了拍她。

那种尴尬和说不出来的怪异，在林京心头发酵得越来越厉害，她盯着手机思考了一下，双击盛况的头像：我拍了拍“Miracle”。

盛况没设置“拍一拍”的内容，为了缓解尴尬，林京清了清嗓子，开始打字。

小京酱：你去改个词吧，你的“拍一拍”一点儿也不时尚。

Miracle：……

林京觉得盛况发完这句省略号，大概率不会再理她了，但她怎么也没想到，盛况又发消息过来了。

Miracle：改什么？

小京酱：啊？

Miracle：拍一拍。

小京酱：你想改什么就改什么啊。

小京酱：想个友好的，别骂人，要不然你的粉丝拍你，就尴尬了。

盛况又消失不见了。

林京没太在意，时间不早了，刚打算放下手机睡觉就看到 Miracle 跳到了她微信主页的最上方："Miracle"拍了拍我，她给了我个拥抱。

"……"

他有毒吗？玩"拍一拍"玩上瘾了？去找陈景玩啊，去找兰博文玩啊！

林京想着，点进了微信。大概是看她没回他，他又拍了拍她。

林京沉默了三秒，敷衍地拍了拍盛况。

"Miracle"拍了拍我，她给了我个拥抱。

我拍了拍"Miracle"，他还给了我个拥抱。

林京盯着手机愣了一会儿，先是揉了揉眼睛，然后拿被角擦了擦屏幕，那行小灰字始终存在。盛况真的按照她说的更改了"拍一拍"的内容，改得还挺奇怪。

她的困意瞬间全无，"嗖"的一下坐了起来。她先是给盛况发了两个问号，然后问"你干吗"。盛况回了她一个问号。

没等林京再发消息，盛况大概反应过来她指的是什么了。

Miracle：不是你让我改的吗？

她是说让他改一改"拍一拍"，但没让他改成这么奇怪的内容啊。

林京捧着手机敲字：我是让你改，但我没让你改……打到一半，林京停了下来。

好像"拍一拍"这事是她先提起的，要说盛况奇怪，那岂不是得先承认她自己奇怪。本身她那个设定就没什么特别的意思，只不过放在他身上，她才莫名地敏感。也许盛况压根儿就没多想，现在她提出来，岂不是让两个人难堪？

林京瞪着手机想了一会儿，把打好的字删了。

再说，对盛况来说，她就是一个姐妹……和姐妹抱抱有什么不可以的。她还跟兰婷婷抱过呢。

她挺长时间没回盛况消息，想通了之后再看两个人的聊天记录，又觉得蛮正常。她实在不知道要跟盛况聊什么，想了想发了个晚安的表情包过去。隔了一会儿，林京还是没忍住，又敲了几个字。

小京酱：你在一天，我粉一天。

盛况发了一个问号。

其实林京就是突然想到了微博上的那些言论，一时感性才给盛况发了这么一句话。发完之后，她觉得有点儿矫情想撤回，但还是晚了一步，盛况不但看到了，还发消息过来了。

看都看到了，再撤回那就是真矫情了。

林京盯着屏幕抿了下唇，闷头打字。

小京酱：我听到你们的谈话了，也看了微博，总之别难过，支持你呀。

手机屏幕上方出现了“对方正在输入……”的提示，直到“对方正在输入……”变成了“Miracle”，林京都没等到盛况的消息。

他这是不知道该怎么回她，所以干脆不回了吗？

林京退出微信，习惯性地点开短视频 App，打算刷会儿视频就睡觉。看了不到五个视频，林京的手机振了两下。

Miracle：难过？还有一条消息是截图。

图片加载完，林京看到里面的内容一时无语。

为了求证，她从微信退出点进微博，进入盛况主页，果然看到了他在一分钟前的点赞。

点赞的微博内容，是一位博主剪辑的有关 GDT 这赛季以来在 KPL 比赛上被人杀死的合集，这位博主大概是 GDT 的资深黑粉，还配了解说，全程都是在吐槽 GDT“菜”。

“……”

林京看着盛况点赞的微博沉默了几秒，返回微信。再看盛况发来的“难过”那条消息，她隔着手机都能感觉到他的狂妄、不屑，以及一点儿中二。

您不难过就不难过吧，犯不着在微博上大张旗鼓地拿着大号点赞啊。

小京酱：我劝你还是把赞给取消了吧。

小京酱：你这样肯定会被 GDT 的粉丝骂死的。

过了大概半分钟，盛况理她了，给她分享了一个微博链接。

林京顺手点进去，他刚刚转发了一条微博，是一个博主给他做的“杀人”

合集。

这条微博下是他刚刚点赞的 GDT“被人杀”的合集。

“……”

她现在想象出来的画面，盛况的脸上挂着的不是狂妄和不屑，而是“只要我想，我还可以再狂点儿”。

林京被这个画面震惊得沉默了会儿，忽然觉得自己刚刚给盛况发的那两条消息很矫情和多余。

小京酱：睡吧，少年。

盛况没回林京的消息，丢下手机进了浴室。

他扯掉衣服后踏进淋浴间，站在花洒下仰头冲澡的时候，一直在回想林京刚刚跟他聊的微信。

其实他没想跟她聊这么久的。

昨晚睡得晚，睡到迷迷糊糊的时候，想到她问他宠物寄养店在哪儿，后知后觉地反应过来，她这是要去接那只累赘。

他也不清楚自己究竟犯了什么病，起了个大早想去把那只狗子提前接回来。毕竟他曾经对秦瑶说“有它没我”，然后秦瑶毫不犹豫地为了它让自己滚蛋了。

他没想到，自己还是晚了一步。

再回来，他睡得也不踏实，下午为了解约的事跟 GDT 扯皮了好几个小时，晚上回来又去试炼 YLS 的残兵败将，一天下来筋疲力尽。因为睡眠不足，他还略微有点儿头疼。

本来想着，顺手给她带瓶水就回房间洗澡睡觉的，没想到跟她聊了起来。

他真不是故意拍她的，第一次是不小心碰到的，当时他还有点儿蒙，想着什么时候出了这么个玩意儿，第二次是想看她头像，手快多点了一下。

谁知道那姑娘，围绕着“拍一拍”跟他聊了起来。聊就聊吧，聊到最后，他怎么也没想到她会提起 GDT 做出的那些恶心事。

别难过……

难过……

他已经记不清自己有多久没听到过这个词了。

两年前，输第一场比赛的时候，很多粉丝在微博评论区安慰他：别难过，况崽你是最棒的。后来输了第二场、第三场，次数多了，安慰变成辱骂。之后陈景转会，兰博文退役，而他成了替补，“别难过”这种字眼离他越来越远，被质疑、被诋毁、被拉踩成了他的家常便饭。

电子竞技，“菜”是原罪。

他职业成绩近两年是空白的。

他连证明自己的机会都没有，又何谈其他。所以只能被骂、被质疑、被诋毁。他再不爽，也只能忍着。

盛况关掉花洒，从淋浴间走了出来。他拿着毛巾擦头发的时候，林京发来的消息又在眼前晃：“你在一天，我粉一天”“总之别难过，支持你呀”……

他擦头发的动作一顿，垂头笑了。不知道是洗热水澡的缘故，还是因为林京，他突然觉得头好像没那么疼了。

盛况关掉卧室的灯躺在床上，习惯性地刷起手机。

他洗澡的这会儿，微信跟炸了锅一样，有好几十条未读，全都是被他的微博操作震过来的。

CEC.Scene：况崽，你大半夜的抽什么风？

兰博文：盛况，你的微博怎么回事？

除了他们两个之外，还有一些其他战队的，和他认识多年关系不错的人也跑来问他怎么回事。

就连比较养生的李燃都给他发了消息。

HJC.Ran：兄弟，你的微博被盗号了？

李燃是HJC的中单，说他比较养生，是因为他经常往朋友圈里转发一些“薏米排湿气”“多喝冬瓜消肿”等养生小食谱。

盛况和他是同期选手，李燃当时差点儿进了GDT成为盛况的队友，由于有兰博文在，GDT不缺中单，所以战队最后放弃了李燃。

HJC跟GDT一样，属于老牌强队，而明天的世冠决赛就是GDT打HJC。

GDT和HJC不是第一次在决赛里相见了，两个战队的粉丝都挺多。只要这两个战队碰上，基本上就是选手在赛场里比赛，粉丝在直播间的弹幕里互掐。

盛况是GDT主力的时候，HJC掐不过GDT。这两年在粉丝互掐这方面，两个战队倒是不相上下。不管战队之间怎么水火难容，盛况和李燃私交还是不错的。

Miracle：没。

HJC.Ran：那就是你发烧了？

Miracle：……

HJC.Ran：兄弟，认真的，你的微博太直接了，简直是在“啪啪啪”地打 GDT 的脸啊。

HJC.Ran：怎么，兄弟，我看你之前挺能忍的，还想着你能忍多久。现在终于忍不住了，要跟 GDT 正面对抗了？

HJC.Ran：话说，兄弟，你是打算退役还是转会？选好下家了吗？有没有兴趣考虑下我们 HJC？

Miracle：没兴趣。

HJC.Ran：咋就没兴趣了？我们 HJC 挺好的，一点儿也不比你们 GDT 差。再说了，我们 HJC 今年春季赛的代言，基本上和你们 GDT 持平了吧？你过来了，我们的代言肯定还能翻一番。当然重点不是代言，是咱俩，咱俩终于可以强强联手、并肩作战了。

Miracle：比起和你并肩作战，我更喜欢把你踩在脚下。

HJC.Ran：……

盛况亲眼看着李燃把刚刚喊他来 HJC 的那两条长消息撤回了。

HJC.Ran：你也就嘴上嚣张，在画里你永远都嚣张不起来。

盛况发过去了一个问号。李燃磨蹭了一分钟后发来了一张图。图的右下方有一行水印 @ 甜甜甜甜同学。

“……”

三秒后，盛况垂眼打字。

Miracle：你怎么也知道这画？

HJC.Ran：还有人不知道吗？我以为全世界都知道了。

Miracle：……晦气。

盛况懒得再搭理他，下意识地想退出对话框，他顿了下像是想起什么，打了几个字。

Miracle：不是对抗。

李燃发来一个问号表示不解。

Miracle：是哄人。

HJC.Ran：你在说什么？我怎么一句都听不懂？

HJC.Ran：你是不是发错人了啊，盛况？什么哄人啊？哄谁啊？

哄谁？

哄一个妹子，哄她心安。

盛况垂眸沉默了一会儿，无视李燃对他的信息轰炸，毫不犹豫地结束了两人的聊天。他滑动着屏幕，把未读消息看了一遍，然后看到了“小京酱”，停顿了下，点了进去。

他随意地把聊天记录扫了一遍，然后目光停在那句“想个友好的，别骂人，要不然你的粉丝拍你，就尴尬了”上。

过了一会儿，他引用了那句话。

Miracle：没粉丝。

Miracle：就加着你一个。

发完之后，盛况忽然觉得自己仿佛有病，就把消息撤回来了。退出微信后，他放下手机。过了一会儿，他又拿起来重新发了一条消息。

林京跟盛况聊完天后看了眼时间，不知不觉已经一点半了。

她放下手机打了个哈欠，揉了揉困得有点儿睁不开的眼睛，去了趟洗手间，回来之后，倒床上就睡了。

一觉睡到自然醒，林京睁开眼后在床上醒了会儿神，然后开始找手机。解锁屏幕后，她看到微信有消息提示。

盛况给她发了个六个没什么关联的数字。在这条消息上面，还有两个提醒：Miracle 撤回了一条消息。

盛况连着撤回的两条消息是什么内容？林京疑惑了会儿，视线又落在了那六个数字上。

她刚睡醒还有点儿蒙，回了个问号后就爬起来去洗漱了。刷牙刷到一半，她反应过来那六个数字是什么意思了。

她咬着牙刷，拿着手机，发了一条消息。

小京酱：门锁的密码？

盛况可能还没睡醒，没回她的消息。

林京放下手机，继续刷牙。刷着刷着，她想到盛况撤回的那两条消息。

他这记性好像不怎么好啊，一个密码连续发了三遍才发对。

林京洗漱后拿着手机下了楼，已经快上午十点了，整个别墅依然静悄悄的，就连一楼被关在笼子里的萨摩耶，都跟没睡醒似的无精打采地趴在毯子上。它听见电梯门的响声，过了好半天才往林京这边瞟了一眼，直到林京走过来才很敷衍地摇了一下尾巴。

林京喝了杯水，打开狗笼子。

萨摩耶双腿撑地，伸了个长长的懒腰，直到见林京换鞋才精神抖擞地从笼子里蹿出来，一扭一扭地跟着林京出了门。

林京遛狗的时候，顺道去了昨天盛况带她去过的那家店，买了几个三明治。

她肚子饿了，回去的路上拆了一个边走边吃，到家后林京先给狗子放足了狗粮，然后把打包回来的三明治放在餐桌上，找了张白纸留了字条，等到狗子吃饱喝足后把它送回笼子里，她才上楼。

林京没事可做，继续画昨晚画到一半的画。今天的灵感和手感都很好，等她画完，已经是下午一点了。

她把照片做了最后的处理，上传到微博，发送成功后才拿起手机。

手机里有两条新信息，都是兰博文发来的，第一条是一个小时前，第二条是五分钟前。

兰博文：早餐谢了。

兰博文：下楼吃饭了。

小京酱：好的。

林京回完消息后去了趟洗手间，出来之后就拿着手机一边往楼下走，一边点进微博。

她现在的热度很高，刚上传图的那条微博已经有上千条评论了。

林京点开热门评论扫了一遍，把顶着杨斯年粉丝头衔或者 GDT 粉丝头衔过来骂盛况的那群粉丝，挨个儿送了个“拉黑”大礼包。

林京拉黑拉得正起劲，电梯停了。她抬了下头，透过电梯门缝看到了盛况，下意识地把手机锁屏了。

盛况穿着白色的短袖，领口稍微有点儿大，露出一小截线条完美的锁骨。他刚洗过脸，自然下垂的刘海儿是湿的，后脑勺的头发应该是因为刚睡醒还没打理，稍微有点儿乱。

他看起来跟没睡醒似的，耷拉着眼皮晃进电梯，看到她明显愣了一下，然后沉默了两秒，“嗯”了声。

餐厅里，除了他们两个其他人都到齐了。

一群人等他们等得都饿坏了，等他俩一坐下，何忘立刻递了两双筷子过来。

林京下意识地道了声谢，刚要抬手去接，两双筷子却都被盛况接走了。

林京转头，看到盛况把其中一双筷子放在碗上，把另一双轻轻地一掰，然后用餐巾纸把筷子擦了一遍，很自然地放在了她的碗上。

林京也不知道自己在心虚什么，下意识地抬头看了一圈餐桌上的人。见几个男孩儿拆外卖的拆外卖，拿着勺子盛饭的盛饭，心大得没一个人发现这个小细节，才心安地拿起筷子。

她夹了菜往嘴边送的时候，想到这是盛况给她掰的筷子，耳朵不由自主地有点儿热。

秦余坐在林京对面，看到她泛红的耳朵，纳闷地问：“林京，你怎么了？”

林京抬头：“啊？”

秦余捏了捏自己的耳朵：“你耳朵怎么那么红？”

“……啊？”林京抬起手也捏了捏自己的耳朵，发现真的烫得厉害，但还是死鸭子嘴硬地说，“有吗？”

何忘猛点头：“有！特别红。”

林京被噎得一顿，过了几秒，看到面前的外卖盒里放满了红彤彤的辣椒，立刻说：“是吗？可能是菜太辣了。”

兰博文往她这边看了过来：“你不能吃辣椒？”

其实是能的，而且还很能吃，但被赶鸭子上架的林京只能“嗯”了声：“不怎么能吃。”

兰博文说：“那好吧，我以后点菜，还有让阿姨做饭的时候，尽量避开辣椒。”

林京刚想说“没关系”，坐在她旁边的盛况突然抬手把离她最远的一盘小青菜和西红柿炒蛋放在了她面前。

林京收住到嘴边的话，然后眼睁睁地看着自己最喜欢的水煮肉被盛况放到了餐桌的另一边。

盛况转头看了一眼林京："吃这俩，这俩不辣。"

林京瞪着自己特别讨厌的西蓝花："……哦。"

吃完饭，林京帮着兰博文和姜鑫收拾了下餐桌，出去的时候，看到其他几个人没像昨天那样立刻去打游戏，而是围坐在沙发上，一个个举着手机不知道在聊什么。

林京不太在意他们，握着手机往电梯那边走。但那几个人说话的声音很大，她不想听都不行。

秦余说："哈哈哈，你看这句评论'这是我不花钱能看的东西吗'。"

何忘说："评论里的回复更精彩，'放心，在别人那里不花钱不能看，但在太太这里没什么不能看的'。"

李小舟说："这个评论也挺逗，'一个每天都在审核边缘游走的博主'。"

何忘说："要我说最逗的还得是况哥的应援词，'为况痴，为况狂，我为况况哐哐撞大墙'，太魔性了！"

秦余说："这博主还挺逗，把骂况哥的都拉黑了。"

林京越听越觉得他们说的这些话似曾相识，好像在哪儿看过，而且是刚刚看过。她停下脚步，扭头往旁边看了一眼。

她正好就在沙发后面，这一眼将几个人的手机页面扫了个清清楚楚。

三个人都在逛微博，页面像是统一批发的，上方的微博名是她再熟悉不过的：甜甜甜甜同学。

"……"

林京怎么都没想到，几个大老爷们儿凑在一起，跟开会一样兴致勃勃地研究她的微博。一时间除了瞪着他们的手机屏幕，她压根儿想不到自己还能做什么样的反应。

何忘不知道看到了什么评论，笑得人仰马翻，无意间一抬头，看到了站在身后的林京。他看林京正盯着自己的手机屏幕看，以为她也感兴趣，大方地把手机递到她面前："林妹妹，你也喜欢这个博主啊？"

当着林京的面，何忘献宝似的把图放大且加载了下原图："这个博主刚发了新图，新鲜出炉的，不过一个小时。"

林京盯着那张出自她手的图，勉强地控制住了想要抖动的唇角。

何忘说："林妹妹，你这是什么表情？不喜欢吗？不应该啊，你们女孩儿不是都挺喜欢这种图吗？"

林京闭了闭眼睛："……不是。"

何忘拖着长腔"哦"了一声，满脸写着"我懂了"说："林妹妹，你不好意思承认对不对？"他表示理解，"没关系没关系，你等下回房间关上门好好看。"

"……"

他居然对着画这幅画的人说她"不好意思"。林京一言难尽地看着何忘，只差当场甩给他一声"呵呵"。

就在这时，电梯门打开，洗完澡的盛况从里面走了出来。

他身边还跟着刚刚收拾完餐厅、上楼去找他的兰博文。也不知道兰博文跟他聊了点儿什么，出来的时候拍了拍他的肩膀："你不说话，我就当你没意见了啊，我现在就去联系人了。"

盛况一脸"你随意"地点了下头，他晃到沙发前，扫了眼林京和坐在沙发上的"残兵败将"："聊什么呢？"

几个人没说话，就跟私底下商量好一样，齐刷刷地摁灭了手机屏幕，生怕盛况知道自己在研究他的同人图。

盛况没太在意他们的反应，弯腰拿起旁边单人沙发上的抱枕，往上一靠，掏出手机。

兰博文没往这边走，他拿着手机站在电梯出口处，不知道在跟人聊什么。

林京本来就是因为何忘他们的话才停了下脚步，现在话题结束，就打算上楼，走了没两步，她兜里的手机响了一声。

她掏出手机解锁屏幕，跳入眼帘的是她在电梯里碰到盛况时紧急锁屏前的微博页面。

她下意识地想点"退出"，突然看到自己的私信里蹦出来了一个新的提醒。纯粹是因为好奇，她戳了进去。

一个刚注册的像乱码一样的账号："你好，请问接私稿吗？"

自从她这微博火了之后，很多人来找她约稿，不是某个战队的粉丝想给自己喜欢的选手画个同人图，就是战队为了给自己的选手制造热度想跟她合作。

林京画图纯粹是"为爱发电"，在微博介绍里明晃晃地写着"不约稿"，尽管如此，还是每天都能收到类似的消息。

这类消息她基本不回复，这次也不例外，不过就在她看消息的这点儿时间里，对方接连给她发了好几条消息。

价格好商量。

诚信合作。

只要不超六位数，都可以。

林京在心底悄悄地掰着手指数了数六位数是多少钱，然后毫不犹豫地打了两个字“不接”！

为什么？

真的很想跟你合作，拜托你再好好考虑考虑。

是觉得价格低吗？可以再加。

甜甜甜甜同学：不缺钱，不接。

甜甜甜甜同学：再废话拉黑。

对方大概被她搞得无语了，发来了一串省略号。都说了再废话拉黑，还发……林京想都没想就将这个刚注册的小号拉入了黑名单里。

林京收起手机，正准备往电梯那边走。

盛况就坐在她途经的单人沙发上，走到他身边的时候，林京往他那边看了一眼。好像冥冥之中注定的一样，她恰好扫到了他的手机屏幕。

他的手机页面，跟刚刚 YLS 那几个选手一样。唯一不同的是，他不是在看评论区，而是在看她画的图。

他的手搭在沙发扶手上撑着下巴，整个人看起来懒洋洋的。盯着照片的面孔看不出悲喜，视线扫过图片时似笑非笑地“啧”了一声。

林京手一抖，手机“啪”的一声掉在了地上。她的手机壳是塑料的，摔裂了。

面对大家投来的目光，她弯腰飞速地捡起手机，勉强维持镇定地往电梯那边走去。

“盛况，我被拒绝了。”兰博文收起手机，朝沙发这边走来，“那个博主还挺有骨气的，压根儿不为钱所动。我想着你离开了GDT，头像怎么也得换一下，想找她设计一个，粉丝肯定更满意。我开价都开到六位数了，她还是拒绝了，拒绝得特别利索，说不缺钱，再废话拉黑。我就回了个省略号，她就真把我拉黑了。”

“啪”的一声，林京的手机再次掉在了地上。

林京背后虽然没长眼睛，但她能清楚地感觉到身后那一群少年都在看她。

她没回头，头皮发麻、背脊发僵地停了一会儿，面无表情地拿起手机后挺直腰板，很平静地走进电梯。

电梯门一关上，她就迫不及待地打开手机点进微博，把刚刚那个新号从小黑屋里放了出来。

刚才拉黑的时候，她挺潇洒的，话说得简直不要太死，现在把人放出来后，林京看着屏幕里的聊天记录一时不知道说些什么。

不缺钱，不接。

再废话拉黑。

这让她怎么补救？

第六通

我们的小管理员

回到房间后，林京一边拆摔坏的手机壳，一边绕着房间来回转圈。她绞尽脑汁地想了许久，也没能给自己找到一个台阶。

面子重要，还是给盛况画画重要？林京毫不犹豫地选择了面子，并且在心里反复地暗示自己，做人一定要有骨气，尤其不能自己打自己的脸。

她给自己洗脑了大概十分钟后，抓狂地“啊”了一声，捂着脑袋蹲在了地上。

抓心挠肝了三分钟，她“嗖”的一下站起身抓起手机。要什么面子，面子能当饭吃啊。再说，隔着网络，谁知道“甜甜甜甜同学”就是她啊。

林京戳进微博，点开那个新号：那个……麻烦问一下，老板，您还在吗？

对方大概开了私信提醒，消息回得还挺快，不过只给她回了一个问号。

甜甜甜甜同学：老板，请问您还约私稿吗？

比起之前，兰博文在黑名单里逛了一圈后，态度明显冷淡了很多，面对她的第二条消息，连回都不回了。

林京告诉自己，别跪得太早，再等等。

林京等了不到两分钟，还是忍不住给兰博文发了个“笑脸”表情包。

甜甜甜甜同学：老板，您要是不想约私稿也没关系，能不能麻烦您个事？

兰博文还是没理她。

林京咬了咬牙，豁出去了。

甜甜甜甜同学：老板，对不起。

甜甜甜甜同学：九十度鞠躬，对不起。

甜甜甜甜同学：我刚刚不是有意的，我就是突然抽风。您别介意，老板。

林京连发了好几条消息，兰博文那边一直没动静。

她正准备点首《凉凉》送给自己，屏幕里出现了一行字：刚在开会。

谢天谢地，兰博文理她了。

林京刚准备回消息，兰博文圈出来她那句"老板，您要是不想约私稿也没关系，能不能麻烦您个事？"做了回复："什么事？"

甜甜甜甜同学：您能不能把您来找我的第一句话再发一遍？

3372a46bx：哪句？

3372a46bx：你好，请问接私稿吗？

甜甜甜甜同学：接！

对方又给她回了一个省略号。

甜甜甜甜同学：老板，请问您有什么诉求？

兰博文大概觉得自己碰到了"精分"，沉默良久后给她发来了一段话，是他这次约稿的诉求。

甜甜甜甜同学：好的，没问题，老板，我先去构思一下，等线稿出来了，再来找您确认。

3372a46bx：好的。

甜甜甜甜同学：老板，那我去构思了。

3372a46bx：等下。

甜甜甜甜同学：老板，您还有什么吩咐吗？

3372a46bx：我约的是 Miracle 的新头像，希望你能保密，不要公开。另外，你的报价是多少？

林京沉默了一会儿，问道：可以不收钱吗？

对方发来一个问号表示疑惑。

甜甜甜甜同学：要是实在不行，一块钱？

不知道是不是对她的话感到无语，兰博文那边又没动静了。

林京等了一会儿，捧着手机继续敲字。

甜甜甜甜同学：要一块钱，主要是为了走那个永久使用权的合同，避免以后出现什么纠纷。比方说我某天脱粉了，忽然站出来说，这图我没授权，Miracle 是盗图。

甜甜甜甜同学：要是没金额的话，不太好走合同，也很难有法律效力，所以给一块钱就好了。

3372a46bx：你确定你不是在逗我玩？

甜甜甜甜同学：你觉得我像是在逗你玩吗？

3372a46bx：挺像。

林京一阵无语，刚想发个省略号，兰博文的消息进来了：不然，你就是个骗子。

你才是骗子。

林京很想撑回去，但为了能顺顺利利地给盛况画头像，她只能忍着。卑微就卑微吧。这样想着，林京深吸了口气，面带微笑地开始打字。

甜甜甜甜同学：亲，我不是骗子，我是“矿工”哦。

甜甜甜甜同学：我这个账号就是因“为爱发电”而存在的，热度也是因为盛况一点一点攒起来的。我的初衷是想给盛况的粉丝发福利，不是靠着盛况先攒热度后赚钱。所以，我不接稿不营利，除了盛况，我也不想画别人。

负一楼的休闲室，兰博文看完私信后“啧”了一声，抬头冲着坐在旁边正在看 HJC 和 GDT 的世冠决赛的盛况说：“这个画手还挺有意思的，她不是把我拉黑了嘛，突然又把我放出来了，然后就缠着我要给你画图，还不要钱。”

盛况的视线没离开电视屏幕：“嗯？”

“不要钱就算了，还说为了避免她哪天脱粉了借着这事撕你，要走个合同。”

盛况“啊”了一声，身子往后靠了靠，看着比赛心不在焉地说：“不要钱，也记得要给钱，画手画个图不容易。”

“这我当然知道，可是这位画手太太是真的不要钱。不信你看，这段话都把我说感动了。”兰博文把手机递到盛况面前。

“还有下面这段，‘我就是单纯地想保持这份纯粹，所以我不能收钱’。

“在现在这个社会上，还有人这样不忘初心，真的是难能可贵。盛况，你的粉丝是真的爱你，我都替你感动了……”

兰博文还没说完，他的手机又收到了一条消息。

甜甜甜甜同学：不然，我总觉得自己像是在卖儿子。

电视机里，团战进行到最精彩处，解说的声音异常激动。

盛况和兰博文盯着手机屏幕，一起沉默了许久，兰博文尴尬地清了清嗓子后笑了一声：“你的妈粉还真是无处不在。”

盛况嗤笑了一声，视线落回到电视上。

兰博文搞不懂盛况的想法：“你怎么想的？不然就让她画？”

“随便。”

兰博文听他这么说，就自己做了决定，低头回消息：好吧，那麻烦你了。

林京心满意足地拿起 iPad，打算立刻开工。在她放下手机前，她看到兰博文新发来的私信。

3372a46bx：你说你只给盛况画，但我一开始并没告诉你我给谁约的私稿。你怎么突然回来要接稿了？你知道我要画的是盛况？

林京心想完了，她要“掉马”了，一边暗示自己别慌，一边戳进了兰博文新注册的这个小号。

这个小号就关注了四个人，点进去从上往下看：第一个是她，第二个是CEC.Scene，也就是陈景，第三个是Miracle，第四个是兰博文。

按照关注的顺序，那就是要倒过来看。也就是说，兰博文注册完小号后，第一时间关注的是他自己？

呵，好自恋的一个男的。

林京截了图，发给兰博文。

甜甜甜甜同学：我看你关注了Miracle，所以我就想来问问。

3372a46bx：那我还关注了兰博文和陈景呢，万一是他俩呢。

甜甜甜甜同学：是他俩，我就在你说完诉求之后，继续拉黑你。

兰博文看了眼盛况：“你是不是故意的，没事干，你让我多嘴问后面那些话干什么？看我跟陈景被人嫌弃，你很有存在感是不是？”

盛况垂眸轻笑一声，没说话。

他就是觉得“甜甜甜甜同学”说话不老实。一边说着只画他，一边在不知道兰博文找她画谁的情况下，把兰博文从黑名单里放了出来。

说这位博主是为了钱吧，还真不是。但就是因为不为钱，他才会多想。

三楼那个小姑娘也挺能画的。

兰博文告诉他自己被这位博主拒绝的时候，三楼的小姑娘不就在场吗？

他承认，在那一刹那，他怀疑了，所以才会让兰博文问一问。但实际上，好像是他想多了。

三楼小姑娘画的是风景图，色彩绚丽，一看就是有功底的。“甜甜甜甜同学”画的基本都是人物图，还真扯不上关系。

想到这儿，盛况又笑了一声，觉得自己有点儿问题，什么事都能往林京身上扯。

“你笑什么？GDT 这场又快赢了，再这么打下去，GDT 大概率会是今年的世冠冠军了，到时候不知道要嚣张成什么样子。”

盛况没接他的话。休闲室里，只有电视机里传来的比赛声。

过了许久，盛况转头：“对了，昨天你收拾东西的时候，是不是说还有几个有我签名的手机壳？”

“啊？对，是有，怎么了？”兰博文看向盛况，“你问这个干吗？”

“不干什么。”盛况看着比赛，“等会儿给我拿一个。”

“要什么颜色的？”

不等盛况说话，兰博文又说：“就白和黑两个颜色。”

盛况收住到嘴边的“粉”字，沉默了一会：“白色吧。”

GDT 战队最终以 4 ∶ 3 的成绩打败了 HJC 战队，拿到了世冠赛的总冠军。

比赛结束后两支战队都发了微博，GDT 发的是“成功夺冠，感谢粉丝”，HJC 发的是“虽然遗憾，但来日方长，KPL 秋季赛继续加油”。

微博发布的时间相隔不到两分钟，HJC 的官博不管是评论、转发量还是点赞数，都碾压 GDT 官博。

有关这次世冠赛的话题也陆续上了几个热搜，虽然都没能冲到高位，但整体热度还是不错的。不过在晚上八点发生了挺尴尬的一幕，HJC 战队在热搜榜上的排名超过了 GDT 这支冠军队伍。

HJC 战队在 KPL 的热度本来就在头部，今天的比赛全员打得一点儿毛病都挑不出来，之所以会输纯粹是输在了运气上。

输了比赛，肯定会有争议、会有质疑，但这次更多的人是在安慰 HJC。

HJC 战队的热搜排名越升越高，眼看着快要进入前二十的时候，GDT 官博再度发博。

GDT 电子竞技俱乐部：因观念不和，现 GDT 战队和 GDT 前打野 Miracle 已友好解约，祝 Miracle 未来可期！

在盛况改微博名的当天，整个圈子都在猜测和打听他接下来到底是退役还是转会。

虽然没人得到确切的消息，但几乎所有人都达成了共识，那就是盛况一定会离开 GDT 俱乐部。但大家怎么都没想到，盛况既不是挂牌转会，也不是宣布退役，而是解约。这意味着盛况从现在开始成了 KPL 的自由人，他去哪一个战队都有可能，但也没准过段时间会宣布退役。

微博发出来没几分钟，网上就炸锅了，各大平台电竞版块的头条新闻都和盛况何去何从有关。

微博关于世冠赛的几个热搜，一个接一个地从排行榜上消失，取而代之的是有关盛况的话题。

“盛况退役”“盛况 HJC”“盛况 CEC”“盛况 JZ”“盛况和 GDT 解约”……

有的营销号甚至还开了投票，让粉丝投盛况会去哪儿。得票最多的战队是 HJC 和 CEC 这两个强队。评论区的热门评论里，支持盛况去这两个战队的粉丝在互掐。

HJC 比 CEC 强多了，CEC 这次连世冠赛决赛都没进，况崽去那儿干吗？再说，李燃和况崽中野联动不香吗？

CEC 一点儿也不弱好吗？关键是 CEC 有陈景，况崽和陈景野辅联动是绝配。

网上的粉丝因为盛况去哪个战队操碎了心，而别墅里的盛况吃完晚饭之后，困倦地打了个哈欠，跟 YLS 的中单秦余约了晚上十点一块儿排位后，就上楼补觉去了。

林京在吃晚饭的时候，记住了盛况和秦余的约定，晚上十点，埋头画画的她准时打开了直播 App。等了差不多十分钟，姗姗来迟的盛况终于开播了。

怎么突然开播了？

还好我没睡，这就是传说中的深夜福利吗？

今天直播什么？还是 PK 吗？

直播镜头里的盛况，应该是刚睡醒，带着点儿起床气，看着越来越多的弹幕，一点儿要开口说话的意思都没有。

他的电脑应该挂着微信，指尖飞速地在键盘上敲了几下，没一会儿他的手机屏幕里弹出有人拉他排位的邀请，他点了“同意”。房间里就两个人，房主应该就是秦余，用的是个小号，粉丝不清楚对方是谁，一直在弹幕里问。

林京忙着画画，没时间一直盯着直播看，就把手机支在一边，时不时地扫一眼。

盛况今晚大概就是为了和秦余打磨合，全程都在打游戏，压根儿就没怎么看过弹幕。

他直播的次数不多，直播风格一直这样，心血来潮了和弹幕互动几句，不想说话的时候能从开播到下播一句话都不说。大家见怪不怪，他沉默他的，大家该在弹幕里刷什么就刷什么，总之直播间的气氛异常和谐。

十一点，林京揉了揉泛酸的手腕，合上了 iPad。她拿着手机，靠在床头。

这会儿的弹幕莫名其妙地多了起来，她以为是盛况在游戏里秀了什么大招，弹幕会是“况崽好棒”“况崽，我爱你”“为况痴，为况狂，我为况况哐哐撞大墙”一类的，没想到入眼的却是一排排的脏话。

哪儿来的疯狗？

麻烦某战队的狗滚出去好吗？

呵呵，真正该滚出去的是你们家盛况吧，被 GDT 解约了，不要了。

天天吹自己多牛，KPL 第一打野，都快吹上天了，结果呢，不还是上不了比赛吗！

也不知道每天狂个什么劲儿，真以为自己是老大啊，没了你 GDT 照样夺冠。

GDT 在杨斯年和盛况之间，毫不犹豫地选择了杨斯年，就问你们这些粉丝，惊不惊喜？

盛况真以为 GDT 离了你不能活啊，还让 GDT 在你和杨斯年之间二选一。

您就是上不得台面，大半夜暗戳戳地点赞 GDT 被杀合集，小肚鸡肠。

GDT 牛！恭喜 GDT！没了 Miracle 的 GDT 无敌！

在盛况的地盘上，一眼望去弹幕里全是帮盛况的，弹幕太多了，“矿工”的评论都被瞬间淹没，更别说涌过来的那一小撮杨斯年的粉丝了。

林京盯着弹幕看了好一会儿，总算弄明白是怎么一回事了。

大概是在微博或者某论坛，有人爆料盛况之所以会跟 GDT 解约，是他容不下杨斯年，逼迫 GDT 二选一。结果没想到狂脱了，GDT 选择了杨斯年，放弃了他。

盛况半夜点赞 GDT 被杀合集的事，也被人拎出来说了，引得杨斯年的粉丝极为不满，涌入了盛况的直播间。

“矿工”当然不可能袖手旁观地看着盛况被骂，于是弹幕才会突然成十倍量的暴增。

跟秦余打游戏的盛况，压根儿不知道直播间发生了什么。不得不说，杨斯年粉丝说的话，真的很恶心人。林京看着乱糟糟的直播间，敲了几个字。

小京酱：房管呢？

直播间里说话的人太多了，她压根儿没看到自己的弹幕。

小京酱：房管呢？

小京酱：房管这都不出来吗？

小京酱：房管、房管、房管、房管、房管、房管……

林京疯狂地刷屏，刷着刷着，突然她的手机里弹出一个提示：恭喜您已经成为 Miracle 直播间的房管。

她的手一抖，手机“啪嗒”一声掉在了床上。愣了一会儿，她缓缓地伸出手拿起手机。

为了验证自己是不是眼花了，她发了一条弹幕。

与此同时，直播间里一些时时刻刻关注着盛况动态的小侦探，发现多了个管理员。

况崽刚刚点鼠标是设置了个管理员？

是不是设置错了？

这是况崽直播间有史以来的第一位管理员吧？

我怎么觉得是况崽手滑了？

林京看着密密麻麻的弹幕，以及自己名字前的管理员，沉默了一会儿，不敢置信地又发了一条弹幕。

她连续验证了两次，终于确定自己不是在做梦了。

她跟弹幕里那些人的想法一样，下意识地想点进微信，问问盛况是不是手滑加错管理员了。

盛况打完一拨团战后站在中路塔下，趁着英雄回城补血的当口，抬头扫了眼弹幕："没手滑。"

听见手机里突然传出的声音，林京抬眼看向屏幕。

盛况低着头，细碎的头发遮住了他的眼睛，只露出高挺的鼻梁。他控制着游戏里的英雄，语气随意："辛苦小京酱了。"

小京酱是谁？怎么觉得这个名字有点儿耳熟啊？像是在哪儿听过？

同耳熟，感觉好像认识，是哪个粉丝吗？

GDT 牛！恭喜 GDT！没了 Miracle 的 GDT 无敌！

哦，我想起来了，前几天况崽直播的时候，欢迎过的一个粉丝就是小京酱。

他们什么关系？又是欢迎，又是做管理员，这也太溺爱了吧？表示羡慕！

小京酱到底是谁？小京酱到底是谁？小京酱到底是谁？

杨斯年的粉丝还在刷屏骂盛况，但盛况粉丝的画风已经变了，关注点全放在了小京酱的身上。

盛况拆完敌方水晶后，抬头扫了眼电脑屏幕，他一边返回房间开始下一局，一边懒洋洋地说："小京酱是谁……是我们的小管理员啊。"

盛况这一互动，弹幕滚动得更疯狂了。

是男的还是女的啊？

他俩现实中认不认识啊？

盛况开始了下一局游戏。林京以为他不会跟弹幕互动了，哪知他选完英雄后，活动着自己的手指关节，抬头盯着弹幕看了会儿：“一个小女生。”

哦，原来是姐妹。

好了好了，八卦完了，疙瘩汤战队还有那个到现在都学不会独立行走的杨斯年，老娘来了。

弹幕又回到了之前的画风。

游戏开始了，盛况从电脑屏幕上收回视线的时候，扫到了“姐妹”两个字。他无声地“呵”了下，操控着英雄跳出水晶，蹦进野区的时候，他垂眼笑了声：“还真是个小妹妹。”

他这突如其来的一句话，引得弹幕出现一排问号。

林京愣了下，反应过来他说的是自己，手一抖，直播间里瞬间一个弹幕都没有了。

过了一会儿，她意识到是自己不小心按了“全体禁言”。林京想到自己身为管理员，还是可以发弹幕的，于是故作镇定地敲了几个字。

[管理]小京酱：不好意思，我先踢下人。

[主播]Miracle：好。

整个直播间，此时能发弹幕的只有他们两个人。盛况明明可以讲话，偏偏要多此一举地打字。

林京盯着两个人的对话，差点儿手抖地把“全体禁言”解开。

她闭了下眼睛，勉强稳住心态，滑动着聊天记录，把骂盛况的那群人挨个儿送了“禁言”。

盛况十点十分开播，十一点五十分就下播了。

林京放下手机刚想去洗澡，想到还没给萨摩耶放狗粮和换清水，就重新拿起手机下了楼。

她给萨摩耶换水的时候，盛况下楼了，他看了一眼蹲在笼子前的林京，没说话，直接进了餐厅，打开冰箱从里面拿了一瓶矿泉水，拧开盖子边喝边往外走。

“你叫什么名字？”林京想到秦瑶阿姨天天喊这只萨摩耶“狗子”，“该不会就叫狗子吧？”

盛况停下脚步：“小苦瓜。”

林京回头：“啊？”

盛况慢慢地拧上盖子，朝笼子里一直对着他摇尾巴的萨摩耶抬了抬下巴：“它，小苦瓜。”

林京“哦”了声，起身对着它说：“晚安，小苦瓜。”

盛况沉默了两秒，率先往电梯那边走去。

进了电梯，盛况分别按了2楼和3楼，在电梯上行的时候，他看了林京一眼，像是想到什么：“等会儿。”

林京转头：“什么？”

电梯到二楼，门打开，盛况抬手拦住门：“你先别上去，等我会儿。”

“哦。”林京往前挪了一步，拦住电梯门。

盛况收回手，进了卧室。

过了没多久，他从卧室里出来，手里拿着个长方形的薄纸盒。盛况走到她跟前，把纸盒递给她。

林京一眼认出那是手机壳，而且还是盛况的签名版周边，不售卖的那种限定周边。她愣了下，抬头问：“给我的？”

“嗯，”盛况看她没接，“不喜欢？”

林京连连摇头接过手机壳：“没有。”

盛况又“嗯”了声，没再说话。

“我上去了啊。”林京指了指上面，收回了挡着电梯的手。

盛况站在电梯外，没离开。电梯门缓了一下才关上。

林京低头看了看手机壳，趁着电梯门没关，冲着外面“哎”了一声：“这是管理员福利？”

盛况沉默了，转身走了。

接下来的几天，林京忙着给盛况画画，而盛况、兰博文还有YLS的几个人不知道在研究什么，绝大多数都在负一楼的休闲室里待着。

除了吃饭的时候大家会碰上一面，其他时候虽然住在一个楼里，但林京每次下楼，一楼基本都是空的。除了小苦瓜，根本见不到其他人的身影。

因为是给盛况画头像，林京对自己的要求很严格，一张图修了改、改了修，反反复复折腾了差不多一个星期才完工。

完工时已经快深夜两点了，林京虽然不确定兰博文睡了没，但还是登录微博，给他留了言。

甜甜甜甜同学：图画好了，你看看可以吗？

林京画图的时候不觉得困，给兰博文留完言，洗了个热水澡出来，困得眼睛都睁不开了，头发胡乱地吹了个半干，倒头就睡了。

第二天醒来，林京第一时间登录微博，看到兰博文凌晨五点的时候回了消息。

3372a46bx：可以。

3372a46bx：把图发我邮箱吧，记得连带着 PSD 版本一块儿发。

林京在床上醒了会儿神，起床第一件事就是先给兰博文发了邮件，然后洗漱下楼遛小苦瓜。

她睡得晚，醒得也晚，外面太阳很大，好在出去的时候带了把遮阳伞。林京带着小苦瓜绕着小区遛了一大圈后，举着伞慢吞吞地往回走。

在拐弯处，林京被一个高高瘦瘦的男生拦住了：“您好，不好意思打扰了，请问您知道 C-1-2 往哪边走吗？”

“……”

那不是盛况家吗？

有了 YLS 那几个人的前车之鉴，林京这次淡定多了，她把伞往上举了举：“找盛况？”

男生愣了下：“啊？对。”

“那你跟我走吧。”

“哦，好。”

两人没再说话，林京牵着狗举着伞走在前面，男生单肩挂着个大大的双肩包跟在她后面。

回到别墅，林京把小苦瓜送回笼子里，示意男生随意坐，并告诉他其他人可能还要等几小时才能陆续睡醒，然后就上楼了。

直到中午兰博文发消息喊她吃饭，林京才从楼上下来。

其他人也都刚醒，一个个哈欠连天地围着餐桌，在兰博文的介绍下，正跟上午被她带回来的那个男生打招呼。

盛况也在，最先跟那个男生打的招呼，从他们的对话里，林京知道这个男生叫江醉。

走完介绍环节，接下来就是加微信好友环节。

江醉从兰博文左手边依次扫码加好友，扫到盛况之后，他看了眼林京。

兰博文恍然大悟地“啊”了声：“她叫林京，会暂住一段时间，也加个好友吧，都是朋友。”

“好。”江醉重新打开二维码，递到林京跟前。

林京点开“扫一扫”，扫取了江醉的二维码。页面跳转，蹦出来的不是“添加好友”，而是“发消息”。

“咦？”

兰博文问：“怎么了？”

林京没说话，默默把手机给江醉看。

“嗯？”江醉愣了下，看到林京给自己备注的名字，想到只有一个人会这么叫自己，“小京酱？”

盛况抬头往林京的手机上瞥了一眼，看到了林京给江醉的微信备注名——杨戬小哥哥。

小哥哥。

啧啧。

盛况低头继续面无表情地看手机。

兰博文问：“你们怎么会是好友？”

何忘问：“你们居然认识？”

秦余问：“你们是怎么认识的？”

在大家七嘴八舌的询问中，江醉收起手机：“她是我老板。”

众人一脸疑惑。

盛况滑着屏幕的指尖停了两秒，抬头：“老板？”

“对啊，我老板，”江醉说，“我平时就干两件事，一是陪玩，二是接国服单。京姐是我陪玩里的老板，我们认识挺久了。她有时间就会敲我陪她打游戏。”

其他几个人缓缓转头看向林京，仿佛在无声地询问她“没看出来你是这样的人，还带找陪玩的”。

林京真没想到世界竟然这么小，小到她过个暑假跟盛况住在同一个房子里就算了，接下来还要跟经常带自己上分的小哥哥同住在一个屋檐下。她沉默了几秒说道：“我就是想要个王者印记。”

何忘问：“王者印记还需要要吗？这不是有手就行吗？”

林京面无表情地看向何忘。

何忘反应过来，连忙强调：“我指的是职业选手。”

林京冷着脸“哦”了一声：“我以为你们职业选手，人均 101 颗星，看来你们 YLS 被降级是有原因的，对自己的要求太低了。”

“……”

其他三个没开口却无辜躺枪的 YLS 成员一时无语。

兰博文“扑哧”一声笑了：“行了，吃饭了，再不吃外卖都凉了。”

一伙人纷纷动筷子。

秦余第一次在现实生活中见到“陪玩”，对他们这行还挺感兴趣的：“江醉，你陪玩，多少钱一小时啊？”

江醉说：“200。”

秦余问：“下单的人多吗？”

“还行。”

江醉突然想起来个事，抬了下头：“对了，京姐，这赛季马上要结束了，你还没升成王者，打算什么时候玩？”

本来前几天林京就可以跟着江醉躺上王者了，结果临时给盛况画画，耽误了。

林京捏着筷子，想了想自己接下来没什么事：“我都可以。”坐在林京身边的盛况，忽然放下筷子说：“我吃饱了。”

兰博文看了眼盛况剩下的大半碗饭："怎么吃这么少？"

"啊？"盛况起身，椅子在地板上划出一道很轻的声音，"刚睡醒，没什么胃口。"

姜鑫问："那要不要再给你叫点儿别的吃的放着，等会儿你饿了吃？"

"不用。"盛况垂眼看了下旁边低头扒饭的人，沉默了下，视线上移，落在对面江醉的脸上，"我先去楼下等你们。"

盛况说完这句话，其他人没再乱聊天，快速地扫完碗里的饭，抽了纸巾胡乱擦了下嘴，一个接一个奔向楼下。

林京没什么事，她吃完饭在一楼不慌不忙地陪着小苦瓜玩了会儿，才慢悠悠地回了楼上。

距离上次更新微博已经过去差不多一周了，她的评论区全是催新图的，刚爆肝画完盛况的头像，林京现在压根儿不想再画画。她装作没看到那些留言，直接退出微博，登了游戏。

林京在这个赛季中，跟着江醉躺到了"星耀[①]三"。现在江醉没空带她玩，她又不想去找个新陪玩，干脆单排。

玩了五把，输了五把，把排位保护卡用光了不说，还从"星耀三"掉到了"星耀二"。

林京心态有点儿崩，退出游戏，去逛盛况的超话了。

在超话里泡了一个多小时，林京把最近两天"矿工"新发的帖子看了个遍，实在没什么可看的，就回到了微信。

有个红点，是订阅号的消息，她点进去，看到自己关注的一个情感博主更新了一篇文章。

文章的标题是"盛羡 VS 陆惊宴：最好的爱情是双向奔赴"。内容有点儿长，林京没什么事可以做，从头看到了尾。

——我从未想过"明天"，直到遇到明天也喜欢的你。

——你喜欢盛羡吗？喜欢。很喜欢。

——所有男生都叫她"女神"，而他叫她"白月光"。

她看得有点儿入戏，忍不住将这篇文章转发到了朋友圈：**好想谈一场双向**

---

① 星耀指《王者荣耀》游戏中的段位等级。

奔赴的恋爱啊。

一伙人在负一楼的训练室里打了一下午的磨合赛，结束的时候已经六点半了。外卖还没送到，盛况懒得动就靠在电竞椅上刷微信。

回完未读消息，他见朋友圈有提醒就顺手点了进去，往下一拉一眼看到林京五分钟前分享的朋友圈。

他点进链接，看到里面密密麻麻的文字就退了出来。然后他看到林京这条朋友圈下多了个赞。

多了个江醉点的赞。

盛况沉默了下，点进江醉的头像，进了他的朋友圈。

接陪玩，随叫随到，会哄人，会卖萌，需要的老板私聊。

2200分的巅峰赛感受下马超的压迫感吧。（附赠一段视频）

高分段游戏大神，免费语音连麦，陪你排位上分，需要的老板私聊。

随叫随到，哄人卖萌，语音连麦。盛况“啧”了一声退出微信，又点进王者助手，搜了下林京的战绩。

大多数都是双排，另外一个账号不固定，应该是江醉用来带她玩的接单号。近期的几次单排时间是今天下午，五连跪。

她玩的英雄里辅助类居多，大多是蔡文姬、瑶、大乔，偶尔会玩一玩中单，选的英雄基本上就是小乔、貂蝉、王昭君。

“……”

盛况有点儿怀疑林京是凭颜值选英雄。这姑娘的中单，玩得真不咋样，死的次数加起来比她玩辅助蹭到的助攻都多。

吃完晚饭回到房间后，林京又登上游戏。她其实并没有很想玩，就是有个任务还没做。

做完任务后她刚要下线，游戏里突然弹出一个邀请：Miracle邀请您组队排位，5V5王者峡谷。

盛况？点错了吗？

林京还在想着，手指已经不受控制地点了“同意”，进了房间。

里面有四个人，她进来之后房间满了。除了盛况，其他三个人林京都认识，就是YLS那几个。

林京发现自从盛况把她设置成他直播间的管理员后，她的心理承受能力强多了。放在以前，盛况邀请她打游戏，她八成会激动地先下楼跑个三千米，而现在她居然能很稳重地打了一个问号。

手机里传出盛况的声音：“缺个人。”

小京京京酱：哦。

“可以开吗？”

林京愣了下，意识到盛况是在问自己，急忙打字：可以。

盛况点了“开始游戏”，不到十秒匹配成功，进入扳选英雄页面。

林京在第五楼，需要禁英雄，她不确定要禁哪个，继续打字问道：我要禁哪个英雄？

何忘：随便。

秦余：随你。

李小舟：随意。

盛况：怕谁禁谁。

林京深思熟虑了好久，禁了目前版本比较强的打野云缨。禁完之后，她才发现一楼盛况预选的英雄就是云缨。

盛况笑了一声：“连我都怕？”

林京握着手机，闭了闭眼睛，打字：不是，我没看到。

盛况“嗯”了声，没再说话，等到对方禁完英雄，轮到他选了，他在打野里找了一圈，锁定了李白。

盛况选完英雄后才拿起旁边一直振个不停的手机。

CEC.Scene：为什么把我踢出了房间？

CEC.Scene：说好的五排[①]呢？

CEC.Scene：你什么意思？麻烦你给我个解释。

CEC.Scene拨通了语音电话。

CEC.Scene：你别装死！你出来！出来！出来！出来！

① 五排是指五位玩家共同玩儿游戏，几排基本就是几个人组队一起去排比赛。

CEC.Scene 投了一颗雷。

Miracle：你自己单排去。我带个人。

CEC.Scene：带谁？我倒要看看，谁那么大本事抢我的位置。

Miracle：小老板。

CEC.Scene：什么小老板？不会吧，况崽，你都沦落到带老板了？那你是不是还得扮萝莉音？喊小哥哥？

游戏开始了，盛况没再回陈景的消息，任由他一个人空守着微信自言自语。

因为是跟盛况玩，林京选英雄特别慎重，用的是操作比较熟练的瑶。

这个英雄是《王者荣耀》里她最喜欢的一个英雄，没什么操作难度，四级之后往队友身上一挂，心情好了偶尔放个一、二技能，心情不好了只需要管好三技能，时不时地给队友刷新下护盾就行。

五人排位，四个职业选手，游戏打起来就跟打人机一样。林京感觉自己好像都没怎么玩，一局游戏就迷迷糊糊地结束了。

她运气还挺好，前两局都拿到了瑶妹，但在第三局的一开始瑶就被禁了，林京没了这个选择的，只好拿出了自己操作熟练榜上排名第二的英雄——蔡文姬。

林京一口气玩了四局蔡文姬，四局用的皮肤都不一样。

盛况进入新一轮游戏的时候，想到今晚到目前为止总共玩了六局，住在三楼的姑娘用了六个不同的皮肤。

她玩的怕不是《王者荣耀》，玩的是奇迹……王者暖暖吧。

一整晚，林京选的不是瑶就是蔡文姬。

在她渡劫上王者的那一把，瑶一开始就被禁了，林京生怕自己抢不到蔡文姬，请求“帮选”。盛况点了“帮选”，林京到了一楼，盛况到了五楼。

他们属于红方，后选英雄，所以盛况是最后一个选英雄的。林京选完自己的英雄后就去了洗手间，出来之后看到游戏恰好停在缓存页面，她抽了两张纸巾擦干净手，就听到了“敌方还有五秒到达战场”的播报。

游戏开始差不多五分钟的时候，林京在“出发咯！蹂躏脑筋不好的老年人”声中，从中路来到了野区，她见盛况只有半管血，想都没想就来到他身边放了个大招。

“男神是孟德大人，喜欢的宠物是阿典，梦想是养只羊驼。”

林京听着手机里蔡文姬的台词，围着盛况转，把盛况的血加满之后，她突然发现盛况玩的英雄是澜。

蔡文姬，澜，澜，蔡文姬……

《王者荣耀》最火的宣传片，就是他们两个英雄的故事，这对 CP 一度被网友嗑得死去活来。

林京不知道自己在戏多些什么，总之突然变得有点儿紧张，手一抖放了个二技能，然后盛况打到最后的蓝 buff，到了她的身上。

“……”

“……”

盛况大概没想到自己还有蓝 buff 被人抢的一天，站在原地愣了一会儿，无视上路秦余不断发出的“请求集合”的呼喊，直奔对方蓝区。

林京站在河道，看看上路又看看盛况，一时间不知道是跟着盛况去对方蓝区，还是听秦余的上路。

秦余见喊不来打野，直接开了语音：“上路啊，上路来了，对方马克能秒杀。”

蹲在对方蓝 buff 草丛里的盛况说：“来不了，没蓝了。”

“……”

与此同时，盛况的手机还在振个不停。

CEC.Scene：住在你家那个贼漂亮的小姐姐就是你说的小老板？

CEC.Scene：你为什么喊她小老板？

CEC.Scene：这个小姐姐会不会玩啊，没团战就放大？浪费啊。

CEC.Scene：啊，你的蓝被抢了，这都不翻脸？

CEC.Scene：还真没翻脸，这不是你的作风啊！抢我蓝就挂机才是你的作风啊，况崽，稳住，别崩人设。

陈景开了观战模式，跟看电视剧一样，时不时地敲着机械键盘往盛况的微信里塞消息，俨然把两个人的聊天对话框当成了弹幕区。

一局游戏结束，陈景又发了两条“弹幕”，正打算撤了去打巅峰赛，突然在缓冲游戏的屏幕里瞥到了一个熟悉的名字：GDT.Sinian。

CEC.Scene：居然跟杨斯年撞车了？

CEC.Scene：这究竟是怎样的冤家路窄啊。

CEC.Scene：除了杨斯年，还有GDT二队的中单跟辅助，这局有难度了。

CEC.Scene：杨斯年在直播，他直播间已经有不少人在刷你了。

第七通

王者归来

盛况开始并没有发现撞车了，进入游戏后，他跟平常一样买打野刀出水晶。

他站在蓝 buff 旁边的草丛里，正等着蓝刷新出来的时候，耳机里传来秦余的声音："撞 GDT 的车了，对面是杨斯年他们。"

与此同时，游戏页面出现了两行小字。

[全部]GDT. 古昔（干将莫邪）：况哥，好巧。

[全部]GDT. 七月（鬼谷子）：况神。

林京也是听到秦余的话后才注意到对方的 ID。

对方有三个 GDT 的职业选手，除了跟盛况打招呼的两个外，剩下的杨斯年自始至终没有说话。

盛况没回 GDT 那两个人的话，直接点了个"请求集合"，在中单和上单各扔一个技能，用最快的速度打完自家蓝 buff，然后连蓝区小野都没扫，就直接通过河道进入了对方的红 buff 区。他蹲在暴君和敌方红 buff 之间的草丛里，卡着血量点惩戒，熟练地带走了杨斯年打到最后的红 buff。

盛况抢到红 buff 后，标记下自家的红 buff，提醒下路射手去看下红，然后在中路蹭了一拨兵线，带着秦余直接进入对方的蓝区。

林京这局选到了瑶，四级前都是跟中路的。她见盛况和秦余两个人去对方蓝区，也就跟着去了。

敌方的中路和上单因为盛况抢了红 buff，都在蓝区。盛况压根儿没想着团战，抢到蓝 buff 就走人，秦余放了个控制技能帮盛况阻拦了下对方的三个人后也撤了，唯独林京反应有点儿慢，被三个人“哐啷、哐啷”几个技能砸在身上，变成了小鹿不说，还送了一血[①]。

林京到了四级后，就和之前一样跳在了盛况身上。

游戏进行到五分钟的时候，盛况潜入对方蓝区，抢走了对方的蓝 buff。撤退的时候，林京被杨斯年从盛况的身上打了下来，又死了。

游戏进行到七分钟的时候，盛况躲在草丛里看杨斯年打暴君，在最后一刻用惩戒抢完暴君，然后潇洒走人。这时，林京又被杨斯年从盛况身上打了下来，然后在对方赶来支援的几人围殴下死了。

林京复活，继续直奔盛况而去，走到自家中路二塔的时候，盛况标记了一下下路的射手。

林京以为他是在提醒射手小心点儿，继续往盛况那边靠近。

“林京。”从这局游戏开始，一直保持安静的盛况突然开口。

林京点开语音：“啊？”

“你去跟射手。”

“哦。”

盛况轻笑一声：“跟着我，你会一直死。”

“……”

林京被他笑得莫名其妙，耳边像是被烫了一下，过了会儿，又“哦”了一声，然后明晃晃地沿着河道往下路的射手那边靠。

何忘在自家红区做了个标记：“京妹，从这儿走。”

上路的李小舟说：“小林同学，别从河道过，从自家野区绕。”

秦余说：“河道没视野，对方打野和上单可能在龙坑前面的草丛里。”

三人的话音刚落，林京就变成了小鹿。

林京不敢点一技能从小鹿变回人，吓得掉头就跑，秦余往她这边靠了过来：“瑶，扛住啊，我马上到。”

进入鹿灵状态的瑶是无法被攻击的，但只有六秒，眼看着时间过半，林京觉得自己和秦余碰不上面，她又要死一次。这时盛况的声音传了过来：“上来。”

---

① 一血指第一滴血，第一滴血的获得者即游戏中第一个击杀游戏人物的人。

林京连盛况人在哪儿都没看到，听到这两个字，就条件反射般地点了一技能和三技能。她自己都还没反应过来是怎么一回事，人就已经立在盛况的头顶上了。

此时秦余和何忘已经赶了过来，盛况见对方就三个人，毫不犹豫地回头。

四打三，虽然林京也觉得自己好像不算那个四，最多是三个半打三，但不管怎样，这拨团战，杨斯年和GDT的另外两个人没了。

半血的何忘进自家红区扫野吸血，盛况趁着杨斯年复活的时间，跟强盗入侵一样把对方的蓝区一扫而空。

盛况只剩下不足四分之一的血量了，他想回水晶补个状态，站在中路草丛里说："去找何忘吧。"

林京"啊"了一声。

"算了，"盛况打断回城，几个位移[①]落到下路的何忘身边，"还是把你送过来吧。"

"……"

林京摸了摸有点儿发烫的耳朵，默默地从盛况身上跳了下来，等到技能冷却时间到后，点了个大招跳到何忘身上："……哦。"

这局游戏是林京玩了一晚上死的次数最多的一局，也是打的时间最长的一局。

打到后期，杨斯年他们打法很保守，基本就缩在高地里守水晶。

看得出来杨斯年还是很想在这种撞车局里赢了盛况的，一直沉默的他甚至在游戏进行到二十分钟的时候出来说话了。

[全部]GDT.Sinian（橘右京）：况神，你离开GDT之后，我还以为我们没机会一块儿玩游戏了，没想到还能在游戏里碰上。

[全部]GDT.Sinian（橘右京）：况神，另外三个人的名字看着还挺眼熟的，听七月说，是YLS的？

[全部]GDT.Sinian（橘右京）：况神，你怎么跟他们一起玩了？我以为你离开GDT之后，平时打排位怎么也得跟李燃、陈景他们一块儿玩啊。

---

① 位移包括闪现和突进，区别在于一个为瞬间消失出现在终点，一个是突然向前前进一段距离。有的突进是可以被打断的。

[全部]GDT.Sinian（橘右京）：YLS降级了吧？听说他们走了两个人，战队都要解散了吧，估计回KPL都有点儿难吧？

蹲在杨斯年直播间的陈景，看到这些话暴躁了。

CEC.Scene：这孙子又不做人了。

CEC.Scene：什么叫没机会一起玩了，这是在直播间暗示你要退役吗？

CEC.Scene：跟YLS这几个人一起玩怎么了？他瞧不起谁呢？天天在网上带节奏说你人品不好，是队霸爱欺负人，带的他自己都相信了吧。还暗示你离开GDT之后，我跟李燃都瞧不上你了，你只能沦落到跟这届KPL成绩最差的战队鬼混在一起了。

CEC.Scene：你看看他直播间的弹幕，那群粉丝的话也说得够难听的。

YLS那三个成员谁也没接话，他们上个赛季的成绩的确很差，被人嘲讽也只能闭嘴。

盛况也没说话。

整个游戏里，除了时不时冒出来的音效声，安静得有点儿诡异。

林京看着杨斯年一会儿冒出来一句话，抿了下唇，忍不住打字。

[全部]小京京京酱（瑶）：你用嘴打游戏？

[全部]小京京京酱（瑶）：不用打问号，说的就是你。

林京气呼呼地敲着键盘打字：不知道的还以为你的世冠冠军是用舌头舔出来……

话还没打完，杨斯年那边的水晶就炸了。

打这一局之前，盛况说好了这是最后一局，结束之后他放下设备机，拿起手机。

陈景给他发了几十条消息，他把陈景前面自言自语的废话全部略过，直接看了后面的新消息。

CEC.Scene：杨斯年真不要脸，他居然说小京京京酱是妹子，所以让一局。

CEC.Scene：都拆他家三座高地了，用得着他让？

盛况点开陈景发来的截图，截图内容是杨斯年直播间的弹幕。

盛况粉丝滚出去，这里不是你们家地盘，请不要四海为家！

盛况的人品果然差啊，只配跟 YLS 这种菜鸡队伍一块儿玩。

那个瑶是谁啊，说的那是什么话？

…………

可能是怕脏字被屏蔽，里面提到林京的弹幕故意用了错别字。盛况盯着看了一会儿，手机突然振了一下。

不是陈景发来的消息，他退出对话框，看到是小陌。

GDT.Momo：哥，你刚和杨斯年撞车了？

Miracle：嗯。

GDT.Momo：他发飙了，在骂你。

随后，小陌转发了一段群聊记录过来。

盛况正准备看聊天记录，小陌又发消息了。

GDT.Momo：哥，那个群你还没退，你直接去群里看。

经小陌一提醒，盛况才留意到的确有个群一直有人在说话，那个群是 GDT 的灌水群，因为群名称没带 GDT，他都忘了那是 GDT 的群。

群里的消息很多，大概是因为他之前退了挺多 GDT 的群，所以里面的人以为他早就不在了。

GDT.Sinian：真是服了，一个排位赛，某人打得那么较真儿，跟没赢过一样。

GDT.Sinian：可能是好久没上场比赛了，把刚刚的排位当成比赛打了吧。

GDT.Sinian：我们就是随便打打，都没认真。

GDT.Sinian：他要是真厉害，就回 KPL 在正儿八经的比赛上见啊。

GDT.Sinian：据我所知，到现在为止，都没什么战队邀请他。

在杨斯年发的消息里，夹杂着一些 GDT 其他成员安慰他的话。

盛况懒洋洋地靠在电竞椅上，把聊天记录看到最后，然后不紧不慢地敲字。

Miracle：这群还挺热闹的。

群里瞬间安静。

三秒后，不少人往回撤消息。

Miracle：别撤了，看完了。

Miracle：刚发现这群我还是管理员呢，各位，不好意思了啊。

发完消息，盛况直接点进群成员，一个接一个地踢出去。

跟盛况玩了一整晚的游戏，林京的心情还挺不错的。

如果最后一局没有和杨斯年撞车的话，林京想现在的她一定处在开心得想上天的状态。

她闷闷不乐地洗了个澡，出来之后站在洗手台前，怏怏地把内衣搓干净挂起来，然后才去吹头发。等她躺到床上，已经差不多十二点了，她打开手机登录微博，第一眼看到的就是杨斯年粉丝的吵架微博，是一个她关注的盛况粉丝转发的。

杨斯年的粉丝一边替杨斯年辩解说今晚的游戏就是个娱乐局没用心打，一边嘲讽盛况离开了 GDT 后只能跟被 KPL 降级的 YLS 队员厮混在一起。

这条微博里的两条热门评论，更让人窒息。

李燃和陈景大概已经看不上盛况了吧，毕竟盛况做人太狂了，大家早就看他不顺眼了。

据说兰博文退役也是被盛况害的！

评论区盛况的粉丝来一个被这个杨斯年的粉丝删一个，转发没法儿删，一眼望去都是盛况的粉丝在争辩，绕来绕去又绕回了原点。杨斯年的粉丝让盛况的粉丝少废话，拿成绩说话。

永远都是这样。争辩到最后，逃不掉一句“拿成绩说话”。

在电子竞技的世界里，没有成绩，只能任由他人嘲讽。

林京感觉现在比她刚刚在淋浴间冲热水澡的时候还要压抑。

她深吸了一口气，想了好久都没想出来一句能怼回去的话。这种憋闷感让她格外烦躁，她放下手机，想去外面的阳台上透透气。结果刚拉开阳台的玻璃门，手机就在身后“叮叮叮”地响个不停。

是兰婷婷发来的消息，全是转发给她的微博。

YLS 电子竞技俱乐部：首先我们的中单秦余 @YLS.Qin 保持不变，与队员认真协商后，原射手李小舟 @YLS.Zhou 入二队，原打野何忘 @YLS.Wang 转射手位。

另欢迎新成员 @YLS. 青醉以队伍首发上单的身份加入我们。

这是 YLS 电子竞技俱乐部官博发的第一条微博。相隔大概十分钟后，YLS 电子竞技俱乐部官博发了第二条微博。

YLS 电子竞技俱乐部：特别欢迎新成员 @YLS.Miracle 以队伍首发打野的身份加入我们。

同一时刻 @YLS.Miracle 转发了这条微博——

@YLS.Miracle：时隔两年，我回来了。

盛况不但改了名字，还改了头像，用的就是林京刚画好的那个。在他转发这条微博的同时，CEC 官博也发微博了。

CEC 电子竞技俱乐部：在与选手友好协商且诚恳挽留后，俱乐部决定尊重选手个人意愿，陈景选手（原 ID：@CEC.Scene）现已转会至 YLS 电子竞技俱乐部。

仅隔一分钟，YLS 电子竞技俱乐部官博再次发博。

YLS 电子竞技俱乐部：特别欢迎新成员 @YLS.Scene 以队伍首发辅助的身份加入我们。

@YLS.Scene 转发此微博：新的家庭，新的开始。

林京看完兰婷婷转发过来的这些微博，没顾得上回她的消息，就退出微信进入微博。

她的主页全是盛况粉丝转发的盛况微博，她从盛况的微博直接点进 YLS 官博，进去之后，又看到了一条刚刚更新的微博。

YLS 电子竞技俱乐部：特别欢迎我们的新教练 @YLS. 兰博文。

@YLS. 兰博文转发此微博：和况崽一样，我也回来了。这次不是以职业选手的身份，而是以教练的身份。

YLS 战队的官博，在前后不到二十分钟的时间里发了四条微博。

第一条微博内容还挺正常，热度并不高，评论区留言的人屈指可数。

第二条微博在发出后的一分钟里，点赞为零，评论为零，转发为一。

而那个一，是盛况。

要不是这个一，兰博文一度以为微博没发送成功。

大概又过了二十秒，评论区出现了一排排的问号，评论数远超点赞数。

又过了没多久，总算有人开始评论不是问号的内容。

我没眼花吧，YLS@ 的人真的是我的况崽？

转发的人是真的况崽吗？

我认真研究过了，就是况崽。

…………

自此之后，越来越多的人从蒙圈的状态缓过神来。

关注盛况微博的粉丝本来就多，他转发后的短短十分钟内，YLS 官博评论破三千，点赞破万，而盛况本人的微博评论破万，点赞破十万。

时刻徘徊在盛况和 YLS 官博的人，目睹了这两条微博下的热门评论在这十分钟里的精彩转换。

三分钟前，热评一是一个问号。

三分钟到五分钟，热评一：@YLS.Miracle 是真的盛况？

五分钟到七分钟，热评一：是真的况崽。

七分钟到十分钟，热评一：为况痴，为况狂，我为况况哐哐撞大墙。

眼看着评论区里曾经的一个个热评往下沉得越来越厉害：“‘矿工’今天

为盛况挖矿了吗？”“况崽勇敢飞，我们永相随”这类应援词不停地往前冲，大型控评大戏上演到正精彩的时候，新的热评悄无声息地冒出来了：陈景转会了！

看到这条热评的人，瞬间涌入陈景微博或者 YLS 官博主页。

有生之年，我居然能看到景老板和况崽再度合体！

呜呜呜！姐妹们告诉我这是真的。

谁来打我一巴掌，让我清醒清醒，我觉得我在做梦。

我就想知道，YLS 今晚到底要给我多少刺激？一次性来个痛快吧，我怕我心脏受不了。

楼上的姐妹，我已经准备叫救护车了。

YLS 又发博了。

这条评论一出，网友马不停蹄地又赶去看新发的微博。

教练是兰博文！

烟花放起来！

天啊，不止景老板和况崽团聚了，还有兰博文，曾经创下好多奇迹、无坚不摧、无所不能的“他们”回来了！

我哭了！

今晚电竞圈的网友们很忙，忙着在盛况微博、YLS 官博、陈景微博、兰博文微博之间来回跑。

由于大家太过活跃，不到半个小时，相关的七八个话题都上了热搜。

“盛况加入 YLS 战队”“盛况、陈景合体”“盛况，兰博文”“兰博文转教练”“盛况，陈景，兰博文”“YLS 战队”……

这两年盛况没打比赛，粉丝跑了不少，但留下来的可谓是“真爱粉”。陈景和兰博文也曾是很多人的白月光，三个人再度合体，惹得不少电竞圈的粉丝来送祝福。

不知道最先是谁转发 YLS 微博的时候，说了句“YLS 战队 KPL 秋季赛加油”，然后越来越多的人开始带这个话题。十二点四十七分，这个话题上了热搜榜末端。

大家看到后纷纷点进去加热度，话题排名渐渐往上爬，爬着爬着，YLS 官博又发了新微博。

YLS 电子竞技俱乐部：敬请期待下周五的预选赛，预祝 YLS 战队能顺利拿到通往 KPL 秋季赛的资格。

这条微博引发了短暂的宁静。就跟 YLS 官博官宣盛况时一样，安静了差不多一分半，评论区开始出现一排排省略号。

对不起，是我疏忽了，忘记了 YLS 是 KPL 春季赛唯一一个被刷回预选赛的战队。

没想到有生之年我还能看到况崽打预选赛。

那……祝 YLS 预选赛顺利晋级?

以前都是预祝况崽争取 KPL 夺冠再创辉煌，现在居然要预祝他预选赛晋级，莫名地有种养二胎的感觉。

哈哈哈！“养二胎”的说法绝了。

刚刚那个“YLS 战队 KPL 秋季赛加油”不算，重新刷“欢迎回来”。

不到十分钟，“欢迎回来”就冲上了热搜榜。

不管是盛况的微博还是 YLS 官博，热门转发带的话题几乎都变成了“欢迎回来”。

林京登录微博后，跟网友们一样在他们几个人的微博之间来回跑。

今晚的微博一个比一个刺激，林京的心情简直就跟过山车一样跌宕起伏，激动、热血沸腾、满怀期盼……还有大家忘了 YLS 目前没资格上 KPL 秋季赛而闹出的稍显尴尬的笑话。

搞笑过后，当她看着越来越多的人带着“欢迎回来”这个话题转发微博的时候，莫名地有些感动。

明明就四个字，很普通的四个字，林京却觉得比那些抒情的长篇大论更能打动她。

两年，整整两年。

她不知道盛况在这两年里到底经历过什么，但她一直在网上关注着他，总能看到各种各样的人质疑他、否定他。

人最怕的不是从起点爬上巅峰，而是从巅峰跌落谷底后再也回不去。因为心理落差太大，没等外界将你击垮，自己就先垮了。

在这个世界上，有跌倒了可以再站起来的人。但这种人少之又少，绝大多数人跌倒了就再也爬不起来了。

职业选手本身就是吃青春饭的，职业周期很短。两年对于一个普通上班族来说或许不算什么，但对电子竞技的职业选手来说，两年也许就是一辈子。

这个圈子里有太多职业选手，打完一个赛季就一蹶不振了，辉煌过一次就再也回不到以前的状态，甚至有的人还没来得及登上比赛舞台就开始走下坡路了。

谁都没办法预估自己还能打多久，谁也没办法确定自己可以一直打下去。

所以很多盛况的粉丝，虽然还在喜欢着盛况，但随着时间一天天地流逝，大家内心都在动摇。那个站在舞台上熠熠生辉的少年也许再也回不来了，那个他们曾经追逐过的星星也许永远定格在前年的那个夏天了。

很多粉丝嘴里说着等盛况回来，很多粉丝嚷着盛况在我们心里就是最厉害的。但实际上，时代在变，大家心知肚明。他们如今提起盛况，再也不是“盛况是永远的神”，而是“在我心中最厉害”。

在我心中……

林京的喉咙像是被什么东西哽住了一样，有点儿难受。

不管怎样，他还是回来了。虽然时间有点儿久。虽然不确定他还能不能再创辉煌。但万幸，他回来了。

林京看着一句句拉不到尽头的“欢迎回来”，眼眶微微湿润。

她抿了下唇，退出微博后在安静的房间里默默地坐了好一会儿，才重新拿起手机。

点进微信后，她看着兰婷婷发给自己的一排排“流泪”表情包，鼻尖又有些发酸。点进朋友圈一刷新，她就看到了兰婷婷十分钟前发的动态：欢迎回来。

也许受此时情绪的影响，也许是真的被感动了，林京被这种氛围感染了，也发了个朋友圈：欢迎回来。

两秒后，她又删了。十分钟后，她重新发了个动态。

星星本没有光，直到我遇见了你。

你是奇迹。

我们相约每一场比赛，见证金光闪闪的明天。

欢迎回来。

按原计划，有关 YLS 战队的人员变动公告最早会在下周官宣。

不管是 GDT 还是杨斯年，他们干过的事，更脏的他都见过。今晚不管是撞车，还是杨斯年在群里阴阳怪气，对盛况来说真不算什么。

按往常来说，他看到了也会当没看到，或不置可否或一笑了之。

可今天也不知道怎么回事，把那一群人逐个踢掉之后，他看着仅剩自己的群，看着群里的聊天记录，一股莫名的邪火在心头越烧越旺。

他这人就有这毛病，谁让他不爽，他就让谁不爽。

他把杨斯年说的那些话截了个长图，然后甩到兰博文和陈景在的小群里：官宣吧。

陈景本来就因为杨斯年直播间的事非常暴躁，看到这些更暴躁了，不带重复地脏话连篇地在群里发，发到后面大概觉得打字不爽，直接发那种几十秒长的语音。

比起陈景，兰博文只说了一个字：好。

说官宣就官宣，前后不到一个小时，兰博文就把一切安排得明明白白。决定官宣的那一刻，陈景连夜收拾了一些重要的东西，从 CEC 基地离开了。

陈景到的时候，消息正好在网上炸开锅，他把东西随便一丢，瘫坐在盛况旁边的沙发上，迫不及待地登进微博冲浪去了："一、二、三、四……八个热搜，这是 KPL 夺冠才会有的热度吧！蚊子为啥可以拥有个单独的热搜，而我的热搜不是跟况崽绑在一起，就是跟况崽和蚊子绑在一起，我 KPL 第一辅助的排面呢？"

陈景不甘心地刷新了下热搜榜，确定上面没自己的单独热搜。他满脸幽怨地转头看向盛况，话到嘴边，想到眼前这家伙是靠脸吃饭的，只好扭头看向另一边的兰博文："蚊子，你是不是仗着自己是教练兼战队经理，以权谋私偷偷摸摸地给自己买了个热搜？"

兰博文刷着微博回道："以前我单独上热搜的时候，你也上不去。"

"……"

盛况笑了一声。

陈景感觉自己的心被连续扎了两刀，他愤恨地扭头瞪着盛况，发现盛况正低头看着手机，表情看起来有点儿说不出来的不对劲，并不像是在嘲笑他。

陈景研究了一会儿，好奇地凑过去："看什么呢？"

盛况将屏幕往下滑了一截："朋友圈。"

"朋友圈有什么好看的？"陈景瞬间没了兴趣，身子坐正，揉了揉有点儿饿的肚子，"蚊子，你叫的夜宵还没到吗？"

兰博文点开外卖软件："还有一百米，马上了。"

姜鑫说："我去门口取。"

"行吧。"兰博文看了眼周围还在刷微博的几个人，"你们几个也别刷了，洗洗手吃夜宵了。"说着，兰博文站起身，"对了，差点儿忘了林京，这个点她应该还没睡吧。"

盛况垂眸看着林京五分钟前发的朋友圈："没睡。"

兰博文掏出手机："那我给她发个消息……"

盛况慢吞吞地按着手机屏幕："不用了。"

兰博文说："啊？发一个吧，人家姑娘不吃是她的事，我们该问还是得问。别我们一群人在下面吃香的喝辣的，把人家给扔了，搞得好像在排挤她似的。"

盛况抬起头："我的意思是我发了，你不用再发了。"

发完朋友圈后，林京刚想去刷微博，手机突然在掌心里振了一下。

Miracle：下楼来，吃夜宵。

小京酱：哦。

其实林京不怎么饿，也没吃夜宵的习惯，但盛况喊她，她又有点儿舍不得拒绝，就拿着手机下了楼。

一楼的灯全亮着，一群男生围坐在餐桌旁正在等她。见她过来，陈景特别热情地跟她打了个招呼："小妹妹。"

林京扯了下嘴角："你能不能别这样喊我？"搞得她总觉得自己未成年一样。

陈景还挺配合的："好的，听你的。"过了一会儿又说道，"林妹妹？这个名字挺好的，天上掉下个林妹妹……"

"……"

林京坐在盛况旁边的椅子上，面无表情地看了陈景一会儿，看到他面前放着一盒黏豆包："你看到你面前的黏豆包了吗？"

陈景以为她想吃，端起盒子递了过来。

"我不吃，我是让你吃。"林京看着陈景，认真地建议，"最好多吃几个，争取把你的嘴黏住。"

夜宵很丰盛，有烧烤，有小龙虾，一伙人平时吃饭就不会冷场，今天有了陈景就更不会了。可能是受了"官宣"的影响，每个人都有点儿亢奋，说话声调有些高，整个餐厅里的气氛特别热闹。

这群男生都是夜猫子，不着急去睡觉，他们吃了个半饱之后，放慢了往嘴里塞东西的速度，坐在那儿开始闲聊。

林京晚上不想吃过于油腻的东西，就挑着烧烤里的时蔬吃。她全程没怎么讲话，都在听他们说。

她在学校里接触过挺多他们这个年纪的男孩儿，平时同学聚会也不是没参加过，但他们聊天，和学校里那些男生聊的又不太一样。他们不怎么聊动漫，也不怎么聊女孩儿，大多是围绕着电竞聊。他们会聊对手，强就是强，弱就是弱，也会聊退役的选手。谁退役了比较可惜；谁的身体状况现在不是特别好；谁打比赛没能打出头来，现在转去做直播了，但话比较少，不太会和粉丝互动，没什么人愿意看，现在混得有点儿惨。

话题越扯越远，扯到最后，他们聊起了接下来打比赛的规划。

这对林京来说就属于盲区了，她听了一会儿，对这种战术性的讨论实在不感兴趣，见盛况坐在旁边玩手机，也就悄悄地打开了手机。

最近世冠赛结束，KPL 秋季赛还没到，电竞粉丝正是最闲的时候。YLS 官博一晚上爆了好几个大料，几乎震得整个电竞圈的人大半夜不睡觉跑来微博"吃瓜"了。

吃了一会儿夜宵的工夫，盛况微博下的留言量已经突破五万了。

一眼望去，热门评论基本被盛况的粉丝占了，排在第一的楼中楼有两千评论，林京随手点进去，发现里面居然吵起来了。

谁先挑的事不知道，楼层太多了，林京看了好一会儿才弄明白，是杨斯年的粉丝——把今晚杨斯年直播输给盛况说成是“娱乐局，没好好打”，还隐晦地嘲讽盛况的那个——先跑过来吵架的。

就这组合能行吗？且不说 YLS 那两个老成员秦余和何忘本来就很傻，就说 Scene，他这次在的 CEC 勉强进了世冠四强。Miracle 就更不用说了，只会拿两年前的成绩炫耀。至于那个叫青醉的上单，听都没听过，YLS 到底从哪儿搞来的？

怎么又是你？你刚刚不是说景老板不屑于搭理我们况崽吗？现在呢？脸疼吗？景老板和况崽一起加入 YLS 了。

还有兰博文，说兰博文退役是况崽害的。结果呢，兰博文跟况崽好着呢，我看你不是脸疼，你的脸被打肿了吧。

盛况的粉丝一点儿也不示弱，更何况这是在盛况的地盘上，杨斯年的那位粉丝被群撑得咽不下这口气，开始撒泼了。

我说的是陈景和李燃，陈景是去 YLS 了，李燃呢，不还是没理盛况吗？

别带我们家燃神，我们家燃神不约。

有病就去吃药，人家私底下理没理，你知道？

李燃那边的粉丝过来“吃瓜”，看到自己家被牵连，一个个极其不爽。

杨斯年的这位粉丝跟李燃、盛况两家粉丝正掐得热火朝天，李燃微博上线了，转发了盛况的微博。

HJC.Ran 转发 @YLS.Miracle：兄弟，我在 KPL 秋季赛等你。

看到这条微博，正吵着的粉丝瞬间不吵了，纷纷截图回复杨斯年的那个粉丝。

杨斯年的粉丝大概是心态崩了，消失了十来分钟，再次回来把枪头指向了江醉。

这就是你们偶像的队友？铭文不全，英雄不全，皮肤更别说了，全是原皮，段位才到黄金。YLS 是为了凑够五个人，来者不拒吧？

这位杨斯年的粉丝不是第一次来盛况的微博下挑事了，以前也有过，她日常没事干的时候总喜欢在自己的微博上踩盛况。

当然，你也没权利管人家在自己的微博上说什么。但是，她总是有事没事就跑到盛况的微博下秀存在感，就属实有点儿恶心人了。

林京看着这个账号在自己眼皮子底下，把江醉的英雄数、皮肤数、段位，还有王者印记 0 以及 VIP 等级一个个截图边往评论区贴边嘲讽，嘲讽到最后，还不忘记说一句：

不是说盛况很有钱、出身豪门吗？他这么有钱，队友居然这么寒酸，看来他果然对队友不好啊，确实是队霸啊！

林京没忍住，低声骂了句脏话。这都能嘲讽到盛况身上？她觉得自己满脑门贴满了那个“死亡微笑”的表情图。

“甜甜甜甜同学”那个账号，她“吃瓜”的时候不太敢用，现在用的是另外一个没什么粉丝的账号。

林京冷笑一声，毫不犹豫地开始打字：您脑子有病就去吃药，别在别人的地盘上乱吠，互联网乌烟瘴气的就是被你这种人搅出来的。你知道你最配什么吗？最配永久拉黑……

林京敲字敲得正起劲，盛况突然用手机轻轻地点了点她的手背。她愣了下，停下了。

盛况的手机没锁屏，页面停留在他的微博主页上。林京眨了眨眼睛，过了一会儿，转头纳闷地看向盛况。

盛况在她面前抬了抬手机，手机屏幕的光将她尖尖的下巴照得雪白，他瞥了一眼，对上她的眼睛：“拿去吧。”

林京又眨了眨眼睛：“啊？”

“不是要拉黑吗？”

“……”

“拿去黑，想黑谁黑谁。”

“……”

第八通

三楼禁止入住

这是盛况的微博，她也不是盛况的谁。就算盛况同意了，她拿着他的微博账号擅自拉黑人，也不怎么合适。

林京盯着盛况的手机，有点儿犹豫。但她犹豫了一会儿后还是没忍住，放下自己的手机，抬起手指落在了盛况的手机屏幕上。

她没把手机接过来，点了几下后找到了杨斯年的那个粉丝，十分熟练地把她送进了永久小黑屋。

拉黑完，林京飞速地把手指缩了回去。

盛况垂眸盯着她点过的屏幕看了两秒，视线上移落在了她脸上：“完事了？”

林京点点头：“嗯。”

盛况没说话，拿着手机缓缓收回胳膊。

陈景聊得正起劲，其他人的注意力都在他身上，没人留意到他们这边的小插曲。

那个账号已经被她拉黑了，她在评论区的回复也都消失不见了。林京打到一半的消息也没必要再发出去了。她正一个字一个字地删着，突然停了下来，大脑宕机了两秒，缓缓地转头看向身边的人。

盛况感受到她的视线也转过头来，问：“嗯？”

林京看着他抿了抿唇：“你看到了？”

陈景正好嚷了一嗓子，声音巨大，盖过了林京的声音。

盛况没听清，头往她这边偏了下："嗯？"

林京看着盛况耳朵后面白到泛着冷光的皮肤，咽了口唾沫，声音更轻了："你刚刚是不是看到我打的那些字了？"

盛况这回听清楚了："嗯。"

林京认真地思考了下自己打的那些话，确定没什么不太雅观的词，稍微放心了些。

盛况侧头看了眼林京："我还听见了。"

林京抬头："啊？"

"听见你骂人了。"

林京眨了眨眼睛，脑子里蹦出来的第一个念头是"她什么时候骂人了"，随后她就想起了那个脱口而出的脏字。

林京的表情瞬间僵硬。完了，那些话没毁掉她的形象，打字之前骂的脏话，把她的形象彻底搞没了。

林京感觉自己要裂开了。她思考了几秒，决定垂死挣扎："你听错了。"

盛况缓缓地坐直了身子："是吗？"

林京咽了口唾沫，刚想严肃地说"是的，真的是你听错了"。她的话还没到嘴边，盛况"嗯"了一声："行吧，是我听错了。"

"……"

林京正绞尽脑汁地想着盛况这话她到底要怎么接的时候，陈景突然转头问道："战队队长不用选了吧，就你了？"

"还是要选的，"盛况摁灭手机屏幕，"不然我跟队霸一样。"

一群人面面相觑。

兰博文问："确定要选？"

盛况说："选。"

兰博文说："行吧，虽然感觉选了也白选，但是既然你坚持那就选吧。姜鑫，你去找点白纸和笔过来。我们搞个投票，得票最多的就是队长。"

"好嘞！"姜鑫应了一声，起身去拿纸和笔了。

没多久，他就回来了，把纸跟笔往旁边干净的西餐厅厨台上一拍："自己过来写，写完了就丢……"姜鑫看了一圈，拿了个铜质的空花瓶过来，"丢这花瓶里。"

姜鑫先投了一票，然后放下笔招呼其他人过来。何忘第一个跳起来去写。江醉松开嘴里的鸡翅，囫囵地吞下去：“何忘，帮我写一下，就写……”

江醉的话还没说完，李小舟也举起了手：“也帮我写一下。”

姜鑫拿着一张纸往江醉和李小舟脑袋上一人拍了一下：“干吗呢，既然选就正式点儿，各自去写各自的，还找上代写了，一个个能耐的。”

姜鑫以前在 YLS 身兼数职，教练经理、生活管理员等都是他。现在有了兰博文这个主教练，他的主要任务就是管这一群人的纪律和生活。

江醉和李小舟不怕被姜鑫训，但怕被姜鑫扣钱，两人没敢再说话，乖乖地等着何忘写完，然后一个接一个地去写。

随后就是陈景、秦余、兰博文，最后是盛况。

在大家投票的过程中，姜鑫去了趟洗手间，回来之后问道：“都写完了？”

李小舟说：“嗯，写完了。”

“那我现在唱票了啊。”姜鑫站在厨台前，把花瓶里的纸条倒了出来，“盛况一票，盛况两票，盛况三票……盛况九票。”

说着，姜鑫“啪啪啪”地开始鼓掌：“下面欢迎我们 YLS 的战队队长为大家讲两句……”

“等等，”陈景打断了姜鑫的话，看向盛况，“所以，你给自己投了一票？”

盛况靠着椅子，大大方方地回道：“嗯。”

“你有毒吧，让你当队长你不当，非让大家投票，投票你还投给自己，你好自恋啊……不对！”

陈景说着说着又发现了不对劲的地方，他开始点人数：“秦余、何忘、李小舟、江醉、蚊子、姜鑫、我、不要脸的盛况……我们战队不就这八个人吗，哪里来的第九张票？

“撞鬼了吗？咋还多出来了一张票？哦，我知道了，盛况你给自己投了两票，是不是？绝对是，这绝对是你能干出来的事！”

林京清了清嗓子，试图打断陈景的话：“那个……”

陈景没听到，还在那儿说个不停：“哇，盛况，你脸皮也太厚了吧。自己给自己投票已经够自恋了，还给自己投两票。天啊！世界上怎么会有你这种人存在……”

林京伸手拍了下桌子。陈景瞬间安静。所有人都看向了她，包括坐在她身边的盛况。

她下意识地收住了险些飙出来的“你给我闭嘴，吵死了”，气焰也瞬间熄灭了。沉默了一会儿，她举起手小声地说：“有一票是我投的。”

“……”

盛况滑手机的手指微顿了顿。

林京想了一会儿说道：“你们没说我不可以投，我就以为是在场的所有人。”她的眼睛很大，软软的睫毛又长又卷，眨眼的时候看起来无害又无辜。

她这个样子，一时让大家忘记了刚刚那个气势汹汹地拍桌子的人就是她。甚至还让大家萌生一种欺负了她的错觉。

兰博文张了张嘴，刚想说“没说不可以”。

林京迎着大家的视线，慢吞吞地又开口了：“如果不可以，那就把我那一票划掉吧。反正其他人都是陪跑的，有没有我这一票，盛况都是队长。”

怎么就对比上了？还有，她的语气怎么听起来还有点儿骄傲？

“另外，”林京对上陈景的眼睛，狠狠地瞪了他一眼，“我不是鬼。”

陈景一脸无语。其他人没忍住笑了。就连盛况都轻笑了一声。

林京听到他的笑声，没接着说“你才是鬼”，继续瞪了会儿陈景，才不情不愿地收回了视线。

等大家笑完，姜鑫言归正传：“行了，盛况讲两句。”

盛况懒洋洋地靠着椅背抬起头：“真要说啊？”

“必须说，知道这叫什么吗？这叫仪式感！”说完，姜鑫跟刚才一样，又带头“啪啪啪”地鼓起了掌，“接下来让我们用热烈的掌声欢迎我们的盛队长讲两句。”

整个餐厅顿时响起一阵热烈的掌声。

就连坐在林京身边的盛况都象征性地抬起手给自己鼓了两下掌。

林京感觉这场景着实有点儿中二，尴尬得想立刻上楼。但想到这是盛况的事，她勉强打消了走人的念头，还配合地鼓了两下掌。

盛况瞄到林京鼓掌的两只手，手指白白细细的。他睫毛微动，像是盛情难却一样，垂眸思考了几秒：“行吧，那我就简单地说两句。”

“感谢林京小朋友的投票。”

“……”

餐厅里一片安静，所有人都看着盛况。过了十来秒，陈景受不了了：“然后呢？”

盛况抬了抬眼皮：“不是已经说了两句了吗？”

林京待了会儿才反应过来他那两句话，分别是“行吧，那我就简单地说两句”和“感谢林京小朋友的投票”。

大哥，您是来讲冷笑话的吗？冻死人了。

林京抖了抖嘴角，差点儿真情实感地重新给盛况鼓一次掌。

缓过味儿来的陈景忍不住骂了盛况一句，随后转头看向兰博文：“我要解约！我现在就要解约！我受不了了。我一想到以后要跟这个人朝夕相处，我就缺氧、胸闷、气短。”

面对抓狂的陈景，兰博文置若罔闻地转头看向盛况：“别光谢谢林京，跟其他人也都说一句吧。”

盛况想了想：“行吧。”

他先看向二队的李小舟说“加油”，然后对着何忘说“加油”，再然后跟秦余说“加油”。

最后和陈景说：“加油。”顿了下，盛况没忍住又补了句，“违约金三倍。”

陈景骂了他一句，其他人笑成一团。

盛况的视线落在笑得最欢的江醉脸上：“加油……还有，你被嘲讽了。”

江醉的笑渐渐地凝固：“嘲讽我什么了？”

盛况没记住，转头问林京：“嘲讽他什么来着？”

林京看着江醉投来的目光，凭借自己超人的记忆力，把杨斯年粉丝的那些话一字不漏地重复了一遍：“总之就是嘲你‘菜’，嘲你穷，嘲你段位低，嘲你是 YLS 随便在大街上拉来的。”

“老子不吃了，老子去打游戏了。”江醉“啪”的一声丢下手里的筷子，走了。

时间不早了，江醉离开之后，大家闹哄哄地待了没多久也散了。

林京困了，她打着哈欠慢吞吞地往餐厅外面走的时候，突然瞄到西餐厅厨台上散落的字条，急忙收住哈欠喊住了走在前面的兰博文：“那个，教练。”

兰博文回头问道：“怎么了？”

林京指了指那些字条：“这些是不是都不要了？明天阿姨来的时候，我是不是可以让她收拾了？”

“嗯，不要了。”

林京点点头没说话，很正常地跟着大家一起进了电梯。

回到楼上洗完澡后，林京不紧不慢地重新刷了个牙，然后跑到阳台上往下看了一眼，确定一楼的灯熄灭了，才悄悄地溜下楼。

林京直奔西餐厅的厨台，感应灯亮起，她借着灯光将那些字条挨个儿扒拉了一遍，然后比对着自己手机壳上印着的盛况签名，把占了大半张纸、字迹最张狂的那张字条悄悄地叠了起来，攥进掌心，回了楼上。

到了二楼，陈景才想起自己带过来的行李被扔在了负一楼的休闲室里。

他实在是懒得下楼跑一趟，就用手机找住在负一楼的姜鑫。

盛况家的别墅有个下沉式院子，临院子那边有三间房。虽然是负一楼，但不管是采光还是通风，跟一楼没什么差别。

姜鑫跟李小舟住在负一楼，余下的另一间是秦瑶的舞蹈室，一排的落地窗正对着院子里的花花草草。因为这里空间最大，所以变成了训练室。

一楼的客厅、餐厅、厨房占了绝大多数的空间，只有一间卧室给了最后过来的江醉住。

剩下的几个人住在二楼。

别墅的面积虽然很大，但每间卧室都带了独立的卫生间和更衣室，所以导致房间并不多。

等姜鑫把行李送上来，陈景拖着箱子问：“我住哪儿？”

“啊，”盛况打开电脑，随手点开了最近的一场比赛视频，心不在焉地回，“问兰博文。”

陈景放下行李箱，扒着门冲着楼道扯着嗓子喊：“蚊子，蚊子，蚊子……”

旁边的卧室门打开，兰博文走了过来：“别叫了。”

陈景问：“我住哪儿？”

兰博文愣了下说道：“除了三楼还有一间，其他楼层都没了。”

盛况嫌陈景吵，翻出耳机解开缠着的线，戴在了脑袋上。他握着鼠标刚想把音量调得稍微高一点儿，就听到了兰博文的话。随后他停了下来，过了两秒，将音量调至最低。

陈景没想太多，拉着箱子打算上楼：“你的意思是让我住三楼呗。”

“我可不是这个意思啊，”兰博文拽住他，“再说，就算真有人住三楼，那也不能是你。”

陈景有点儿茫然：“咋就不能是我呢？”

兰博文问：“你说呢？”

陈景更茫然了：“我怎么知道不能是我，我要知道还问你？”

“……”

陈景打游戏的时候心思还挺细腻的，怎么在生活里神经这么大条。晚上吃夜宵那会儿，让盛况说两句，盛况只提了住在三楼的姑娘。

这还不够明显吗？顿了两秒，兰博文放弃了陈景，转头朝坐在电脑前的盛况说：“盛况。”

盛况抬手把耳机从脑袋上拿下来，随意地挂在脖子上，看着很漫不经心地扭了下头：“嗯？”

兰博文问：“你住三楼？”

陈景跟看神经病似的看了眼兰博文：“不是，蚊子，你抽什么风？盛况的卧室是这栋别墅里最好的一间了，傻子才会选择不住这儿住三楼。”

“……”

咱俩到底是谁抽风。

兰博文略感头疼地看了眼陈景：“三楼住了人。”

陈景说：“我知道三楼住了人啊，不就是那个长得贼漂亮、嘴巴贼毒的林妹妹吗？我又不跟她睡一间房，我就住她隔壁，怎么就不能住楼上了？”

兰博文往盛况那边看了一眼。

盛况静静地看着陈景。

那眼神看得兰博文背脊发凉，为了帮兄弟一把，他重重地清了清嗓子，暗示陈景停下来。

陈景浑然不觉自己在无形之中得罪人了，越说越上瘾：“怎么了，她这人比较娇气？隔壁不能住人，必须自己一个人霸占着一层楼？”

盛况松开鼠标，转着电竞椅面向陈景：“陈景。”

“啊？”陈景应了一声，还不忘记嘴快地对着兰博文继续说了句，“再说，这又不是她家，又不是她说了算。”

盛况说：“这是我家。”

陈景说："我当然知道这是你家。"

盛况说："知道是我家，还在这儿废话。"

盛况看着他继续说道："还有，刚刚你说谁娇气呢？"

陈景蒙了一会儿，总算感觉到不对劲了，他看向兰博文，压低声音问道："他不高兴了？"

兰博文点头："不高兴有一会儿了。"

陈景问："为啥？"

"……"

兰博文感觉自己也快被气到了，他一手拽着陈景，一手拉着他的行李箱，把他拽到隔壁自己的房间里："你先在我的房间凑合一晚，明天我给你安排住的地儿。"

说完，兰博文带上自己卧室的门，又回到了盛况的卧室，他关上门看了眼把椅子转回、继续看比赛回放视频的盛况，问道："没事了？"

盛况抬头："嗯？"

兰博文笑着往自己卧室方向抬了抬下巴。

盛况反应过来他指的是陈景，笑了下："能有什么事？"

兰博文知道盛况就算不高兴，也不会真的和陈景计较，他靠在旁边的柜子上："想好了没？"

盛况把鼠标往后拉了拉，把刚刚错过的一拨团战重看了一遍："想好什么？"

"你说呢？"兰博文顿了下，又说，"明天你搬去三楼？"

盛况敲了下空格，暂停了比赛视频，他盯着电脑屏幕看了会儿，转头说道："不搬。"

"不搬？"兰博文愣了下，过了会儿，隐约懂了盛况的意思，"你是不是很想搬上去，但不知道怎么跟林京提这事？这样吧，明天我提。"

盛况好笑地看着他："你从哪儿看出来我很想搬上去的？"

"眼睛跟感觉，YLS 的那些人刚认识你，还不了解你，看不出来什么端倪。陈景那人神经大条，哪怕别人当着他的面接吻，他都未必能明白人家在谈恋爱。但我不是陈景啊，我看得出来你对那姑娘挺不一般的。"兰博文说，"你别拿着她是你妈妈的客人搪塞我啊，这种借口你忽悠陈景还行，忽悠不住我。又是带人打游戏上分，又要给人手机壳，我可从来没见过你对别的女生这样。既然你有那意思，就正好趁机搬上去呗。”

盛况垂眼沉默了几秒：“算了吧，不太好。”

“怎么就不太好了？”

“要不是我跟GDT解约出来单干，人家姑娘现在一个人住在这儿，每天想干吗就干吗，肯定比现在自由自在多了。我再搬去三楼，她的活动空间只剩下那间卧室了。再说，我一个大老爷们儿，人家一个小姑娘，楼上那阳台还都是通着的，住在一层楼真的会不太方便。”盛况停了下，说，“小区对面不是有个五星级酒店吗？开个套房给姜鑫住，他前几天不是嚷着他女朋友想来找他玩吗？正好让他女朋友过来，跟他一块儿在外面住段时间，反正那姑娘又不长住，过完暑假就回学校了，没必要给她添麻烦。”

“行吧，听你的。”

兰博文按照盛况的意思应了下来，他没着急离开，而是靠在旁边意味深长地盯着盛况看。

盛况看他杵在旁边不走也不说话，抬了下眼：“还有事？”

“没事，”兰博文笑了声，“就觉得你还挺认真的。”

盛况侧了下头，没弄明白兰博文这话什么意思：“什么挺认真的？”

兰博文笑而不语，给了盛况一个自己体会的眼神，拍了拍他的肩膀走了。

房门被关上。盛况靠着椅子坐了会儿，将耳机重新戴回。

看了两场比赛，他正准备点开下一场，隐隐约约猜到了兰博文离开之前的最后一句话指的是什么。

就觉得你还挺认真的。

就觉得你对楼上那姑娘还挺认真的。

半晌，盛况淡淡地笑了一下，继续看比赛。看了没多久，盛况又笑了一声。

兰博文还挺“戏精”的，跟他直播间里的那些女粉丝一样。不，比她们还要夸张，都快赶上微博那个“甜甜甜甜同学”了。

第二天，林京醒来的时候是早上八点半，和平时差不太多。今天阴天，看着像是随时要下雨的样子。

这种天气总能让人有种睡不醒的错觉，林京躺在床上赖了好一会儿，才慢吞吞地爬起来，揉着酸涩的眼睛进了浴室。

她早上起来做的第一件事，就是带着小苦瓜出去遛弯。

小苦瓜见她从电梯里出来，立刻精神抖擞地从笼子里站起身，冲着她一个劲儿地摇尾巴卖萌。

“等姐姐去喝杯水，就带你出去啊。”林京隔着笼子揉了揉小苦瓜毛茸茸的头顶，然后就向餐厅走去。

餐厅里有餐具碰撞的声音，这个点那群少年睡得正香，整个别墅里除了她醒着，就只有八点左右过来打扫卫生的阿姨。

林京以为是阿姨弄出来的动静，也没多想，就打着哈欠进了餐厅。结果有点儿意外，餐桌前围满了人。除了她，其他人都在。

不但都在，每个人面前还放着一个餐盘，餐盘里放着煎蛋、面包、培根、水果和坚果，总之搭配得非常健康、营养。

林京吓了一跳，打到一半的哈欠被生生地收了回来。

她看着围坐在餐桌旁边吃早餐边打瞌睡的男生，不敢置信地眨了两下眼睛，掏出手机看了眼时间，见确实是上午九点，不是晚上九点，才跟见鬼似的张大嘴巴，说道：“你们今天怎么这么早？”

他们一个个地转头，无精打采地看向她。看得出来，他们还在犯困，困得连话都不想说。

兰博文是唯一看着稍微精神点儿的，他一边喊阿姨给林京上份早餐，一边说：“以后都会这么早，世冠赛结束了，预选赛就在下周，结束之后就是 KPL 秋季赛，得抓紧时间训练了，不能再这么没规矩下去。”

随着兰博文的话音落下，坐在他对面的江醉扫了眼自己的手机屏幕，瞬间精神了。他连饭都不吃了，直接拿起手机：“‘防沉迷’终于解除了。”

林京向送来早餐的阿姨说了句“谢谢”，见江醉已经在进入游戏选英雄了：“江醉，你还挺勤奋。”

“他可不是勤奋，他是被刺激了，”陈景狠狠地灌了一大杯黑咖啡，总算清醒了，话也多了，“就因为网上人嘲讽他段位低，说他是凑数的。他一宿没睡，打排位打到现在。”

秦余说：“不但如此，他还嫌弃网上嘲讽他这号没皮肤、没英雄，把所有英雄集齐了不说，还把能买的皮肤全买了。”

“……”

对比前几年，从去年开始，新战队想要打进 KPL 越来越难。今年获得预选赛资格的有三支队伍，但能进入 KPL 秋季赛的名额只有两个。

这三支战队除了 YLS 之外，剩下的两支分别是甲级职业联赛 KGL 的冠亚军。

三支队伍的赛事采取单循环 BO3 小组赛，每支战队都要挨个儿跟其他战队打三场比赛，三局两胜，胜一局积一分，败一局减一分，最后总积分排前两名的战队可以进入 KPL 秋季赛。

预选赛的地点就在北京，跟世冠半决赛一样。林京觉得比赛都开到家门口来了，上次没能目睹盛况比赛，这次无论如何都必须到现场。

时隔两年，盛况重返赛场，虽然只是预选赛，但盛况的不少粉丝从 YLS 官博官宣的那一天开始，就在盯着预选赛的门票了。

总共就三场比赛，一天就能比完，也就是说只有一次抢票机会。为了不出意外，林京特意喊了兰婷婷帮自己抢票。

她提前定好了闹钟，在门票开售的前五分钟，就跟兰婷婷开通了语音，一起候在门票售卖网页了。

门票开售还没一分钟就售罄了。兰婷婷在付款的时候卡顿了一下，再进去票已经售空了。

林京开了免密支付，没出现问题，总算幸运地保住了一张门票。

按照 YLS 原来的战队阵容来打这次预选赛，能不能晋级还真的很难说。

但现在不一样了，多了盛况和陈景两个 KPL 明星选手，再加上他们曾经又是一个战队的队友，在一块儿打过长达两年的比赛，对彼此十分了解，配合起来相当默契。所以在大家的认知里，YLS 战队一下子从能不能晋级变成了能稳稳晋级。

林京跟盛况他们住在一起的时候，对他们的日常训练赛略有耳闻。

在正式比赛之前，他们约了那两支队伍分别打过两次训练赛，每次 YLS 都是以 2 ∶ 0 赢的。但尽管如此，当林京检完票入场，找到座位等比赛正式开始的时候，她还是情不自禁地紧张起来。

为了让自己别那么焦躁，林京开始玩手机转移注意力。沾盛况的光，从没上过热搜的预选赛，这会儿居然爬上了热搜榜。

看得出来，不少粉丝跟她一样紧张，不是问“这次比赛稳了吧”就是在喊“况崽加油啊，一定要赢啊”，甚至有人开始分析另外两支战队的强项在哪儿。

林京越看越觉得心脏受不了，干脆切回了微信，微信的页面正好停留在朋友圈，她就顺手刷新了一下。

YLS.Scene：做人真的好累，一帅就帅了十几年，而且还要继续帅下去。

配图是陈景的自拍照。

照片里的他穿着 YLS 的队服，应该是刚在后台休息室拍的。

林京无语了两秒，又刷新了下朋友圈。

YLS. 青醉：百星成就于今日十三点三十七分达成。

配图是他的游戏账号王者 101 颗星的截图。

林京抬眼看了下手机上的时间——十三点三十九分。距离十四点的比赛，还有二十一分钟。

她忽然觉得自己刚刚白紧张了。可不就是白紧张吗？

她在台下紧张得手心冒汗、坐立不安。他们在后台自恋的自恋，踩着点上百星的上百星，这不是白紧张是什么。

林京想都没想就给江醉评论了一句——你好棒。顺带加了个“微笑”的表情。江醉回复了她一个问号。

林京本来想嘲讽江醉心好大，但想到他们等会儿还要打比赛，想了一下，换了一句话。

小京酱回复 YLS. 青醉：101 颗星！我连 50 颗星都没得到过。

YLS. 青醉回复小京酱：这个赛季可能没时间了，下个赛季抽空带你上荣耀。

小京酱回复 YLS. 青醉：你确定你还有空？

YLS. 青醉回复小京酱：应该还是有的吧，如果实在没有，我找以前一块儿打单子的人带你。

小京酱回复 YLS. 青醉：好。

大概因为比赛马上要开始了，江醉没再回复她。林京退出朋友圈，回到微信界面，滑着屏幕往下翻了一会儿，视线落在了盛况的微信上。

林京顿了下，点进和盛况的对话框，打了两个字——加油。

她加上盛况的微信有一段时间了，总共就聊过两次天，第一次是她问他门口那瓶水是不是他放的，第二次是他喊她下楼吃夜宵。

除了第一次是真的有事问他，平时没事的时候，她是绝对不会找他的。作为粉丝，最基本的素养就是关注比赛，远离生活。

虽然阴错阳差之下，她和他认识了而且还住在了一起，但她还是尽可能地和他的生活保持距离，避免让盛况觉得自己在骚扰他。

林京犹豫了片刻，最终还是没敢发，她把这两个字删掉，退出了和他的聊天界面。

比赛马上开始，解说已经在介绍战队了。

林京抬头看了眼大屏幕，上面已经出现选手信息了。她想了想戳进朋友圈，发了个动态——加油。

在距离比赛开始还有十五分钟的时候，姜鑫过来收大家的贵重物品了："把手机之类的贵重物品都给我，我帮你们保管着。"

大家纷纷交了手机，唯独盛况倚着桌子低着头，不知道在看什么。

姜鑫喊道："盛况？"

盛况"嗯"了声，视线在江醉朋友圈下的回复里停留了两秒，点着林京的名字，进入了两人的聊天界面。

他刚想打字，就看到聊天框顶上出现了"对方正在输入……"。他停下了打字的动作。

姜鑫催促道："马上就要开始比赛了，解说已经在介绍双方战队的情况了，你们要入场了，盛况。"

盛况又等了会儿，见一直没消息，摁了下锁屏键，把手机递给了姜鑫。

看完陈景和江醉的朋友圈，林京觉得自己白紧张了。事实上，她确实白紧张了一场。

盛况他们需要打两场比赛，每场比赛三局两胜，也就是说他们最少要打四局。而这种情况，需要他们每局都赢。

也就是说，他们要以２：０的成绩结束和两个战队的比赛，跟之前私底下比的训练赛一样。

训练赛终究不是正式比赛，成绩只能作为参考不能作为绝对依据，因为绝大多数战队在训练赛的时候都会隐藏战术。

这种情况在正式比赛时太常见了，然而在今天并没有发生。

或许那两个战队有隐藏战术，但双方实力差距太悬殊了，YLS 这边一路碾压，打得稳、狠、快，让人根本看不出。

预选赛的三场比赛，前两场都是 YLS 的比赛，YLS 连胜两场。

大积分最多拿四分，YLS 拿了四分。

虽然预选赛还有一场没打，但 YLS 已经毫无悬念地锁定了 KPL 秋季赛的比赛资格。

YLS 的第四局是超级顺风局，游戏开始不到十分钟，对方二塔全掉，野区全被盛况控制了，双方经济迅速拉开。

第十五分钟，对方上下两路两座高地全掉，超级兵出现。

第十八分钟，盛况拿双龙，越中路高地塔一拨强攻团战，对方全灭，YLS 只死了陈景一个。此时上下两路超级兵已至，这场游戏结局已定。

“哦哦哦！下班了。”

陈景不等队友拆炸对方的水晶，就摘下耳机丢在了桌上。

不到一秒，他就手忙脚乱地抓起耳机重新戴上：“盛况，你的粉丝疯了！叫得我耳朵疼。”

盛况没理陈景，砍掉水晶的最后一滴血。

全场尖叫，他隔着耳机都能隐约听见很多人在喊“Miracle”。

比起粉丝，解说员甲也很激动：“恭喜 YLS 战队率先拿到 KPL 秋季赛的比赛资格，这是 YLS 战队第二次打入 KPL，期待 YLS 战队在秋季赛里的表现。”

解说员乙说道：“同时也恭喜 Miracle，我想大家对他都很熟悉。他曾经连续四次拿下 KPL 春秋赛的冠军，两次拿下世冠赛的冠军，带领 GDT 战队从一个默默无闻的新队变成 KPL 当时的第一强队。时隔两年，Miracle 重回 KPL 赛场，很期待他能像四年前一样，在接下来的 KPL 秋季赛里给我们带来新的惊喜和奇迹。”

在两个解说员热情洋溢的祝福中，陈景、江醉、秦余、何忘他们摘下耳机，开始收拾自己的东西。

唯独盛况坐在最中间的电竞椅上，垂眸看着比赛机一动不动。

陈景收拾好东西，看了眼还没摘耳机的盛况，伸出手敲了敲他的桌子："该走了。"

盛况抬了抬眼皮没说话，慢吞吞地摘下耳机，不紧不慢地将线缠绕起来，连带着手机一起塞进包里，然后才起身。

跟陈景离开前，他往台下看了一眼。

现场有很多他的粉丝，大家手里举着的灯牌，已经从"GDT.Miracle"变成了"YLS.Miracle"，助力词也从"GDT 加油，Miracle 加油"，变成了"YLS 加油，Miracle 加油"。

陈景见盛况不走了，问道："又怎么了？"

盛况收回视线，神情极其自然地往后台走。

在四年里，他的 ID 名叫 GDT.Miracle。这个名字让他过了无上荣耀的两年，也让他备受争议地过了两年。

不管怎样，那些永远过去了，KPL 再也不会有 GDT.Miracle 了。

曾经站在 KPL 最辉煌的舞台上领奖的 GDT.Miracle，从神坛跌落沦为替补无缘参加 KPL 比赛的 GDT.Miracle，从这一刻开始，彻底踏上了新的征途。

属于他的荣耀，他要用实力一点儿一点儿地打回来，外界强加给他的荆棘，也会被他踩在脚下踏成一条平坦的路。

终有一天，他会让全世界记住 YLS.Miracle。

第九通

要不要做我老板

第三场比赛没 YLS 战队什么事，一行人回后台收好各自的东西就回家了。

林京本来就是冲着盛况过来看比赛的，他们比完，她对剩下的两个战队实在不感兴趣，也提前离场了。

到家后，林京刚回楼上换完衣服，盛况他们就回来了。

在回家的路上，兰博文订了晚餐，时间计算得特别好，饭几乎是跟着他们一起到的。

今天的比赛打得很顺利，赢得很轻松，但还是要做复盘，赢了预选赛不算什么，接下来的 KPL 秋季赛才是他们的重点。

吃完饭，兰博文压根儿没给大家浪荡的时间，把一群人的手机挨个儿一收，就拽去负一楼的训练室复盘了。

林京带着小苦瓜出门遛弯顺带消食，她回来后看时间还早，就画了会儿画。今天的手感和灵感都不是特别好，没一个小时，她就停笔了。

最近也没什么好看的电视剧，她在各个 App 转了一圈，最后还是绕回了微信，跟宿舍的小姐妹们闲聊了会儿，林京戳进朋友圈。

五分钟前，蒋琬分享了几张学术座谈会的图到朋友圈，并配上文字——受益匪浅。

朋友圈的内容和图都没能吸引她的注意力。她真正关注的是朋友圈最下面的蓝色小字定位——北京。

蒋琬来北京了，却没告诉她。

林京拿着手机想了会儿，给蒋琬点了个赞。点完之后，她忍不住有点儿想笑。

她觉得自己的行为挺幼稚的，像个要面子的小孩儿，明明很想要糖吃，偏偏不肯开口，非要拐弯抹角地问一句“糖甜不甜”。

蒋琬一直没找她，不知道是不是根本没看朋友圈。

林京胡思乱想了一会儿，可能是因为真的挺想吃这块糖的，所以最后没忍住点进了蒋琬的微信。

小京酱：妈妈，你来北京了？

小京酱：我看你朋友圈的定位是北京。

小京酱：你什么时候忙完？

蒋琬那边没动静。

林京给她打了个电话，也没人接。

林京握着手机发了会儿呆，就去洗澡了。

她平时洗澡没这么慢，今天却磨叽了很久，等她出来拿起手机，看到没有收到任何回电和回复。

她早上出门的时候看过天气预报。北京最近正值雨季，每天晚上都会下一场雷阵雨。林京想了想，又点进微信。

小京酱：妈妈，最近北京晚上经常会下雨，你要是出去记得备一把伞。

林京睡着睡着突然醒了。她以为自己睡了很久，拿起手机来一看时间，刚过十一点。

她和蒋琬的聊天记录，还停留在八点三十六分她发的那条消息上。

林京才睡了不到一个小时，放下手机想接着睡，但闭上眼睛后越躺越精神。她干脆从床上爬起来下了楼，去餐厅倒了杯水，咕咚咕咚地灌进肚子里，感觉闷闷的胸口好像舒服了一些。

她没回楼上，去了后院。

院子里种了很多花花草草，还有个木质的小亭子。

她睡着的那会儿，还真的下了一场雨，但并不大，只是地面有点儿湿。空气很凉爽，草丛里偶尔传出几声她叫不出来名字的虫鸣声。

林京在小亭子里找了个位置坐下，望着墙角开得正好的几朵月季，心想蒋琬这会儿不知道睡了没有。

突然，放在桌上的手机振了一下。屏幕亮起，在小亭子里散发出一小团明亮的光。林京飞速地抓起手机。

不是蒋琬，是广告。

林京一脸失落，刚打算放下手机，盛况的头像突然跳到了她微信的最上方。

Miracle：谢了。

这句“谢了”莫名其妙的，林京甩了三个问号过去。发完消息后，林京懂了。

小京酱：你是不是发错人了？

盛况扔了一张截图给她，是她下午比赛之前发的那条“加油”朋友圈。

“……”

这两个字是说给他听的，但她发朋友圈没点名道姓他都能凑上来，也是够自信的。

林京沉默了会儿，开始打字。

小京酱：我是给你们整个战队加油。

Miracle：嗯。

林京盯着这个“嗯”字，不知道该怎么往下聊了。

她想了会儿，干脆也回了个“嗯”。

盛况没再回她消息。

她撑着下巴，随意地滑着手机屏幕，等了一会儿见手机一直很安静，就转头重新看向旁边的花花草草。

没多大一会儿，她的手机在石桌上又振了一下。

Miracle：困吗？

小京酱：不困。

Miracle：那打两把游戏？

林京以为他们五排又缺人了，想着反正自己也睡不着，飞速地回了句“好啊”。

Miracle：等会儿，我去找个号。

小京酱：哦。

过了好几分钟，盛况都没找她。正在林京寻思他们是不是又不缺人了的时候，突然身后的玻璃被很轻地敲了几声。

她闻声看去，见她出来那会儿空荡荡的训练室，不知道什么时候亮了灯。

盛况站在落地玻璃窗后，像是在发消息。紧接着她的手机屏幕亮了。

Miracle：过来。

林京撑着桌子站起身，抓起手机踩在微湿的院子里，两三步跑到训练室的落地窗前。

隔着玻璃，盛况盯着站在外面的人看了会儿，低头又打了几个字。

Miracle：是进来。

“……”

两秒后，林京往旁边走去。

负一楼有个小门可以直通院子，那门没锁，林京直接从那儿进去。

训练室的门没关，林京透过门缝往里面看了一眼，然后才推门进去。

盛况坐在桌前，正在调整游戏设置和铭文。

他眼角的余光瞄见林京过来，抬手把电竞椅拉了出来。林京坐下，点开游戏。

盛况调完设置，说道：“你生日。”

“啊？”林京怔了下后脱口而出，“十二月二十日。”

“……”

过了两秒，盛况点了几下屏幕：“加你了。”

游戏界面正好弹出提醒，林京点进去，看到加她的好友 ID 是“你生日”。

林京尴尬地通过了盛况的好友申请。

盛况开了房间，邀请林京。林京点“同意”后，进去才发现盛况开的是三排。

她刚想问他“不是五排吗”，还没来得及说，游戏显示已经在匹配中了。所以盛况喊她打游戏，不是临时又缺人了？

难怪他要找个号，他的大号都 80 多颗星了，而她这个前几天跟着他们躺上去的王者一颗星是没资格和他一块儿排位的。

林京脑子里冒出了很多乱七八糟的想法，直到最后才意识到，自己在和盛况双排。

双排……

她居然在和盛况双排……

看现场比赛、集齐所有周边、拥有签名、合影、一起打游戏、双排……这些曾经对她来说遥不可及的梦，稀里糊涂中好像已经实现了好几个。

盛况敲了下桌子："选英雄。"

"哦。"林京回神，连忙锁了个瑶。

盛况找来的这个账号才"星耀"段位，而且又是赛季末，对他来说这种局真的可以乱杀。

看得出来盛况全程打得很随意，纯粹就是在玩，还总爱玩丝血反杀那一套，浪得狠就少不了会死，林京跟着他不但蹭了很多助攻，还有幸蹭到了两个全场 MVP。

具体玩了几局，林京没记，反正不是在第四局就是第五局，林京的瑶被自家的一楼抢先拿了，目前的阵容只差个法师，无奈之下她只能选了个中单里自己玩的次数比较多的小乔。

盛况依旧是打野，用的露娜。

瑶一进游戏，就跟着露娜。

林京四级清兵线[①]的时候，被对方蹲在草丛里的打野埋伏了，一套技能打在她身上，自己剩了不到五分之一的血。

就在林京觉得自己大概率要完蛋的时候，盛况过来了，全程跟着他的瑶也过来了。

盛况拿到全场的第一个人头。

盛况的露娜发育得很快，经济一旦拉开，露娜很容易秀起来。这个玩瑶的队友话不是一般多，盛况每杀一个人，她都要发条消息。

[队友] 小兔乖乖（瑶）：哇，打野哥哥好棒啊。

[队友] 小兔乖乖（瑶）：打野哥哥下局能不能还带我一起玩？

[队友] 小兔乖乖（瑶）：打野哥哥你缺游戏 CP 吗？

这位队友大概是嫌发文字麻烦，就开了游戏语音。

"打野哥哥，等会儿我们能加个游戏好友吗？"

她的声音娇滴滴的，很明显是特意夹着嗓子在说话。

"打野哥哥，你的微信是多少啊？

---

① 兵线是指小兵交战的位置所在，清兵线即为快速消灭对方小兵。

“打野哥哥，你加我微信好不好？我的微信号是……

“打野哥哥，你好高冷啊，人家说了半天的话了，你都不理理人家，呜呜呜……”

盛况那边的游戏语音是关着的，上一局游戏队友一直在示意开语音交流，林京把小喇叭从“队友”点为“全部”，后来游戏结束她忘记了切回“队友”模式。她没戴耳机，盛况也没戴耳机，瑶说的那些话清晰地回荡在训练室里。

瑶越说嗓音嗲得越厉害，尤其在“呜呜呜”的时候，那声音肉麻的，林京当场起了一身鸡皮疙瘩。

要不是跟盛况打游戏，她一定会把游戏话筒打开，要么让这位队友闭嘴，要么让这位队友把舌头捋直了再说话。

林京丢了个一技能，清理完兵线后想去把小喇叭关掉。

但一想到那些话都是说给盛况听的，她又有点儿想听。

“打野哥哥救命。”

瑶被抓了，惨兮兮地求救。

盛况就在她旁边，出于本能他下意识地想去支援，结果听到林京手机里传出来的声音，他想都没想就掉头走了。

瑶被对方乱棍打死了，委屈坏了：“打野哥哥你怎么不来救我啊！”

像是故意跟她对着干一样，盛况看到射手虞姬被抓，放下打到一半的暴君，救了虞姬。

[队友]棒棒糖砸死你（虞姬）：谢谢打野小哥哥。

[队友]小兔乖乖（瑶）：虞姬，你什么意思，抢我的打野哥哥？

[队友]棒棒糖砸死你（虞姬）：你有病？

[队友]小兔乖乖（瑶）：姐姐你好凶啊，怎么可以骂人啊，打野哥哥本来就是我先看上的。

[队友]小兔乖乖（瑶）：我不管，我先看上的就是我的，打野哥哥是我的。

[队友]棒棒糖砸死你（虞姬）：看上就是你的？看来是真的有病，还病得不轻，我还说打野小哥哥救了我就是我的呢。

[队友]小兔乖乖（瑶）：我的。

[队友] 棒棒糖砸死你（虞姬）：我的。

[队友] 小兔乖乖（瑶）：我的。

[队友] 棒棒糖砸死你（虞姬）：我的。

[队友] 你生日（露娜）：小乔的。

林京手一抖不小心点了闪现，直接闪到了对方塔下，被对方的射手打死。

[队友] 小兔乖乖（瑶）：小乔？小乔是谁？打野哥哥的女朋友吗？

林京悄悄地看了眼旁边的盛况，被“女朋友”这三个字搞得莫名地有点儿尴尬。盛况很淡定地打了个蓝 buff，他懒得打字，直接用了语音翻译：“我的小老板。”

林京玩的英雄小乔复活了，她操控着方向盘从水晶里出来，听到这话一不小心撞到了墙上。她偷看了盛况一眼，见他表情随意，感觉刚刚那话就是随口一说。她默默地咽了口唾沫，故作镇定地绕开墙，沿着中路往前走。

[队友] 小兔乖乖（瑶）：打野哥哥是陪玩吗？

[队友] 小兔乖乖（瑶）：多少钱一个小时啊？在哪儿下单啊？

[队友] 小兔乖乖（瑶）：打野哥哥，等下我们加个微信好友吧。我直接把钱转给你，去平台下单不是还要抽成吗？这样你可以多赚点儿。

[队友] 你生日（露娜）：问我的小老板。

[队友] 小兔乖乖（瑶）：为什么问你的小老板？难道你被她承包了吗？

[队友] 小兔乖乖（瑶）：小乔，你到底买了打野小哥哥多长时间啊，能不能把你的单转给我，我给你双倍价钱。

盛况点了“回城”，他放下手机，然后伸手将林京的手机抽走。

林京转头，还没说话，就看到盛况麻溜地在她手机屏幕上点了几下，然后把手机还给了她。

[队友] 小京京京酱（小乔）：不能。

盛况拿起自己的手机。

[队友] 你生日（露娜）：看到没有，我的小老板说了，不能。

[队友] 你生日（露娜）：我得听我的小老板的。

一直到游戏结束，那位玩瑶的小兔乖乖再也没说过一句话。

回到房间后，盛况问道："还玩吗？"

林京看了眼时间，发现不知不觉中已经一点半了，挺晚了，而且说不定盛况明天还要训练。她摇了摇头："不玩了，该睡觉了。"

盛况退出游戏："嗯。"

林京拿着手机，刚想起身跟盛况说句"再见"就上楼。盛况突然抬头看了她一眼："那会儿你想跟我说什么？"

那会儿是哪会儿？

盛况像是看出了她的疑惑："就是下午比赛之前，一点五十分左右。"

林京眨了眨眼睛，有点儿没反应过来。

"我在微信里看见了，"盛况又说，"对方输入了好半天。"

"……"

原来她比赛之前想给他发"加油"，被他发现了。

小秘密被人窥探到了，林京有点儿紧张。

盛况看着她说不出来话的样子，笑了一声："朋友圈那句'加油'，真的不是说给我一个人听的？"

小秘密不但被窥探到了，还被当场戳穿了。

林京面无表情地看着盛况，心想怎么挽救下局面，突然计上心头："你呢？"

"嗯？"

"你点进我微信是想跟我说什么吗？"林京心想自己可真是个机灵鬼，关键时刻抓到了重点。他既然看到了"对方正在输入"这个提醒，那说明他当时就在她的微信聊天界面里。

盛况愣了下，懂了她的意思，慢吞吞地"啊"了一声，看向她的眼睛："想问你我游戏打得好吗。"

林京总觉得盛况是在忽悠自己。

“真的，就是想问你这个。”

“……”

林京心想，他大概是比赛之前太紧张了，想要寻求安慰。这得紧张成啥样，都寻到她身上来了。

“我游戏打得好吗？”

林京心想这比赛都打完了，他怎么还在问这个问题。

她一时也摸不准他到底是在寻求安慰，还是单纯地想要夸赞。

她沉默了两秒，觉得第二个可能性更符合他的性格：“挺好的。”

“真的挺好的？”

“真的。”

“那想不想当我老板？”

林京愣住。

“不是问我那会儿想跟你说什么吗？新赛季缺个老板，就想问问你，有没有兴趣。”

林京呆滞地看着盛况，脑子有点儿乱。缺个老板是什么意思？他这是在挖江醉的生意吗？

他果然在忽悠她，想问她的压根儿不是什么“我游戏打得好吗”。

“……”

训练室里陷入了短暂的安静。

十来秒后，林京眨了下眼睛：“我……”

她没想好要说什么，刚说一个字就停了下来。她慢吞吞地咽了下口水，脑子里总算有点儿想法了：“我养不起你。”

盛况大概没想到她憋了半天憋出来这么一句话，明显地愣了下。

林京看盛况愣了，也跟着愣了。稍后，她反应过来自己说了点儿什么。

我养不起你。

养。

林京下意识地张了张口。

没等她说话，训练室的门突然被推开。来的人是陈景和兰博文。

两个人一个刚打完游戏想去找点儿喝的，一个在陈景的房间待了会儿想回楼上。

“谁没关灯？”陈景看到盛况和林京愣了下，“你们两个大半夜不睡觉，在这儿干吗？”

明明她和盛况什么都没做，就单纯地在这儿打了几把游戏，但她不知道怎么回事，却有种心虚的感觉。

就好像上课偷偷看小说，差点儿被老师逮着一样。

比起有点儿慌乱的她，盛况淡定多了：“打游戏。”

“什么段位，带上我一起，”陈景来了兴致，掏出手机就要登录游戏，“我刚刚连跪了好几局，打野技术‘菜’，射手像个傻子，还好意思怪我一个辅助。算了，不说了，拉我拉我。”

兰博文拽住陈景：“拉什么拉，你一个玩蔡文姬的，开着大招说‘我来绕后了’，不骂你骂谁，还有你不是要拿喝的吗？你来这儿瞎凑什么热闹。”

“我怎么就凑热闹了，游戏本来就是要人多才好玩啊，五排最好玩，是不是况崽，是不是林妹妹？”

“……”

“……”

林京看盛况和兰博文都不理他，说道：“我不玩了，你们玩吧，我要上楼去睡觉了。”

陈景大失所望：“啊？不玩了？这才几点啊，再玩几把呗。”

林京摇了摇头：“我个子矮。”

陈景说：“啊？”

林京一本正经地说：“不想让别人站在我面前的时候，看到我的头皮。”

陈景没反应过来：“什么意思？”

林京没理他，也不太敢去看盛况，对着兰博文说了句：“拜拜。”

盛况“嗯”了声：“拜拜。”

林京背脊一僵，头也不回地跑了。

兰博文看着抢在自己前头说“拜拜”的盛况，意味深长地“啧”了一声。

盛况没理他，拿着手机起身。

陈景一把拦住他：“别走啊，况崽，说好的打游戏呢。”

“不打，”盛况顿了下，“我不想比赛低头的时候，被摄像机扫到我的头皮。”

“什么头皮？到底什么意思啊？怎么林妹妹说完这句话你也说？”

陈景见问盛况问不出来，就看向了兰博文：“不是，蚊子你笑什么，还笑得那么瘆人？”

兰博文又笑了一声：“没什么，吃了口糖开心。”

“什么糖？为什么不给我吃？”

盛况闭了闭眼睛，打断了陈景：“真想打？”

陈景点进游戏：“当然。”

盛况没说话，也进了游戏。

兰博文本来想上楼睡觉的，现在也不急了，半坐半靠在桌上，一副看好戏的样子。

盛况用语音转文字发所有人可见的消息：

牛魔在暴君旁边的草丛里。

牛魔在你们射手旁边的草丛里。

牛魔在你们红 buff 旁边的草丛里。

十二分钟里，陈景死了八次，他心态崩了：“盛况，你有毛病吧，干吗一直跟对方报我的点？”

游戏结束后，陈景说道：“老子被举报了，而且举报还成功了。”

盛况偏头看了眼抓狂的陈景：“还玩吗？”

“玩什么玩，老子再跟你玩游戏老子就是傻子。”陈景站起身踢开身后的椅子，怒气冲冲地走了。

林京有点儿轻微洁癖，因为在室外待过，回到房间后她又洗了个澡。躺在床上，她总觉得今晚发生的一切就像是一场梦，特别没有真实感。

她跟踩在云里似的，整个人飘忽了好一会儿，忍不住拿起了手机。

这个点，她也不确定兰婷婷睡了没，但没关系，明天醒了兰婷婷一定会回她消息的。

林京点进与“兰婷婷”的聊天界面，想到事情说来话长，就干脆发了个长语音。

盛况洗完澡后，听见手机连响了好几声。他只穿了条裤子，光着上半身一边擦头发，一边走到床边拿起手机。

住在三楼的那个姑娘，这个点居然还没睡觉。盛况看着那一串语音，点开。

“啊啊啊！我疯了！”

“呜呜呜！我感觉像是在做梦！”

“你敢相信吗？我跟盛况双排了，他跟我说，新赛季缺个老板，要不要当他老板，啊啊啊！我怎么回答？”

林京哭唧唧地对着“兰婷婷”发了几条语音之后，改成敲字。

——你说，今晚我没给他答复，他明天会不会就当这事没发生过啊！当时我脑子是真的有点儿蒙。呜呜呜！虽然我养不起他，但我还是想养……

她打字打得正起劲，屏幕里进了一条语音消息。她想都没想就点了播放。

“你就说要。”

林京手一抖，差点儿直接把手机丢出去。

她僵硬地往上抬了抬视线，看见顶上的不是兰婷婷，而是 Miracle。

Miracle……

Miracle……

Miracle……

她大脑有点儿宕机，这个再熟悉不过的名字，在她脑海里盘旋了至少三遍，她才反应过来，消息发错人了。

发错人不是最尴尬的，最尴尬的是发给了当事人。

林京只觉得自己从头到脚瞬间石化，定格了几秒后，再逐渐裂开。

在脑海中的自己碎成粉末的时候，她缓缓地低头看向了手机屏幕。

她盯着自己发出去的那一串语音，心想应该没有太失态吧，她记得好像是没有。

林京咽了口唾沫，手忙脚乱地把刚刚打完的那一长串没发出去的文字删掉，然后点了播放。听着手机里传出来的语音，她满脸惊恐地把手机一扔。

这是梦吧？

这就是梦。

她只接受梦里的自己做出这么丢脸的事。

所以这一定是梦。

林京深深地吸了一口气，不信邪地拿起手机。

在两个人的聊天对话框里，她发出的语音一条比一条长。

不管她愿不愿意接受这个现实，那些“啊啊啊”和“呜呜呜”都真实存在于这些语音里。

林京再次丢下手机，抬起手捂着脸呜咽了一声。

……她不想活了。

林京不知道自己生无可恋地躺了多久，手机在耳边频繁振动。

她小心翼翼地拿起手机点开微信，见不是盛况发来的消息，才松了口气。

给她发消息的人是兰婷婷，找她没什么重要的事，就是单纯来“吃瓜”的。

起床困难户：小京酱，我就一晚上没上游戏，你居然已经王者10颗星了？

起床困难户：你怎么打上去的？那个“你生日”是谁？别告诉我是Miracle的小号。

随后，兰婷婷又发了两个“不回我很酷，是吗”和“我在输液”的表情包。

大概是林京迟迟没有回消息，兰婷婷那边没再继续发。

林京叹了口气，打字。

小京酱：别提了，我打算连夜换个星球。

兰婷婷发了一个问号过来。

小京酱：算了，不切实际，买不起宇宙飞船，我还是去趟阳台吧，咱俩明天新闻见。

起床困难户：什么情况？

兰婷婷紧接着发来语音，声音听起来有点儿着急：“盛况欺负你了？”

林京连忙澄清。

小京酱：没有，没有。

起床困难户：那怎么了？

林京懒得打字，无精打采地捧着手机把事情简单地复述了一遍：“我把想发给你的消息都发给了他，呜呜呜。”

起床困难户：哈哈哈！笑死了。

小京酱：您笑够了吗？

起床困难户：没有，我还想笑。

小京酱：那您继续。

看着兰婷婷幸灾乐祸地发来一个个“笑疯了”的表情包，林京冷笑着回了个“死亡微笑”的表情包。

过了几秒，兰婷婷发来了语音，她笑得话都说不清楚了：“笑得我肚子疼，眼泪都出来了，我的宝。盛况回完你消息后，你是怎么回他的？”

小京酱：没回，没脸回。

兰婷婷又开始笑了：“那他呢？没再给你发消息？”

小京酱：没。

起床困难户：你说，盛况突然来当陪玩，是不是没钱了？

林京发了个问号过去。

兰婷婷说：“他跟 GDT 解约应该花了不少钱吧，YLS 是他接手的，那 YLS 那群人应该都是他养着吧。他是不是为了养战队，迫不得已当陪玩了？”

林京抬头看了看自己住着的豪华的别墅：“不太可能吧，他家看着好像挺有钱的。”

“他家有钱，但是他家里人未必会把钱给他用啊。”兰婷婷打了个哈欠，“我不跟你说了，困了，先去睡了，晚安，宝贝。”

林京放下手机，躺在床上却没什么困意。她把和兰婷婷的聊天回忆了一遍，五分钟后重新拿起手机。

点进微信后，她深吸了口气，戳了下盛况的头像进入了聊天界面。

盛况擦干头发，拿起手机刚想看看林京有没有回自己消息，李燃的电话就打过来了。

“兄弟，可以啊，预选赛打得那叫一个速战速决啊。”

盛况靠在床头懒洋洋地说：“不然呢，和你们 HJC 一样，每场游戏都拖到风暴龙王出来？”

李燃说：“你说话能不能正常点儿，我大半夜给你打电话是真的有事。”

“行吧，”盛况微曲着一条腿，随意地把胳膊搭在上面，“尊敬的 HJC 中单燃神，请问你深夜打电话，有何指教？”

李燃深吸了口气：“本来是想跟你们约训练赛的，现在我发现我找错人了。我就应该直接去找蚊子。”

“你说得对，去吧。”

“……”

“知道蚊子电话吗，用不用我发给你？”

李燃沉默了三秒，把电话挂了。

盛况的手机正好收到新消息，他点进微信——小京酱给你转账 50000 元。他随手给林京发了个问号过去。

林京看着盛况的回复，刚想打字，一条语音消息发了过来。她点了播放，凑到耳边听。

“真养我啊。”语音到最后，盛况像是没忍住，很轻地笑了一声。

林京被他笑得耳膜有点儿发麻，她咽了口唾沫，沉默了半晌，把手机从耳边拿下来，打字。

小京酱：你是不是没钱了，所以才来当陪玩的？

小京酱：我也没那么多钱，但还是可以稍微帮帮你的。

林京抿了下唇，怕盛况压力大，又贴心地补了句。

小京酱：我没什么用钱的地方，所以这钱你先拿着用吧。等你什么时候宽裕了，再还我。

林京看盛况半天没回消息，继续问道。

小京酱：是不是不太够啊？

盛况哭笑不得地看着林京发来的消息。到底是哪儿出了问题，让她觉得他缺钱了。他突然挺想逗逗她的。

小京酱：我还能再给你两万，但是今天我的微信转账限额了，得明天。

盛况打字打到一半，看到上方的“对方正在输入”，就停了下来。过了大概十秒，林京的消息发过来了。

小京酱：要是还不够，我还能再给你凑 5000，剩下的钱我得留着开学交学费、住宿费……

他看着她发来的最后一条消息，沉默了一会儿，把刚刚打的“还是不太够”这几个字删掉，把林京转过来的钱退了回去，然后说：“真把我当抢人生意的陪玩了？”

他不想跟她兜圈子了，直截了当地说：“我不缺钱，也不想当陪玩。我就是单纯地想和你打游戏。”

“……”

单纯地想和她打游戏是什么意思？

要是换成别人，她还能往奇怪的方向想一想，可盛况不一样，盛况对她这个性别是不可能产生什么想法的。

林京认真地思考了一番，觉得盛况之所以愿意带她打游戏，要么是这个别墅里只有她可以和他做闺密，要么就是为了锻炼自己，想给自己增加点儿游戏难度。

按照盛况的性格来说，第二种可能性更大。

大概是因为她迟迟没回消息，手机又振了一下。

Miracle：真的不考虑回个消息？

林京以为她指的是这会儿没回他消息，老老实实地回道：不知道回什么。

Miracle：回“要”。

“……”

怎么话题绕来绕去，又绕回到她死都不想回忆起来的“社死”现场。

林京面无表情地看着聊天界面，看了将近半分钟，她抬起手揉了一把自己的脸，敲了个字。

小京酱：要。

Miracle：乖。

乖？林京看着手机，一时间不知道该回点儿什么。她想了半天，实在想不出来，捏了捏有点儿发烫的耳朵，干脆不回了。

时间不早了，她把手机丢到一边，打算睡觉。不知道过了多久，屏幕忽然亮起。

Miracle：睡了，小老板。

林京困得有点儿迷糊，回了个语音：“……哦。”

语音就一秒。

盛况听后莞尔一笑，刚想放下手机，突然想到什么，滑着手机屏幕回到上面，把她发错的那几条语音又听了一遍。

平时在他面前话挺少的，没想到对着朋友还挺能咋呼。

盛况指尖下滑，在看到她给他转钱的那条消息时停顿了。这么多钱说转就转了，一点儿防备心都没有。说她傻，但好像只在他面前傻。她平时跟陈景、何忘他们聊天的时候，机灵得很。

盛况盯了聊天记录半晌，突然意识到自己好像有点儿被感动了。

他牵了下唇角，放下手机，可能因为今晚跟林京又是打游戏又是聊天，突然想到复盘结束，他回到楼上接了一通电话后，本想回卧室的，无意间看到她一个人坐在院子的凉亭里看着某处的花花草草，不知道在发什么呆。

就她一个人，在刚下过雨的院子里坐着，显得孤零零的。特别像一只被抛弃的小猫。然后，他就情不自禁地点进微信。等他回过神，手机界面已经是她和他的聊天对话页面了。

当时他觉得自己挺莫名其妙的，她一个人爱在外面待着，关他什么事。

按理说，他都意识到这些了，第一反应不是应该收起手机，转身回卧室该干吗干吗去，可他脑子里的念头却是该给她发点儿什么。

想了半晌，却没想出来。平时一群人凑在一起，没觉得有多疏离，这会儿真想私聊了，才发现压根儿不知道怎么开头。

明明两个人认识有一段时间了，还住在一栋房子里，每天都能碰上好几次，按理说挺熟的了，但实际上根本不是这么一回事。

这种认知让他突然变得有点儿烦。

他隔着窗户望着楼下的她，见她安安静静坐在那儿，一点儿要回来的意思都没有。他更烦了。

他不想就这么算了，翻看了下两个人的聊天记录，见没什么能拿来当借口的话，就点进了她的朋友圈。下午一点五十分，她更新一条动态：加油。

大概就是那会儿，她想要给他发消息。然后他毫不犹豫地敲了两个字“谢了”。

发完之后，他忍不住在心底骂自己“有病”。可不是有病吗？人家那会儿是想给他发消息，但不代表想发给他的就是“加油”。

再说，这“加油”也未必只是说给他一个人听的，他这么上赶着，是脸都不打算要了吗？

林京的手机屏幕突然亮了。她像是在等谁的消息，迅速地抓起手机，大概因为没等到，满脸失落。

他感觉自己心底的某根弦一下子就断了，管她那句“加油”是发给谁的，他看到了就是发给他的。他的消息前脚刚发出去，后脚她就回了三个问号，紧接着就问他是不是发错了人。他轻笑了一声，心想这姑娘对自己还挺没信心的。

笑完之后，他发现堆积在胸口的那些烦躁都消散了。

盛况从回忆里回神，后知后觉地反应过来他问林京下午想跟他说什么，到最后她都没告诉他那句“加油”是不是说给他听的。

第十通

生气的是我，不是她

第二天，林京醒来，摸到手机看时间的时候，发现微信有未读消息。

她以为是兰婷婷醒来后继续跟她八卦昨晚发错消息的后续了，没想到发消息的人竟然是盛况。

Miracle：出于公平考虑，你是不是也得告诉我，昨天比赛之前你到底想跟我说什么？

消息是凌晨发来的，比她回的那个“哦”晚了差不多二十分钟。

“……”

他这是大半夜还没睡，还是睡着后又醒来，突然想到自己亏了，特意给她留个言？

没收到盛况的消息还好，一大早睁眼就看到他的消息，导致她顺带着看了看前面的聊天记录。

他让她回“要”，她就回“要”。

她可真是个机器人。

林京一边暗暗地吐槽着自己，一边耳朵悄悄地红了。

夜深人静，她看到“乖”这个字有点儿想入非非的话，还是能理解的。这大早上的，她怎么戏还这么多。

林京放下手机去洗了个脸。

虽然夏季她还是习惯性用温水，可今天她却用了冷水，还足足洗了五分钟。

可能是昨天的比赛赢了，兰博文给大家放了一天的假，他们到现在都还没醒。林京也不怎么饿，就先牵着小苦瓜出去遛弯了。遛弯的途中，她时不时地点进微信看盛况发给她的消息。

回来后，林京把小苦瓜送回笼子里，进了餐厅。阿姨早就准备好了早餐，林京没麻烦她，自己盛了一碗粥，坐在餐桌前喝。就她一个人吃早餐，还怪无聊的，她一边喝一边刷剧。

刷着刷着，她就刷进了微信。

小京酱：是说给你的。

把这几个字发给盛况后，她就继续看剧了，过了五分钟她才意识到自己做了什么，一时愣住了。果然一碰到盛况，她脑子就变得不那么清醒。

林京攥紧拳头刚想去磕下自己的脑袋，盛况耷拉着眼皮，跟没睡醒似的出现在餐厅门口。

她背脊一僵，迅速将手落了下去。

林京的动作惹得盛况看了她一眼，他懒洋洋的，不紧不慢地打了个哈欠，然后无比自然地和她说："早。"

"早。"

盛况没再说话。他打开冰箱，从里面拿了一瓶水出来，拧开瓶盖微仰着头喝水。他脖颈本来就修长，一仰头看着更长了，喉结时不时地滚动一下。

阳光从窗外打进来，正好有一缕落在他的下巴和脖颈上。

他的骨骼本来就属于那种修长的，小臂的肌肉线条也是细长型的，整个人看起来特别青春年少。

林京忍不住多看了一会儿。直到盛况缓缓地拧回瓶盖，往她这边偏了下头，她才仓促地低下头。见碗空了，她装成没吃饱的样子，抱着碗进了厨房。

"早餐煮的粥？"盛况紧跟了进来。

林京转头说："红豆燕麦粥。"顿了下她又问，"你要吗？"

盛况漫不经心地抽了双筷子："来点儿吧。"

林京把自己手里盛好的粥递给了他："那先给你。"

盛况没多想就接过去，道了声"谢谢"出去了。林京从碗柜里拿了个新碗，盛了小半碗粥，也出去了。

盛况在，林京没继续看剧。其他人都还没睡醒，阿姨去别处打扫了，餐厅里就他们两个人，坐在一个大餐桌旁默默地喝粥。

看得出来盛况挺困的，没什么胃口。除了粥，餐桌上的小笼包、小青菜他一筷子都没动，粥还喝得特别慢，就跟喝中药一样。

林京已经喝了一碗粥了，吃得也不怎么快。吃到最后，林京看了眼盛况面前的粥，才反应过来那是她刚刚用过的碗……

林京“啊”了一声：“你……”她的视线落在了盛况手里捏着的勺子上。除了碗，还有勺子……她用力地吞了口唾沫，把“你好像用的是我的碗”硬生生地咽回了肚子里。

盛况见她话说一半没了后续，转头看向她：“嗯？”

林京避开他的目光：“你，收到我的微信了吗？”

“嗯，收到了。”

“嗯……收到就好。”

“……”

盛况喝完粥后，放下勺子拿起手机。他散漫地靠着椅子，没有离开的意思。

比起他的淡定从容，意识到自己给错碗、勺的林京是没脸再待下去了。她快速地喝完最后几口粥，就拿起手机指了指楼上，草草地留了句“我吃完了”就溜了。

林京在客厅和阿姨碰了个对面，阿姨还没来得及跟她说话，她就已经跑进了电梯。

“这孩子跑得那么急。”阿姨边说边拿着一张类似于机票的东西进了餐厅。她以为餐厅里没人，看到盛况在，吓了一跳：“怎么醒得这么早？”

盛况慢悠悠地站起身，缓缓地“啊”了一声：“被吵醒了。”

阿姨担忧地问：“是我吵醒你了吗？刚刚我开了吸尘器。”

“不是，”盛况捏了下脖颈，“是微信，看了两条消息就起来了。”

阿姨放心了。

盛况拎着没喝完的半瓶水打算回楼上，刚走没两步就被阿姨喊住了：“对了，这个还有用吗？”

盛况转头，看到她递上来一张门票，是昨天预选赛的门票。

他顿了顿，微抬了下眼皮：“在哪儿看到的？”

“就在鞋柜上啊，我刚收拾东西看到的，这还有用吗？没用我就扔了。”

盛况没说话，低头看向门票。这别墅里住着的人，除了林京，其他人都有工作证，不需要门票的。

盛况笑了一声："疏忽了。"

阿姨听得一头雾水："什么疏忽了？"

"没什么，"盛况伸出手，"给我吧。"

阿姨愣了下，反应过来他说的是门票，急忙递给他。盛况道了声谢，拿着票回楼上补觉了。

林京跟逃命似的回到卧室，"砰"的一声关上门后，就冲进了浴室。她用冷水洗了将近十分钟的脸，才面无表情地从里面走了出来。

虽然是假期，她每天还是会抽出一些时间来看书学习的。她做了两张英语卷子，看了眼时间还早，就又拿出了 iPad，继续画之前因为没有灵感而暂停的画。

看过盛况喝水后，她把之前画好的全部推翻了。

折腾了差不多一个小时，她总算画出了一张草图。画完人物，接下来就是餐桌，林京画到餐具的时候，想到了盛况用了自己的碗和勺，耳朵顿时跟着火一样，烧得她捏着画笔的指尖都有点儿发烫。

林京有点儿画不下去了。恰好这会儿兰婷婷跑来找她聊天了："小京酱，你跟况崽咋样了？"林京给兰婷婷发了一堆"哭泣"的表情包。

小京酱：盛况脏了。

对方发来一个问号表示不解。

小京酱：被我弄脏了。

起床困难户：什么情况？

小京酱：我有罪。

起床困难户：说重点！

林京在说与不说之间犹豫了几秒，最后还是没忍住，简明扼要地把早上那事悄悄地告诉了兰婷婷："就是早上我偷看盛况差点儿被他逮着，就装成没吃饱的样子去盛粥了，然后他过来了说他也想喝粥，我就把我用过的碗连带着勺子一起给他了。"

兰婷婷不知道忙什么去了，半晌没回她消息，反倒是兰博文发消息过来，喊她下楼吃中饭。

大家都开吃了，盛况才过来。他大概是吃完早餐回楼上又睡了一觉，看起来比早上那会儿精神多了。他刚洗过澡，头发没完全吹干。他坐到林京身边的时候，林京闻见了很淡的洗发水味道。

一伙人约了训练赛，吃完饭就散了。

林京有点儿想喝奶茶，就没着急回去，而是窝在客厅的沙发上点外卖。

每天俱乐部的这群人吃什么她就跟着吃什么，住在这儿的这段时间基本都在蹭吃蹭喝，她当然不好意思只给自己点奶茶，所以就截了图发给了兰博文："我请大家喝奶茶，你问问大家都喝什么。"

盛况他们约好的训练赛，因为对方战队的中单临时出了点儿状况，推迟到明天了。

"行吧，反正昨天刚比完赛，今天干脆给大家放假吧，"兰博文手机响了一声，他拿起来看了一眼，"哟，小京说请你们喝奶茶。我把图发群里，你们看看要喝什么。"

"怎么突然间林妹妹想起来请大家喝奶茶了？"陈景点开兰博文发到战队群里的图，"我喝奶绿，三分糖。"

李小舟、姜鑫跟陈景一样，一点儿也不客气地选了自己要喝的，唯独盛况坐在旁边没吭声。

兰博文把大家要喝的都挨个儿记下来，然后一条一条地发给林京。

"陈景要奶绿，三分糖。"

"李小舟、姜鑫要原味奶茶，全糖。"

"何忘也要原味的，但不要珍珠。"

"江醉、秦余要奶盖。"

"我跟何忘一样。"

兰博文最后说了自己要喝的，然后看了眼盛况："盛况，你呢？"

盛况瞄了眼兰博文的手机屏幕。

兰博文的每条消息，林京都回了句"好的"，两人聊天有来有回，还挺亲近的。

盛况冷"呵"了一声，刚想说"我不喝"，兰博文的手机里又进了一条新的消息。

小京酱：盛况呢？他喝什么？

盛况沉默了下，移开视线：“随便看着来吧。”

兰博文把盛况的话原封不动地复述给林京：他让你看着来。

小京酱：……

兰博文：到了你记得喊我，我上去拿，不然这么多杯怪沉的。

小京酱：好的。

不到二十分钟，奶茶就送来了。

兰博文收到林京的微信后，刚想起身上楼，坐在他旁边玩手机的盛况抢先一步：“我去吧。”

兰博文愣了下，看向盛况。

没等他开口，盛况又说：“正好我要回楼上拿个东西。”

盛况没乘电梯，直接走楼梯上去。到楼梯拐角处时，刚往上走了没两步，就听到了客厅里传来的声音，是个陌生女生的：“什么？你早上把你用过的碗和勺子给了况崽？话说，况崽没发现？居然就这么用了？”

盛况停下脚步。

“应该没有吧。

“他早上看着还挺正常的，不像是发现的样子。”

“……”

是没发现。但是现在听到了。

“林京，你老实交代，你是不是故意的？”

“我真不是故意的，我就是脑子一时没转过弯来……”

从早上到现在，盛况的脑子都没转过弯来，他站在台阶上犹豫了两秒，转身下楼了。

盛况推开训练室的门，陈景看到他两手空空，问道：“奶茶呢？”

“忘了。”

“你咋不把你自己忘楼上？”陈景踢了踢姜鑫的脚尖，“鑫哥，劳烦您上楼跑一趟了。”

姜鑫起身：“好嘞。”

盛况难得在陈景挖苦完自己之后没还嘴。

陈景受宠若惊地看了眼盛况，刚想说句“哥，你今天好善良”，结果看到盛况的表情十分不自然："你什么情况？"

盛况抬起眼皮："嗯？"

"脸怎么红了？"

盛况僵了一秒："……有点儿热。"

陈景看了眼头顶常年保持恒温的中央空调："热？"

盛况"嗯"了声，拿起遥控器，将训练室的温度一通往下调。

陈景看到温度从 22 摄氏度被调到了 16 摄氏度，忍不住说："看来你真的挺热的。"

一群人睡饱了，打不了训练赛，也懒得出门，没一会儿就各自点开了游戏。

陈景一个打辅助的，最不想干的事就是单排，他挨个儿问了一圈谁来排位。

江醉、李小舟、何忘热衷于打巅峰赛，毫不犹豫地拒绝了他，唯独剩个现在改位置打射手的秦余，想着可以顺道和他打配合，就同意了。

起先两个人是真的在打配合，打了两把后，有人拉陈景了。

虽说三排也能打，但陈景更热衷于五排。姜鑫跟兰博文在研究游戏数据，其他几个人泡在巅峰赛里。整个训练室大家都是手机不离身，唯独盛况连手机都没碰一下，靠在电竞椅上，叼着个吸管，一副虚度光阴的懒散样。

十几个小时前，陈景刚发过毒誓，说再跟盛况打游戏就是傻子。再三纠结，他还是把魔爪伸向了盛况："盛况，打游戏吗？"

盛况抬了下眼皮，刚想嘲讽陈景一句，又好像是想起什么，问："几个位置？"

陈景说："两个。"

盛况没说话，懒洋洋地在手机上点了几下。过了一分钟，他抬头："那就来吧。"

陈景建了房间，邀请了秦余，以及拉他打游戏的那位好友。

盛况上线，陈景邀请了他，问道："还缺一个人啊？"他话音刚落，房间里的人就满了。

陈景看着第五个进房间的人，"嘿"了一声，开了语音："林妹妹。"然后他点了"开始游戏"，进入扳选英雄的页面，三楼那位叫"小卷心菜"的人也开了语音："况况，好久不见。"

盛况疑惑地抬头看了陈景一眼。陈景看到他的表情说道："是丹姐。"

“小卷心菜”笑了：“是不是我改名字了，况况就没认出来我是谁？”

陈景说：“估计是。”

陈景见林京一直闭着麦，又开始了：“林妹妹，林妹妹，开语音。”

林京嫌陈景吵，开了语音但没说话。

她刚刚那会儿虽然闭麦，却没关闭语音，陈景他们的聊天她听得清清楚楚。虽然陈景只说了“丹姐”这两个字，但她也知道对方是谁了。

秦丹丹，KPL 里的几大解说之一，仗着颜值比较高，在解说里，每年都能拿女生人气第一位。

秦丹丹见陈景一直在喊林京，问：“五楼是？”

陈景说：“我们的一个朋友。”

秦丹丹问：“我们？我们都有谁啊？”

陈景没觉得秦丹丹这么问有什么不妥，心大地回道：“啊，就是我们整个 YLS 战队啊。”

“哦哦哦，看来她跟你们挺熟的，整个战队的人都认识啊。”过了会儿，秦丹丹又说，“是谁带她认识的你们啊？”

“况崽啊，她是况崽的朋友。”

“原来是况况的朋友啊。”顿了下，秦丹丹问道，“女生？”

陈景说：“对。”

语音里就陈景和秦丹丹两个人在聊天。看得出来，秦丹丹是玩法师的，常用英雄全是法师。

秦丹丹在三楼，他们三个后选英雄，所以轮到秦丹丹的时候，是她和盛况一起选。

盛况顺手选了个露娜。秦丹丹先选的貂蝉，过了两秒又换成了瑶。

林京下意识地出声：“啊？”

陈景问：“怎么了？”

没等林京开口，秦丹丹出声：“我好久没玩瑶瑶公主了，正好今天玩一把。”

秦丹丹都这么说了，林京不可能再跟她抢辅助位，只能把话咽回肚子里，回陈景：“没事。”

秦余选的孙尚香，陈景选的马超，现在就缺一个法师。

林京在小乔和妲己之间犹豫了几秒，锁定了在操作方面没什么技术要求、技能比较简单的妲己。

秦丹丹看到她选的英雄，又说话了："怎么选了个妲己？高端局妲己没法儿玩的，还不如工具人法师。"

秦丹丹的这话让林京不知道该怎么接。

正在她寻思着自己是当听到了还是当没听到时，手机里传来了盛况的声音："没事，随便玩。"

他们五个人，只有陈景和林京两个人没上荣耀，其他全都是荣耀王者高星，其中秦丹丹的星最多，有 96 颗。

在这种局里，匹配到的队友不会有特别差的，要么是打职业的，要么是技术主播，就算是纯娱乐的玩家，那也是玩家里能拎得出来的高手。

他们这一局倒是没碰上什么职业选手和主播，不过看对方 ID，应该和之前的江醉一样，搞陪玩和代打的。

在进入游戏的过程中，秦丹丹一直在讲话，除了陈景和她聊天之外，其他的人都没说话。

盛况他们用的都是大号，就算秦丹丹改名字了，也早就被网友扒出来了，一进游戏，对方的消息就过来了。

[全部] 上分滴我（诸葛亮）：况神!! 景老板!!

[全部] 上分滴我（诸葛亮）：还有丹女神！！！

盛况跟陈景一个往野区去，一个往对抗路去，没理对方。瑶站在水晶前面停了几秒。

[全部] 小卷心菜（瑶）：你好。

[全部] 上分滴我（诸葛亮）：丹女神居然回复我了。

[全部] 上分滴我（诸葛亮）：丹女神，我是你的粉丝，我每年都给你投票。

秦丹丹这一回复，对方的五个人都开始冒泡了，内容清一色全都是夸她的。

林京第一次玩这种高段位局，她选的这个英雄放在一群高手眼里，就是那种闭着眼睛都能乱杀的存在，所以从一开始她就玩得很谨慎，全程乖乖地蹲在塔下清理兵线。

一般游戏开始的前几分钟，辅助都跟着中单，一方面是为了在上下路支援，另一方面是为了抢中路河道的野。而林京，只有在中路野刷出来的时候，看到瑶跟着露娜来了一次。

三级的林京老老实实地站在塔下清理兵线，她当时的血量不算多，在她的技能全都用给兵之后，中路一塔被对方辅助眩晕，诸葛亮从草丛里蹿到她的脸上。她还没反应过来，游戏播报就显示出她被诸葛亮杀了。

她送了这局游戏的一血。

她跟盛况他们玩过挺多局游戏的，因为意识不到位，或者是跟着中单打野去对方野区，盛况能逃掉她逃不掉，偶尔送个一血的情况还是发生过的。所以游戏玩到这儿，林京没觉得有什么。她从水晶复活之后，老老实实地沿着中路来到塔下继续清理兵线。

然而不是她想老老实实地清理兵线，就可以一直这么做下去的。

首先对方的诸葛亮真的蛮强的，其次诸葛亮大概看出来她不像其他四个人那样有意识、有操作，所以就盯上她了。林京复活后，一拨兵线都没清理完，就已经被四级的诸葛亮越塔强杀了。

接下来，林京不是在被诸葛亮乱杀，就是在被诸葛亮乱杀的路上。

在林京第五次死在诸葛亮手里的时候，屏幕上出现了一行字。

[全部] 上分滴我（诸葛亮）：妲己，别送。

她以前一个人玩游戏的时候，不是没在低端局遇到过特意从高端局跑下来炸鱼的高手。她被越塔强杀过，但被强杀这么多次还带嘲讽的，却是头一次遇见。

林京趁着等复活的时间，想都没想就点开了语音打算转文字："行了行了，知道您厉害了，您这么厉害怎么不去打职业……"

她的话还没说完，对方诸葛亮的头像就黑了。

她死之前还在下路的露娜，不知道什么时候出现在中路了，不但带走了诸葛亮，顺道还带走了她那拨已经进塔的中线。

盛况清理完兵线，就冲着自家蓝 buff 区走去，正好这个时候瑶从下路赶了过来。

秦丹丹说："况况等等我，我都跟不上你的节奏。"

盛况停顿了下，往瑶那边走去。

林京抓着手机抿了抿唇。她玩瑶，都是跟在他屁股后面迈着两条小短腿颠颠地追，他从来没有回头迎过她。

看来秦丹丹跟他的关系真的挺好的，她让他等，他就等了。

瑶前一秒上露娜的身，后一秒不知道是不是盛况操作失误，往对方蓝 buff 区走的时候，不小心进了对方的一塔，塔的伤害瞬间将瑶从露娜的身上打了下来。

孙尚香清理完兵线，从发育路赶往对方蓝 buff 区跟盛况会合，瑶被打下来之后，放大招要等九秒。

他们三个人拿下对方的蓝 buff 时，秦丹丹的大招冷却时间正好结束，她点了大招，本以为会上露娜的身，但露娜借着野怪一个位移，直接滑过对方一塔和二塔，去了对方红 buff 区。孙尚香正好在她旁边，她的瑶被迫落在了孙尚香的头上。

都是职业选手，平时比赛也会见面，更何况秦丹丹也不好意思表现得只想跟着露娜，所以只能跟着孙尚香回到发育路。

林京复活后，一边从水晶沿着中线往外走，一边忍不住往小地图上看了一眼露娜的小图标。

不知道是不是错觉，林京忽然觉得盛况刚刚是故意进对方一塔，也是掐准了时间感觉秦丹丹的大招冷却时间快到了，在她点大招之前溜了。

有了前五次不知道怎么回事就被杀死的经历，林京顶着 0-5-0 的战绩站在中塔下瑟瑟发抖。就在她寻思着自己这次能活几秒的时候，诸葛亮他们家的辅助又来了。

林京看到防御塔被眩晕，下意识地在心底喊了句"完了"。

按照之前的剧本，诸葛亮一个一技能加闪现踩在她脸上，紧接着一个二技能刷出来被动，然后再来一个大招，她人就没了。

然而诸葛亮没能走之前的剧本，因为露娜出现了，跟着露娜过来的，还有马超。

林京还没反应过来，对方的中单和辅助就都倒下了。

因为辅助打过她，一个技能都没放的林京有幸蹭了个助攻，战绩变成了0-5-1。

露娜一旦起来，在有操作的情况下相当强势。

之后的诸葛亮就跟之前的林京一样，头像刚亮起，没一会儿就灭了。

反复了四次之后，诸葛亮侥幸残血逃生，满血的露娜穷追不舍，一直追到对方三座高地塔和水晶中间，将其杀死之后，丝血逃离对方高地。

露娜清兵清野，快速回满血，等诸葛亮复活了，他直接越过高地，闯进对方水晶，在秒卖复活甲换辉月的情况下，将刚出门的诸葛亮重新送回了水晶。

露娜的位移比较多，盛况在杀诸葛亮的时候，不小心碰到了对方的泉水，瞬间死了。

陈景看到盛况的迷惑行为，忍不住说道："盛况，你脑子有坑吗？浪费个复活甲越水晶杀人？诸葛亮已经废了，还不如一个超级兵有钱，你没事吧……"

陈景还在没完没了地说个不停，对方诸葛亮的心态已经有点儿崩了。

[全部]上分滴我（诸葛亮）：况神，犯不着吧。

[全部]上分滴我（诸葛亮）：我们家射手残血，你从他跟前走过都不打，却拿命和复活甲换我。

[全部]上分滴我（诸葛亮）：况神，你十个人头里有七个人头都是我，你看看我们家其他队友吧，例如那个开局0buff的娜可露露。

[全部]YLS.Miracle（露娜）：七次？

[全部]上分滴我（诸葛亮）：对啊，况神，我都被你杀了七次了，早就不值钱了。

[全部]上分滴我（诸葛亮）：我的经济已经被你从全场第一打到跟我们家辅助差不多了。

[全部]上分滴我（诸葛亮）：咱不至于这样吧，况神，给留个面子啊……

[全部]YLS.Miracle（露娜）：哦，都死七次了，那可以了。

[全部]上分滴我（诸葛亮）：什么可以了？

[全部]YLS.Miracle（露娜）：诸葛亮，别送。

林京的手一抖，对着空气放了个一技能。她悄悄地往小地图上看了一眼，确定队友都离自己很远，才暗暗地松了一口气。

[全部]上分滴我（诸葛亮）：……

对方诸葛亮的消息在屏幕里出现的同时，手机里传来陈景的声音：“什么诸葛亮别送？”

[全部]上分滴我（诸葛亮）：不是吧，况神，这么记仇？

陈景问：“什么记仇？盛况这到底咋回事？”

盛况没理他。

陈景继续问：“林妹妹？”

林京并不想把自己的丢人事迹重复一遍，装作什么都没听到。

陈景接着问：“秦余？”

秦余清了清嗓子暗示他别问。

陈景心大无比：“你们理理我好不好？到底是怎么一回事？啊？”

就在林京打算点开语音，让吵得不行的陈景闭嘴的时候，秦丹丹开口了：“哎呀，况况是在给你们那位朋友讨面子呢。就是你们那位朋友，在游戏开始还没一分钟的时候就送了一血，之后就一直被对方的诸葛亮杀，然后诸葛亮就开玩笑说了她一句‘妲己，别送’……”

林京抿了抿唇。

她不确定是不是自己把人想坏了，总觉得秦丹丹是存心的。

她觉得秦丹丹心里跟明镜似的，知道盛况和秦余他们不开口是不想让她难堪，但就是故意装不知道。

陈景那会儿压根儿没看大家在聊什么，听完秦丹丹的话，他“啊”了一声。

秦丹丹说：“不过，估计诸葛亮也不是有心的。我一开始就说了，这种局妲己不太好……"

秦丹丹话刚说到一半，陈景后知后觉地回神问道：“诸葛亮说的？”

秦丹丹被打岔后愣了一下，接着说道：“对啊，诸葛亮说的。”

紧接着，游戏页面出现了一行字。

[全部]YLS.Scene（马超）：诸葛亮，来上路。

[全部] 上分滴我（诸葛亮）：景老板，干吗？

[全部]YLS.Scene（马超）：你过来，给你看个好东西。我保证不动手。

[全部] 上分滴我（诸葛亮）：好吧。

不到十秒，马超和诸葛亮在上路相见了。

[全部] 上分滴我（诸葛亮）：景老板，什么事？

这话刚发出来，诸葛亮的头像暗了。

[全部] 上分滴我（诸葛亮）：景老板，你什么意思？你不是说保证不动手吗？

[全部]YLS.Scene（马超）：我说保证你就信啊，你傻不傻啊！

[全部] 上分滴我（诸葛亮）：……

[全部]YLS.Scene（马超）：诸葛亮，别送。

[全部] 上分滴我（诸葛亮）：……

[全部]YLS.Scene（马超）：诸葛亮，不是我说你，你居然还没一个超级兵值钱？

[全部] 上分滴我（诸葛亮）：……

[全部] 上分滴我（诸葛亮）：景老板，你是真的不讲武德。

话很少的秦余被逗笑了："景哥，要我说，你是真的不讲武德。"

陈景说："我讲什么武德，我一个辅助玩上单本来就不行，要再提前跟诸葛亮说单挑，我不是去送死吗？"

诸葛亮复活后，他们家的兵线恰好进对方高地，又是一拨团战。

陈景喊道："打诸葛，打诸葛，团战可以输，诸葛必须死！差一滴血，孙尚香灭了他，哈哈哈哈……"

[全部]YLS.Scene（马超）：诸葛亮，别送。

[全部] 上分滴我（诸葛亮）：我算是服了，你们就盯着我打，对吧？

[全部] 上分滴我（诸葛亮）：孙尚香，你放着前排的肉丝血不打，任由人家把你家的瑶拍死，也要打死我，你是不是有病啊？

[全部] 上分滴我（诸葛亮）：我那会儿就觉得妲己呆得可爱，随口一说，你们真的犯不着这样吧？

[全部] 小卷心菜（瑶）：是啊，是啊，犯不着的，诸葛亮就是随口一说，况况他们也是随便打打，都别往心里去。

[全部] 小卷心菜（瑶）：游戏主要是为了娱乐，动气可就真的没意思了。

秦丹丹出来打圆场，对方的诸葛亮明显没那么生气了。

[全部] 上分滴我（诸葛亮）：没生气。就是有点儿郁闷。话说，你们家那个小妲己到底什么来头啊？

[全部] 小卷心菜（瑶）：就是他们的一位朋友啦。

[全部] 小卷心菜（瑶）：大家都消消气，其实我觉得就是一个玩笑。隔着网络不小心当真了，而妲己呢，她可能压根儿就没生气。

[全部] 小卷心菜（瑶）：我觉得她是挺好的一个人，并没有大家想的那么小心眼啦，对吧，小妲己？

林京这次有点儿相信不是自己小心眼，把她想坏了。

她是真的“茶”。

虽然平时刷视频的时候经常会看到一些“茶言茶语”，但那都是在讲段子，她觉得现实中应该不会有那种人。如今真的遇到了，她才发现真正“茶里茶气”的人，说话句句都是坑。

例如刚开始选的瑶，例如后来故意装成跟陈景聊天把她丢人的事重述一遍。

再比如现在……她要是说她生气了，那就代表承认自己小心眼了。她要是说她没生气，那就有点儿让盛况、陈景他们下不来台了。

林京犹豫了两秒，开始打字：不好意思啊，我……她的话还没打完，游戏界面出现了一行字。

[全部]YLS.Miracle（露娜）：不是朋友。

林京握着手机的手指微微收紧。

[全部]YLS.Miracle（露娜）：是小朋友。

[全部]YLS.Miracle（露娜）：还有……

[全部]YLS.Miracle（露娜）：生气的是我，不是她。

第十一通

一个好消息，一个坏消息

秦丹丹安静了好久没说话，也没打字。直到对方高地被孙尚香拆掉，兵线过来，眼看着拆家的时候，秦丹丹才开口说：“况况，无论怎样你都算公众人物，别因为一点儿小事，就跟别人闹得这么不愉快，省得被人拿出去编故事、做文章……”

盛况停下拆塔的动作。在水晶血量还剩下百分之十的时候，界面里又出现了一行字。

[全部]YLS.Miracle（露娜）：诸葛亮，劝你改个ID，不然以后，见你一次，是对家就抓你一次，是队友就演你一次。

回到房间后，林京刚想说不玩了，陈景的手比较快，直接点了“匹配”。林京想去点“取消”，结果盛况的消息出现了。

YLS.Miracle：再打一局，就不玩了。

林京看盛况这么说，就接着玩了。他们的段位有点儿高，匹配需要一定的时间。

可能是上局游戏里盛况没给秦丹丹面子，这会儿有点儿安静，连带着房间里的气氛都变得有些诡异。

就在林京寻思着自己要不要闭麦的时候，她的手机振了一下。是盛况发来的微信消息。

Miracle：在哪儿？

小京酱：啊？

Miracle：还在客厅吗？

小京酱：……在。

盛况没再回她消息，林京怕游戏匹配上了，自己没点“确定”被踢出来，就切回了游戏。看到还在匹配中，她把手机放在桌上，拿起了奶茶。

盛况一出电梯，就看到咬着吸管“咕噜咕噜”喝奶茶的林京。她咽的速度赶不上她喝的速度快，腮帮子圆鼓鼓的，特别可爱，像只小河豚。

盛况垂眸笑了下，走过来。

直到他站在她跟前，她才发现来人了，然后慢半拍地仰起头。林京看到他愣了下，然后拼命地把嘴里的奶茶往肚子里咽。

盛况忍着笑弯腰捡起她的手机，闭了游戏里的麦。游戏正好开始，他顺手点了个“确定”，把手机还给她。

林京接过手机问道：“你怎么上来了？”

盛况又在自己的手机上点了下“确定”，在旁边的位置上一坐：“嗯。”

林京预选了瑶，却被盛况禁掉了。她纳闷地转头看向他。

盛况像是猜到了她想问什么，低着头一边看英雄一边说：“选妲己。”

“哦。”

盛况没说话，但在游戏里发了一段文字。

YLS.Miracle：秦余你打野，发育路和对抗路，你和陈景随便。

盛况虽然闭了林京的麦，却没关掉她的喇叭。

陈景问：“你要打中单？”

盛况没说话。

陈景还是打的马超，秦丹丹选了个虞姬。

这次是他们先选英雄，轮到盛况和林京的时候，林京锁定了妲己，而盛况在一堆辅助里轮换了半天，锁定了鬼谷子。

三秒后，几个人疯了。

秦丹丹问："况况，你打辅助？"

秦余说："不是，队长，我没看错吧？"

陈景说："盛况，你是认真的吗？你打辅助？你会玩辅助吗？我认识你这么多年，你一把辅助都没打过，你现在居然打辅助？"

在几个人的崩溃询问中，游戏开始了。

进入游戏后，陈景还在那儿不停地说，盛况跟没听到似的，对林京说："妲己连招会放吗？231，2技能先晕眩，然后大招，1技能……给我看一眼你的出装[①]。"

林京把手机亮给他。

"还可以吧，"盛况跟着林京一边往中路走，一边又说，"你就跟着我，我去哪儿你去哪儿。"

林京抱着手机说道："……哦。"

清完兵线后，盛况带着林京蹲在草里等秦余过来，拿下河道的野怪。

等林京四级之后，盛况往陈景那条路上走去，林京听话地跟着，然后鬼谷子拉了对方的射手。林京按照盛况说的，231技能一股脑儿地按，在陈景加伤害的情况下，林京拿下了第一个人头。

盛况一个打野的人，特别会蹲草丛，带着林京拿了一血之后，就直接去了对方红buff区的草丛里。

一切尽在他的掌控中，对方的中单过来了。

在盛况先下手控制住对方的情况下，林京一套技能砸下去拿到了第二个人头。

之后是对方的蓝buff区秒掉了对方的打野，再之后是对方的射手、对方的中单……

林京的经济在盛况的指挥下，拿下了全场第一。

小妲己这个英雄，在高端局之所以不好用，是因为没位移，没自保能力。但在有人保护的情况下，只要能发育起来，伤害爆炸，绝对是那种很霸气的存在。

尤其是三大件装备出来之后，就算是大肉在小妲己的面前，也会被一套技

---

① 出装指的是在游戏中出的装备。

能带走。

十八分钟后，游戏结束。

林京拿到了自己玩这个游戏以来极其少有的一次MVP。至于战绩，更是前所未有的漂亮——12-2-7。

“我居然被林妹妹带飞了，躺的感觉就是爽啊，小妲己无敌，小妲己封神！”

陈景一边看战绩，一边夸赞林京：“妲己小姐姐，能不能再带我一把呀！”

“……”

拿MVP的不是他，但他比拿了MVP的时候还要嘚瑟。

虽然林京也不知道他这股莫名的骄傲劲儿是从哪儿冒出来的。

回到房间后，陈景还在那儿说个没完，林京实在是心疼自己的耳朵，受不了地点开语音：“你闭嘴。”

“我不，我就不！你让我闭嘴我就闭嘴，那我多没面子啊！林妹妹，再带人家打一把吧，用你的妲己小姐姐，带人家飞……”

林京有种冲下楼把陈景按在桌上，拿个抹布堵他嘴里的冲动。

这时秦丹丹说话了：“那个……”

刚刚玩游戏的时候，林京所有的注意力都在盛况身上了，完全忘记还有秦丹丹在。

这会儿秦丹丹一说话，她才发现好像游戏开始没两分钟，秦丹丹就没再说过一句话了。

林京碰到盛况，脑子就容易打结。

盛况让她选妲己，她就选了妲己，并没有往别处想。现在回头想想，她有点儿怀疑盛况是针对秦丹丹在第一局游戏里，连续两次说的“妲己不好用”。

偏偏陈景心大，根本没看出有什么问题，看小妲己杀了人，就一通乱吹胡捧。

无心之举，最为致命。

如果她没记错的话，好像最后一拨团战，秦丹丹复活之后直接待在水晶里没出来。

陈景听到秦丹丹的话，总算不吵了：“咋了，丹姐？”

林京在这一刻，真的挺佩服陈景的。做人能心大到这种程度，也是一种本事。

过了两秒后，秦丹丹问道：“是不是不玩了？”

“这得问盛况，”陈景说，“盛况，盛况，盛况……”

屏幕里出现了一行字。

YLS.Miracle：不玩了。

YLS.Qin：那行吧，我也去打巅峰赛了。

秦余说完就退出房间了。紧接着盛况也退了，林京刚准备退，瞄见屏幕里又出现了新消息。

小卷心菜：晚上要不要一起吃个饭？

YLS.Scene：都有谁啊？

小卷心菜：等会儿我微信跟你说吧。

林京退出游戏后，发现微信有未读消息。隔了十多个小时，蒋琬终于回她微信了。

蒋琬：我已经不在北京了。

小京酱：嗯嗯，妈妈你照顾好自己。

待了会儿，林京没忍住，又发了两条消息。

小京酱：妈妈，你下次来北京的时候，可不可以提前告诉我？

小京酱：我们好久没见了。

蒋琬又不回她消息了。林京捧着手机，犹豫着要不要再发一句“我有点儿想你了”。

盛况去餐厅拿了两瓶水，回来坐下：“给我看看你的手机游戏设置。”

“啊？”林京飞速地退出微信，看了一眼盛况，然后“哦”了声，点开游戏把手机递给他。

她常玩的那些英雄，从铭文到出装，再从出装里的顺风到逆风，盛况都给重新设置了一遍。

林京有点儿想去洗手间，她看盛况还得一会儿才能弄完，就先去了。

盛况设置完退出游戏的时候，不小心滑到了微信里。她的微信停在了和她妈妈的聊天界面上。他无意地扫了一眼，正好看到了她们最近的聊天记录。

一直都是林京在说话，那个被她喊作“妈妈”的人，只回了她一条消息。很简练的一行字，不冷不热，隔着屏幕都能感觉到满满的疏离和淡漠。

洗手间里传出流水声。

盛况装作什么都没看到的样子，把她的手机放在一旁。

林京出来拿起手机，问道：“好了？”

盛况“嗯”了一声：“有什么看不懂的，可以问我。”

“哦，好的。”林京点进游戏，去看他给她设置的那些铭文和出装了。

盛况靠着沙发出了会儿神，转头望向身边坐着的人。她看没看懂那些设置他不清楚，反正她看得还挺认真的。

她的头发很软，随意地梳了个丸子头，留了很多碎发散落在脖颈上，滑进领口里。他盯着她的脑袋看了半晌，不知道怎么回事，突然很想揉一把她的脑袋。

他的指尖微动了下，这时他放在一旁的手机突然响了。

是陈景发来的消息，而且还是语音：“盛况，晚上出去吃饭不？今晚挺多人在的，你燃神也在。”

盛况说：“你燃神。”

陈景说：“你跟我急什么，你去跟‘甜甜甜甜同学’急呀。”

林京默默地坐在一旁，把他们的对话收入耳中。

陈景说：“行了，不跟你废话了，你到底去不去啊？”

盛况垂眸打字。

林京想到自己退出游戏房间之前秦丹丹跟陈景说的那些话。是秦丹丹让陈景来喊盛况的吗？她捏紧手机，忍不住朝盛况的手机屏幕上偷偷地瞄了一眼。

Miracle：谁组的局？

YLS.Scene：我不知道啊，丹姐告诉我的。

YLS.Scene：我问了蚊子他们，他们都说去，现在就差你了，你到底来不来？

Miracle：你们去吧。

YLS.Scene：啊？你不去？

YLS.Scene：那他们要是问我，为什么只有你没来，我怎么说？

YLS.Scene：说你拉肚子了，还是说你头疼？

Miracle：你就说我“社恐”。

YLS.Scene：“社恐”？您认真的吗？

YLS.Scene：那您可真是够不要脸的啊。

陈景的打字速度很快，而且还喜欢一句一句地发。

林京偷看了好几次，除了看到陈景的头像因为发消息不断地滚动外，具体的聊天内容她看不清楚。

好不容易有那么一两秒停下来了，林京还没来得及细看，陈景又开始疯狂刷屏了。

盛况把手机收了起来，摆明了不想搭理陈景了。

林京默默地骂了陈景一句就他废话多，不情不愿地把视线挪到了自己的手机上。

她并没觉得哪儿不妥，直到看完了盛况给她调的铭文和出装才反应过来。盛况去不去聚会，秦丹丹是不是故意通过陈景骗盛况过去，盛况会不会跟秦丹丹碰上面，这些都是盛况的私生活，不是她一个小粉丝该去插手的事。

她一向秉承着“远离生活，关注比赛”的心态去喜欢盛况，而且还喜欢了四年。这四年里，她的这种心态从没变过，可就在刚刚，好像开始发生变化了……跟个私生饭一样，试图窥探人家的聊天记录就算了，还不想让他去参加聚会。想到这儿，林京忍不住摇了摇头，在心底默念“不能这样，不能这样”。

四点多的时候，大家换了衣服出门了。

林京那会儿已经回楼上了，楼下的情况她也不是特别清楚，只知道一群人挺闹腾的，其中陈景的嗓门贼高，她在三楼关着窗户都能听到他的声音。

没过两分钟，整栋别墅安静下来。

平时那群男孩儿在负一层待着的时候，别墅里也挺安静的，但今天不知道是怎么了，他们笑嘻嘻地离开后，骤然安静下来的屋子让她的心情一下子变得特别低落。

林京感觉自己好像被全世界抛下了，特别孤单。她不是那种容易多愁善感的人，之所以会突然地敏感、矫情，大概还是受到了蒋琬的影响。

其实她不太懂蒋琬对自己的感情，究竟是爱还是不爱。

如果说蒋琬不爱她，可是从小到大从来没有委屈过她，最起码在物质上没亏待过她，虽然蒋琬给她的未必是最好的，但绝对是很好的。

如果说蒋琬爱她，可她在蒋琬身上感觉不到任何温暖。小时候，大多数时间是林正儒在照顾她。林正儒和蒋琬离婚的第二天，蒋琬直接去学校给她办了住校手续。住校生一个月放一次假，她一个月见一次蒋琬，有的时候还见不到。

除此之外，蒋琬还强势地割断了林京和林正儒之间的一切来往。蒋琬在家里向来是说一不二的，林京有点儿害怕她，以至于林正儒和蒋琬的婚离了大半年，林京才敢问蒋琬一句她为什么和爸爸离婚。

因为“爸爸”这两个字，蒋琬看向她的眼神冷得跟掺了冰一样，整整一个寒假都没再跟她讲过一句话，就像她高考失利那会儿一样。

手机的振动打断了林京的悲春伤秋。她叹了口气，直起身子，拿起手机点进了微信。

Miracle：晚上想吃什么？

小京酱：啊？

Miracle：我叫外卖。

林京以为他们觉得自己出去吃了，把她一个人丢在家里不太好，要特意给她点外卖。

小京酱：不用了，我自己来。

Miracle：行，那记得多叫一份。

这是看她可怜，让她多吃点儿的意思吗？林京沉默了两秒，又打了几个字。

小京酱：我吃不完。

盛况那边沉默了许久，就在林京以为他不会回自己消息的时候，手机振了一下。

Miracle：那不是还有我吗？

紧接着林京收到了一笔转账。金额还挺大，足足六百元。

林京被盛况这一系列操作搞得着实有点儿蒙。她盯着盛况刚发来的消息和这笔钱，联系起来思考了一番，自动翻译成——想吃什么就点什么，我出钱，吃不完没关系，我晚会儿回来当夜宵吃。

林京觉得自己理解得完全没毛病，她把那六百元返回去，然后开始敲字。

小京酱：不用了，我会多点一份的。

她想到现在是夏季，虽然别墅里开了空调，但还是贴心地补了一句。

小京酱：到时候给你放冰箱。

Miracle：怎么？是怕我烫着，还是我不配趁热吃？

小京酱：……

Miracle：算了，还是出去吃吧。

他这是打算晚上饿了出去吃？

小京酱：那我是不是不用给你留夜宵了？

盛况发了个语音，语气特别暴躁："我什么时候说我要吃夜宵了？"

林京刚听到"夜宵"两个字，消息就被撤回了。紧接着，一条新的语音消息发了过来。

语音里的盛况深吸了一口气，沉默了一会儿说道："我说的是晚饭，不是夜宵。你现在有事吗？没事的话，一起出去吃个饭？"

所以盛况压根儿就没跟他们出去聚会？林京又看了眼上面的聊天记录。当看到盛况那句"是怕我烫着，还是我不配趁热吃"，林京只觉得呼吸一阵不畅。

她看不下去了。她现在只想立刻收拾行李滚蛋。

手机又收到了新消息，盛况给林京发了一个问号。她犹豫了一会儿，还是没能扛得过自己的私心。

小京酱：好的。

Miracle：十分钟够不够？

小京酱：够的。

Miracle：那我叫车了？

小京酱：行的。

Miracle：嗯。

两秒后。Miracle：的。

林京看着自己发出去的"好的""够的""行的"，再看看盛况发来的"的"，反应了一会儿才懂了。

准确地说，这个"的"是和前面的"嗯"连在一起的——嗯的。

林京也没什么可收拾的，她简单地把头发重新扎了一下，套了条裤子就下楼了。

车子已经在门口等着了，盛况已经换好了鞋，倚在玄关的鞋柜处低着头刷手机。他看她从电梯里出来，就推开门，先出去了。

林京换完鞋后，看盛况在车旁等着，就快跑了几步。等她走近了，盛况拉开车门。林京道了声“谢谢”，钻了进去。

她以为盛况会坐在副驾驶座上，结果他扶着车门一动不动，她忍不住抬起头看了他一眼，他低着头看着她坐着的位置。林京默默地挪到里面。盛况总算有反应了，弯腰钻进车里，关上车门。

盛况叫车的时候已经设置好了目的地，林京上车之后也没问去哪儿。司机除了在一开始礼貌地提醒他们系好安全带以外，再也没说过话。

车里很安静，林京很心虚。尤其盛况还坐在她旁边，她感觉自己越来越虚。到最后，她实在扛不住了，开始小声地替自己找补：“我以为你跟他们一块儿出去了。”

盛况转头看了她一眼：“嗯？”

林京认真地解释了一通：“我不知道你在家，以为你也出门了。看到你发的消息，我就以为你是看大家都出去了，留我一个人在家过意不去，所以就来哄哄我。”

盛况的眼尾上扬：“哄？”

“……”

林京不懂自己说了那么多话，他为什么一下子就抓住了这个字。也是，汉字那么多，她没事用什么“哄”字。再说，人家也许就是客套地关心一下她。她非要把客套曲解成哄，显得她好自作多情。

“哄。”盛况又嘀咕了一遍，然后像是觉得她这个字用得很有意思，笑了一声。

林京被他笑得脸有点儿热。她沉默了几秒，冲着他眨了下眼睛，干巴巴地说：“我可能用词不太精准，你别往心里去。”

盛况盯着她的脸看了一会儿，“嗯”了一声。林京看他没再说话，以为这事就过去了。

车里安静了一小会儿。盛况像是突然想到了什么，又轻笑了一声：“不太精准吗？”

“……”

林京僵硬地转头看向他。

盛况懒散地靠在椅背上，看着手机里静音的比赛视频，漫不经心地说：“我倒觉得还挺精准的。”

林京的心猛地跳了一下。平时她撞到盛况，大脑就容易打结，这会儿就跟打了个死结一样，只会呆呆地看着他。

直到盛况按灭了手机屏幕，林京才受惊似的回过神，飞速地转头看向窗外。

他刚刚那话是什么意思？什么叫作“我倒觉得还挺精准的”？

他是在暗示她，就是在哄她吗？

林京的脑子里乱糟糟的，她看着窗外不断倒退的街景，小心脏“扑通、扑通”地跳着。

盛况带林京去的是一家私房菜馆，因为临时决定出来吃饭，没提前定位置，包厢早就没了。点完菜后，盛况气定神闲地继续看比赛回放，林京没吭声，也掏出了手机。

她无聊的时候，会习惯性地点进微博去盛况的超话里逛一圈。她怎么也没想到，这次竟然会在盛况的超话里看到她自己。

往超话里发帖的人是盛况的一个老粉，等级很高。

况崽今天打游戏了，跟景老板、秦余、秦丹丹，还有小京京京酱。

况崽一如既往地强，打了将近百分之五十的输出。

景老板的上单是真的水，才打了百分之十三的输出，哈哈哈！

盛况的游戏大号，每天都会有人去浏览一圈，被粉丝扒出来一起玩游戏，其实没什么好大惊小怪的。就是这位博主发的配图，让林京略感诧异。那是他们比赛结束之后的战绩截图。

截图右下方，有个水印 @ 解说秦丹丹。

林京没关注秦丹丹，但她还是挺好奇她到底发了点儿什么，就搜索了一下，进了她的微博主页。

秦丹丹发了个九宫格，最中间的是她的自拍照，八张游戏截图围绕着。

第一张是在房间里等匹配，第二张是双方十个英雄在同一页面等游戏缓存，之后的四张截图都是游戏里的，最后两张截图，一张是战绩截图，一张是输出截图。

微博文案是：好久没打游戏了，今天跟着大腿们躺了一局 @YLS.Miracle @YLS.Scene @YLS.Qin。

秦丹丹截的这八张图，全是关于第一局游戏的。其中那四张游戏里的截图，都是在她死掉的时候截的，甚至有一张带着诸葛亮的那句“妲己，别送”。

她第一局的妲己，战绩很惨，0-7-3，评分是十个人里最低的。单就这张截图，已经可以让人看出来她“菜”了。可秦丹丹偏偏还要加个输出截图，她玩的妲己，输出只有百分之四，比秦丹丹的瑶还低。

这简直就是在鞭尸。

林京逐一看完这几张截图，然后点开秦丹丹的评论区。

丹丹跟况崽居然是闺密，等级三级了，看来经常在一起打游戏啊，羡慕！

丹丹好漂亮啊！

妲己，别送！哈哈哈！求回我 @ 解说秦丹丹。

秦丹丹分别回复了“嘻嘻”，一个“玫瑰”的表情，一个“心”的表情。

最前面的两个热门评论点赞虽多，但楼中楼并不是很高，而“妲己，别送”的这个回复里居然足足有一百条。

林京犹豫了下，还是点了进去。

啊！丹女神回我了！

这个妲己是谁啊，用脚玩的游戏吗？

输出才百分之四？还没瑶多？菜鸡？

林京本来以为下午那事随着游戏结束了，没想到居然还有后续。在外人看来，她这条微博看着没什么毛病，就是单纯地随手截了几张图发出来，凑巧而已。

但林京知道，压根儿不是凑巧。她纯粹是故意的，就连回复也是。

林京抿了抿唇，平静地盯着秦丹丹的微博看了会儿，就去找心大的陈景了。

小京酱：你有秦丹丹的微信吗？

YLS.Scene：有啊，当然有，这还用问吗？

小京酱：你帮我拉个群吧。

YLS.Scene：你想认识她啊？她就在我旁边，你等着，我叫她一声。

小京酱：不用叫她，你就给我们拉个群，我有话对她说。

YLS.Scene：好吧。

不到半分钟，陈景把群建好了。

YLS.Scene：林妹妹 @ 小京酱，群建好了，你想跟丹女神说什么啊？

小京酱：你可以退群了。

陈景发了一个问号。

秦丹丹：怎么回事？

YLS.Scene：林妹妹，你把我当外人？

小京酱：无所谓，你要是不想退群也可以，但我建议你退群。

YLS.Scene：好吧。

三秒后，群聊人数从三变成了二。

秦丹丹：请问有事吗？

小京酱：嗯，有事。

林京把秦丹丹的微博直接转到群里。

小京酱：我能说，我很不喜欢你这种小心思吗？

这家私房菜馆上菜的速度是真的慢。好半天，服务员才慢吞吞地端来了一盘糖醋小排。

盛况的眼皮都没抬一下，全程盯着手机里的视频，把糖醋小排往她面前推了推："吃。"

林京看着特别乖地"哦"了一声，拿起筷子戳了块排骨放进小碗里。她低着头，一边慢慢地啃排骨，一边看了眼手机。

秦丹丹大概是没想到她会这么直接，迟迟地没有说话。

林京也不急，小口小口地咬着排骨。等她啃完第二块排骨，对方总算有反应了。

秦丹丹：怎么了？

秦丹丹：是因为热评三的回复吗？

秦丹丹：我的微博一般挺多回复的，很多时候我都不看大家具体说了点儿什么。我真的没看到“妲己，别送”那几个字，我就看到了后面的“求回我”。

秦丹丹：我真的没别的意思。

秦丹丹：你要是因为这个不开心，我给你道歉。对不起，我真的不是有意的。

林京在找秦丹丹之前，就猜到了她会这么说。

她也懒得跟秦丹丹兜圈子，本来她们也不认识，如果不是陈景，今天那两局游戏的交集都不会有。至于以后，她也不可能和秦丹丹有交集，所以也犯不着给对方留什么面子。

有句话是怎么说来着，“忍一时越想越气，退一步乳腺增生”。

林京淡定地夹了菜，一边往嘴里送，一边特别平静地敲字。

小京酱：我不是男孩儿，在我面前，你就没装的必要了吧。

小京酱：你是有意还是无意，我一点儿也不在乎。我只知道，你的所作所为恶心到我了。

小京酱：让陈景给我们拉群就是想告诉你，秦丹丹，你是真的“茶”。

林京发了个冒着热气的绿茶表情包，不等秦丹丹回复，就退群了。菜上全了，林京锁屏，专心吃饭。

盛况还在看视频，两个人都没说话，桌上一片沉默。过了没多久，几道短促的提醒声忽然响起。

林京以为是自己的手机，下意识地看了眼屏幕，漆黑一片。这才发现是盛况的手机在响。

他跟没听到似的，还在盯着屏幕看比赛，直到结束他才进了微信。不知道是谁给他发来的消息，他看得还挺认真。

他的视线没离开屏幕，一边夹菜，一边很随意地问：“刚刚跟谁聊天呢？”

“啊？”林京没想到他会突然跟自己讲话，愣了下，装作表情很自然地说，“跟一个朋友。”

“聊什么呢？”盛况的样子看起来很像在闲聊。

林京没多想，胡乱扯谎：“就随便聊聊。”

盛况“嗯”了声：“聊得怎么样？”

“……还行吧。”

盛况笑了一声："只是还行？"

林京感觉有点儿不对劲，咬着筷子没吭声。

盛况的手机还在不停地响，等他看完最后一条，才慢悠悠地抬起眼："都把人聊哭了。"

林京先是大脑空白了两秒，然后把视线挪到盛况的脸上。她跟他对视了一会儿才说："她找你了？"

"嗯。"

林京捏着筷子的指尖微微用力，视线落在了他的手机上："她怎么说的？"

不等盛况开口，林京又说："她是不是说，她不是故意回复那条评论的，说她没想那么多，就是随便更个微博，没想到居然会惹我不高兴，说她心里很过意不去，说不管怎样这次的事情是因她而起，都是她的错，请你帮忙来跟我说说，让我别生气？"

盛况笑了，没正面回答她的话，而是点了点手机："想看吗？"

林京攥着筷子抿了下唇。

看着她犹豫不决的样子，盛况失笑："想看就看。"

林京放下筷子，跟小朋友趁着大人不注意偷糖一样，慢慢地摸走他的手机。

秦丹丹：况况，下午一起玩游戏的小妲己好像不高兴了。

秦丹丹：我也不知道怎么惹到她了，感觉她对我的敌意挺大的。

秦丹丹把林京说她"茶"的那两条消息转给了盛况。

秦丹丹：况况，我发微博也好，回复也好，真的不是有意的。你也知道，我们微博粉丝多，有的时候很多消息不会看得太仔细。

秦丹丹：我觉得她是你的朋友，不想让她不开心。所以你看，要不你拉个群，我给她道个歉啊。

秦丹丹：不管怎样，这次的事情是因我而起，都是我的错。

秦丹丹：或者找个时间，我请她吃饭，我心里是真的很过意不去。

林京刚刚也就是随口一说，没想到还真都被她说中了，秦丹丹用的真是那一套说辞。

大概是因为盛况一直没回她消息，林京看信息的工夫，秦丹丹又发来了两条新消息。

秦丹丹：况况，她退群了。我加了她好友，她也没通过。我只能来找你了。

秦丹丹：况况，微博我已经删了，真的很对不起！

林京暗自在心里翻了个大白眼，把手机还给盛况。

盛况扫了眼新消息，没有要回的意思。

林京想到秦丹丹可能会来盛况这里装可怜，但她没想到秦丹丹竟会来得这么快，也没想到盛况会直接明了地跟她说这事。

林京吃了会儿饭，抬起头问道："你跟她很熟吗？"

"熟谈不上，认识那是肯定的。"盛况顿了下，说，"毕竟都是联盟的人。"

林京小声地嘀咕："感觉你们还挺熟的。"

"嗯？"

林京脱口说道："你们的游戏有标啊，都三级了。"

盛况一时间没反应过来林京说的是什么标，过了两秒才慢慢地"啊"了一声。

他对自己游戏里的那些亲密关系没什么印象，就登进游戏里查看了一番。

他平时训练都用训练号，这个大号打得并不多，就算是五排，大多数也都是陈景组的局。

他的亲密关系里，亲密度最高的是陈景，之后是兰博文，然后是李燃……不过这几个都在他的"基友"里。

"闺密"有两个，还真有秦丹丹，另一个也是位女解说。

盛况跟这两个"闺密"不经常在一起玩游戏，他想了一会儿，想起来那大概是三年前的事了。应该是联盟搞了一个直播活动，职业选手和解说一起组队开黑，当时直播着，秦丹丹和另一个女解说申请了亲密关系，还在直播间里说让他同意。

那么多人看着，还是要给人一些面子的，更何况又不是申请情侣关系。

盛况总算弄明白是怎么一回事了："好几年前的事了，直播的时候她们提的，就通过了。"

林京慢吞吞地"哦"了一声。那会儿是被恶心到了，没想那么多，现在冷静下来了，林京反而开始有所顾忌。

她沉默了会儿，问道："要不……你再给我们拉个群？"

盛况懒洋洋地问："怎么？没骂够？"

"不是。"顿了下，林京小声补充道，"就是怕你在中间难做。"

盛况懂了她的意思，他若有所思地看了她一会儿，特别漫不经心地说："我的面子这么大吗？”

“……”

就是挺普通的一件事，哪怕换成兰婷婷，她也会去顾及一下兰婷婷的感受啊。

可林京不知道为什么，盛况这句很随意的话让她莫名地觉得有点儿心虚，以至于连她自己都开始怀疑，自己刚刚所顾及的事，有点儿不单纯了。

林京避开他的视线，尽量保持镇静：“不想给你招惹麻烦。”

盛况挑了下眉：“你看我像是怕麻烦的人吗？”

林京看着他那副张扬样儿，一时间不知道怎么接。

盛况吃完饭后放下筷子，抽了张纸巾擦了擦嘴，他抬起眼皮：“再说，屁大点儿事，也叫麻烦？”

在回去的路上，林京登录游戏。她的亲密关系里设置了好几个人，基本都是她现实中的同学。她看了一眼自己和盛况的亲密关系值，才 76，要达到 100 才可以创建亲密关系。

林京遗憾地退出游戏，过了一会儿，她想到自己背包里攒了参加各种活动赠送的浓情玫瑰和亲密玫瑰，于是又登进游戏点开背包，一口气送了盛况 50 个浓情玫瑰。

一个浓情玫瑰有 10 个亲密值，她和盛况的亲密值一下子飙到了 576。

林京咬了咬嘴唇，偷偷地看了眼坐在旁边的盛况，大胆地申请了闺密关系。

林京和盛况回到家后各自回了房间。

林京先去洗了个澡，出来之后进游戏里看了一眼。盛况大概没登录，她的申请并没通过。

她趴在桌前，接着上午的又画了一个多小时，窗外传来一阵热闹的声音，陈景他们回来了。之后这群人大概都去了负一楼，林京好像想到什么似的进了游戏。

果不其然，盛况在线了，在跟陈景他们五排练配合。

他可能还没去看亲密关系那边的提醒信息，她的申请依旧没通过。

林京继续画画，直到十二点扛不住了，她才收手。睡前，她躺在床上，又进游戏里看了一眼。盛况还在线，她收到了一封新的系统邮件。

来自挚友的关心：您收到 YLS.Miracle 赠送的浓情玫瑰 50 朵，亲密度上升 500 点。

旁边的好友申请里，也多了一个新提示。亲密关系中，YLS.Miracle 拒绝了她的闺密申请。林京看着这两个提醒，一时间不知道该怎样形容自己此时的心情，真可谓悲喜交加。

喜的是他们的亲密值一下子飙升到了 1076，明天她再送一些玫瑰，亲密度就可以突破二级了，一起玩游戏的时候可以在十个英雄缓冲的界面上显示小图标了。

悲的是《王者荣耀》这个游戏，可以设置 16 个亲密关系，其中有 5 个闺密、5 个基友、5 个死党、1 个恋人，而她不配在这 16 个亲密关系里拥有一席之地。

他还说和秦丹丹不熟。不熟的秦丹丹都可以成为他亲密关系里的闺密，而她却没这个资格。想到自己在这方面居然输给了秦丹丹，林京顿时觉得心情只剩下悲了。

她好不容易大胆主动了一次，还被拒绝了。其实申请的时候，她对自己还挺有信心的，觉得盛况跟自己挺熟的，尤其在秦丹丹面前，她感觉他是维护她的。可盛况怎么就拒绝了她？

这只是游戏里的亲密关系，现实中不认识的人，隔着网络玩一段时间，觉得相处得来都能建立亲密关系，更何况盛况和她还认识。

他直播的时候，不想驳秦丹丹面子而通过的申请，怎么到了她这里，就没这个顾忌了？难道她在他面前，连拥有个面子的资格都没有吗？

林京忍不住开始胡思乱想，越想越觉得糟心。甚至到最后，她开始后悔自己一时冲动申请游戏里的亲密关系了。

他吃饭的时候，就秦丹丹那事，对她说什么不介意，是不是实际上他还是有点儿介意的？毕竟他们都是联盟的人，毕竟他们认识那么长时间了。

林京下意识地拿起手机，翻出盛况的微信，想再解释点儿什么，却又担心是自己想多了。她实在不知道该怎么办，眼睁睁地看着手机黑了屏。连带着她的心情，也跟着变得沉甸甸的。

第十二通

为爱举白旗

KPL 秋季赛还有半个月就开始了，少年们浪了一天，第二天一早就被兰博文挨个儿喊起来开始了紧锣密鼓的训练。一直到晚上十点，大家才有了自主的游戏时间。

训练的时候，盛况都不怎么看手机。等闲了，摸出手机来一看，发现有一堆未读消息。

其中一大半都是李燃发来的。

消息太多了，而且还都是语音消息，盛况实在懒得听，很敷衍地回了个问号。

不到三秒，他的手机响了。李燃的电话打过来了。盛况翻出耳机塞进耳朵里，接听电话。

“忙什么呢，一天不回消息？”李燃不知道在跟谁聊天，键盘敲得噼里啪啦的。

“能忙什么，训练呗。”

“好吧，我还以为你干啥见不得人的事情去了，到现在还没忙完。”

“有病就去吃药。”

“啧，这么大的火气，我可不是跟你开玩笑。我是认真的，你是不是谈恋爱了？”

盛况骂了句脏话，李燃淡定无比。

“滚。”不等李燃说话，盛况又说，“有事说事，没事挂了。”

“别别别，”李燃总算跟人聊完天了，键盘声消失不见，“话说你跟秦丹丹怎么回事，她今天一大早突然哭着给我打电话，说你一晚上没回她消息，是不是生她气了。说她真的不是故意发的微博，还说她真的没想到事情会闹得这么不愉快。但是吧，说实话，你那个朋友说话是真不好听啊，哪有那么直白地骂人呀。”

盛况皱了皱眉：“你怎么知道我的朋友骂人了？”

“啊？你没看我给你发的消息吗？秦丹丹发给我的啊。”

盛况重新点进微信，拉着聊天记录看了一遍，找到了李燃发来的截图。截图的内容并不全面，只有林京骂秦丹丹“茶”和发绿茶表情包的那两条消息。

“反正秦丹丹给我打电话的时候，哭得贼可怜，我这不就来找你了吗？秦丹丹可能就是真没注意，伤害到了你那位朋友。但是你跟秦丹丹认识这么久，大家都是联盟里的人，真犯不着为了一个外人闹得这么尴尬。再说，都是成年人了，就算你真的不喜欢秦丹丹，回个消息维护下表面关系也是可以的吧……”

“是得回个消息。”盛况边说边找到秦丹丹的微信，二话不说就把她拉黑删除了，“不过得麻烦你帮忙回了。”

“你自己没加好友？”

盛况平静地说：“嗯，没有，刚把她删了。”

“……”

“而且还是拉黑的那种删除。”

“……”

“让你帮忙发的话，发你手机上了，直接截图给她就行了。”说完，盛况挂了电话，脸上没什么情绪地敲了三个字，发给李燃。

Miracle：让她滚。

HJC.Ran：……

Miracle：谢了。

青训那会儿，李燃跟盛况的关系特别好，多多少少对盛况还是了解的。

盛况这人看着脾气好像不怎么好，做事不留情面，别人让他不痛快他都会当场找回来，绝对不会隔夜。但李燃知道，盛况是有脑子的，不会不分青红皂白地妄下结论。

而且在他的印象里，盛况对女生还是比较包容的，当初那么多粉丝骚扰，甚至追到了GDT，挺过分的，他也没把那些女生怎么样，最多也就是拿着自己胡说八道几句。

当时他跟盛况一起双排的时候，还取笑过盛况："兄弟挺能耐啊，对着别人的手机宣布自己的性取向，生怕别人传的时候没证据。"

当年的盛况一点儿也不在意，就真的觉得女人离自己很遥远，压根儿不是自己那个年纪应该考虑的事情。玩个李白，把三个野拉到中间，刷个大招一起带走："女人只会影响我打野的速度。"

真要说起来，秦丹丹应该是第一个让盛况这么急眼的人。李燃心想对一个妹子发这种消息太丢人了，但还是截了图。

他本来只截了盛况发的那三个字，想了想还是把盛况的头像给带上了。虽说是兄弟，有福是一定同享，但有些难还是悠着点儿担。

秦丹丹哭哭啼啼地回了好几条语音。李燃挑了几句听，还是那一套说辞，一副自己超无辜的样子。

具体发生了点儿什么，李燃不在现场，对事情的了解也局限在秦丹丹的描述里。盛况的态度摆明了是要恶心秦丹丹，李燃也不好跟秦丹丹多说，就撤回到和盛况的聊天界面上。

HJC.Ran：话说兄弟，秦丹丹到底怎么招惹了你，让你发这么大的火。

Miracle：没惹我，惹我的小老板了。

HJC.Ran：小老板？陈景跟我提过，就你直播间的那个小房管？

Miracle：嗯。

HJC.Ran：哇！看来是真的有情况啊。

HJC.Ran：你这是上演的什么戏码，冲冠一怒为红颜？老婆大人说得对？

Miracle：让你失望了，都不是。

Miracle：李燃是傻瓜。

HJC.Ran：你才是傻瓜。

盛况懒得跟李燃对骂，主要是觉得幼稚，他就简单地回了个反弹回去的表情包。李燃还了他一个反弹回去的表情包。两人一来一回刷了会儿屏，李燃败退了。

HJC.Ran：我是不是有病，为什么要在这儿陪你做这么幼稚的事？

Miracle：你终于发现了。

HJC.Ran：是我有病，你也病得不轻。

HJC.Ran：打游戏吗？好久没一块儿玩了，整几把？

Miracle：行，我叫个人。

HJC.Ran：谁？你小老板？

HJC.Ran：况况你变了，你再也不是那个跟我最好的人了。

隔着手机，盛况都能感觉到李燃的“戏精”味。他没再回消息，直接去找林京了。

Miracle：打游戏吗？

林京迟迟没回消息。

李燃在手机里没完没了地催。

HJC.Ran：上线！

HJC.Ran：还没来？

HJC.Ran：我等你们等得花儿都谢了。

盛况以为林京在忙，就自己先登了游戏。

李燃开了游戏语音：“不是还有一个人吗？怎么就你自己？你的小老板呢？”

盛况没回他，先去给秦丹丹发了个解除闺密的请求，然后进背包，给林京送了 50 个浓情玫瑰。

“小老板……”返回房间后盛况才慢悠悠地回李燃的话，刚说了三个字，他突然在左边好友在线栏里看到了“正在游戏中”的小京京京酱，而且游戏已经进行六分钟了，“有点儿忙。”

盛况想都没想就点了“预约”，然后戳了下林京的头像进入她的主页，看了眼战绩。这不是她今晚的第一局，而是第四局，她在跟一个叫“兰兰吃蓝蓝”的妹子双排。

战绩特别惨烈，已经三连跪了。

第一局林京玩的是小妲己，那个兰兰吃蓝蓝用的是鬼谷子，学的是他的套路，两人加起来送了全队将近百分之九十的人头。

第二局和第三局估计是没勇气玩了，林京玩辅助，跟着兰兰吃蓝蓝的鲁班，比起第一局好了一些，但还是惨不忍睹。

盛况没忍住，笑了一声。

耳机里传来李燃的声音："你笑什么，你的小老板到底来不来？"

盛况说："小老板在打游戏，咱们先开一局吧。"

游戏开始，盛况打蓝。对方辅助来骚扰，他留着惩戒，完全不慌。

这时游戏里突然弹出一个消息：小京京京酱拒绝了你的"预约"，不好意思啊，下次再一起玩。紧接着他放在旁边的手机也响了一声，他随意地扫了眼屏幕。

小京酱：不了，今天跟朋友玩。

盛况停了下，蓝被对面辅助拿了。

李燃毫不留情地开骂："你干吗？有惩戒不用，居然被一个辅助抢了蓝？"

盛况看了眼训练机，蓝 buff 被抢了不说，对面的辅助还一边原地跳舞，一边头顶上还冒出一个嘲讽值拉满的对话框：抱歉。

"……"

三秒后，盛况掉头去往旁边的小野。

十秒后，盛况出现在中路带走了中野，顺道蹭了李燃一拨中线，潇洒地去了红 buff 野区。

对面辅助抢了一次蓝 buff，大概有些飘，胆儿特别肥，又去了红 buff 区，不过这次她连盛况的英雄都没摸到。盛况已经飘去了中路，又蹭了李燃一拨中线，然后进了龙坑。

盛况拿下了第一条峡谷里出现的大龙，对面的辅助被他击杀了。十三分钟就结束的游戏，对面的辅助一共被盛况击杀了八次。

李燃在盛况打出来的节奏下，发育得异常舒服，心情美滋滋的："真不愧是你，还是那么护野，动了你的野，就跟动了你老婆一样，瞬间疯魔。"

回到房间后，盛况见李燃迟迟没开新游戏："开啊。"

李燃愣了下："不等你的小老板了？"

"嗯，小老板……"盛况看了眼刚重新开了一局游戏的小京京京酱，顿了两秒，"今天不需要我。"

一起打游戏之前，林京和兰婷婷的聊天对话是这样的：

起床困难户：小京酱，甜蜜双排吗？

小京酱：来！上号！

五连跪之后，相亲相爱的两个小姐妹在返回房间后，心有灵犀地一起退出了，并给对方发了一条消息。

起床困难户：再见。

小京酱：再见。

两个菜鸡互相嫌弃了一番，一个去洗澡了，一个去刷剧了。

林京洗完澡出来，拿起手机看了眼微信。在她委婉地拒绝了一起打游戏的邀请后，盛况再也没回她的消息。

林京盯着手机看了一会儿，还是没忍住进了游戏。游戏邮箱里又有了红色的提醒，点进去依旧看到了“来自挚友的关心”。和昨天一样，盛况又送了她50朵浓情玫瑰。

她跟他的亲密度，一下子飙升到了近1600。

“……”

他又不和她设置亲密关系，一直送她玫瑰做什么？

林京沉默了三秒，点进背包，看了眼自己存的浓情玫瑰，纠结了一小会儿，还是没送，退出了游戏。下线之前，她瞄了眼盛况的ID，还显示在线。

时间还早，但林京有点儿无事可做了。她看了眼桌上的高数书，寻思了一下，还是决定关灯睡觉。她刚闭上眼，手机就响了。

盛况跟李燃开第三把游戏之前，发现林京下线了。

这局游戏匹配到的射手有点儿坑，打的时间稍微有点儿久，回到房间后，李燃迅速地点了“开始匹配”。盛况瞄到自己界面左上方有个和林京一模一样的头像在邀请自己，他想都没想就点了取消。

李燃问：“怎么了？”

“我的小老板拉我了。”

“带上……”李燃的话都没说完，盛况就已经消失了。

进入新的房间后，盛况看了一眼，开的是五排，房主是陈景，但顶着陈景账号说话的人却是江醉：“况哥。”

除了“林京”、江醉，还有紧跟着说话的秦余：“现在才四个人啊，还差一个。”

正好在这个时候，李燃求邀了。盛况点了“同意”，李燃进入房间。

江醉迅速地点了“开始游戏”，很快就匹配成功了。

盛况在四楼，“林京”在二楼。禁完英雄，盛况发了个“我打辅助”的提醒。

小京京京酱：你又要打辅助？

小京京京酱：那我是不是可以玩把中单了？

盛况瞧着屏幕，刚打完“可以”这两个字，手机里就传来了讲话声：“那我也选个小妲己吧，享受下我们林妹妹的待遇。”

是陈景的声音，他用的是林京的号。

“……”

盛况想都没想就选了镜，然后点了“帮选”。江醉刚选完英雄还没来得及确定，看到盛况的“帮选”，想都没想就帮抢了。

陈景问：“不是打辅助吗？怎么变了？”

盛况把打好的字删掉，重新敲了一句话：你怎么登了她的号？

“啊？你说林妹妹吗？

“我用的是江醉的机子，我的江醉在用。”

YLS.Miracle：你怎么登了她的号？

陈景说：“刚跟江醉排位，他没事干吃饱了撑的非要搞 101 颗星，排了十几分钟都没排进去。”

YLS.Miracle：……

在盛况寻思着自己要不要把同一句话再打一遍的时候，陈景总算说重点了：“江醉去找林妹妹要的号，说林妹妹之前在他朋友圈评论说还没有过‘荣耀印记’，这不是离赛季结束还有几天吗？反正我也要冲星星，就顺带着把她的号一起打了呗。”

盛况没说话，游戏开始了。

五个人都是职业选手，打起来跟平时的训练赛一样，配合得特别默契，基本上在前期就把对方打崩了，十二三分钟一局，等深夜两点李燃困得实在受不了的时候，林京账号的王者星星已经 40 颗了。

李燃打了个哈欠：“不打了，不打了，睡了。”

已经挺晚了，李燃这一撤，其他几个人也就散了。

盛况跟李燃双排那会儿，就回自己房间了。

他放下手机揉了揉后颈，靠着沙发坐了会儿，起身进了浴室。洗完澡后关灯，他躺在了床上。

盛况睡前没有玩手机的习惯，但今天不知道怎么回事，他破天荒地拿起手机点进微信。

他跟林京的对话，还停留在她拒绝和自己一块儿打游戏那儿。

他盯着屏幕想了想，突然有点儿后悔她拒绝那会儿，他没回消息。

这都过了好几个小时了，而且还在大半夜，就这个话题来说，没什么聊的必要了。

他没拉窗帘，窗外的光线倏然亮了一些。盛况转头往窗外看了一眼，起身来到窗边。

光是从楼上打下来的。这么晚了，林京竟然还没睡。盛况敲了个问号发给了林京。他跟有病一样，站在阳台上喂了差不多五分钟的蚊子，也没等来林京的回复。

楼上的灯没一会儿就关了，屋子重新暗了下来。盛况又喂了两分钟的蚊子，然后回了屋，顺便把窗帘拉上了。

盛况重新躺在床上，却没了困意。他就这么大脑放空地躺了会儿，手机屏幕突然亮了。

他的心一下子变得平和了很多，飞速地拿起手机，结果看到的却是陈景发来的视频。

YLS.Scene：怎么样，我操作帅不帅？

“……”

盛况把陈景设置为“免打扰”，丢下手机，闭上了眼睛。两分钟后，他重新拿起手机。

Miracle：江醉的训练机在哪儿？

YLS.Scene：在训练室啊。

Miracle：号下了吗？

YLS.Scene：什么号？

盛况面无表情地犹豫了会儿，没再理会陈景，直接起身下楼。

林京给江醉扫完码就睡了。她以为自己可能会睡不踏实，没想到这一觉睡得还挺好的，除了凌晨那会儿去了趟洗手间。

她睁开眼的第一件事就是摸手机。盛况居然在大半夜给她发了消息，只是内容有点儿莫名其妙。

林京洗漱的时候琢磨了一下，大概弄明白盛况这个问号的意思了。

小京酱：我舍友。我陪她玩。

盛况可能还没睡醒，没回她消息。

时间还早，林京背了会儿英语单词，然后下楼带着小苦瓜出门。回来之后，她做了两套高数卷，才去摸手机。

不登游戏不知道，一登游戏吓一跳。一夜的时间，她居然已经达到荣耀了。

她看了眼战绩，两点之前都是五排，两点半之后全是单排，一直打到五点多才下线。

单排战绩贼漂亮，清一色的打野位置，清一色的MVP。

"……"

林京沉默了三秒，点进微信。习惯使然，她先给江醉发了个红包。

小京酱：我是想要荣耀印记，但我也没那么急，你用不着特意花一晚上的时间帮我打上去。

红包被迅速退回。

YLS.青醉：什么荣耀印记？

林京截了个图发给江醉。

YLS.青醉：怎么就荣耀了呢？睡前不是刚刚40颗星吗？

小京酱：见鬼了？

过了会儿，江醉才回她消息。

YLS.青醉：那倒没有。

YLS.青醉：是队长。

YLS.青醉：队长大半夜没睡觉打的。

"……"

林京愣住，竟然是盛况给她打的。

难怪吃早餐的时候他都没出现，她还以为他有事出门了。

林京一时间不知道该怎么接江醉的话，沉默了半晌，最后选了个表情包糊弄过去了。

和江醉的聊天结束后，林京重上了游戏。她滑着屏幕数了数，两点半之后的单排局数有 12 局。

赢一局游戏长一颗星星，她现在有 52 颗星星，和江醉说的他们睡前的 40 颗星星是能完美对上。

不得不说，他还挺贴心的，大概是怕她自己玩游戏的时候随便输两局就掉下“荣耀”，还特意多给她打了两颗。

邮箱里有很多玩游戏送的礼包，林京挨个儿领取，看到盛况昨晚送给她的浓情玫瑰，犹豫了片刻，领取了。

一直到十一点四十，闹铃第二次响起，盛况才醒来。

他先睁了下眼，然后又闭上了，看样子像是又睡了过去，过了大概一分钟，他伸出一只手搓了一把脸，艰难地撑着身子坐了起来。

他靠着床头一脸茫然地放空了一会儿，眯着眼睛看了眼手机上的时间，慢吞吞地翻身下床。

洗完澡后，盛况清醒了很多，他头顶着毛巾走到床边，拿起手机。

林京回他消息了，就是有点儿答非所问。不过串联起之前的聊天内容，还是能勉强衔接的。

盛况不再揉头发了，垂眸看向屏幕。昨晚他就是看她卧室的灯忽然亮了，以为她还没睡才给她发的消息。

现在他再这么聊，搞得跟个变态似的，大半夜不睡觉，专门盯着人家姑娘房间的灯什么时候亮和灭。

三楼那位姑娘没撒谎，她的确是在跟自己的朋友打游戏。可他不知道为什么，总有种她在故意避开他的错觉。

盛况沉默了片刻，抬手敲字。

Miracle：嗯，下楼吃饭了。

屏幕顶上很快出现了“对方正在输入……”，但是他等了半分钟，她的消息都没发来。

兰博文看盛况还没下楼，以为他还没睡醒，打电话来催了。

他倔强地站在床边又等了一小会儿，看她依旧没回，才丢下手机去吹头发了。

吹到一半，他听到身后的手机响了一声。他动作一顿，放下吹风机，草草地拨弄了下刘海儿，转身拿起手机，往门外走。

还真是林京的消息。

小京酱：好的。

是“好的”，不是“哦”。比之前整整多了一倍的字。

盛况一边按电梯下行键，一边不爽地“啧”了一声。

盛况进餐厅后，看到大家都到了，唯独林京的位置还是空的。他拉开椅子坐下，刚想问蚊子她怎么还没下来，林京就到了。

陈景饿坏了，看到林京就嚷嚷：“林妹妹，以前吃饭你都早早地过来，这两天有点儿晚。吃饭不积极，脑壳有问题。”

陈景玩游戏的时候如果打得顺就不爱推塔，总想着“杀人”。

林京面无表情地看着他：“推塔不积极，思想有问题。”

一屋子的人大声地笑了起来。唯独盛况没笑，只是往林京这边看了一眼。

今天午饭时间聊的都是战队的事，他们跟平台签了直播合约，平台想在秋季赛开始之前让他们做场直播。

平台给了钱，这种活动他们还是会配合的，而且这种官方活动都会提前做宣传。

大家都还是懂规则的，但兰博文实在不放心，还是说了一遍：“直播的时候，别提别的平台，别跟人吵架，尤其别说脏话，和粉丝互动的时候热情点儿，别动不动就跟人搞什么PK，骂人‘菜’，说‘人家在自己面前输了多正常’之类的狂言狂语，听到没有，盛况？”

“……”

兰博文继续说：“直播记得穿队服，姜鑫贴心地给你们请了化妆师过来，差不多两点就到了。我建议你们还是去收拾下自己，别对自己的颜值那么自信。毕竟你们不像是某人，底子是真的好，哪怕就算是拍了个黑照，也有一群粉丝帮忙P图。”

“……”

这次虽然没点名，但跟直接报他的名字也没什么差别了。

兰博文的语气透着羡慕："女粉丝多就是好啊，不但有人 P 图，还有人画图，听说那个'甜甜甜甜同学'又发新图了？"

莫名被提到的林京心里一惊。

"还有就是，大家记得让自己的管理员时刻在直播间盯着点儿，看到一些带节奏的、说不好听的话的，直接禁了，官方直播千万别吵架。还有，你们直播间都设置了管理员吧？"兰博文说着，看向盛况，"你呢？有没有？要不给我和姜鑫一人上一个，晚上帮你盯着。"

盛况把嘴里的东西咽下去之后说："不用，我有。"

"我记得你以前嫌弃别人当管理员之后觉得高人一等，到处显摆和拉帮结派吵架排挤别人，就都给撤了，什么时候又搞了新管理员？人咋样？靠谱不？"

盛况无视兰博文的夺命连环问，转头往旁边看去。

住在三楼的那位姑娘，刚刚还安静地坐在他旁边吃饭，前后不过两三分钟，位置已经空了。他顿了两秒，把到嘴边的话咽了下去，问："她人呢？"

"谁？林妹妹？"陈景一边夹菜，一边自然地说，"她吃完饭就走了吧，这两天她都这样，来得最晚、吃得最快、走得最早……"

陈景心想自己这话说得还挺押韵，忍不住又补了句："估计是怕洗碗。"

陈景这人话最多，他回完盛况，就和兰博文说："前段时间加的管理员，在直播间里加的，就是林妹妹。"

"林京啊，那可以，晚上问问她有没有时间帮忙守下直播间。"兰博文看盛况半天没接话，"盛况？"

盛况疑惑了一下，但很快反应过来，低声地"嗯"了一句，又往旁边空了的椅子上看了一眼。

吃完饭后，盛况回到卧室，看到手机里多了两条消息。

小京酱：我达到荣耀级别了，江醉跟我说是你打的。

小京酱：谢谢。

盛况耷拉着眼皮敲字。

他想问"晚上有没有时间，能不能帮忙守下直播间"，字敲到一半，他停了下来。他想了会儿，长按删除键清空了对话框，重新打了几个字。

Miracle：玩两把游戏？

林京这次回得还挺快。

小京酱：不了。

小京酱：打算午休一会儿。

三楼那位姑娘这两天和平时没什么两样，照旧吃饭，照旧玩游戏，照旧撑陈景。她看上去好像什么事都没有，但就是不跟他玩游戏。

他想，大概不是错觉，林京就是在刻意避开他。

“我惹你了？”“我哪儿惹你了？”这两句话，盛况删删打打了好几遍，最后视线落在了她发的消息上。

人家姑娘说要去午休，他发这些话，跟凑上去找事一样。

盛况删掉消息栏里的话，整个人忽然躁得慌。

很烦。

而且还是搞不懂原因的那种烦。

游戏没约成，盛况就去训练营了，还带着点儿不爽的心情。

他给人的感觉不像是去练手感的，更像是去发泄的，进去之后，搞了一排敌方人偶，对着人偶一通连招地乱打。

在训练营里乱玩了十来分钟，盛况退出来，点了单排。

瞬间匹配成功，他用的游戏大号，匹配到的其他四个队友都知道他，虽然他人在五楼，但一楼一见他，就问他要不要帮抢。

他没客气，选了个李白。扳选完英雄，进入缓冲界面。盛况无意间扫了眼屏幕，正好瞄见了对面瑶的 ID 昵称——小京京京酱。

真巧。

盛况垂眸笑了。

林京本来想午休一会儿，但看到盛况发的消息后没了困意。

她在床上百无聊赖地躺了一会儿，也不知道是不是因为盛况一直说打游戏，导致她突然很想玩两把。但她怎么也没想到，她登上荣耀王者的第一把单排，就撞车了。

撞车就算了，还不偏不倚地撞到了帮她打上荣耀王者的人。

游戏开始了，林京站在泉水里僵了差不多十秒，才操控着方向盘沿着中路往外走。对面的盛况没在游戏里说话，她也就没说。

盛况今天打野还挺规矩的，前期都没来他们家野区反野。偶尔她跟着中单在中路跟他碰上，他也不怎么抓人[①]，吃完中路的小野就闪人。

前四分钟，双方一拨团战都没有，各自发育，整个王者峡谷有了前所未有的和平。

就在林京以为自己不是来打游戏的，而是来峡谷逛风景的时候，他们家的射手在发育路被抓了，一血是李白的。

具体发生了什么，她自己也不清楚，反正就是从这一刻开始，明明双方的经济没什么差别的，但他们家就是打不过盛况那边。然后随着外塔被拆，经济差跟滚雪球一样越拉越大，导致他们只能回防到高地。

她家的射手其实还是会玩的，看得出来技术不错。

林京跟着射手清兵线的时候，射手走得太靠外，被对方的上单和中单包围了，射手回不去，只能往对方家野区跑，最后实在跑不过了，就去送塔了。

她被防御塔从射手身上打下来，抗塔的是射手，她趁着这个时候往盛况他们家水晶那边走了几步。

高地塔和水晶之间，有一小处是不会被打到的。

射手死了，塔在打林京，求生的本能让林京下意识地缩在了那个死角处。

她是没死，但跟死了也差不多了，往里走是水晶，往外走是高地。她只剩三分之一的血，只要动就一定会被塔或者水晶打死。就算她不动，只要盛况这边有人回家，看到她也能随随便便把她弄死。

盛况家的射手虞姬距离复活只剩下六秒，林京心里很清楚自己来不及回城了，但还是点了“回城”。然而，她前一秒点完，后一秒盛况的李白就回泉水了，他一个飘逸的位移，落在了她面前，用剑刮了她一下，她的回城被打断了。

“……”

她默默地看着游戏里站在自己面前的李白，觉得与其被盛况杀死，还不如去送水晶。就在她操控着方向盘打算动一动的时候，游戏界面里蹦出来一句话。

[全部]YLS.Miracle(李白)：有被动吗？

林京愣了下，意识到他是在问自己的瑶有没有被动。瑶这个英雄的被动是

① 抓人指两个以上的游戏人物并肩作战，对敌方进行偷袭、包抄、围杀。通常是以多打少。

鹿灵，变成小鹿之后免控免伤。

林京看了一眼下面的被动标识，默默地打了一个字——有。

盛况没再说话，李白在地上画了个圈。林京的瑶被控了一下，瞬间变成了透明的小鹿。

[全部]YLS.Miracle(李白)：快跑。

[全部]YLS.Miracle(李白)：虞姬还有一秒复活，现在跑还来得及。

在盛况的第二句话出现在游戏界面里的时候，他家射手虞姬的头像已经亮了。

虞姬大概是震惊于盛况这种公开放水的行为，复活之后，杵在泉水里一时间忘了出来。

林京看到盛况的消息，顿了下，然后就操控着方向盘跑了。

盛况的李白站在原地潇洒地挥着剑，看着小鹿蹦蹦跳跳地从自家防御塔下经过，然后窜进了自家野区。

整个峡谷一片安静。就连林京这边高地中塔本来正在进行的团战都休战了。过了十来秒的样子，一群人总算回神了。

跟提前约好了一样，游戏界面上发的全是问号。

[全部] 橘和柠（上官婉儿）：什么情况？

[全部] 浮生未歇（虞姬）：公开放水啊？

[全部] 南音（吕布）：会玩，高级演员啊。

一群人也不打架了，开始齐刷刷地聊天。

林京看着屏幕里不断滚动着的对话，往李白的小头像上看了一眼。

面对大家的疑问，他始终没在全部频道里说过话。

而对面其他四位本来聊得很欢的玩家，一个个也都慢慢地不说话了，只有虞姬，后来在全部频道里，发了个莫名其妙的消息。

[全部] 浮生未歇（虞姬）：你确定？

[全部]入戏（马可波罗）：确定什么？

虞姬没理马可波罗，林京这边的队友也都不说话了，该处理兵线的处理兵线，该回家补血的回家补血。

双方的经济差得太多，林京这边基本上没赢的胜算，要不是盛况公然放了一回水，估计这会儿他们家的水晶已经被拆了。

大家心知肚明，只不过想要顽强地抵抗一会儿。

不知不觉中，一分钟过去了，盛况那边没打暴君，也没来攻击他们的高地。这种祥和，让人怪心慌的。

林京这边的马可波罗受不了了，在全部频道里又发了句话。

[全部]入戏（马可波罗）：怎么回事？

他这话前一秒发送成功，后一秒盛况那边就投降了。

林京眨了眨眼睛，整个人被事情的发展冲击得有点儿缓不过神来。

盛况退回游戏主页，开了个五排房间，在最近游戏中，把刚刚匹配到的那四位队友都拉了进来。

上一局的虞姬和上官婉儿一进房间就开始讲话了。

橘和柠：况神，其实输赢对我来说不重要，重要的是可以和你一起多玩两把游戏。

浮生未歇：况神，可以求个好友位吗？看在答应你投降的分儿上。

Miracle：可以。

其他人看到，纷纷嚷着也要。

眨眼的工夫，盛况的好友栏里就多了四个人。

匹配成功后，进入扳选英雄页面，上局的虞姬大概是觉得打字聊天太麻烦了，直接换成了语音："况神，上局那瑶，你想让她上分，为啥不直接带她一起玩啊？"

盛况选完英雄，才慢吞吞地打字。

Miracle：不给带。

“不给带？认真的吗？还有人不肯给你带？”

嗯。认真的。不给带，还不敢赢，怕更不给带了。

盛况没接话，在心底默默地想。

第十三通

第 23 个问题

林京对着游戏结束后的结算页面沉默了半晌，抬起手搓了搓自己的脸，回到了游戏房间。盛况已经开局两分钟了，打的依旧是排位。

林京进“荣耀局”就是想感受下单排，她实在没勇气再去这种神仙打架的世界掺和了。随后她也潇洒地开了一局，只不过打的是匹配。

游戏打到一半，兰婷婷预约她了。

昨晚的五连跪已经被遗忘了，林京毫不犹豫地同意了预约。

游戏结束后，林京被等着她的兰婷婷邀请进房间。

匹配里很多人都是来练英雄的，输赢不重要，所以经常会拖到后期。这局游戏就拖了很久，足足打了二十八分钟。

回到房间后，兰婷婷没点“开始游戏”。林京没太在意。

两人因为不在一起，玩游戏时开了组队语音，不知道是谁加了兰婷婷，她咋咋呼呼的。

“这是本尊吗？

“真的是本尊！

“啊——”

林京被她搞得头疼，刚想开口，兰婷婷邀请了一个人进房间。都没看 ID 昵称，单看头像，林京就认出了是谁。

兰兰吃蓝蓝：京京，况崽加我了，还说想跟我们一起玩几把，可以吧，

可以吧，可以吧？

兰兰吃蓝蓝：可以的，可以的，可以的。

林京看着屏幕里兰婷婷的自问自答，想到盛况曾经在采访的时候很跩地说让他匹配是不可能的，沉默了两秒，温馨提示：

小京京京酱：我们玩的是匹配。

兰兰吃蓝蓝：你们想打排位？可是我星低，不能和你们排位。

兰兰吃蓝蓝：况崽，求匹配，好不好？

Miracle：问我没用，问她。我听她的。

兰兰吃蓝蓝：小京酱？匹配好不好？好不好吗？

怎么就扯到她身上来了？盛况是不是忘记自己以前放过的那些狠话了？

林京看着屏幕里兰婷婷发的那些撒娇的话，抿了下唇，抬手打字。

小京京京酱：大前年的冬季世冠赛。

兰兰吃蓝蓝：什么意思？

小京京京酱：决赛开始之前，你接受过一个采访。

小京京京酱：主持人拿着从网上收集的50个问题，来了场“快问快答”。

小京京京酱：其中的第23个问题是，问你打过匹配吗？

小京京京酱：你说，匹配是不可能的，这辈子都不可能去当人机的。

“当初因为这句话，你还招了一拨黑粉，被一些只敢打匹配的游戏玩家追着骂了好几天……”林京打到一半，想了想，觉得这话有点儿揭短，就又删了。

盛况看着屏幕里林京一口气发来的那几行字，略微有点儿蒙。他是真不记得自己还说过这种话。他确实不玩匹配，没别的原因，就是单纯地嫌弃打匹配跟打人机一样，无聊且幼稚。

至于她提到的采访，他是一点儿印象都没有，他只记得世冠决赛那天的采访挺多的，一天见了至少十个记者。

这都过去三年多了，那个“快问快答”有点儿类似于娱乐性质的互动，当时官方采访的问题他都没走心，更何况是这种小打小闹的采访。

盛况在脑子里认真地搜索了一圈，实在是没搜到任何相关记忆点，但直觉告诉他，眼下反问她还有这回事，是很没脑子的行为。总之，这个时候配合和顺着她点儿，没错。

盛况沉默了几秒，才去敲键盘。

Miracle：嗯。

嗯？这是什么意思？

按照他的性格，当初既然放了那些狠话，现在的正确行为不是转身退房去潇洒地开把排位吗？

林京正疑惑着，屏幕里又进来了新消息。

Miracle：但我现在突然就挺想当个人机的。

Miracle：所以，带带我？

兰婷婷看到盛况最后一句话，觉得让自己的姐妹带，就等同于让自己带，于是想都没想就点了“开始游戏”。

林京被“当个人机”震惊得说不出话来，她盯着屏幕看了会儿，刚想抬手打字，游戏已经开始了，而且很快就匹配成功。他们三个人进入了选英雄界面。

都进来了，她总不能挂机，因为是匹配，林京没像打排位那样㞞得只敢去打辅助，所以就大胆地锁了个小妲己。

兰婷婷选了蔡文姬，她还没点“确定”，盛况就开了组队语音：“三楼？”

“啊……啊？”兰婷婷突然听到盛况的声音，磕巴了一下，“怎么了？”

盛况说：“辅助让给我好不好？”

“啊？好。”兰婷婷选了鲁班。

盛况选定了鬼谷子：“谢谢。”

跟之前打排位一样，盛况的辅助眼里就妲己一个人。

平时玩游戏，林京和兰婷婷两个人挺能说的，但今天她俩出奇地安静，反而是之前不爱开语音的盛况全程在讲话。

在盛况的指挥下，他们玩了五局，全赢，而林京连续五局都是 MVP。

差不多四点半的时候，他们结束了第五局游戏，回到房间。兰婷婷没开新的一局，一分钟后，屏幕里出现了新消息。

兰兰吃蓝蓝：小京酱，况崽，我妈刚给我打电话了，让我去接她。我得出门不能玩了，你们俩玩。

小京酱：嗯嗯，再见。

兰兰吃蓝蓝：拜拜。

兰婷婷离开了，房间里只剩下林京和盛况两个人。他们虽然都开着语音，但没人说话，两边安静得一点儿杂音都没有。

游戏界面就跟卡住了一样，无声无息，过了好一会儿，盛况的声音才从手机里传了过来："不开吗？"

"啊？"林京应了一声才反应过来，兰婷婷离开之后，房主变成了她。

"还是说打排位？"

林京看了眼时间，差五分钟就下午五点了。不知不觉中，玩了快三个小时的游戏了。她摇了摇头，意识到隔着手机盛况也看不到，说："不了吧。"

盛况那边一阵沉默。

林京不确定是不是自己敏感了，她觉得盛况貌似有点儿不爽，沉默了一会儿，又说："七点你不是要直播吗，这都五点了。"

"不着急，再来一把吧。"

林京看他都这么说了，就没再吭声，点了"开始游戏"。进入选英雄界面，盛况和之前一样选了辅助位。

虽然在盛况的辅助和指挥下，她的战绩看起来相当漂亮，但她毕竟不是那种游戏玩得超厉害的人，容易失误，也容易跟不上盛况开团的节奏，难免游戏时长会拖得久。

距离他开播只剩下两个小时了，吃个饭再收拾一下，时间都未必够用，要是再拖到游戏后期……

林京下意识地开口："我打辅助吧。"

盛况收住锁定英雄的动作："嗯？"

“你打野，节奏能快点儿。”顿了下，林京继续说，“怕拖太久，时间真的来不及。”

她像是生怕被他抢了英雄一样，话都没说完，就已经锁定了蔡文姬。

盛况笑了一声：“听你的。”

他本来想锁个镜，但迟疑了一下，最后在进入游戏缓冲界面之前，换成了澜。

澜这位英雄，是当前版本中很强势的一位英雄，基本上把把排位都被困在扳位里。这种英雄在排位里都能乱杀，更何况是在匹配中。

盛况是不是来当人机的，林京真不确定，但要说他是来打人机的，那也不是故意在侮辱对手。因为在他面前，别说是现在的对手了，就连他们的队友看起来都像是人机。

十分钟不到，盛况收获的人头已经有 27 个了。

随着游戏时间的拉长，对面的经济慢慢地也起来了，伤害也跟着有了。

林京基本上就跟着盛况，但盛况的英雄跑得实在太快，她难免会脱节。

对方的中单是孙膑，出的纯法伤，她在对方红 buff 区跟丢盛况之后，看到上路有兵线。他们家用虞姬打上单的边路，压根儿没有来收线的意思，跟着后羿在下路对着抢红，她一个小辅助感觉还挺顺路的，默默地跑去上路清兵线了。

她用了二技能之后，就站在兵线旁边平 A。她出的是辅助装，伤害不高，炮车打得很慢。

清理兵线的时候，会在地图上暴露自己的位置，在她快把兵线清完的时候，对面的孙膑开着二技能的加速，带着他们的射手和辅助来抓她了。

她肯定是打不过对方的，索性就一股脑儿地把能开的技能全开了。即使如此，很快她还是被对方打成了丝血。

就在她以为自己要死在这里的时候，澜的大鲨鱼出现了，然后，澜站在了她面前，游戏里还响起了一句澜的台词：“小鬼，躲在我身后。”

再后来，丝血的蔡文姬没死，对面来抓她的三个人死了。

盛况那会儿在下路打龙，由于是匹配，他玩得比较野。他的血本身就不多，现在跟蔡文姬一样，都是丝血。

蔡文姬身上挂着孙膑的一技能，大招还在冷却中，但一技能已经刷新了，她给自己加血的时候，顺道蹭去盛况身边也想给他加加血。

盛况大概是没看到她，进了草丛。她想都没想就跟了进去，然后她身上挂着的孙膑一技能炸了。把她和盛况都炸死了。

对面死掉的孙膑快乐地收获了个双杀。

盛况和林京双双无言了几秒，林京反应过来盛况那会儿不是没看到她才进的草丛，而是看到了她身上的一技能，故意为了躲开她进的草丛。

手机里传出盛况的轻笑声。

林京尴尬地摸了摸脸："我不是故意的，我没看到我身上挂着孙膑的一技能。"

盛况"嗯"了一声："故意的也没事。"

"……"

"你是我的小老板。"

"啊？"

"就算是故意让我去送塔，我也会去的。"

"……"

两人一起死，一起复活，一起从水晶出来，沿着中路带着兵线往对面已经被拆到只剩下丝血的高地塔走。

盛况抗塔，拆了高地，没等兵线进水晶，他已经先进水晶了。一眨眼的工夫，对面的五个英雄团灭了，他拿了三个人头，剩下的一个是后羿的，一个是虞姬的。

后羿和虞姬跟没赢过一样疯狂点水晶，盛况落在了林京身边。

游戏都快结束了，出于玩奶妈[①]的本能，林京还是下意识地点了三技能。

在蔡文姬快乐可爱的"呼啦呼啦"声中，她听见了盛况的声音："晚上来我直播间好不好？"

盛况的这次直播，官方宣传了差不多一周的时间，平台推荐各种资源位，能给的全给了。

盛况的粉丝早在一周前就锁定了今晚的直播，这一周他虽然没开播，但直播间里每天都候着不少人在聊天。

尤其是直播这天，刚过中午十二点，直播间里已经蹲满了人。

---

① 奶妈：在游戏团队中担任治疗团队成员，维持团队续战能力的职位。

不知道是不是因为暑假，有一群人真的很闲，不厌其烦地在直播间里刷倒计时。

晚上七点，盛况准时开播了。

他开播之前，直播间的热度就已经高到断层了，一开播热度跟疯了似的直线飙升。短短的一分钟内，他连设备都还没完全调试好，人气就已经破千万了。

很多人在刷礼物，有些大额礼物是带特效的，不是烟花爆炸，就是一辆蓝色的跑车开过，看得林京眼花缭乱不说，就连手机都明显变得有些卡顿。

开播两分钟的时候，直播间的左下角蹦出了一个小窗口，盛况露脸了。

原本就很疯狂的弹幕，这下更疯狂了。

啊啊啊！露脸了！

为况痴，为况狂，我为况况哐哐撞大墙！

盛况，一个 GDT 不要的垃圾。

呜呜呜！况崽好帅，又是为况况努力挖矿的一天！

KPL 秋季赛冲呀！况崽加油，YLS 加油！

眼尖的林京在一堆弹幕里，逮住了那位提 GDT 的黑粉，毫不犹豫地给他来了个永久禁言，顺便还在心里回撑了一句：你才是垃圾，垃圾中的战斗机。

林京这边禁言，盛况那边是会有提示的。他听见耳机里传来“咚”的一声，抬头看了眼电脑屏幕。

“小京酱”永久禁言了“gffffff03”。

那个在游戏里没回他晚上来不来直播间的小管理员，准点营业了……

盛况点了进入游戏，耷拉着眼皮笑了。

况崽笑了!!!

苏到老子了！

我居然被撩到了！

啊啊啊！我的少女心炸裂了！

咋还不退役，到底什么时候消失，想到接下来的比赛会看到你，就恶心得睡不着觉。

“恶心得睡不着觉就别睡，争取早日消失。”

在密密麻麻的弹幕中，林京逮一个黑粉，禁一个黑粉。

盛况又抬头看了眼电脑，不知道看到了什么弹幕，低着头又笑了一下。

感觉我这个妈粉要变质了！

你这个渣男，故意的吧，明知道我得不到你，还对我笑！

明明是对我笑！

一群人在疯狂地抢盛况的这个笑，林京又禁了一个黑粉。

盛况这次没抬头，一边领取游戏里赠送的那些任务奖品，一边唇角似有似无地又往上勾了一下。

别笑了，别笑了，老阿姨的心脏受不了了！

我也受不了了！

林京看着满屏飘过的“受不了”，小声地在心里嘀咕了句：“加一。”

盛况大概是有强迫症，把亮着红点的地方挨个儿点了一遍。最后他点到了好友那里，添加好友里有很多添加信息，他看都没看就切去了别的地方。大概是手抖，他无意间点进了“亲密关系”。

关系栏里，只有6个亲密关系：3个基友，2个死党，1个闺密。林京知道，那个闺密也是KPL里的一个女解说，已经有男朋友了。

她和秦丹丹玩游戏那天，秦丹丹和他还是闺密关系呢，怎么现在就没了呢？

该不会是因为秦丹丹发微博那事，他跟秦丹丹解除了亲密关系吧？

林京抿了下唇，视线落在了盛况的脸上。他表情很散漫，开播到现在有几分钟了，一句话都没说过，把好友里的红点提醒清空之后，就去打开了游戏里的背包。

他把里面能开的礼包箱子全开了，把能兑换成钻石的一些皮肤体验卡统统兑换了。

他背包里的浓情玫瑰远比她存的多多了。他依次把背包里的东西挨个儿点了一遍，能处理的都处理了，实在不能处理的就继续点下一个。点到浓情玫瑰的时候，他把数量从 1 拉满到 50，点了“赠送”。

陈景和他的亲密值最高，接下来是兰博文和李燃，再之后是小京京京酱。

他丝毫没犹豫，当着一整个直播间的人的面把玫瑰花送给了小京京京酱。

我守了一周的直播，你就让我看你领礼包？

况崽绝对有强迫症！

况崽的钻石好多啊！

为什么给小京酱送浓情玫瑰？

林京还没反应过来，就看到弹幕里有人在问盛况为什么给她送浓情玫瑰。

她也不知道自己在紧张什么，总之就突然变得特别紧张，生怕别人误会什么，到时候给盛况惹来不必要的麻烦。

她刚想在弹幕里说点儿什么帮盛况澄清下，忽然瞄见了粉丝的话。

这题我会，景老板、兰教练、燃神他们可都是况崽的好队友，为了一碗水端平，只能把浓情玫瑰送给小管理员了。

原来小管理员只是个平衡关系的工具人！

同情小管理员。

同情小管理员，加一。

抱抱小管理员，你还有我们。

对不起，打扰了，是她多虑了。

林京看着画风突变的弹幕，默默地缩回了想打字的手指。

盛况没跟人一块儿玩，而是开了单排。

匹配成功之后，他终于说了今晚开播以来的第一句话：“玩什么英雄？”

弹幕里提名的英雄五花八门。

别说是盛况随意一看了，就连一直盯着弹幕逮黑粉的林京，都看不出来哪个英雄刷得最多。

盛况在那一堆打野英雄里换来换去，无意间他点到了李白，真的只是短短一瞬，就又换成了镜。但就是这么短的一瞬，还是被粉丝看到了。

李白的胜率怎么变成百分之九十九了？

百分之百的胜率怎么被破了？

什么时候输了一局？

不是说要一直保持着百分之百的胜率，回头去申请吉尼斯世界纪录的吗？

林京看着满屏的弹幕，一时不知道说什么。下午那局排位，盛况他们那边投降了，她大概能猜出来是盛况提出投降的。但她的确忘记了盛况的李白一直保持着百分之百的胜率。

他这个账号创建了 1834 天，李白的胜率保持了 1834 天。

这些年，他玩李白玩了上千场，其中有多少场是逆风开局的，她并不清楚。但她在他直播间看到过一次逆风翻盘，当时赢的概率真的很小，可就算是那样，最后还是被他硬生生地拖到发育起来且翻盘了。

他努力维持了这么久的胜率，在今天被他亲手打破了。

还是因为她。

林京不知道该怎么形容这会儿的心情，很复杂，有愧疚，有可惜，还有一些不解。盛况这两天又是喊她打游戏，又是熬夜帮她上“荣耀”。

下午他们在游戏里碰上，他又是公然给她放水，又是投降，甚至还加了兰婷婷为好友，跑来给她打辅助。

要是说她跟秦丹丹排位的那天下午，他跑来给她打辅助是哄她的话，那这两天他的种种行为可不仅仅像是哄……

林京沉默了会儿，脑子里无端地冒出来一个词——讨好。

她被这两个字吓了一跳。

盛况这人狂得不行，“哄”这个字放在他身上已经很违和了，更别说“讨好”。更何况，他也没必要讨好她。

林京想到盛况刚刚点开的亲密关系，他该不会是故意亮给她一个人看的吧？

她瞬间脑补出一本言情小甜文的套路，男主角很傲娇，感觉到了女主角因为白莲花女配角可以做他游戏里的闺密，而自己没资格，有点儿不爽了，想去哄女主角。但碍于自己的人设和面子，又不想去低头，于是一边暗戳戳地带着点儿讨好地哄女主角，一边状似无意地在女主角面前旁敲侧击，为自己澄清。

林京摇了摇头，连忙打断了自己跑偏的思绪。

盛况拒绝她亲密关系的申请，她是有点儿失落，但不至于不爽，毕竟她就是他的一个粉丝。

要说因为秦丹丹，有点儿不爽是真的。但这点儿不爽，她自认为这两天遮掩得挺好的，没露出什么破绽，她不觉得盛况会知道。

难不成，他拒绝了她亲密关系的申请，觉得有点儿过意不去，才会这样的？

官方规定盛况的直播时长为两小时。一局游戏从匹配到选英雄再到打完，怎么也要二十分钟，算下来其实也就能打五六把。

在游戏中，时间过得很快，不知不觉中就到了九点。

一个盛况可以随时下播的时间点。

按照他的性子，开播很随意，下播也随意。八点五十分的时候，弹幕里已经有很多人在刷让他再直播会儿。

可能是粉丝的热情真的打动了盛况，他卡着九点零一分推掉对方的水晶后，大气地说了句："那就再打一把吧。"

跟他一块儿直播的，还有YLS其他几个职业选手。大家分段差不多，同一时间匹配的话，很容易撞车。

盛况这次匹配成功后，弹幕里一群人在刷。

撞车了？

好像是撞车了。

撞上了！撞上了！终于撞上了！

哈哈哈！可算是撞上了，等得我花儿都谢了。

不容易啊，景老板从七点直播，就嚷着要撞况崽的车。撞了一整晚，总算撞在一起了。

哈哈哈！景老板和况崽就是：你逃，我追，你插翅难飞！

咋好端端的，直播间突然这么热闹了？林京正一头雾水，盛况的游戏匹配成功了，跳到扳选英雄的界面。

一楼的ID，她十分眼熟。

YLS.Scene。

陈景立马就开了游戏语音："大家好，我是陈景，我的直播间ID是……"

盛况毫不犹豫地灭掉了游戏界面的小喇叭。

弹幕满屏的"哈哈哈"。

陈景开始发文字。

YLS.Scene：盛况打完这局下播，我不下播，你们可以来我直播间呀。

YLS.Scene：我的直播间ID是……

陈景在一楼，只顾着蹭盛况直播间的热度，忘记了选英雄，最后锁定了马可波罗。三楼是个路人，拿了打野位。盛况在五楼，轮到他的时候，只剩下一个辅助位。

YLS.Scene：选瑶，辅助我！

YLS.Scene：让我三杀，让我四杀，让我五杀！

在陈景的期待中，盛况选了上官婉儿。

YLS.Scene：你故意的？

YLS.Miracle：不会辅助。

YLS.Scene：你胡说，你辅助玩得很好。

盛况开了语音，陈景抓狂的声音传了过来："别信他的，他打辅助强得不得了。他那么会蹲草丛阴人的人，怎么可能不会玩辅助？”

进入游戏后，盛况一边从水晶里出来往外走，一边开了语音：“分人。”

“什么分人？”

“辅助会不会得看跟谁玩，”盛况的语气很随意，“跟你，肯定是不会。”

陈景憋了三秒，说：“什么叫跟我肯定不会，直接把‘陈景不配老子打辅助’这几个字打你直播间标题上得了。”

盛况这人什么事都敢做，林京担心陈景这么一说，盛况真的这么改。作为盛况直播间的管理员，她觉得自己有义务帮他规避一些违规行为，于是连忙打字。

[管理]小京酱：不行。

[管理]小京酱：“老子”不够文明，会被平台警告的。

游戏开始了，盛况操控着英雄，一边往陈景那条发育路上走，一边抬头看了眼电脑屏幕。

顶着管理员标识的林京，在弹幕后台里格外明显，盛况一眼就看到了。

住在三楼那姑娘，管理员当得还挺尽心尽责。他哭笑不得地低头看向游戏，然后毫不犹豫地抢在陈景前头，把第一拨兵线全吞了。

没吃到兵的陈景，又是一通乱叫。

盛况跟没听到似的，飘去了对面的野区，趁着对面的打野还没过来，跟强盗一样把人家上半个野区一扫而空。

暂时无兵线可吃、无野可打，盛况想到小管理员刚发的那两句话，抬手在屏幕上敲了几下。

随即，直播间的名字改了——陈景不配我辅助。

哈哈哈！还真改了。

哈哈哈哈！终究是景老板不配了！

在满屏的“哈哈哈”中，林京盯着盛况改完的直播间名思考了两秒，又打了两句话。

[管理]小京酱：应该把“我”换成“盛况”或者“Miracle”。

[管理]小京酱：不然直播间的人气会下跌的。

盛况已经四级了，他越塔强杀了对面残血不回家的射手，又抬头看了眼屏幕。他没忍住，嗤笑了一声：“行吧，听小管理员的。”

林京听见“小管理员”这四个字，下意识地挺直了腰背，就跟上课被老师点名的学生一样。她意识到盛况那边看不到自己的反应，急忙捧着手机打字。

[管理]小京酱：什么？

随着她这条弹幕发出去，直播间里传出了几道清脆的键盘敲击声，然后名字又被改了——陈景不配 Miracle 辅助。

陈景刚刚在专注地打游戏，一直没来得及看弹幕，趁着回家补血的时候看了一眼弹幕。

“不是吧？我跟你闹着玩的，你还来真的？

“什么叫不带盛况的名字直播间的人气会下跌，这是间接地说我人气不如盛况吗？

“我心态崩了啊，盛况一直吞我兵线就算了，还降维打击我……我给你打了这么多年的辅助，你给我打一把辅助怎么了？怎么？难道只能给林……”

陈景意识到自己险些在直播间把私事给说出来，急忙收声。

正好又碰上一拨团战，他及时地换了话题：“卖了上官婉儿，卖了上官婉儿……”

陈景可真是个大嘴巴，险些把“林妹妹”在他和盛况两边的直播间里飙出来。

林京紧张地盯着弹幕，生怕有人眼尖地捕捉到什么不对劲。

好在盛况和陈景这会儿很有梗，大家的注意力都在他们打游戏闹出来的快乐中，没人察觉到陈景刚刚那话有什么不对劲。

虚惊一场的林京长松了口气。

在团站中丝血逃生的盛况，落进旁边的草丛里，“嗯”了一声，按了“回城”。

陈景问：“嗯什么嗯？”

盛况没说话，等血满后，又潇洒地飞出了水晶。

弹幕里也有一群人问盛况突然“嗯”什么，林京被大家问得也有点儿好奇。

直到游戏快结束的时候，她才大概有点儿明白盛况那声“嗯”是怎么回事。陈景那话说了一半，如果她没猜错，完整的对话应该是这样的——

“难道只能给林妹妹一个人打辅助？”

“嗯。”

虽然这只是林京的猜测，可她抓着手机的指尖还是忍不住收紧了一下。

游戏在第十七分钟的时候结束了。陈景的评分在十个人里最低，最后一拨团战还被盛况卖了一次。

他一个马可波罗，实打实的射手位，被盛况生生折腾成跟辅助差不多。

回到游戏主页面后，盛况左下角的私信亮了，是陈景的消息。

YLS.Scene：你可真厉害，见过卖辅助的，头一回见卖射手的，绝交吧。

不少网友在两个直播间来回切，弹幕刷得比打游戏那会儿更快了。

景老板怒了，怒了！在直播间扬言要删掉况崽这个游戏好友了。

哈哈哈！多大的人了，还玩绝交，好幼稚哦。

不是扬言删好友，是已经删了，还说绝对不可能加回来。

真删好友了，况崽快去哄哄吧。

盛况说好了刚刚是最后一把，就真的是最后一把，没再开游戏的意思。

他下播之前扫了眼电脑弹幕，看了眼游戏里的好友栏，见真没了陈景，“啧”了一声，然后在游戏里重新请求添加陈景为好友。

陈景秒拒绝。

盛况继续加。

两人这一来一回的互动，引得直播间弹幕刷得更疯狂了。

在线围观况崽哄景老板。

天啊，况崽那么跩的一个人，居然这么有耐心地一直加景老板！

景老板，我劝你不要不识好歹，赶紧给我和好。

两个人反复了几次之后，陈景终于通过了盛况的好友申请。

YLS.Scene：怎么？知错了？

YLS.Scene：让我原谅你，也不是不可以。

YLS.Scene：以后我打中路，你打野，不能蹭我兵线。以后我打发育路，你打野，不能抢我人头。以后我打抗压路，你打野，必须第一时间过来帮我抓对方。

YLS.Scene：做到以上三点，我就原谅你。

YLS.Miracle：……

YLS.Miracle：你想多了。

YLS.Miracle：我重新加你好友就是想告诉你，删我好友之前，先把前几天你跟我 1V1PK 欠我的皮肤送了。

YLS.Scene：啊——

YLS.Scene：你走开，你有毒，你离我远点儿。

YLS.Scene：我再跟你一起打游戏，我就是狗。

YLS.Miracle：上次你也是这么说的。

YLS.Miracle：说再跟我一起打游戏，你就是傻子。第二天下午，你就拉我五排。

YLS.Miracle：我知道你在直播间骂我，而且还要再删我。

YLS.Miracle：删前记得把皮肤送了。

YLS.Miracle：实在不行，折现转我卡上，给你打八折。

笑死我了，求景老板和况崽以后直播，就直播聊天吧。

看他们聊天，可比看他们打游戏有意思多了。

况崽永远都不会让我失望，酷跩的人，哄人？不存在的。

莫名地有点儿好奇况崽活这么大，到底哄过人吗？

也许不是况崽跩，不想哄人，而是不会哄人。

老天是公平的，就没赐予他哄人这个技能。

看着弹幕，林京默默地在心里回道：会哄人，也哄过人，而且贼会哄。

在一众粉丝聊得正起劲的时候，盛况懒洋洋地抛了句“下播了”，然后直播间就黑了。

跑得这么快?!

连个“再见”都没说，就下播了?

况崽再见，期待下次直播!

主播已经不在了，还有一群人在发消息。林京逗留了片刻，也走了。

两个多小时，她一直都保持着精神高度集中的状态，寸步不离地守在盛况的直播间里，连口水都没顾上喝，手机耗没电了不说，人也耗渴了。

她给手机充上电，就下楼去找水了。

她不是特别喜欢喝饮料，但蛮喜欢喝一个牌子的无糖气泡水。

她住进这个别墅第七八天的时候，看到网上有这个气泡水的满赠活动，就买了三箱，放在一楼的餐厅里。她有事没事就会去摸一瓶，偶尔陈景他们也会喝。

本来她是想喝点儿凉白开的，但是看到架子上放着的气泡水，想了想还是踮着脚尖去够。

当时气泡水买得有点儿多，被阿姨摆了三排。

现在就最上面那一排有，林京拼命地够了两次都没够到。她正准备转身去拉个椅子，突然一只手从她耳边伸了上去，轻轻松松地拿了一瓶下来。

她愣了下，回过头。

盛况站在她身后，慢吞吞地拧开气泡水的瓶盖，递给她。

林京接过来，小声说：“谢谢。”

盛况没说话，抬手又拿了一瓶气泡水，放在了最下面那一层架子上。

他就站在她身后给气泡水换位置，两人离得有点儿近，林京不自在地往旁边挪了几步，稍微和他拉开了一点儿距离。

她不知道该说点儿什么，就垂着眼皮吞了口气泡水。味道有点儿不对劲，不是她平时喜欢喝的桃子味的。该不会是过期了吧?

林京蹙了下眉，低头去看包装。

盛况突然说：“桃子味的没货了。”

林京转头看过去："啊？"

盛况把最后一瓶气泡水放在最下面的那层架子上："昨天下单的时候，只有这个口味的。"

林京眨了眨眼睛，发现手里这瓶是柠檬味的。

她愣了下仰起头，看到盛况挪到下面那一排架子上的气泡水，清一色的柠檬味。

她买的气泡水喝完了？什么时候喝完的？那她之后喝的那些气泡水都是他买的？

林京沉默了一会儿，转头看向盛况。

盛况拉开冰箱，慢悠悠地从里面拿出一瓶矿泉水，一边拧盖子，一边抬起眼皮往她这边看了一眼："明天桃子味的就到了，你先将就一下。"

林京"哦"了一声，低头默默地喝了两口气泡水。

她没上楼，盛况也没要走的意思。

餐厅里一片安静，过了一小会儿，林京忍不住又往盛况那边看了一眼："那个，我买的那些气泡水，是不是早就喝完了？"

盛况迟疑了一秒说道："嗯。"

林京眨了下眼睛："后来的那些气泡水都是你买的？"

"嗯。"

他承认得很干脆，林京反倒一下子不知道该说什么了。

现在想想，她买的那些气泡水的确早该喝完了。

一箱也就十二瓶，别墅里这么多人，你摸一瓶，我摸一瓶，她那三箱最多也就撑一周。

她在这儿都住了快四十天了，少的时候每天来这儿拿一瓶气泡水，多的时候会早、中、晚各拿一瓶，竟然一直都没发现哪儿不对劲。

林京沉默了一会儿，看向他："那个，你买了多少箱啊，多少钱，我转给你。"

"不用，"盛况顿了下，"就当是今晚的谢礼了……辛苦了，我的小管理员。"

第十四通

无效捉迷藏

回到房间后，林京才发现盛况在下播之后给她发过一条微信。

Miracle：谢了。

看到这两个字，林京就想到了盛况的谢礼，紧接着又想到了“我的小管理员”。

她的耳朵不争气地开始升温，她抬起手捏了捏耳尖，才低头去敲键盘。

小京酱：不客气。

她想到在楼下，他说完那句“辛苦了，我的小管理员”之后，她愣了半天，干巴巴地“哦”了一声，就指了指楼上示意自己要回去了，然后不等他有反应就撒腿跑了，于是就又打了几个字。

小京酱：也不辛苦。

Miracle：嗯。

按照以往的经验，聊天到此结束了。但是今天，林京迟迟没退出和盛况的聊天界面。她纠结了会儿，最后还是没忍住。

小京酱：下午那场排位赛，是不是你让大家投降的？

Miracle：嗯。

还真是他提出来的……林京抿了抿唇，继续打字。

小京酱：你干吗投降啊？

Miracle：不敢赢。

还有他盛况不敢的事？林京看到盛况发来的消息，下意识地甩了个问号，紧接着就怀疑是自己的眼睛出了毛病。再三确定不是自己眼花之后，她一通疯狂地打字。

小京酱：有什么不敢的？我又不在乎输赢，而且我输习惯了，赢了我才觉得有鬼。

小京酱：再说，你李白的胜率保持了那么久……投降了多可惜啊。

Miracle：那也不敢赢。

Miracle：怕新赛季还没来，小老板先跑了。

小京酱：……

林京不太明白，他怎么就觉得她要跑了。

小京酱：老板跑了可以再找，胜率没了就再也回不来了。

Miracle：那不行。胜率没我的小老板重要。

Miracle：再说，第一次找老板，我怎么也得伺候好。

这话让林京一时间不知道该怎么接了，她正绞尽脑汁地想着怎么回，手机屏幕里又进来了一条消息。

Miracle：你觉得我伺候得怎么样？

林京虽然知道他指的是游戏，但脸还是忍不住有点儿热。这话问的，太让人浮想联翩了。

林京拍了拍自己的脸，装成没想歪的样子，打字回道：挺好的。

Miracle：那被伺候得开心吗？

怎么这话越说越不正经了，林京一边强迫自己正经，一边老老实实地回：还挺开心的。

要么是被他带着杀人，要么就是躺赢，游戏体验简直不要太好，换谁都会觉得很快乐吧。

Miracle：那明天要不要继续开心？

林京愣了愣。

Miracle：明天打完训练赛，我就来伺候你，好不好？

Miracle：小老板。

林京实在绷不住了，她丢下手机跑进洗手间，捧着冷水拍了好几次脸，确定自己脑子里没什么邪念后，才慢吞吞地回到床边，拿起手机开始回消息。

小京酱：要是明天早的话，可以，晚的话，你还是要去休息的。

小京酱：还有，你不是陪玩，我也没花钱。严格意义上来说，我不算老板，你不用这么对我。

Miracle：嗯，小老板。

“……”

盛况这回复，像极了“你说得都对，但我不打算听”。

她感觉自己说了也白说，就干脆不说了。

大概是跟盛况聊得有点儿多，她一时没收住，再发消息的时候就有点儿不经过大脑。

小京酱：你都拒绝了我的亲密关系申请，为什么在游戏里还一直给我送花？

消息发出去之后，林京才反应过来自己问了什么，飞速地点了“撤回”。就这么几秒的时间，他应该没看到吧。

申请亲密关系被拒绝本来就闹得她挺尴尬的，她不说他不提，最多也就她一个人偷偷地不自在两天，这事就过去了。

在今晚，其实这事差不多已经算过去了。

她大概是被他一句一个“伺候”弄得脑子有点儿不清醒，竟然什么话让人尴尬问什么。

万一盛况就是单纯地不想跟她建立亲密关系，她这么一问，显得她好不识相。林京捧着手机，忐忑不安了好一会儿，见聊天界面始终安安静静的，这才渐渐地放下心来。

看来是她撤回得足够快，他根本没看到。时间不早了，她放下手机去洗澡了。

等林京再拿起手机的时候，已经差不多是四十分钟之后了。微信里有两个红色未读消息的提醒。

Miracle：麻烦。

第二条消息是语音，盛况说：“解除亲密关系之后，最起码有七天不能建立新的亲密关系，太麻烦。”

林京愣住，过了一会儿她才反应过来那条被迅速撤回的消息还是被他看到了。又过了一会儿，她开始犯嘀咕了。

他那话是什么意思？怎么建了亲密关系之后还要删除？七天不能建立新的

亲密关系，是解除原有的亲密关系之后，还要再建立别的亲密关系的意思吗?

她申请的是闺密关系，难道他并不想要闺密关系？那他想要什么？基友?死党？这三个没什么差别啊……总不可能是恋人吧?

林京对自己很无语，能不无语吗？她一个万年不变的妈粉，成天在想什么乱七八糟的东西。

林京收起自己的这些邪念，盯着屏幕看了会儿，回了个：哦，晚安。

盛况回了个“晚安”后放下手机，继续在电脑上搜索自己大前年的采访。

他搜的关键词很杂，“盛况采访”“Miracle 采访”“Miracle 快问快答”“Miracle 匹配”……

这些信息被他排列组合后在各大平台里搜索，搜了很久，总算找到了一个完整的视频，还是在他的超话里找到的。视频发布时间是大前年，热度很低。

他调高电脑音量，点击视频开始播放。

那会儿他看起来比现在要瘦弱一些，但脸上的肉却比现在多一点儿，显得很“奶气”。他穿着 GDT 的队服，坐在休息室的沙发上，低着头在摆弄手机。

面对主持人一个接一个的问题，自始至终他眼皮都没抬一下。

视频挺长的，主持人问的好多问题都挺无聊的，但他没开倍速也没快进，就这么面无表情地盯着视频里的自己看。

主持人每问一个问题，他就在心底默记一个数。

不知不觉中，他数到了 22，然后第 23 个问题来了：“一个昵称为‘小兔子乖乖’的网友问，每次去看况况的战绩，发现都是在打排位，很好奇况况有打过匹配吗？”

正低着头抽水晶的他蹙了下眉，像是嫌弃这个问题很弱智一样：“匹配是不可能的，这辈子都不可能去当人机的。”

随着这句话钻进盛况的耳朵里，他忍不住轻笑了一声。住在三楼的那个姑娘可真够关注细节的。

这么冷门的一个采访，能记住是第 23 个问题就已经很让人惊讶了，她居然连他回答的话都能一字不差地复述下来。这得多关注他，才能做到这种地步?

盛况的嘴角一点儿一点儿地扬了起来，他实在没忍住，微垂下头又笑了。

放在电脑旁边的手机突然响了，是陈景打来的电话。他努力地往下压了压唇角，拿起手机接听。

“怎么拨成视频电话了？”陈景看到盛况的脸，吓了一跳，然后不等他说话，紧接着说重点，“秦余嚷嚷着要吃夜宵，我们打算点小龙虾，你要吃吗？”

盛况往屏幕里看了一眼，陈景的脸几乎贴到镜头上了：“不吃。”

“好吧。”陈景正准备挂电话，瞄到盛况嘴角挂着的笑，“你……”他刚想问你笑什么，就听到了盛况电脑里传来的对话——

主持人问：“你觉得你帅吗？”

盛况答：“挺帅的。”

陈景顿时收住了到嘴边的话，隔着屏幕不可思议地瞪着盛况看了两秒：“你好自恋啊！

“早早地下播回楼上，就为了偷偷看自己的采访，听自己夸自己帅？

“而且还能听到开心地笑起来，真是绝了……”

盛况实在不知道该从哪儿解释起，沉默了几秒，直接把视频电话挂了。

他本来也不是为了看自己的，看完了林京说的那些话，就直接关掉了这个视频。

在他的电脑上，微博长期处于登录状态，回到主页后，他扫到消息栏里的提醒，就顺手点了进去。

“甜甜甜甜同学”更新了动态，很多粉丝 @ 他过去看。他顺藤摸瓜地点了进去，盯着新图看了几秒，“啧”了一声，刚想关掉微博，手指点上鼠标的那一刹那，他停了下来。

他看了眼旁边的手机，沉默了十来秒，戳进了“甜甜甜甜同学”的私信。

今天一天，大家都挺忙的。

盛况他们的训练赛从上午十一点半打到下午一点半，之后是漫长的训练赛复盘。

至于林京，慈善机构那边也有一些事情需要她处理。不过和楼下的人相比，她好多了，忙到下午三点就没什么事了。

她看了会儿书，逛了会儿微博，实在找不到什么快乐后她点进了游戏。

兰婷婷不在线，她只好一个人去玩了。

林京本来是想开把排位的，但是不知怎么就想到了昨晚盛况跟陈景打的那一把。盛况用的上官婉儿，有好几次操作特别漂亮，堪称“天秀”。林京就心痒地开了匹配，并且不知道谁给了她勇气，选了上官婉儿。

她看盛况直播那会儿觉得自己学会了如何操控上官婉儿，但实操起来，发现还是有相当大的差距的。

她觉得自己可能会玩得不太好，但清个兵线，跟着队友混混助攻，运气好了抢个人头，也不至于坑到哪里去。

但事实上是她想多了，盛况的上官婉儿起飞必拿人头，而她的上官婉儿还没飞起来就死了。开局不到六分钟，她送了四个人头。

他们家打野的是镜，还挺强的，就是脾气不大好。在她频繁地死了两次之后，他开始吞她的兵线，甚至等她死后，路过她“尸体”的时候，来个“呵呵，打得不错哟”的嘲讽。

林京当然知道自己被人嘲讽了，换平时她肯定会还回去的，但这次自知理亏，她默默地没敢出声。

在游戏进行到十分钟的时候，她第六次死掉之后，镜再也忍不下去了。

全能奥特曼（镜）：上官婉儿，请问是谁给你的勇气，让你敢来玩上官婉儿的？

林京装没看到。

镜一直标记她，且时不时地在游戏界面发一句——上官婉儿？

大概是一直没得到她的回应，镜开了语音，是个男生：“上官婉儿，你是不是把我的文字消息屏蔽了？”

他不提醒还好，一提醒，林京立刻把其他九个人的文字消息都屏蔽了。

镜问道：“上官婉儿，你不会连游戏语音都关了吧？”

林京关掉了小喇叭，然后揣着一种“我什么都没看到，什么都没听到，就等于没人吐槽我”的心态，以 0-10-1 的战绩结束了这场游戏。

她看着自己这个简直可以用惨不忍睹来形容的战绩，想到盛况约了自己晚会儿打游戏。

万一到时候盛况就在她旁边，在帮她调铭文或者设置装备的时候，无意间点进她的战绩，看到这一幕的话，那她岂不是要丢死人了？

虽然这种可能性不大，但不代表没有。

林京沉默了一会儿，想到战绩表里最多只会保留三十场游戏数据，于是咬咬牙跑去打难度最低的人机了。

原因很简单，打人机能赢，还耗时短。

奋战完三十把人机，正好盛况他们也忙完要吃晚饭了。

林京看着一排胜利的人机战绩，确定自己那个尴尬的 0-10-1 在战绩表里消失不见了，这才放心地退出了游戏。

晚上八点半，盛况喊林京上线。

林京刚登录游戏，盛况的邀请消息就弹了出来。进入房间后，林京听见了盛况的声音："下午怎么打了这么多把人机？"

谢天谢地，还好她打了。林京一边默默地想，一边开麦心虚地说："就无聊，随便玩玩。"

盛况"嗯"了一声，像是信了。

盛况没喊别人，就他们两个人，这会儿不知道怎么回事，排了将近两分钟才排进去。进入扳选页面，林京连其他三个人的 ID 都还没看清楚，一楼的人就说话了。

全能奥特曼：哥。

Miracle：嗯。

林京心想一楼的人挺有意思，一进房间就喊"哥"，而盛况更有意思，人家喊"哥"他就应。

全能奥特曼：哥，你单排？

Miracle：不是，双排。

全能奥特曼：跟谁啊？

Miracle：四楼。

林京看着他们两个人你一言我一语地聊天，眨了眨眼睛。

小京京京酱：你们认识？

Miracle：嗯，我表弟。

轮到他们选英雄了。

Miracle：帮四楼先选。

全能奥特曼：好嘞。

林京选了瑶，从四楼变成了一楼。从一楼跑到四楼的全能奥特曼问道：哥，我打野可以不？盛况表示可以。

全能奥特曼拿了镜，盛况补位拿了射手。

进入游戏后，镜直奔蓝 buff 区，他打完蓝区就去抢中路的野，法师过来帮他，他发了个“谢谢你”就去打红了。对面的抗压路来红区骚扰镜，中单清完兵线过去支援，镜又发了个“谢谢你”。

这一幕似曾相识，林京一时间没想起来。她着急升四级好去跟盛况，看镜打野就凑过去蹭经验。

镜打的是一只小野，打着打着他突然停了下来。过了三秒，屏幕上出现了一行字。

全能奥特曼（镜）：0-10-1？

0-10-1……

这战绩怎么和她下午那把上官婉儿一模一样？

这个镜该不会就是那个下午在游戏里每次经过她都要嘲讽一句“呵呵，打得不错哟”的镜吧？

林京被自己的联想力逗笑了。世界这么大，哪有这么巧合的事，她以为自己在演电视剧啊。

镜发完消息之后，快速地收掉残血的小野，见站在自己身边的瑶没接自己的话，围着她不断地点“回城”。反复几次之后，他按捺不住了，又开始在游戏里发消息。

全能奥特曼（镜）：你是不是下午那把匹配里，那个坑我的战绩为0-10-1的上官婉儿？

林京的笑容瞬间凝固。她的手一抖，险些把手机丢出去。她瞪着游戏界面里的那句话，表情僵硬得跟不认识这些字一样。

她倒是希望自己不认字，这样她就可以心安理得地当成什么都不知道。

林京的瑶升到四级了，她盯着一边围着自己转一边疯狂地对着她发“呵呵，打得不错哟”的镜看了两秒，抿了下唇，转身往盛况的马可波罗身边跑去。

反正没人接他的话，除了他和盛况之外，还有中单和上单，只要她不吭声，盛况也许会以为他表弟说的是另外两个人中的一个。

全能奥特曼（镜）：说你呢，瑶。

全能奥特曼（镜）：你跑什么跑，你到底是不是下午那个上官婉儿？

奔向盛况的瑶硬生生地停在了中路塔下。这一刻，林京欲哭无泪。她很想问问上天，她上辈子到底造了什么孽，才会这么三番五次地在盛况面前翻车。

她就只想在自己偶像面前维护下自己的形象，怎么就这么难呢？

跟下午一样，由于她一直没回消息，镜开语音了：“瑶，你是不是跟下午一样，又把我的文字消息屏蔽了？”

林京条件反射地想像下午那样把镜屏蔽掉，她还没来得及，游戏里又传来了镜的声音：“哥，你让你那个战绩0-10-1的朋友开语音。”

林京想到自己一旦屏蔽了镜，就不知道他跟盛况说了点儿什么了，她抿了下唇，打消了屏蔽的念头。

盛况没理镜，镜打了一拨团战，趁着回城补血又开了口：“等我拿iPad进王者助手里查查战绩。”很快，镜又讲话了。

“哈哈哈，果然是你，0-10-1，别人超神，你超鬼。

“0-10-1，你打那么多把人机干什么？

“我数数多少把啊……”

林京感觉自己此时此刻不是欲哭无泪，而是直接要哭出声来了。

她就很纳闷自己下午跟个傻子一样，捧着手机累死累活地在人机里奋战了三十把，到底在图什么？难道就图她人机能拿个 MVP？图她这会儿被人在游戏里当着面数打了多少把人机？

林京在退出和不退中间挣扎了十秒，选择了前者。她刚想点大招，从镜开口说话到现在一直没什么反应的盛况，突然一个二技能位移进草丛里。

他站了大概两秒，游戏界面里出现了新消息。

YLS.Miracle（马可波罗）：于周，打完这把来把 PK？

全能奥特曼（镜）：好啊，哥。

YLS.Miracle（马可波罗）：速推。

全能奥特曼（镜）：OK。

被盛况喊作“于周”的镜没再说话，专心致志地去打游戏了。整局游戏耗时不到十分钟，对方的水晶就被他们家给拆了。

游戏结束后，林京想到盛况跟他表弟约了“1V1”PK，就没返回房间，直接退回到游戏大厅。

她正准备去给盛况留个言，告诉他打完了她再上线，她的手机突然振了一下。

Miracle：来观战不？

小京酱：可以啊。

林京以为他指的是在游戏里观战，刚想告诉他他的游戏观战是关着的得打开，屏幕里又进来了一条消息。

Miracle：那你下来。来二楼我的房间。

林京有点儿蒙。她是想观战，可她怎么也没想到他的观战是观实战。

她转头看了眼窗外黑咕隆咚的天，心想这大半夜的，她去他房间是不是有点儿不太合适啊。她整个人还没从这种出乎意料的剧情中缓过神来，盛况的消息又过来了。

Miracle：下来没？

林京沉默了两秒，捧着手机打字。

小京酱：马上。

Miracle：嗯，我去电梯口等你。

“……”

林京搞不清该如何形容眼前这种情况，她到底该用“受宠若惊”还是“恐怖如斯”。

但她没能抵得住诱惑，都跟盛况说“马上”了，总不能现在矫情地找理由说不去。再说，以盛况的情况，他看她，估计就跟她看兰婷婷一样……

林京让自己不断胡思乱想的脑子停了下，意识到自己想太多了。盛况之所以喊她去他的房间喊得那么自然，是因为人家压根儿就没那种歪心思。

她把这么重要的信息忘了不说，竟然还有那么一瞬间寻思着大半夜的，自己一个女孩儿去一个男生的房间会不会太危险。

现在想想，真要论危险，盛况好像更危险一点儿吧。

林京尴尬地揉了揉脸，拿着手机出了门。

到了二楼，电梯门打开，林京一眼看到了对面靠着墙壁等她的盛况。他一手拎着气泡水，一手拿着手机在听语音。

“哥，你还没好吗，哥？”

听声音，林京辨认出是游戏里的那个经过任何人都喜欢放个聊天框刷存在感的镜。

盛况抬起眼皮，先看了眼从电梯里出来的林京，然后回了个“马上”，就站直身子，带着林京往自己的房间走去。

这是林京住在这儿一个多月以来第一次进盛况的卧室。

他卧室的整体格局和她住的那间差不多，都有独立的卫生间、衣帽间，不过他的房间是她的放大版。

她放化妆台的地方，在他这边被改成了书桌，椅子也换成了电竞椅。

他走到桌前，把气泡水放在上面，然后敲了敲电竞椅，示意她坐。

林京正在偷偷摸摸地观察盛况的卧室，急忙收回乱飘的视线，乖乖地走过去，坐在了电竞椅上。她这才发现，他的手机投屏到电脑上了，她能同步看到盛况手机上的内容。盛况坐在她身后的一个单人沙发上，登录游戏。

他一进去，立刻被全能奥特曼拉进了房间。两个人没磨叽，直入主题选英雄。

盛况那个叫于周的表弟，大概就镜玩得好，又选了镜。而盛况……选了上官婉儿。

林京想到刚刚那把排位里的“社死”名场面，默默地吞了口唾沫，反复地在心里给自己做建设。多大点儿事，只要她不尴尬，尴尬的就是别人。

游戏开始了，两个人用的是王者峡谷地图，只走中路线，PK 的原则是不推塔只“杀人”，最后谁的兵线先把对方的塔推掉就算谁赢。

四级之前，两人都在发育，盛况抢到了中路的小野，比于周先升的四级，然后于周就死在了塔下。

[全部] 全能奥特曼（镜）：优秀！

盛况没理他，清完兵线后给了于周一个回城的假视野，然后就进了草丛。他等于周把技能用给兵线之后，从草丛里飞了出来，打了于周一个措手不及，直接将他杀死。

[全部] 全能奥特曼（镜）：哥，你不是回城了吗？

于周复活，盛况为了不让他的塔被推掉，给他留了清理兵线的时间，然后兵线前一秒清完，后一秒于周又被送回了家。

[全部] 全能奥特曼（镜）：哥，你让着我点儿。

盛况没说话，站在倒下的镜的“尸体”身边，频繁地点“回城”。这一幕像极了刚刚在排位里林京不理于周、于周围着她点“回城”的样子。

[全部] 全能奥特曼（镜）：哥，不带嘲讽的啊，哥。

接下来，于周依旧是复活清兵线，然后被杀。他每次死，盛况都会发个“呵呵，游戏打得不错哟”的对话框。

[全部] 全能奥特曼（镜）：不玩了，哥，打不过了。

[全部] 全能奥特曼（镜）：你让我杀你一次吧，哥，求你了。

[全部]全能奥特曼（镜）：哥，你过分了啊，直接在高地塔这边守着我复活然后杀我。

[全部]全能奥特曼（镜）：我要投降。

[全部]全能奥特曼（镜）：我真要投降了。

于周嚷着要投降，但他并没有。到最后，他站在水晶里不出来了。

[全部]全能奥特曼（镜）：哥，你都杀我 19 次了，够了没？

一直很安静的卧室里，突然响起了盛况的声音："够了没？"

林京"啊"了一声，不确定盛况是在跟自己说话："你……"

她刚说了一个字，盛况突然抗塔进了对方的水晶，然后将站在泉水里的镜杀了，紧接着他复活甲换金身，上官婉儿潇洒地全身而退。

[全部]全能奥特曼（镜）：还带虐泉的？

[全部]全能奥特曼（镜）：放过孩子吧，哥，孩子今天刚成年，刚能玩游戏。

[全部]全能奥特曼（镜）：知道刚成年是什么意思吗？哥，我今天生日。

盛况又问道："现在够了没？"

林京总算明白了他的意思，她要是说不够，他还要接着杀镜？林京看到孩子都在游戏界面里哭成那样了，急忙说："够了，够了。"

盛况"嗯"了声，回到泉水，开始打字。

[全部]YLS.Miracle（上官婉儿）：把你的游戏名改了吧。

[全部]全能奥特曼（镜）：改成什么名？

[全部]YLS.Miracle（上官婉儿）：0-20-0

[全部]全能奥特曼（镜）：……

于周死的次数太多，虽然两个人后期都没去处理过兵线，但因为一开始盛况清兵比较多，在渐渐地积累下，于周的第一座防御塔被兵线一点儿一点儿磨倒了。

在“1V1”PK里，没了第一座防御塔就算输，于周后面的话刚出现在屏幕里，林京都还没看清楚，游戏就结束了。

紧接着盛况的手机响了几声，像是微信消息。

他没着急去看，而是返回到主页，点进“背包”，熟练地选了50朵浓情玫瑰赠送给她。

这种事他昨晚在直播间里已经做过一次了，今天又来了一次。比起昨天，今天就她一个人能看到，完全不需要担心会给他惹来不必要的麻烦，按理说她应该是淡定的，可她发现，她在电脑里看到他的这个举动，心跳竟然漏了半拍。

这种感觉，比昨天紧张被直播间那群网友误会，更让她慌乱。

送完玫瑰后，盛况才不紧不慢地退出游戏，点进了微信。

微信不比游戏，算是比较私密的软件，虽然盛况没避着她，但林京还是不好直勾勾地看，于是低下头去看自己的手机了。

事实上，她看与不看差别不大，因为对方发的是语音消息。盛况没戴耳机，也没把手机拿到耳边。虽然公放的声音不大，但足够让她听清楚了。

“不是吧，哥？”

这声音不用想都知道是于周。

“我说我以前求着你跟我PK，你都不理我，怎么今天突然主动提出来要跟我PK了，原来你是因为那个‘0-10-1’啊？”

“……”

这人到底有完没完了，她在游戏里又不是没昵称，一直“0-10-1”地喊她，这是生怕别人记不住她那丢人的战绩吗？

她突然有点儿后悔刚刚心软了。她就不该那么着急地说什么“够了”，她就应该让盛况在泉水里多杀他两次。

“再说了，哥，我是你的弟弟，我才是你应该保护的人。你怎么可以帮着一个战绩为0-10-1的外人欺负我？”

“……”

谢谢，外人她接受，前面的0-10-1大可不必了。林京忍不住翻了个大白眼，眼角的余光恰好扫到了面前的电脑屏幕。然后，她目睹盛况慢悠悠地点出九宫格，开始敲字。

Miracle：不是外人。

Miracle：还有，去给我道歉。

看得出来盛况这位表弟还是挺听他的话的，很快“引用”了他道歉的那条文字回了他消息：知道了，我现在就去。

林京的手机挂着游戏，不到半分钟，她游戏好友栏出现了新的提醒。

全能奥特曼真跑来加她好友了。

林京沉默了两秒，一边通过于周的好友申请，一边转头看了眼身边的盛况：“那个……不用道歉的。”

“那不行，”盛况也切回到了游戏里，“不然显得我教弟无方。”

“……”

通过好友没多久，林京就收到了于周的消息。

全能奥特曼：对不起哦。

林京刚打出来“没事，没事”这四个字，他的消息又发过来了。

全能奥特曼：大姨。

林京直接被喊蒙了。

全能奥特曼：大姨，您什么时候开始玩《王者荣耀》的？

全能奥特曼：您比我妈时髦多了。

林京看着孩子认错人的消息，缓了下被惊吓到的小心脏：“你弟……”

盛况转头：“嗯？”

林京实在不知道该怎么跟他说，你弟把我当成你妈了，她沉默了两秒，把手机递到了盛况面前：“他好像误会了点儿什么……”

盛况垂下眼皮。

房间里一片安静。十秒后，盛况退出游戏，断掉了电脑的投屏，点进微信一通打字。也不知道他跟于周说了点儿什么，很快，林京又收到了于周的游戏私聊。

全能奥特曼：错了，错了，我看我哥说不是外人，我以为是我姨。

全能奥特曼：你就当刚刚什么都没看到，我重来一次。

全能奥特曼：京姐，对不起。

小京京京酱：没事，没事。

跟于周聊了没两句，盛况就在游戏里邀请她了："还早，再玩两把？"

林京进入房间："好啊。"

盛况没说话，直接开始。

盛况除了辅助林京的时候话说得比较多，其他时候就跟直播一样，话少得可怜。

房间里除了游戏的音效声，偶尔会掺杂着林京一两句"对面的蓝刷新了""中路河道的小野还在"之类的提醒。

两个人都没察觉到哪儿不对劲，不知不觉中他们打了三局游戏。在正匹配第四局游戏队友的时候，盛况的门突然被敲响了："盛况。"

听见兰博文的声音，林京的脑子先是空白了一秒，然后意识到自己竟然还在盛况的房间里。最开始，她是为了观战才来的，后来打游戏，她完全可以回自己房间的。

门又被敲了两声。

林京仓促地看了眼盛况，发现他跟没事人一样，站起身单手持机往门口走去。

……他好像完全忘了房间里还有个她。

林京连忙张嘴刷了下存在感："盛况。"

"嗯？"盛况扭了下头，往门口那边走的步子没任何停下来的迹象。

"……"

嗯？他这是没反应过来自己给的暗示？

他和她……孤男寡女，深更半夜，共处一室……这要是被兰博文看到了，摆明了怎么讲都讲不清。

林京眨了眨眼睛，想再开口提醒盛况，结果盛况的手已经搭在了门把手上。

门把手旋转，门下一秒就要被打开。

林京的心脏重重地一跳，她慌张地看了一圈，然后就跟做贼似的抓起自己的手机，就近躲到了床的后面。

门被打开，兰博文的声音传了过来："给。"

不知道兰博文给盛况的是什么，只听到盛况回了句："先帮我放桌上吧，我去个洗手间。"

兰博文说："行吧。"

盛况没说话，进了浴室。

林京缩在床后面瑟瑟发抖，听着兰博文越来越近的脚步声，她紧张地吞了口唾沫，想都没想就爬到了床底下。

兰博文没在盛况的房间里逗留多久，放完东西就走了，经过洗手间门口的时候，他敲了下门："我走了啊，你早点儿睡，别玩太晚。明天一天的训练呢。"

洗手间里响起流水声，夹杂着盛况漫不经心的回应："知道了。"

兰博文的脚步声随着门被他关上而消失不见。

紧接着，洗手间的门被拉开，盛况从里面走了出来，他看了眼书桌前空荡荡的椅子，绕着房间看了一圈，没看到林京人："林京？"

没人应他。

盛况把手机放在桌上，顺手抽了两张纸巾，一边擦着手上的水，一边拉开窗帘往阳台上看了看："人呢？"

他语气里带着疑惑地嘀咕了一声，折回到桌前拿起手机，翻出兰博文的微信，按着语音："蚊子——"他后面的话还没说出口，就感觉到自己的裤腿被一股很轻的力扯了一下。

他收住到嘴边的话，垂眸往地上看去。一只漂亮纤细的手，攥着他裤腿的一角。在他的注视下，她的脑袋一点儿一点儿地从床下探了出来。

"……"

等林京的肩膀从床下露出来之后，盛况才取消了发给兰博文的消息，把手机丢在一旁的桌上，低头继续盯着地上的人看了一小会儿，总算接受了眼前这个画面："大半夜的，你在我这儿装鬼呢？"

林京沉默了下，小声说："不是。"

盛况看着她："那你没事跑床底下干吗？"

林京被问住了。她沉默了好一会儿，灵光一闪，仰着头看着盛况，三个字脱口而出："捉迷藏。"

盛况似是被她这个扯淡的理由雷到了，一时间没说话。

林京在地上趴着怪难受的，她看盛况没反应，伸出手轻轻地戳了戳他的脚裸。

盛况猛颤了一下，目光落在了林京的脸上。

林京咽了口唾沫："你能不能稍微让开点儿，挡着我出去的路了。"

盛况站在原地没动，视线从她的脸上缓缓地落到了他的裤腿上，就在林京想要再提醒他的时候，他不动声色地移开视线，默默地往旁边挪了几步，给她腾出了足够的空间。

林京从床底下爬出来，然后手撑着地板，慢吞吞地站起身。

盛况的房间每天都有阿姨打扫，就算是床底下也是很干净的，但她这么往床底下钻了一遭，头发和衣服还是弄得有点儿乱。尤其后脑勺上还挂着一小片纸屑。

盛况看她抓了抓衣服，又抓了抓头发，始终没把那一小片纸屑抓下来，不由自主地伸出手，将纸屑从她的发丝间捏了出去。

她察觉到异样转了下头，像是要问他怎么了，刚动了下唇，视线扫到了他指尖捏着的纸屑。她张了下口，却没发出声音，只是盯着他的指尖看。

盛况的手停在半空，捏着纸屑，上也不是下也不是。

僵持了十来秒，盛况眼角的余光扫到桌上兰博文送过来的东西。他慢吞吞地把纸屑搓成了一条丢进垃圾桶里，状似无意地对她说："你后面有甜品，刚刚蚊子送过来的。"

林京往后看去，发现甜品有两份。

她眨了眨眼睛，表情有点儿僵地转头看向盛况："为什么是两份？"

盛况奇怪地看了她一眼："是我不是人，还是你不是人？"

"……"

她不是这个意思。她的意思是兰博文怎么会知道他的房间里有两个人。

林京面无表情地看着拆甜品包装的盛况，沉默了片刻，悄声说："你跟教练说了我在你房间里？"

盛况看了她一眼："不是。"

林京不解。

不是他说的，那是谁说的？难道她来他房间的时候，有谁看到了？她记得没有啊……

盛况拆完甜品包装，又说："不是蚊子，是所有人。"

林京一时间有点儿消化不过来"所有人"这三个字："所有人是哪些人？"

盛况像是懒得跟她复述，直接翻出群里的聊天给她看。

起因在姜鑫，他在 YLS 战队群里 @ 所有人发了个消息：我女朋友明天就要走了，说是最近一直都在吃战队的、喝战队的，怪不好意思的。今晚非要请你们吃个甜品，你们给个面子，想吃什么，直接说。

一群人特别给面子地冒泡了，像是提前商量好的一样，大家说的话一模一样，清一色的"随便"。

姜鑫：既然你们都随便，那我直接让女朋友看着来了啊。

姜鑫：我女朋友订完了，大概二十分钟送到，留的是教练的电话 @ 兰博文。

兰博文：好的。

不到二十分钟。

兰博文：收到甜品了 @ 姜鑫，替我们谢谢你女朋友。

姜鑫：不客气。对了，我给京妹也点了。

兰博文：我给京妹发消息。

Miracle：不用发了。

YLS.Scene：过分了啊，林妹妹的甜品你都要私吞，真不要脸。

Miracle：她在我这儿。

YLS.Scene：林妹妹为什么在你的房间里？你们在面对面开黑？为什么不喊我？

兰博文：吃你的甜品吧，一天天的就你话多。

YLS.Scene：@ 兰博文，你是在撵我吗？我说错话了吗？你撵我？

没人理陈景，陈景大概是真的去吃甜品了，也没再说话。

只有三分钟前，姜鑫冒了个泡：明天女朋友走了之后，就我一个人住酒店了。

林京看完聊天记录后沉默了片刻，视线往上移了移，看到了群名——YLS电竞俱乐部。

住在这个别墅里、除了她之外的人都在这个群里。哦，所以，所有人的意思就是，这栋楼里，从负一楼到三楼，除了她之外的所有人。

林京突然感觉此时此刻的自己就像一个小丑。

可不就是个小丑，她跟做贼似的躲躲藏藏，都躲到床底下去了，结果被告知她躲了个寂寞。

她虽然心态很爆炸，但面上还是很镇定的，她绞尽脑汁地思考了一会儿，也没想出来面对这种情况该做出什么样的反应，只好慢慢地将视线从盛况的手机挪到了他的身上："你就不担心吗？"

盛况收起手机，把一份甜品推到林京面前："担心什么？"

"还能担心什么，"林京捏着勺子，吞了口甜品，"担心被他们误会呗。"

"啊？"

林京看盛况这反应，以为他接下来会说的是误会什么。谁知道，盛况过了两秒，又"啊"了一声："你不想？"

林京停下了吃甜品。他这话说得着实有点儿奇怪。

正常来说，他反问她，应该是"你担心？"，可他用的却是"你不想？"。

如果是"你担心"，她可以随便回，例如怕他们误会我们有什么，再例如怕他们谁万一哪天大嘴巴把这事说出去了，给你惹麻烦……总之不管哪种回法都没问题。

但"你不想"就让她摸不准了。不想什么？是不想被他们误会，还是他觉得她是他的粉丝，巴不得被人误会他们之间有点儿什么？

林京谨慎斟酌了半天，挖了勺甜品塞进嘴里，慢吞吞地咽下去之后，摇了摇头："不想。"

盛况懒散地倚着柜子，舀冰沙的动作停了下来。

"对我来说，你就是我很崇拜的一个人，现实中认识与不认识，都不会影响到我对你的那份崇拜。"林京拿着勺子戳着盒子里的甜品，沉默了下，继续说道，"我的想法很简单，就是尊重你的私生活，远离你的私生活，支持你的比赛，希望你能越来越好。"

盛况怔了下，转头看向坐在桌前低着头搅拌甜品的人，没出声。

林京仰起头朝他笑了下："总而言之，还是之前我跟你说的那句话，'你在一天，我粉一天'。"

她笑起来很漂亮，白白净净的脸上泛着温柔。

不久前，她对他说这八个字的时候他还有点儿小感动，可现在，他却觉得这八个字有点儿碍事。

盛况忽然觉得有点儿渴，他低头吞了一大口甜品。这家甜品挺出名的，甜度正合适，不会让人觉得很腻，但这会儿冰沙进嘴里，他却觉得腻得慌。

盛况勉强把嘴里的冰吞下去，很轻很含糊地"哦"了一声。

林京没再说话，收回视线，继续低着头扒甜品。

不知道是立秋的缘故，还是甜品太冰了，她觉得盛况的房间有点儿冷。等她吃完甜品，她发现盛况的甜品不知道什么时候被放回桌上了，剩了大半盒没动。

而他坐在离她挺远的一个沙发上，正在玩手机。

林京把盖子按回空掉的盒子上，看向了盛况的甜品："你还吃吗？"

"不吃了，"盛况顿了下，"别管了，我收拾就行。"

"哦，好。"虽然这么说着，林京还是把自己那个盒子放回袋子里，方便盛况扔。

时间不早了，兰博文刚刚也说了让他早点儿睡，林京就说："不玩了吧，你明天还要训练。"

盛况垂着眼看着手机，沉默了半晌，应了一声："嗯。"

林京拿起手机："那我走了，你早点儿休息。"

盛况完全不想说话，但最后还是又"嗯"了一声。

第十五通

想靠近一点点

林京走了。

门关上了好一会儿，盛况才抬起头。不知道是今天游戏打多了，还是下午复盘的时候脑子动多了，他的头有点儿疼。

疼得他整个人莫名地躁得慌。

他靠着沙发闭上眼睛，揉了几下太阳穴，长叹了口气，站起身，捏着衣角往上一掀，把上衣脱下来随手往旁边的脏衣篮里一丢，进了浴室。

洗完澡出来，盛况直接关灯上床。

五分钟后，他翻了个身。又过了三分钟，他翻回来。这么翻来覆去地折腾了十来分钟，他猛地从床上坐了起来。

房间里很安静，他借着微弱的睡眠灯灯光盯着某处愣了会儿神，然后掀开被子，踩上拖鞋，决定去阳台透透气。

别墅房间的窗帘都拉着，阳台上倒是没什么光。

盛况撑着阳台的栏杆，吹了会儿风。入秋的一早一晚还是有些凉的，他身上渐渐染了一层薄薄的寒意。

又站了一会儿，他的手肘撑着栏杆，刚打算直起身子回房间，隔壁的阳台门被推开了，传来一道打火机点火的声音，随后很淡的烟味随着夜风飘了过来。

二楼房间的阳台和三楼不一样，三楼整个阳台是相通的，二楼每个房间的阳台之间都做了隔断。

盛况将上半身往护栏外探出一些，看到兰博文站在阳台上，正一脸满足地对着远处的夜空吞云吐雾。

兰博文抽了几口烟，察觉到了有人在看自己，叼着烟把脑袋往阳台外一探。

他看到盛况后明显愣了一下，把烟从嘴边拿下来："你干吗？"

盛况的视线落在他随意搭在栏杆的手上，手指间亮着一点儿猩红："医生不是让你少抽烟？"

"抽得不多，一天就一根，今天白天没抽，睡前就想来一根。"兰博文看了眼盛况，"你呢？大半夜不睡觉，跑外面待着干吗？"

正好有架飞机驶过，大概是要降落在附近的机场，开得有点儿低。

盛况连理由都懒得想："看飞机。"

兰博文听到这敷衍的理由，沉默了几秒，把烟摁灭在旁边的烟灰缸里："行吧，你慢慢看，我回房间了。"

盛况没说话，在兰博文拉开阳台门的时候，他突然问道："蚊子，困不？"

兰博文回头："啊？不困，咋了？"

盛况说："谈谈心？"

"……"

兰博文心想，我有个屁的心要跟你谈。想归想，片刻后，兰博文重新趴回栏杆上，两个人隔着阳台的一堵墙开始谈心了。

过了五分钟，阳台上还是一片安静。兰博文实在受不了了："您倒是谈啊。"

盛况说："等我想想。"

这一想，又是漫长的沉默。

兰博文再次忍不住了："还没想好？"

其实盛况一开始是真想跟兰博文谈谈林京，但他想了好一会儿，发现好像也没什么可谈的。

谈什么？谈人家是他的小粉丝，特别喜欢他的那种，而且还是那种不激进的粉，特别理智、三观正不说，还很用心。然后他就不爽了。

这分明是一件很值得高兴的事，他竟然不爽了。讲出来的话，兰博文怕是要怀疑他得了病吧。

盛况沉默了几秒："算了，不谈了。"

兰博文有点儿想骂人了："大晚上的您逗我玩呢？"

盛况说："那你要是非要谈，我们就谈吧。"

兰博文想打人了，是谁非要谈的。

没等兰博文发飙，盛况又说："谈谈你的女朋友吧。"

兰博文脸上的暴躁瞬间消散得一干二净："是我老婆，我们领证了，谢谢。"顿了下，兰博文扭头望向盛况，"你没事干，扯我老婆干吗？"

盛况"啊"了一声，显得有点儿不那么走心地说："你老婆不是你粉丝吗？就挺好奇的，你当初是怎么在那么多的粉丝里看上你老婆的？"

"你问这个啊，"兰博文提起来自己的老婆，显然来了兴致，"其实不是我看上我老婆的，是我老婆先看上我的。她本身就是一个女友粉，粉我就是为了追我，她把我所有的粉丝群都加了，微博每天给我发私信，早安、午安、晚安。我直播就去打赏，取的名字我到现在都记得，难以说出口的那种……"

兰博文笑了下："然后打比赛，线下碰面了，就加了好友，她挺黏人的，一天给你发好多消息，我记得我当时都把她设为免干扰了。再后来有一次打游戏，四缺一，她正好在线，我就拉了她。一整局游戏，她全程什么都没干，就站在泉水里讲话了。

"第二局游戏，她特别好玩，玩的是个辅助，打得挺不错的，大概就是那个时候记住她的，之后再冲分，就会和她一起玩。然后她发消息，我看到了也会回，慢慢聊得多了，就了解得多了。

"说真的，我觉得就是缘分吧，我老婆开始的行为是你之前不喜欢的那种，挺容易让人烦的。"

说着，兰博文叹了口气："你说，我老婆之前那么黏着我的一个人，怎么跟我在一起后，就反过来了，变成了我黏着她？"

兰博文提到自己的老婆，话就变得挺多。后面还絮絮叨叨地讲了挺多他和他老婆的一些他觉得挺有意思的日常。

盛况看似在听，其实思绪一直停留在他刚开始说的那句"她本身就是一个女友粉，粉我就是为了追我"话上。然后，盛况羡慕了。

兰博文说了差不多半个小时的话，说得口干舌燥。他又困又渴，实在扛不住了："真不行了，我得睡觉去了。"

盛况"嗯"了一声，没留兰博文。

兰博文走后，阳台一下子变得出奇地安静。

盛况没着急回房间，他想到自己第一次见她是在世冠赛的半决赛上，他的粉丝跟杨斯年的粉丝吵起来了，她坐在旁边挺安静的，反倒是杨斯年的那个粉丝没完没了。她大概是被吵得耐心耗尽了，挺凶地拿着矿泉水瓶敲向了前面的椅子。

小姑娘看着挺瘦弱的，但在脾气爆发的那一刻，气场倒是挺凌厉的。嘴巴也挺厉害的，撑人不带脏字，还够毒。

只可惜那气场维持了没半分钟，她面对杨斯年粉丝的质问，回的话就让人大跌眼镜。

人家杨斯年的粉丝问她是他的谁这么护着他，她上来就给了句“他是我儿子”。

他当时真没把这句话放在心上，现在回头看看……

呵呵。盛况直接气笑了。他捏了下眉心，起身回了房间。他刚拉好窗帘，房门就被敲响了。他走到门口拉开门，冲着说去睡觉的兰博文挑了下眉。

兰博文问：“我们房间不太够用的事，你跟京妹说了？”

盛况诧异地抬了下眼皮：“没。”

兰博文说：“那我刚刚下楼喝水，她去给狗子放狗粮，碰到我，问我姜鑫女朋友明天都走了，为什么姜鑫还要住酒店。”

盛况反应了两秒，想来林京看过群里的聊天记录：“她在我手机上看到姜鑫说的话了。”

兰博文说：“这样啊。”

盛况问：“你怎么回她的？”

兰博文沉默了下：“我能怎么回她，我以为是你告诉她的。我就一五一十地把事情从头到尾地说了一遍，跟她说房间不够用，只能让姜鑫先出去住了。然后她说三楼不是还有个空房间吗？我就说是你不让人住的，担心她住得不舒服，也怕打扰了她。

“她说没关系，住酒店怪浪费钱的，让姜鑫明天回来住吧，她不介意的。

“我说这事我做不了主，让她来找你。”

兰博文的话刚说完，盛况放在床上的手机响了一声。

盛况转头看了一眼，走过去拿起手机。

兰博文问：“京妹？”

盛况解锁屏幕，看了眼微信。

小京酱：你睡了吗？

盛况一边回林京“没”，一边对着兰博文敷衍地“嗯”了一声。

“那行吧，你们聊。”兰博文打了个哈欠，帮盛况关上门，回了自己的房间。

林京看盛况没睡，把刚刚在楼下跟兰博文聊天的事又跟盛况说了一遍。

打字的话稍微有点儿长，她就直接发了语音：“没房间还好说，有房间却空着会让我觉得别扭的。就算是真要有人出去住，那也应该是我，而不是姜鑫。总之，你让姜鑫回来住吧，他住在我旁边，不会影响我的。”

想了想，林京继续打字：不然的话，我明天在学校附近找个酒店……

林京的手机突然振了一下。

Miracle：我呢？

林京有点儿没明白他的意思，她急忙把打到一半的话删掉，回了个问号。

Miracle：我影响你吗？

Miracle：不影响的话，我住你旁边？

Miracle：行吗，小京酱？

林京愣了好一会儿，才微抬了下视线，落在自己发给他的那条语音消息上。她停了一秒，目光下移，滑到下面他回的那句“我呢”上。

哦，原来他这句“我呢”，接的是她语音里那句“你让姜鑫回来住吧，他住在我旁边，不会影响我的”。

其实谁住在她旁边都不重要，她之所以说姜鑫，是因为姜鑫一个人在外面住。

要是姜鑫不想住三楼，换别人来住，她也不会觉得有什么问题，但盛况这么上赶着问一句“我呢”，就让她忍不住想得有点儿多。

她旁边的那个房间挺小的，比起他现在住的，差得不是一点儿半点儿。他这是有多想不开，才会想着换房间。

林京沉默了半晌，点出键盘打字。

小京酱：没想到你还挺会为人着想的。

Miracle：人指的是？

小京酱：就是姜鑫的女朋友啊。

盛况一头雾水，怎么就扯到姜鑫的女朋友身上去了。他把脑子里冒出来的话敲了出来——跟姜鑫他女朋友有什么关系？刚打完还没发出去，他就又收到了一条消息。

小京酱：这栋别墅里就我一个女生，你担心姜鑫住在我旁边，他女朋友知道了会不高兴，是吗？

盛况沉默了下，"啧"了一声。住在三楼的那位姑娘，小小年纪，想得还挺多。人家女朋友高不高兴，她都想到了。她怎么就不想想他高不高兴。

小京酱：我见过姜鑫的女朋友一次，我觉得她人挺好的，不像是那种会随便乱吃飞醋不高兴的人。

小京酱：所以，我觉得你不用勉强搬上来。谁住在我旁边，我都无所谓的。

盛况盯着她发来的最后几个字看了一小会儿，又"啧"了一声，气得把手机丢床上了。

无所谓是吧。呵，无所谓。盛况更烦躁了，气得他要自闭了。

他这算是被间接拒绝了吗？

唉，"无所谓"可不就是间接拒绝了他吗？盛况长叹了一口气，感觉脑袋更疼了。

真的，愁死他得了。

大概是他长时间没回，林京又发来了两条消息。

小京酱：你睡着了？

小京酱：好吧，你先睡，明天再说。

盛况闭了闭眼睛，实在受不了了，连字都懒得打了，直接语音说道："姜鑫的女朋友高不高兴是姜鑫的事，跟我没关系。

"我没你想的那么好，会替别人的女朋友着想。

"你不是说谁住在你旁边都无所谓吗？

"那行吧，就我住。"

盛况一连发了四条语音，把该说的话说了个明明白白。他把语音听了一遍，确定没什么问题之后，丢下手机去了浴室。

盛况的四条语音消息已经全部放完了，林京就跟被人按了暂停键一样，保持着接电话的动作，半晌没反应。

房间里很安静，静到她听见了自己的心跳声。

搞了半天，是她弄错了。盛况压根儿没想那么多，只是单纯地想要住到她旁边来。

他为什么要住到她旁边？为了带她打游戏的时候好交流，还是为了跟人PK的时候好喊她观战？

林京心里很清楚，盛况不可能是为了这些。可他不是为了这些，又是为了什么？难不成是他对自己比较放心，担心其他人住她旁边会骚扰她，还是说……

林京不知道怎么就想到了不久前她问他不怕被人误会，他回的那句“你不想”。

她突然莫名地冒出了一个念头。一个她之前想都不敢想的念头。她觉得盛况是想被人误会他和她之间有点儿什么的。

本来只是隔壁住个人，不是多大的事，要真是盛况住过来，作为他的小粉丝，她可真的要高兴死了。可现在，她被自己刚刚冒出来的想法吓得有点儿心慌。

她的手机因为长时间没人碰触，自动锁屏了。黑暗中，手机振了一下，屏幕亮起。

Miracle：早点儿睡。

林京看着他的消息抿了抿唇，心里有很多问题想问他，却又不知道该从哪儿问起。说不定盛况没别的意思，就觉得她是秦瑶阿姨的客人，他想照看好她。说不定就是为了带她打游戏好交流，跟人PK的时候方便喊她去观战。

林京不知道胡思乱想了多久，才重新拿起自动黑屏的手机。她把他的那些语音消息自动忽略掉，直接回了他最后一句话。

小京酱：嗯，准备睡了。

距离盛况发消息已经过去差不多一个小时了。林京以为盛况已经睡了，没想到，很快她的手机屏幕又亮了。

Miracle：晚安。

消息刚出现在屏幕里就被撤回了。他这是发错消息了？林京正疑惑着，新的消息又进来了，是条语音消息。

“晚安，小京酱。”

比起刚刚那四条，这条语音里盛况的声音有点儿轻。在深夜里，显得特别勾人。

林京屏住呼吸，慌里慌张地回了个“晚安”的表情包，就急急忙忙地想要退出微信。结果她的指尖不小心又碰到了他那条语音，声音再次响起——

“晚安，小京酱。”

林京打了个哆嗦，手忙脚乱地锁了屏，胡乱地把手机往旁边的桌上一扔，就扯着被子把脑袋藏了进去。在黑暗中，她紧紧地闭着眼憋着气浑身僵硬地躺着。本以为过会儿就会好了，可她发现自己心脏猛跳，而且没有消停下来的迹象。

挺多人喊她小京酱的，在学校里兰婷婷一天能喊她八百遍，可不知道为什么，这三个字从他嘴里喊出来，就好像变了味。

不想还好，一想林京的小心脏更活跃了，像要从胸膛里蹦出来。她的耳朵很烫，烫得她又想去用冷水冲脸了。

她伸出手跟安抚孩子一样，轻轻地拍了拍自己的胸口。别跳了，别跳了……再这么跳下去，她不是要去用冷水冲脸了，而是要去冲冷水澡了……

冲冷水澡这种事情，不是言情小说里男主角才会做的吗，怎么变成了她……林京的思绪慢慢跑偏，再之后她睡着了。

林京睡得太晚了，导致她从最先醒来的那一个变成了最后一个。要不是兰博文喊她吃午饭的消息吵醒了她，她大概还不会醒。

刚睁眼的她大脑处于宕机状态，她回了兰博文一句“好的”，就把手机放在一边，又闭上了眼睛。过了半分钟，她反应过来兰博文喊她吃的是午饭。

她下意识地抓起手机看了眼时间——十二点半。林京顿时清醒了，飞速地跳下床，光着脚丫进了洗手间。

她刚挤完牙膏，就听见阳台传来了“砰”的一声响。特别吓人，像是什么东西砸在了地上。她想都没想，就咬着牙刷跑到窗前拉开了窗帘，推开阳台的门，跑了出去。

外面的阳光有点儿刺眼，林京不适应地眯了下眼睛，一边刷着牙，一边绕着阳台看了一圈，然后视线落在了旁边房间阳台的尽头上。

原来是靠着阳台墙壁放着的滑板倒在了地上。盛况穿着件白色短袖，一脸不耐烦地弯着腰将滑板扶了起来。

林京停下刷牙的动作，望着盛况眨了下眼睛。

盛况确定滑板放稳了，才慢悠悠地直起身。他转身正准备回房间，忽然瞄到旁边的人影，转头看向林京。

住在三楼的姑娘，哦，不，住在旁边的姑娘，一脸没睡醒的样子，头发乱糟糟的不说，脸好像还没洗，咬着牙刷的嘴里全是牙膏泡沫。

他平时见她，虽说也都是素面朝天，但收拾得干干净净的。像现在这样邋里邋遢的情况，还真是头一回见。

盛况觉得这画面还挺新奇的，饶有兴致地盯着她看了一会儿，视线顺着她皱皱巴巴的睡衣落在了她的脚上，她居然连鞋也没穿。他没忍住，“啧”了一声。

他那声“啧”很轻，但林京还是听见了。她眨了眨眼睛，回过神来，先是盯着他看了几秒，然后顺着他的视线落在了自己的脚上。

她张了张口，下一秒就窜回了房间，“砰”的一声关上阳台的门，顺手把窗帘拉了个严严实实。回到浴室，她端着漱口杯灌了两口水，咕嘟了两下，吐水的时候，透过镜子看到了自己乱七八糟的头发和眼睫毛上挂着的一点儿白渣。

“……”

三秒后，林京低头看了眼身上的睡衣。她昨晚想得有点儿多，翻来覆去的，棉质的睡衣被拧得皱巴巴的。再往下看是没穿鞋的脚丫……

林京忍不住想了下自己刚刚在盛况面前的形象，险些一口气没提上来，当场晕过去。

她是不怎么爱化妆，但只要出了这个房间的这扇门，就一定会把自己收拾得干干净净、清清爽爽。

她没想着在盛况面前留个美若天仙的良好印象，但也不想留个坏印象啊。

林京本来不打算洗头的，但她决定今天先去洗个头再下楼吃饭。

林京平时十分钟就能收拾好自己出门，今天却用了半个小时，才磨磨蹭蹭地拉开了门。她往电梯那边走的话，正好要经过旁边房间。

平时关着的门今天大敞四开，盛况坐在正对着门口的椅子上，正在玩电脑。

“……”

他这就搬上来了？盛况看到她，立刻停下按鼠标的动作：“下楼吃饭？”

林京的心思在“他搬得可真快”上，于是回得有点儿心不在焉：“嗯。”

盛况起身，拿起桌上的手机走到她面前：“走吧，一起。”

她忽然觉得他之所以这么敞着门，就是为了看她什么时候下楼。

吃完午饭，林京放下筷子刚想起身走人，兰博文的手机响了，他低头看了眼屏幕，眉头皱了起来。

陈景看到他的反应，好奇地问道："谁啊？"

兰博文说："杨禹。"

盛况以为自己听错了，偏头往兰博文那边看了一眼："谁？"

兰博文说："杨禹。"

陈景问："是我认识的那个杨禹吗？"

兰博文说："对，就是你认识的那个杨禹。"

他们口中所说的杨禹，林京虽然不认识，但是知道。GDT 战队的教练，也是盛况、陈景还有兰博文以前的教练。

陈景问："他来找你做什么？"

林京也挺好奇的，打消了回楼上的想法。

陈景嘀咕了句："他还有脸来找你？总不可能是来找你约训练赛的吧？"

兰博文点了下头："还真被你说准了。"

陈景差点儿被嘴里的饭呛到："什么?！"

杨禹发的是语音，但兰博文刚刚是转文字看的，现在索性直接把语音放了出来。

"蚊子，好久不联系了，最近好不好？腰伤怎么样了？今天下午有没有时间，我们约个训练赛？"

杨禹这话也不知道哪里踩了陈景的雷区，他瞬间炸了："他可真不要脸，还好意思来问你腰伤怎么样了？要不是他，当初你也不至于那么早退役，也不至于一场常规赛打完，直接被救护车送去了医院。"

兰博文退役得很突然，当时他年纪虽然已经不小了，但也没到退役的时候。输了两场比赛后，他就直接官宣退役了，只说是身体原因，具体情况没细说。

没想到当时兰博文的腰伤已经严重到下了比赛直接去医院的地步。

林京下意识地往兰博文那边看了一眼。途中，她的视线扫到了坐在自己身边的盛况。盛况垂着眼皮，脸上没什么表情，但明显能感觉到气压有点儿低。反倒是兰博文挺淡然的，没陈景那么激动。

陈景越说越不爽："他假惺惺地问什么下午有没有时间，约个训练赛，约训练赛是这么约的吗？直接问你下午有没有时间，这是通知你来参加训练赛的吧？"

"你说得没错，他就是通知。"兰博文说，"但现在的情况，我们约还是不约？"

不等大家说话，兰博文直接把自己的分析亮了出来："我们不约，按照GDT的一贯作风，他们绝对会放风声出去，说他们来找YLS约训练赛，YLS根本不敢应战。

"我们要是约，今天大家本来没什么训练赛的安排，这么猝不及防的，你们提前没准备，状态也不知道好不好。如果是其他战队，那无所谓，输了也就输了，但是GDT，说好听了，和我们有点儿矛盾，说难听了，跟我们恩怨太深。要是输了，他们绝对不会放过这个机会，一定会把消息放出去，说训练赛YLS被GDT碾压。"

陈景说："所以，我们约不约，都有可能被GDT拿来做文章呗？"

"对，所以你们看，约还是不约？"在兰博文征求大家意见的时候，杨禹的消息又发过来了。

杨禹发的还是语音，兰博文直接公放让大家一块儿听："蚊子，你怎么不说话？约不约给个回信啊。不约的话，我们就去找别的战队了，而且不约也没关系的，挺多战队都不太敢跟我们约训练赛。"

兰博文没说话，直接摊了下手，示意大家做决定。

秦余、何忘两个人做不出决定，就没说话。

江醉在野生局里刚惯了，一脸的无所谓："随便啊，你们说约就约，你们说不约就不约，反正对我来说没差别。"顿了下，江醉又说，"GDT的那个上单，跟我在巅峰赛里碰到过，一局游戏里被我单杀了七次。"

陈景一脸崇拜地对着江醉竖了一个大拇指："醉哥牛，那岂不是约了训练赛，GDT的上单看到你就开始瑟瑟发抖？"

江醉摇了摇头说道："不会，他不知道杀他七次的人是我，因为我用的是单主的号。"

"……"

"其实，不单GDT的上单被我杀过，HJC的上单也被我在巅峰赛里杀过。"

江醉想了想，觉得这话不太严谨，又补了句，“就你们联盟里的那些上单，只要玩巅峰赛的，基本上都被我杀过，就是他们不知道是我而已。”

兰博文见话题扯远了，敲了敲桌子：“回到正题上，约还是不约，给个答案。”

陈景看向盛况：“我听况崽的。”

兰博文也转头看向盛况：“你的意思呢？”

“我的意思？”盛况放下筷子，抽了张纸巾擦了擦嘴角，抬起眼皮，“约。”

“为什么不约，GDT 是强队，送上门来给我们练磨合，大好机会不能错过，所以约。”

“行吧，”盛况说的话也不无道理，兰博文拿起手机，“那我回他了啊。”

盛况“嗯”了声：“记得加一句，谁不上首发阵容谁是孙子。”

众人静默。三秒后，兰博文无语地瞥了眼盛况：“别闹。”

盛况垂着眼皮像是在回消息，一边打字，一边漫不经心地说：“你看我像是在闹吗？”

“不然呢……”兰博文看着盛况不断地打字，像是想到什么一样，顿了两秒，问，“你在发消息？”

“嗯，给杨禹。”盛况打完最后一个字，抬起头，“知道那话不是你的风格，你说不出口，我帮你说了。”

“……”

还真被他猜中了。

兰博文沉默了下：“让我看看你是怎么说的。”

盛况大方地把聊天记录亮给兰博文看。

Miracle：听兰教练说，GDT 想和 YLS 约训练赛？

杨禹：对，今天下午，蚊子回我了，说你们答应了。

Miracle：是答应了，但是条件还没说。

杨禹：条件？什么条件？

Miracle：条件很简单，就一句话。

Miracle：谁不上首发阵容谁是孙子。

兰博文看完对话记录，端起旁边的杯子，狠狠地灌了一口水，让自己稍微冷静了一点儿，才开口说：“你是嫌 GDT 背后恶心你的事还少吗？现在还要递刀子给他们，这话要是传出去，又要说你目中无人、是队霸了。”

盛况一脸无所谓：“说就说呗，反正都说了这么多回了，也不在乎多这一回。”

兰博文不以为然：“你明知道不说这种话就可以避免这种事，干吗非得说，就为了逞一时的口舌之快？”

盛况轻轻地摇了摇头：“我可不是为了逞口舌之快，我是担心 GDT 搞几个二队的选手来应付我们。”

兰博文总算懂了盛况的意思：“你考虑得对，GDT 还真有可能做出这种事，让二队的人来跟我们打，到时候录屏仔细地研究我们，等到真正比赛的时候好应对我们，顺便还能让我们帮他们练练他们的二队。”

“所以，早晚都是要打的，还不如现在打。他们研究我们，我们也研究他们，”盛况停了下，又说，“你觉得假如杨斯年上场，他会想输吗？”

兰博文总算弄明白了盛况的真实目的：“没错，杨斯年对你一直都不服气。你离开 GDT 之前，直播间 PK 单杀他那么多次，他不可能不想着赢回来。哪怕是无伤大雅的训练赛，他也不想输给你。虽然我们最近一直都在跟各大俱乐部约训练赛，但大家都不会拼尽全力，以隐藏自己的真正实力，很难暴露出短板。咱们正好可以借杨斯年这种不想输的心态，跟他们好好打，输赢不重要，找出一些我们没注意到的问题，在比赛之前弥补，这是最重要的。”

既然大家都商量好了，兰博文就没再废话，拿着手机去跟杨禹沟通训练赛的具体情况了。

很快，双方敲定了时间，兰博文放下手机：“时间定在下午三点，现在已经两点半了。你们吃饱了没，吃饱的赶紧去训练室准备，没吃饱的赶紧吃。”

陈景他们几个早就吃饱了，听到这话一个个起身火速地跑去了负一楼的训练室。

盛况是最后一个起身的，他弯腰拿手机的时候，看到旁边半天没动筷子的姑娘正仰着头，一脸渴望地盯着他看。

他和她对视了两秒，问道：“想看？”

林京不知道他是怎么看出来的，她看着他眨了眨眼睛，老老实实地“嗯”了一声，说：“想。”

盛况直起身：“那走吧。”

林京快速地站起来，跟着盛况离开了餐厅。

距离三点还有二十分钟，大家在训练营里拿着敌方人偶练手感。

双方都挺准时的，三点一到，两边的人都在线上候着了。

GDT 那边创建的房间，创建人是他们的中单小陌，他先拉的盛况。盛况进去之后，去了小陌对立面的那五个位置，然后分别把陈景、秦余、江醉还有何忘他们邀请了进来。

与此同时，小陌也将 GDT 的其他队员邀请了进来。

GDT 那边来的还真是首发阵容，只不过杨斯年迟迟没进来。小陌大概是怕大家等急了，就在游戏里发了个消息。

GDT.Momo：况哥，年哥的手机重启了，马上就来。

十个人的房间，九个人在线，却无一人接话。

等了大概两分钟，杨斯年还没进来，陈景受不了了。

YLS.Scene：还没好？

GDT.Momo：马上了，马上了。

小陌是在盛况、陈景、兰博文三个人的鼎盛时期进的 GDT，开始是在二队，平时没事干很喜欢往他们一队这边凑。他脾气好、嘴巴甜，一队的人都挺喜欢他的，尤其是兰博文，和他一样都是中单，那个时候私底下没少给他开小课。

虽说盛况他们跟 GDT 闹得很不愉快，但一码归一码，他们私下和小陌的关系还是相当不错的。看得出来，小陌并不想让气氛尴尬，在频繁地发消息。

GDT.Momo：年哥已经在登录游戏了。

GDT.Momo：况哥，景哥，真的很抱歉啊。

杨斯年进来了，其他九个人都准备好了，就他磨磨蹭蹭的。

GDT.Momo：年哥在弄耳机。

GDT.Momo：对不起啊，各位，再等一下。

小陌一直在道歉，陈景不太好意思在聊天界面里骂了，只能私底下说："杨斯年那人，故意恶心人的吧。"

GDT.Momo：我们这边好了，你们那边呢，可以了吗？

YLS.Scene：我们早就可以了。

小陌是房主，见陈景这么说，直接开始。训练赛是三局两胜，第一局比赛正式开始了。

林京怕影响到大家，跟着李小舟坐得远远的，一起看墙壁上的投屏。

跟正式比赛一样，要先扳选英雄，双方都挺有针对性的。不过 GDT 那边很干脆，四个位置全是冲着盛况来的，把他玩的无解的那几个英雄基本上全部禁完了。

不过对盛况来说问题不大，他的强势英雄，早在两年前比赛的时候，就已经被很多战队有针对性地禁了。

当年盛况在 GDT 最强势的时候，联盟里就已经有了个不成文的规定。

他的强势英雄被禁了，还能和 GDT 打一打，如果不禁，一旦被他拿到一个，基本上可以六分钟内投降了。

时隔两年，盛况没上过赛场，但到现在来和 YLS 约训练赛的战队，大家上来的第一局比赛禁英雄，还是习惯性针对盛况。

第一局游戏，双方拿到的阵容，单从英雄克制上来讲不相上下。

开局四分钟，双方打得都很谨慎，经济也没什么差别。但是从第五分钟开始，明显可以看得出来，YLS 的射手秦余在对线上弱于 GDT 的射手。

GDT 这五个人是刚拿了世冠赛冠军的队伍成员，都不弱，一旦被他们捕捉到短板，就会毫不犹豫地针对那个短板搞突破。

五分四十七秒时，秦余死了，被杨斯年和对方射手越塔杀了。杨斯年拿到人头的那一刻，对着秦余的"尸体"弹了句："抱歉。"

大概是被杨斯年嘲讽的，秦余复活之后，看到杨斯年残血，在陈景回家补血的这会儿工夫里，只身一人去追杨斯年了。然后被对方埋伏在草丛里的中单一套带走，残血走掉的杨斯年，靠着刷野补满血，折回到秦余“尸体”旁边，又弹了句：“抱歉。”

秦余连死两次，经济落后一大截，就算陈景全程保他，也抵不过对方的射手和辅助。

这种比赛，一旦有一个人崩，会足以带崩全队的，游戏开始不到十分钟，YLS 已经被 GDT 压到高地了。

野区全丢，暴君大龙全丢，在这种情况下经济差越拉越大，时间刚过十三分钟，YLS 无力回天，眼睁睁地看着水晶被 GDT 拆掉。

回到十个人所在的房间里，开赛前磨蹭了将近十分钟才进来的杨斯年说话了。

GDT.Sinian：咦？才三点半啊。

杨斯年这话摆明了是在嘲讽 YLS 这边不经打。

林京一脸愤恨地瞪了眼投屏里的杨斯年头像，下意识地往盛况那边看了一眼。盛况反倒很冷静，跟没事人一样，抬手点了“准备”。

陈景向来是话最多的那一个，到这会儿输了一局，虽然不爽，但面对杨斯年的嘲讽始终没有出声。

双方陆续都点了“准备”，小陌开始了游戏，随即进入了第二局游戏的扳选英雄页面。

这次是 YLS 先禁英雄，兰博文针对杨斯年禁了一手打野。轮到 GDT 禁英雄了，随着时间一秒一秒地滑走，GDT 那边一直都没禁。

再次轮到 YLS 这边，陈景看着 GDT 上面空着的格子，嘀咕了句：“怎么回事，GDT 是忘记禁英雄了吗？”

兰博文一边拿着笔做分析，一边说：“应该是吧，禁澜。”

一边禁四个英雄，总共是禁八个英雄，等到双方都禁完了，GDT 那边还是一个英雄都没禁。

陈景更疑惑了：“GDT 是什么意思？新套路？况崽的强势英雄他们一个都没禁，疯了？”

不只陈景疑惑，YLS 的其他人也觉得费解。不过疑惑归疑惑，大家还是很快调整思绪去选英雄了。

GDT 放了那么多英雄在外面，盛况拿到了自己无解的英雄之一。

之所以称为无解，是因为不管版本怎么调整，不管这个英雄怎么被削弱，到了盛况手里，他都可以把这个英雄玩活。

这一局比赛，虽然 GDT 还是在疯狂地针对秦余，但盛况发育得太快了，GDT 虽然是抓死了秦余两次，但 GDT 的上单和中单被盛况抓得全崩。抓到最后，杨斯年和他的辅助不得不开始支援中路和抗压路，秦余总算有了一点儿发育的空间和时间。他在陈景的帮助下，顺利拔掉 GDT 的外塔之后，开始去中路支援。GDT 的中单小陌本身就被盛况抓得发育不良，现在中路开团，GDT 更是招架不住，连丢两塔。

游戏进行到十一分钟的时候，GDT 中路高地被推。

盛况打龙，YLS 其他人疯狂扫线。等中路超级兵一到，陈景冲进水晶开干扰，YLS 毫不犹豫地开了一拨团，然后在十二分五十七秒，拆掉了 GDT 的水晶。

三局两胜，回到房间，YLS 这边没任何迟疑地点了“准备”。

GDT 那边跟网速不良一样，半天才点个“准备”。杨斯年是最后一个点的，点完之后又取消了，紧接着房间里出现了一行字。

GDT.Sinian：下局我们要好好打了。

GDT.Sinian：刚刚是故意放水，没禁英雄。

第十六通

随叫随到

第一局游戏输掉之后，被杨斯年那么嘲讽都没吭声的陈景，这会儿彻底忍不下去了，随口来了句：“他怎么那么不要脸。”

骂归骂，但看得出来，陈景的心态还是很稳的。而他旁边的何忘就不一样了。

在林京的印象里，何忘脾气很好，打游戏不管是不是自己的锅，只要被人甩锅都会笑呵呵地接锅并说一句“我的，我的”，现在他脸上的表情凝重得仿佛结了一层冰。

至于江醉，不愧是打抗压路的，又打过挺长时间的陪玩，在巅峰赛里不知道被磨炼了多少次，现在被人嘲讽成这样，不但没恼火，反而越挫越勇了。他撸了撸队服的袖子，坐直了身子，一副“老子现在开始认真玩”的架势。

盛况坐在江醉旁边，林京抿了下唇才敢去看盛况。

她想象中的盛况，这会儿脸色绝对是这几个人里最难看的，说不定已经要跟杨斯年在房间里对骂起来了。然而出乎她的意料，盛况格外平静，比身为教练最能沉得住气的兰博文还平静。

他平静到接近于冷静的地步，一点儿也不符合他狂妄的性格。

林京有点儿意外，多看了盛况一眼，等她收回视线的时候，发现面前的投屏里多了一句聊天记录。

没想到跟人骂起来的居然是秦余。林京愣了愣，才往秦余那边看过去。

在第一局游戏里，反复被杨斯年折磨心态爆炸的秦余，本来因为第二局游戏赢了，情绪稍微缓和了一些，现在彻底崩了。他的唇抿得紧紧的，还在敲字。

他的动作很快，打字带着股狠劲儿，那架势像是恨不得穿过手机弄死杨斯年。

他的手机没投屏，林京不知道他具体说了点儿什么。那些话还没来得及被发出来，盛况就点了“准备”。游戏迅速开始，秦余没发出来的话被迫中止。

GDT 这一局没再乱来，规规矩矩地禁英雄。

第三局的前六分钟里，几乎是在重演第一局的历史，同样是开始打得很谨慎，同样是开局四分钟没什么经济差，同样是在差不多第五分钟的时候，秦余被杨斯年抓死。

杨斯年和第一局一样，还是很欠，在秦余死后，依旧对着他的“尸体”弹了句话，不过不是“抱歉”而是“谢谢你”。

秦余暴躁地骂了句脏话，等复活后，他从泉水里出来。有了第一局的经验，何忘和陈景提前过来守他，但秦余明显已经被杨斯年激得上头了，打得特别激进，站的位置也比较靠前，和第一局一样，没一会儿再次死掉。

看这情形，怕是 YLS 第三局游戏会跟第一局一样，很快经济差被 GDT 碾压，然后被推到高地坐牢。

虽然只是训练赛，虽然吃饭那会儿说了目的是发现问题，输赢不重要。但林京一想到这一局游戏一旦输了，杨斯年绝对会在网上带节奏，手就忍不住攥成了拳。

游戏来到第七分钟，第一局游戏，YLS 就是在这个时候，盛况来下路帮秦余崩的。

和第一局游戏一样，盛况和何忘一起用最快的速度清完兵线，两人往秦余那一路靠去。然而真正去秦余那边的，只有何忘一个人。盛况只是在地图上露了个视野，给了 GDT 一个假象，就从自家野区去了江醉那一路。

就是从这一刻开始，历史被改变了。

杨斯年抓死了秦余，但盛况帮着江醉抓死了 GDT 的上单，且拔掉了 GDT 的上塔，顺道两个人还把杨斯年上半个野区里的野一扫而空。

本身江醉和 GDT 的上单相比，经济就不相上下，如此一来，江醉的经济反超。

游戏进行到第九分钟，再次围绕着射手路来了一拨团战。

此时的GDT还是有很大优势的，然而谁也没想到，江醉在上路越塔强杀了GDT的上单，并且在射手路团战到最后的时候，传送了过来，从后包抄了GDT。

GDT和YLS团战的时候，技能都用完了，正好在冷却期。江醉一打四，团灭对方。

这一拨，YLS这边只死了秦余和陈景。

盛况拿龙，江醉去了对方野区，何忘清兵线，经济差逆转，YLS高于GDT。

其中经济最高的是江醉，江醉虽然没打过职业赛，但跟GDT的上单对线本身就不虚。哪怕是第一局秦余那边被抓崩，江醉还单杀了GDT的上单两次。现在凭借经济优势，GDT的上单在他面前很难发挥，基本上出塔残血只能回城。趁这工夫，江醉赶来支援，GDT一直处于四打五的状态，游戏进行到第十一分钟的时候，GDT的经济差已经落后YLS将近四千。

再这么打下去，GDT必输无疑。然而在第十二分钟，YLS推GDT中路二塔的时候，GDT守塔的人全都站在塔下一动不动，任由YLS打。

GDT团灭，复活后，没人从泉水里出来。

陈景纳闷道："怎么回事？复活了都不出来守塔吗？"

他的话音刚落，兰博文的手机响了，GDT的教练杨禹打电话过来了："蚊子啊，不好意思，我们基地的网突然卡了，大家集体掉线了，现在还在重连。不过我想也来不及了吧，等我们重连进去，估计水晶已经被推了……"

杨禹像是生怕YLS这边不信，还大声嚷道："检查好到底是怎么回事了吗？正打着训练赛呢，好好的给断网……"

兰博文开了公放，杨禹的声音清晰地传进训练室里每个人的耳中。

一屋子的人先是一愣，随后集体沉默了下来。

兰博文忍着笑，清了清嗓子："这样啊，那不然我们再来一局？"

"是应该再来一局的，但是我们这边晚上有别的安排，时间真的很不凑巧。"杨禹说着，又问身边的人，"晚上我们几点的约？"

不知道谁接了句："禹哥，五点，马上要出门了。"

"五点啊，那还真得马上出门。"紧接着，杨禹又开了口，"蚊子，你也听到了，我们真不是不想再跟你们来一局，是真的有事。这样，改天，改天咱们重新再约一次训练赛行不行？”

兰博文倒是没像杨禹一样装客气：“再约就没必要了，反正 KPL 秋季赛上早晚都会碰上，那个时候肯定不会断网的。”

杨禹显然没想到兰博文会这么不给面子，愣了下，哈哈笑了两声：“行吧，那就赛场上见。”

挂断电话后，陈景第一个开口：“我算是服了，整个联盟怕是找不到第二个像 GDT 这么不要脸的战队了吧。我为我在 GDT 待过两年感到丢人。”

何忘显然是被 GDT 的操作震惊到了：“你们大队都是这么玩的吗？”

陈景不乐意了：“什么叫你们，是他们，他们。我现在和你一队。”

何忘说：“抱歉，景哥，说错话了。”

GDT 的人都挂机了，YLS 这边拆了中塔高地。就算他们什么都不做，超级兵也会慢慢地把 GDT 家的水晶推掉。

盛况直接点了“回城”，陈景跟何忘聊起了天，秦余还沉浸在杨斯年带给自己的阴影里没走出来。

唯独江醉，站在 GDT 的水晶前面，等 GDT 兵线出来，一套技能上去，把所有兵线清空。然后待超级兵入水晶，他一个技能滑到水晶面前，跟没赢过似的拼命拆水晶。

从投屏上看到这一幕的林京无语了。

等到 GDT 的水晶爆炸，江醉收起了他浑身散发的“我的眼里只有水晶”的气息，放下手机发表了自己的看法：“我冲国服的时候，碰到过那么多演员，都没今天这比赛来得恶心。”

陈景说：“何止是恶心，简直是恶心他妈给恶心开门了。”

在几个人的闲聊中，盛况看了眼坐在旁边一脸阴郁的秦余，拿着手机敲了敲桌子：“行了，都别说废话了，我们先简单地复盘一下吧。”

复盘少不了挑毛病，林京怕自己在，谁被挑得狠了觉得太丢人，连忙出声：“那我先回楼上了。”

盛况刚想留她，但下一秒就懂了她的用意，他似乎没想到她会想得这么周到，愣了下，然后“嗯”了一声：“好。”

林京对着大家说了句“拜拜”，就拿着手机回楼上了。

林京想得没错，复盘就是挑毛病，尤其是盛况嘴里的简单复盘，就是针对今天下午比赛每个人的状态复盘。

盛况没得挑，江醉表现得也很好，陈景也没什么毛病。何忘虽然心态有点儿不稳，但整体还算是扛下来了，最大的问题出在秦余身上。

兰博文平时挺纵着大家的，复盘起来却一点儿不客气："秦余，你是射手，我说过很多次射手不能急。尤其在第一局，没视野的情况下，你还敢追残血？

"打比赛，有的时候打的就是心态。之前我们在训练赛上基本都是顺风局，看不出来你心态有什么问题，还好今天跟GDT打了，不然到真正的赛场上，你一个人会彻底带崩全队的。

"还有，你发文字骂杨斯年，也太沉不住气了。我说过，我们战队有规矩，骂人就扣钱，你那钱我给你记下了，从你下个月的工资里扣。"

这个简单复盘，差不多也就进行了半小时，其中的二十分钟都是针对秦余说的。兰博文说到无话可说才宣布结束。

整个复盘基本上没盛况什么事，他完全可以不在场。他全程没开口说话，直到这个时候才出声："结束了？"

兰博文说："嗯，结束了。"

盛况说："那轮到我了。"

兰博文问："轮到你什么了？"

盛况没接兰博文的话，转头看向旁边被兰博文训得抬不起头的秦余："秦余，上线。"

"啊？"秦余应了一声，随后拿起手机，登录游戏账号。

陈景像是隐约知道盛况要做什么："盛况，你该不会是要……"

盛况慢悠悠地进入游戏后，敷衍地点了下头："对，你想得没错，就是单练。"

陈景像是回忆起什么噩梦一般，脸上的血色瞬间消失。他看了眼兰博文，兰博文碰触到他的视线，看向盛况。

盛况一边拉秦余进房间，一边往兰博文那边抬了下眼皮："怎么？你们也想被单练？"

陈景疯狂摇头："不不不，这种殊荣留给秦余就行了。"说着，陈景起身，一手拽上江醉，一手拎起何忘，"走走走，去我房间，我们三排。"

李小舟见陈景他们跑了，虽然不明所以，但也反应迅速地跟着起身：“等等我，景哥，我观战。”

一眨眼的工夫，训练室里只剩下盛况、秦余和兰博文三个人。

“峡谷地图里，我们一对一，开局我让你三个人头。我不需要你把我反杀了，你什么时候能从我手下活着逃掉，单练就算结束。”

盛况点了“开始游戏”，在进入游戏缓存界面的时候，他抬头往一旁的兰博文那边看了一眼：“你确定要围观？”

兰博文犹豫了两秒，想了下接下来会看到的画面，于心不忍道：“不，我去我房间研究刚刚的比赛，看看能不能抓出 GDT 的短板。”说完，他递给秦余一道颇为同情的眼神后走了。

林京回到房间，回想起刚刚的训练赛，越想越气。别说秦余的心态崩成那样了，她一个旁观者都觉得窝火。

盛况在 GDT 当过两年替补，那两年里有关盛况的说法很多，大多数都是负面的，说他是队霸，说他只在意个人荣誉，说他要求所有人都以他为核心打游戏，只考虑自己的战绩。在这些负面传言里，夹杂着少许的吹捧和鼓励，也都来自他最早的那一批粉丝，而那群粉丝多少是带了一些滤镜的。

这两年，她也曾不解为什么盛况会在巅峰状态下沦为替补。她想过也许有盛况的个人原因在。年少太张狂，说话太随性，被战队敲打也不是没可能。

但今天她发现，问题似乎不在盛况身上，而在 GDT。那个联盟里的最强战队，被很多战队奉为目标，实际上远不如传闻中的那样光鲜亮丽。

林京一想到盛况在这种氛围里，被人强行碾碎了一身傲骨，被迫沉寂两年，胸口就有些闷闷的。

她叹了口气，想让自己去想点儿好事，然后她就想到了最后一局游戏里盛况和江醉的完美配合。

大概是画陈景、李燃画烦了，她突然有点儿想给盛况换新搭档，江醉甚好。

林京的思绪成功跑偏。她构思了许久，直到兰博文喊她下楼吃饭，才发现天都黑了。不知不觉中，居然已经到了晚上七点半。

不对啊，他们干什么都可能不积极，干饭永远是最积极的，怎么今天的晚饭这么晚？

林京揣着疑惑下楼，来到餐厅发现盛况和秦余都不在。她坐下后，见大家直接动筷子开吃了，纳闷地问道："不等盛况和秦余吗？"

兰博文说："不等了，他们还在训练。"

林京没说话，也开始动筷子。

以前吃饭的时候餐桌上总是很热闹，今天反倒有几分安静，大家吃饭的速度比平时快很多，就像是完成任务一样，一吃完就立刻放下碗筷跑了。

林京看着大家相继离开餐厅，心想怎么一个个的都这么奇怪。她不紧不慢地填饱肚子之后，拉着小苦瓜出去遛弯。

回来的时候，别墅里静悄悄的，他们都还在楼下没开始自由活动。

林京喂小苦瓜吃了点零食，就把它送回笼子里，回了楼上。

时间还早，她翻出 iPad，想看看能不能把下午的构思给画出来。她拿着笔瞪着屏幕看了十来分钟，刚想下笔手机响了。

林京接听，话都没说，兰博文的声音就传了过来："在楼上？"

"啊？对。"

"下来一趟吧。"

林京没问为什么，"哦"了一声，就合上 iPad 下了楼。

兰博文在一楼客厅，看她从电梯里出来，立刻开口："帮个忙吧。"

林京蒙了："什么忙？"

兰博文说："想个办法把盛况从训练室里喊出来吧，他都练了秦余四个多小时了。秦余两个多小时之前，就被他虐哭了。再这样下去，我怕秦余直接被他虐退役了，到时候秋季赛还没来，YLS 先凑不够人数了。"

林京心想不至于吧。

兰博文像是看出来了她的想法一样："我真的没骗你，他真的能把人虐退役，他又不是没干过这种事。在 GDT 把二队的一个打野虐得连夜收拾东西回家了，据说到现在都没打过《王者荣耀》这游戏。还有陈景，你去问问他，当初被盛况关起来单练了将近二十四个小时是什么感受。"

"……"

兰博文说："陈景他们不敢去，我已经去过三次了，没啥用。江醉那孩子不怕，他去了说队长你来单练我吧，他那是去劝吗？总之，现在就你和小苦瓜没去过。"

林京心想，你们都劝不动，我凭什么能劝得动。但她看着兰博文无计可施的样子，沉默了下，心软了：“我试试吧。”

林京虽然揽下了这件事，但真不知道该从何劝起。

她先去了负一楼，隔着玻璃看到里面的盛况低着头面无表情地滑动着手机，而他旁边的秦余眼睛肿得跟核桃一样。

在她的印象里，一直觉得盛况是那种中二少年，整天要么懒洋洋地睡不醒，要么就是各种装。她没想到，他还有这样的一面。

沉稳、冷静，冷静到接近于冷血，完全是另一副样子。

林京有点儿怯场了，不太敢进训练室。但她都答应兰博文了，临阵脱逃是不可能的。她抿了抿唇，想了两秒，拿出手机。

小京酱：打游戏吗？就我们两个人。

小京酱：你只辅助我一个人的那种。

盛况用的是训练机，他的手机就放在桌上，在他越塔打了一套技能带走秦余的那一刻，他的手机连振了三下。

他下意识地往屏幕上瞟了一眼，看到发消息的人，他的指尖顿了下，然后耳机里传来他的英雄被塔打死的播报声。

趁着复活的空当，他解锁屏幕点进微信。他看完她发来的消息，轻笑了一声，随手打了两个字：我们？

英雄复活了，他将注意力调回到游戏里。打龙的时候，他的手机又响了两声。

小京酱：对啊，就我们两个。

小京酱：还是说你担心排位打不过呀，没关系，我们也可以打匹配。

林京不确定盛况答没答应，她看着自己发出去的消息，想了想，又补了几个字。

盛况打完龙躲进旁边的草丛里，扫了眼微信，他正准备收回视线的时候，屏幕里又进来了一条新消息。

小京酱：好不好吗？

盛况盯着最后四个字看了一会儿，很轻地倒抽了一口气。

住在隔壁的那位姑娘，这是在对着他撒娇吗？

等他回神，游戏界面黑屏了。躲在草丛里的他，不知道什么时候被秦余发现并且被打死了。

盛况沉默了两秒，随手打了个“好”字回给林京后，就在游戏里点了“投降”。

秦余愣了一下，顶着含泪的双眼，不解地抬起头：“队长……”

盛况放下训练机，揉了揉手腕：“今天先到这儿吧。”

秦余不太敢相信自己的耳朵，犹豫了两秒，问：“队长，你是不是觉得我没救了，要放弃我了。”说着，他的眼泪又落了下来，“队长，我错了。我保证以后不随便骂人，也不崩心态了，我……”

盛况压了压被秦余哭得有点儿疼的太阳穴，抬手敲了敲桌面，打断他：“是我的小老板。”

“……”

“我的小老板喊我，我得随叫随到。”

“……”

看到盛况放下训练机，兰博文谢天谢地，在心里好好地感谢了林京一番，就迫不及待地推开了训练室的门。

盛况的最后一句话，清晰地飘到了训练室外的楼道里。

林京完成了任务，怕盛况看到自己在外面，反应过来她喊他打游戏其实是为了给秦余解围，趁着他没出来赶紧转身往楼上走了。

她走了没几步就听到了盛况的话，脚一踉跄，险些把自己绊倒。好在她及时稳住了，看似很冷静地按了电梯上行键，直接去了三楼。

上楼的时候，她想到他还没吃饭，怕他真的随叫随到，又给他发了一条消息。

小京酱：我想先洗个澡，半小时后可以吗？

Miracle：好。

都说了要洗澡，林京回房间之后，就放下手机拿着睡衣去了浴室。她洗完澡出来，先看了眼手机，见盛况没说话，就去吹头发了。她快吹完头发的时候，她的手机响了。

Miracle：好了吗？

小京酱：好了。

盛况没回消息。林京以为他是去游戏里等自己了，就放下吹风机，连忙登录游戏。

盛况没在线，她等了差不多一分钟，见他还没来，正准备切去微信问问他，突然身后的阳台玻璃被敲了两下。

林京回头，玻璃又被敲了一下。她眨了眨眼睛，急忙放下手机蹦下椅子，跑过去拉开了窗帘。

盛况一只手插在兜里，另一只手微举着像是要继续敲，他看到她后缓缓地收回了动作，指了指旁边的玻璃门。

林京懂了他的意思，急忙打开。没等她说话，盛况就走了进来，随意地环顾了一圈，问道："我坐哪儿？"

林京的大脑一时间没转过弯来，下意识地"啊？"了一声。

随着这个字脱口而出，林京反应过来他的意思，她看着他问道："你……要在我房间里打游戏？"

盛况"嗯"了一声，过了两秒往她这边瞥了一眼："不是你喊我打游戏的吗？"

"……"

她是喊他打游戏了，但她没有喊他来她的房间打游戏啊。

林京看着盛况寻思了一会儿，想到他在训练室里对秦余说的那句话。他们认识这么久，虽然他口口声声称她是小老板，但实际上一直都是他喊她打游戏。今天这还是她第一次主动找他，还是因为秦余。

要不是秦余，她想就算自己想找他打游戏，也不敢骚扰他。难道他所谓的随叫随到，不单单指的是游戏里？想到这儿，林京忍不住嘟囔了句："你以前都是这么服务你老板的吗？"

"嗯？"

"就是你以前带老板的时候，也是这样吗？"林京想了下如果对方是个女的盛况随叫随到的场景，表情变得有点儿平静，连带着说话的语气都跟着没了起伏，"随叫随到，到现实生活里来。"

"……"

林京顺着刚刚的思路往下。说不定盛况被随叫随到的时间点跟现在一样，也是晚上，也是卧室里……

她抿了下唇，看着他又忍不住地补了句："我觉得你这种服务不太好，有点儿像……"

林京意识到自己想说什么，瞬间收住了到嘴边的话，但是盛况还是基本能明白。他大概没被人这么说过，明显地愣了下。

林京没想到自己居然在偶像面前胆大包天到这种地步，也跟着愣住了。

气氛僵持了三秒，盛况不冷不热地“呵”了一声。

林京听得心惊胆战，防备地看着盛况，一边提防着他揍自己，一边悄悄地往后退了半步。

她完了。她在她偶像面前努力维持的“小白花”形象彻底完了。

她这么说他，盛况怕是要认定她是个黑粉了，说不定她的直播间管理员职位等会儿就要被撤了……

林京正想着自己现在说句“对不起”还管不管用。盛况站在她面前，盯着她看了好一会儿后忽然出声：“我没别的老板。”

林京抬起头。

盛况迎着她的视线说道：“就你一个。”

“……”

“还有，我没想着随叫随到延伸到现实中来，是因为你就住在我隔壁，懒得开语音了。”

“……”

“开语音会影响到游戏音效，有些技能探草丛的时候，如果里面有人声，音效会有差别。”

“……”

所以，是她想得太多了。林京感觉自己此刻尴尬得能用脚指头抠出一个篮球场。

人家只是单纯地想有更好的游戏体验，而且就算有什么，依照盛况的情况，也不会是女生呀。

林京彻底对自己无语了，她习惯性地抬起手往脑袋上拍去。她的手刚落到一半，他抬了下手，她没能收住一巴掌拍在了他的手背上。

她还是用了一些力气的，挺响亮的一声。

“……”

真是一波未平一波又起。她打自己，他伸什么手。

气氛又僵了下来。林京这下真的不知道该怎么收场了。

在她不知所措的时候，盛况垂着眼皮盯着她毛茸茸的头顶看了几秒，犹豫再三，最终还是手落了下去。

林京的脖颈一僵。然后，她清晰地感觉到头发被他轻轻地揉了一下。那种僵硬的感觉从自己的脖颈瞬间传遍了全身。

“来打游戏了。”盛况自然地收回手，没等她安排，就拉开了桌前的椅子，坐在了上面。林京跟个木头似的站在原地没反应。直到盛况的手机里传来游戏的音效声，她才猛地回过神。

盛况进入游戏，一边照常给她送浓情玫瑰，一边看着像是特别随意地问她：“我开房间？”

林京慢半拍地回：“……哦。”

盛况开好房间等了一会儿，见她还没上线：“还没上号？”

“啊？”林京抬了下头，视线扫过盛况的指尖，飞速地转移视线。她的耳尖红红的，又“哦”了一声，慌乱地抓起手机登进游戏。

林京一进游戏，盛况发来的邀请就弹了出来。她同意后往盛况那边偷瞄了一眼，视线情不自禁地又落在了他的指尖上。

他刚刚摸她脑袋了？

他刚刚是摸她脑袋了吧？

林京正晕晕沉沉的，盛况的声音冷不丁地传了过来：“你想玩什么？”她这才发现，游戏已经匹配成功进入了选英雄的界面。

她轻轻地摇了摇头，让自己稍微清醒一些，然后习惯性地锁了妲己。

盛况在鬼谷子和太乙真人之间来回切换了两次，锁了鬼谷子。

林京选英雄的时候，没注意到五楼已经预选了王昭君。等她锁定好英雄，游戏界面唰唰地冒出好几条消息。

情：二楼什么意思？

情：没看到我先预选的法师？

林京心想，我还真没看见。兴许是她没理五楼，五楼又开始发消息了。

情：老公，呜呜呜，我的法师被抢了。

爱情：老婆，不哭，你玩射手。

情：可是人家想和你用情侣皮肤，本来心情就不好，现在更不开心啦，老公，呜呜呜。

情：啊——

林京被吓了一跳。

她正想着要不要把法师位还回去，游戏界面突然蹦出了新的消息。

情：啊！老公，一楼好像是况崽啊！

爱情：怎么可能，这是匹配。他怎么可能来打匹配，这一看就是冒牌货！

情：可是一楼有职业标呀。

爱情：拼凑的，真要是 Miracle，他可能选辅助吗？

情：说的也是，老公真聪明！

这位叫“情”的网友最后选了射手鲁班。

由于她喊况崽，且在看到盛况 ID 的时候表现得特别激动，林京初步判定这位妹子是“矿工”。因此游戏开始之后，她频繁地帮着这位妹子抓发育路。

看得出来她的男朋友不是来打游戏的，而是来哄她开心的。因为她没拿到王昭君，她男朋友最后也没用李白，选了橘右京，四级之后他们就开始让红和让蓝。

爱情（橘右京）：宝宝，红刷了，我先给你打着。

爱情（橘右京）：宝宝，红快打完了，快过来拿。

爱情（橘右京）：宝宝，对面有个蓝，我先帮你偷着。

爱情（橘右京）：宝宝，蓝快偷好了，快来拿。

这对小情侣在对面反蓝的时候，对面的诸葛亮复活了，两人的血量都不高，诸葛亮看到他们就放大招。

橘右京有位移，是可以逃的，但他一个位移到了鲁班的前面，接住了诸葛亮的大招，然后死了。

林京突然就被甜到了：“他们好甜啊。”

小鲁班在橘右京的掩护下，本来已经逃掉了，但她看到橘右京死了又折了回去，然后站在原地，一动不动地任由对面的诸葛亮把自己打死。

“……”

怎么还带送人头的。

林京一时间有点儿不知道自己嗑的到底算不算糖，还好这是匹配局，他们家的优势比较大。要放排位里，谁敢这么一死一送，怕不是要被骂死。

爱情（橘右京）：宝宝，你怎么陪我一起死了？

情（鲁班）：舍不得你一个人。

爱情（橘右京）：宝宝，你现在开心了吗？

情（鲁班）：开心了。

这对情侣的“尸体”躺在一块儿，聊到这儿都没再说话，看得出来妹子是真的开心了，一直在发表情包，男生也不嫌烦，陪着她发。

诸葛亮将这对小情侣杀了之后，林京跟着盛况绕后，秒掉了诸葛亮。

没等诸葛亮复活，林京和盛况跟对面的射手、打野还有辅助来了一小拨团战。

对方的上单支援得很快，好在盛况反应很快，及时控制了一下。林京技能刷新，一个大招带走了对面的上单。

不过林京和盛况，跟刚刚一块儿殉情的小情侣一样，也都是残血。

他们就在对面野区开的团，复活的诸葛亮迅速支援，过来之后什么也不干，先放大招。

鬼谷子大招隐身，是可以解诸葛亮大招的，但盛况的大招技能还没刷新。

林京玩游戏做不到任何伤害都能躲掉，所以盛况打辅助的时候，基本上会盯着林京和对面英雄，在关键时刻挡在她面前帮她吃伤害。这次也不例外。

按照以前的情况，林京是会理所应当地活下来的，毕竟她是 C 位[①]。

诸葛亮这个英雄的位移很多，真要是大招打死了盛况刷出来被动，就她身

① C 位：指能够在游戏中后期担任主力带领队伍的角色。

上这点儿血，只要诸葛亮在自己的攻击范围内追上她，被动状态下也能打死她。

大概是受刚刚那对情侣的影响，她想到了盛况下午被 GDT 恶心，心情估计也不怎么好。想到这里，林京一个闪现挡在了盛况的前面。

在诸葛亮大招过来的前一秒，林京隐身了。

盛况的大招蓄好力了，诸葛亮的大招没了视野，打在了他们家的小野身上。

“跟我过来。”盛况开了奔狼，带着林京往诸葛亮那边去。

诸葛亮看到身边出现鬼谷子的影子，反应也很快，对着兵线快速地刷出被动。

虽然诸葛亮走位很好，但还是被盛况拉住了。林京条件反射般地把能点的技能全都点了出去，与此同时诸葛亮被动被触发，伤害冲着他们两个人打了过来，三个人同时倒地。

游戏屏幕上方弹出一条播报：团灭。

林京看着游戏里一地支离破碎的“尸体”，有点儿不敢相信自己居然在盛况的带领下极限操作了两次。第一次是杀对方的上单，第二次是杀诸葛亮。

不对……

她本来是想帮盛况挡诸葛亮大招的，怎么就变成了她跟着盛况一块儿把诸葛亮给杀了?

两个人刚刚的那拨操作，算是路人局里比较极限的了。他们家一直没什么存在感，不是刷野就是打兵线的抗压路总算有点儿反应了，点了个“太秀了”。

离对面的人复活还要十秒，他们家的兵线已经到了高地，复活且来支援的小鲁班和李白，没能赶上刚刚的团战，只好去推塔了。

小鲁班将水晶打得只剩下丝血的时候，他们家的上单总算舍得跑过来凑热闹了，不过他不是来拆水晶的，而是放了一堆花里胡哨的技能来打刚出水晶的兵线的。

不过小鲁班的伤害值还是很高的，不等林京和盛况复活，也不等他们家的上单把那三拨兵线打完，对方的水晶就被小鲁班点爆了。

林京是毫无疑问的 MVP。

返回房间后，林京看盛况迟迟没回来，纳闷地往他那边瞄了一眼，发现他留在战绩界面里，正在手动举报他们家小鲁班。勾的选项还是“故意送人头”。

盛况的这个号是职业号，职业号举报一定会成功，如果放在巅峰赛里，下场就是封号。

看盛况还真想点“确定”，林京忍不住出声：“她是你的粉丝。”

盛况转头：“嗯？”

“就你现在要举报的这个小鲁班，她是你的粉丝，”林京说，“而且，她就送了一个人头。比起她，我觉得那个都没出现过、只会打兵线的上单更水吧。”

停了下，林京怕盛况本来没想着举报上单，现在被自己这么一说，顺带着连上单一块儿举报了，又说道：“这是匹配，很多人会来这儿练英雄的。再说我们都赢了，就算了吧。”

“行吧，”盛况像是被她说动了，返回房间，“听你的。”

盛况点了“开始游戏”，林京飞速地取消，他往她这边看了过来。

林京盯着他的手机，说：“你要不要换个账号？”

“怎么了？”

林京想了两秒，把自己的顾虑说了出来：“你的这个号太多人盯着了，打排位还好，打匹配我有点儿担心被人看到了，放到网上乱带节奏。”

盛况一顿，盯着林京看了会儿后移开视线，语气变得有点儿冷淡：“什么节奏？”

“说你比赛之前不好好训练，乱玩辅助一类的。”林京歪了下头，又说了一种可能性，“回头你们比赛一旦输了，或者状态不佳，或者你有点儿小失误，这个事说不定就会被拎出来，说是你玩辅助把自己玩废了，根本无心比赛。”

盛况的眉眼松动了许多，原来她担心的节奏是这些。

“总之，鬼知道他们会带出什么节奏来，反正我觉得还是谨慎点儿比较好。”

盛况觉得林京说的话好像也不是没道理，网上那群喷子一旦疯起来可怕得很。

他习惯了，主要是担心她。

“行吧，”盛况的声音又变得懒散了，“听你的。”

盛况的大号下线，过了没一分钟，他换了个别的号过来，是最早带她打排位的那个“你生日”。

林京说了让盛况打辅助，盛况就真的一直在给她打辅助。

一局游戏结束，林京正想着让盛况玩点儿他想玩的，她的手机突然一通乱振。

起床困难户：十点了！

起床困难户：快上号！

起床困难户：上号！！！

看到这些消息，林京才想起来自己跟兰婷婷约了今晚十点打游戏，而且是在她找盛况之前就已经约好了的。

林京沉默了两秒，看向一旁的盛况："那个……我可能玩不了了。"

盛况转头："嗯？"

"我室友，就是前几天你加好友的那个室友，她喊我打游戏，"林京解释道，"我跟她早就约好了，不能'鸽'了她。"

"不能一起？"盛况很随意地问。

林京愣了下："能吧。"她虽然这么说着，但还是给兰婷婷回了个消息。

小京酱：我们有两个人，可以吗？

起床困难户：可以啊，你来我房间，我在游戏里拉你了。

进游戏后，林京看到兰婷婷的邀请后点了"同意"，然后邀请了盛况。他们俩进来之后，兰婷婷一直没开始。

林京正想催她，房间里又进来了一个人，ID 名是"蔺"。她还没来得及问这是谁，就收到了兰婷婷的消息。

兰兰吃蓝蓝：班长。

第十七通

择日不如撞日

兰婷婷的班长，也是她的班长，叫贺蔺，北京本地人，以优秀的成绩考进的 B 大。他说话习惯带着老北京的腔调，为人风趣幽默，在学校里挺受女孩儿欢迎的。

蔺：林京？

贺蔺的消息刚刚出现在屏幕里，兰婷婷就开始了游戏，迅速匹配成功，进入选英雄的界面，兰婷婷才回了他的消息。

兰兰吃蓝蓝：对啊，是京京。

蔺：那另一位是？

兰兰吃蓝蓝：京京的朋友。

林京依旧锁了妲己，盛况这把倒是没用鬼谷子，而是换了太乙真人。

太乙真人这个辅助只要跟着你，不管你是清兵线还是打野怪，总之只要赚到了钱，就会有一定的加成。所以会玩太乙真人的，很容易将 C 位养肥。

兰婷婷选了虞姬，贺蔺见另外一个路人拿了个打野，就锁了哪吒去打抗压路了。

选好英雄之后，贺蔺又说话了。

蔺：男的？

与此同时，坐在林京身边的盛况也突然出声："男的？"

这两个人怎么回事？林京沉默了两秒："你是在读我们班长发的消息？"

"……不是。"

兰婷婷不知道他们这边的情况，看到贺蔺的消息就跟他聊了起来。

兰兰吃蓝蓝：不知道啊，这得问京京。

蔺：林京？

"嗯，是男的。"

林京对这两个人莫名其妙地好奇对方的性别感到不解，但还是一边回着盛况，一边敲字回贺蔺。

小京京京酱：是的，男的。

游戏进入缓冲界面，没办法文字聊天了。过了大概半分钟，游戏正式开始了，林京跟着盛况去了中路。

贺蔺大概是在游戏中不方便打字，他开了组队语音："我们的同学？"

林京一开始没反应过来他的意思，过了一会儿，才回了他。

小京京京酱（妲己）：不是。

兰婷婷看贺蔺开了语音，也跟着开了："小京酱，救命，我打不过对面的后羿。"

林京清完中路兵线，带着盛况往兰婷婷那路去支援了。

有盛况和兰婷婷补伤害，林京四级之后连杀了对方后羿两次，四分钟不到，林京有了五个人头。有太乙真人的经济加成，再加上这些人头，林京是全场经济最高的。

发育路这边一直都在打架，对比之下抗压路那边就没这么热闹了。

贺蔺大概也没想到林京会这么厉害："林京，你什么时候变得这么厉害的？"

林京没想太多，趁着回城补血的工夫，随手打了两行字。

小京京京酱（妲己）：不是我厉害，是辅助。

小京京京酱（妲己）：他很厉害。

贺蔺"哦"了一声没再说话，过了一会儿，他点开列表看了眼大家的经济，又诧异道："林京，你的经济怎么这么高？"

林京正跟盛况在去支援打野的路上，她没时间打字，依旧用的语音转换文字。

小京京京酱（妲己）：我们家辅助养的。

盛况坐在旁边听到了她的语音，她的尾字音调特意往上扬了下，又软又糯，还透着一点儿莫名的自豪感。他垂着眼皮，嘴角忍不住弯了下。

贺蔺一直到这局游戏结束都没再说话，返回房间后他没点"准备"，也没退出。过了大概十秒的样子，他的消息出现在了游戏界面里。

蔺：我听婷婷说，你暑假没回家？

蔺：你在北京吗？

小京京京酱：嗯。

蔺：在北京的哪儿啊？

林京告诉了他个大概区域。

蔺：啊？离我好近啊。

蔺：我竟然不知道你在北京，要是知道，早就约你出来玩了。

蔺：对了，我跟几个朋友约了明天一块儿去玩密室逃脱，你要不要一起？

盛况见游戏没开始，就随意地把手机放在了桌上。

他瞥到游戏界面里的聊天内容，顿了下，往林京那边不着痕迹地看了一眼，然后拿起手机。

你生日：不开吗？

兰兰吃蓝蓝：班长，准备啦。

贺蔺开了语音："我不玩了，等下还有点儿别的事。林京，密室逃脱你去不去？"

与此同时，屏幕里也蹦出来新消息。

你生日：小京酱。

你生日：那会儿你为什么给我挡大招？

小京京京酱：啊？

两个人同时跟林京说话，一时间她自己都分不清这个"啊"回应的是谁。但他们倒都挺自觉的，都觉得她这句话是在回应自己，一前一后发了消息。

贺蔺说："我的那几个朋友你都认识，有一个是我室友，还有一个是王晴晴。"

你生日：就在第一把游戏里，你一个妲己为什么给我一个辅助挡大招？

兰婷婷问："王晴晴？她也没回家？"

王晴晴是他们班的，住林京和兰婷婷她们隔壁宿舍。

贺蔺说："回了。这不快开学了吗？她提前回来了。"

林京也在好奇王晴晴怎么会在，正好兰婷婷已经问了，她索性转头看了眼旁边的盛况："不想让你死。"

你生日：为什么？

他就在她旁边，她都直接跟他说了，他为什么不面对面地回她，非要发在游戏里？

贺蔺跟兰婷婷聊了几句又问："林京，你那边怎么说？"

林京还挺喜欢玩密室逃脱的，在学校里，周末经常跟兰婷婷还有班里的其他人约了一块儿去，也跟贺蔺玩过几次。

整个暑假，她好像也没怎么出去玩过，一直就在别墅里耗着。要是只有她一个女生，她可能不太好意思去，但现在有王晴晴做伴，她还真挺心动的。

林京犹豫了两秒，敲了两下屏幕。

小京京京酱：可以啊。

盛况又往她这边看了一眼。林京没注意到，继续打字。盛况盯着她的侧脸沉默了两秒，收回视线。

你生日：问你呢，小京酱。

小京京京酱：明天几点啊？

蔺：下午三点，我等会儿把地址发你微信。

你生日：为什么不想让我死？

林京回完贺蔺的话，才发现盛况连着追问了两条消息。

她不清楚是不是自己的错觉，总觉得盛况不像真心实意地来问她挡大招的缘由，更像是来刷存在感的。

林京沉默了两秒，刚想去看盛况，屏幕里又出现了班长的消息。

蔺：我先下了，你们继续玩。

兰婷婷说："拜拜班长。"

出于礼貌，林京收住想跟盛况说的话，随手敲了"88"发了出去。

一旁的盛况清了清嗓子。林京这才连忙往他那边看去："没为什么，就是不想让你死啊。"

贺蔺离开了房间，兰婷婷点了“开始游戏”。匹配迅速成功，该选英雄了，林京连忙收回视线，低头看向手机。她还是想去选妲己，但盛况却锁了镜打野。

林京愣了下，抬头往盛况那边看去。

他的表情看着还挺自然的，但不知道是不是她敏感了，她在他身上捕捉到了一点儿不爽。

她迟迟没选英雄，兰婷婷提醒她：“京京，该选英雄了。”

林京回神，发现她走神的这会儿工夫，法师位已经被人占了，她只能打辅助，于是就选了个瑶。

盛况一直没接她的话，林京以为那话题过了，也就没再开口。游戏开始，她把所有的注意力都放回游戏里。

这局的镜乱杀，节奏打得贼快，六分钟就推到了对方高地。

整局游戏下来，真的挑不出什么毛病。但非要说一点的话，那就是林京的瑶好几次在盛况一打五的时候想去保护他，但每次还没跳到他身上，就被他躲开了。

盛况之后依旧玩的是打野位，拿的也都是很强势的英雄，而林京只拿到了一把辅助，用的还是瑶。一局游戏下来，她只有一次成功地跳到了盛况身上，然后停留了没十秒，就掉下来了。

以前盛况玩打野的话，会特意等她放大招上身，还会在她死后，刷野经过水晶附近的时候顺道接下她，偶尔看她蓝不多了，还会带她去对面偷个蓝。

而今天的这两局，别说给她偷蓝、顺道接她出水晶了，连身都不让她上了。

林京纳闷了。

十一点半，兰婷婷不玩了，林京看了眼时间不早了，也说不玩了。盛况点了下头，一句话都没说，拿起手机就起身回自己房间了。

林京更纳闷了。

她那会儿只是觉得他好像有点儿不爽，但没想到是真不爽，而且好像还是特别不爽。

在能让盛况不爽的人和事里，林京第一个排除了自己，而且排除得特别自信、干脆。

她洗澡的时候认真地复盘了一下，感觉他之所以会突然变成这样，还是因为下午 GDT 那事。

盛况回到房间后，把手机往床上一扔，就下楼去训练室打训练赛了。

等他再回来时已经深夜两点了，他捞起随手扔在一边的手机，看到微信里有好几条未读消息，都是林京在十二点半的时候发来的。

小京酱：你是不是有点儿不开心？

小京酱：因为下午 GDT 的事？

小京酱：其实我就是看到那对小情侣，在橘右京给小鲁班挡完大招后，小鲁班就开心了，我也想试试那样做能不能让你开心。

小京酱：但是感觉效果不是特别好……不然，改天要是有机会的话，我再帮你挡一次诸葛亮的大招？

谢天谢地，住在隔壁的那位姑娘可算是看出来他不爽了。但她就是觉得，他的不爽和她一点儿关系都没有。

他闷不吭声地带着她和她的那个室友打了一个多小时的游戏，没玩辅助，也不让她辅助，她愣是没往自己身上想。

盛况盯着屏幕里的那几条消息，气笑了。

她倒是挺会把自己择出去的。还有机会再帮你挡一次诸葛亮的大招，他看着是那种躲不开诸葛亮大招的人吗？就算真的躲不开，他看着是那种需要她来保护的人吗？

盛况训练了两个多小时的手感，好不容易感觉头不疼了，这会儿因为她的这几条消息，太阳穴突突地蹦着，头疼得更厉害了。

在那股说不清道不明的烦躁下，他飞速地敲字。

我是不开心，但 GDT 还不至于让我不开心。

我没有不开心，我只是很不爽。

我有净化，我不用你给我挡诸葛的大招。

盛况每打出一句话随后就删掉，反反复复了半天，一条消息都没发出去。到最后，他自己也不知道想要回她什么，直到他回神，才发现自己竟然在不知不觉中打了一句——明天真的要跟别的男的出去玩？

盛况愣住，盯着没发出去的这行字看了半天，感觉头更疼了，人更烦了。

他迟迟没碰手机，屏幕自动黑了。他面无表情地杵在床边站了一会儿，然后把手机往床上一扔，进浴室洗澡去了。

站在淋浴下，他脑子里又晃过他打的最后一句话。

别的男的……

他怎么就用了“别的男的”，那是人家的班长，认识得比他早，指不定还比他熟。人家的班长是“别的男的”，那他在她面前算什么？充其量就是一个男的？

盛况不确定是不是因为水温太高了，他感觉自己有点儿缺氧。

他撑着墙壁低着头盯着湿漉漉的地面看了几秒，长叹了口气，关掉花洒。

半个小时后，盛况枕着胳膊躺在床上，盯着天花板，开始反思自己是不是得了什么精神病。林京跟同学出去玩个密室逃脱怎么了，他犯得着在这儿这么不爽吗？

仔细想想，那位班长今晚也没说什么过线的话，也没做什么出格的事，真的还挺正常的，但他怎么就看那位班长极其不爽呢？

他跟那位班长都不认识，素未谋面的，就打了一局游戏，他从哪儿冒出来的这么深的敌意？

就因为人家性别是男？林京还不能有个性别是男的朋友了？盛况，你又不是人家姑娘的爹妈，你有什么资格管这些？再说，这都什么年代了，人家姑娘的爹妈都未必会管她交不交异性朋友。

你这不是有病是什么？

盛况又叹了一口气。道理他都懂，但他还是克制不住地恼火。

贺蔺订的密室逃脱地点离盛况家稍微有点儿远，林京搜了一下地铁路线，发现过去差不多要一个小时。

林京不喜欢让别人等自己，特意多留了半个小时以防万一。所以下午三点的约，她计划一点半就出门。十二点半，兰博文就喊大家来吃午饭了。

盛况来吃饭的时候穿的不是队服，而是私服。陈景看到他这种装扮，略微有点儿奇怪：“你要出门？”

盛况“嗯”了声：“约了人。”

陈景问：“谁呀？”

盛况漫不经心地说：“我表弟。”

林京听到这三个字，往他那边看了一眼。她什么话都没说，盛况就像懂她的意思一样，不轻不重地又说：“对，就是那个战绩为 0-20-0 的镜。”

提到 0-20-0 的镜，林京就想到了自己 0-10-1 的上官婉儿，然后顺道想到自己为了掩盖这个战绩，吭哧吭哧地打了三十把人机的光荣事迹。她讪讪地“哦”了一声，默默地低下头继续扒饭了。

陈景说：“于周啊，他前几天还嚷嚷着让我带他上分。”

兰博文看了陈景一眼：“你确定不是你去找小于周，抱人大腿，让人带你上分？”

林京忍不住插嘴：“原来你们都认识他啊。”

“对啊，他之前经常来 GDT 找他哥啊，”陈景说，“林妹妹，你为什么这么问？你也认识于周？你们什么时候认识的？”

林京摇了摇头：“我不认识他，就是玩过两把游戏。”

“这样啊。”陈景以为是盛况带林京玩游戏的时候拉了于周，也没多想，继续看向盛况问，“你跟于周下午要去干吗？”

“不干吗。”盛况回得有点儿不太走心，看着像是不想告诉陈景的样子，顿了两秒，又说，“密室逃脱。”

林京正喝着汤，被盛况后面慢吞吞地吐出来的四个字震得呛到了自己。她转头背对着餐桌咳嗽了起来。等她缓过来再回头，一眼看到了盛况伸到她面前的手。他的骨节修长，指尖捏着两张纸巾。

林京愣了下，下意识地往盛况那边看了一眼。他右手拿着筷子，视线盯着碗，压根儿没往她这边瞅。

“谢谢。”林京接过纸巾擦了擦嘴，然后又看了盛况一眼，没忍住小声问道，“你也要去玩密室逃脱？”

盛况“嗯”了一声，语气无波无澜的：“于周想去。”

“哦。”林京心想还挺巧的，他和她同时有约，约的还都是密室逃脱。

吃完饭，林京回楼上换了身衣服，看时间差不多了就出了门。还挺巧的，她在一楼换鞋的时候，盛况从电梯里出来，也一副打算出门的样子。

两人一前一后地从家里出来，林京以为盛况会打个车去赴于周的约，没想到在小区门口的时候，她左转步行，他也跟着。

林京纳闷地往他那边看了一眼，心想他该不会和她一样也打算乘地铁吧？结果还真被她猜中了。他选择乘地铁就算了，居然还跟她搭乘了同一路线的地铁。

地铁上的人有点儿多，他和她冲散了。不过林京只需要乘坐两站就要换乘了。

结果，她刚下地铁，发现盛况竟然也跟着下来了。她沿着地铁里的路线去换乘的时候，他就像个跟屁虫一样，和她保持着不近不远的距离，跟了她一路。

地铁来了，林京加快步子跑了进去。盛况倒是没她那么着急，依旧不紧不慢地往前走。

林京看着在地铁门关上的前一秒，他踏进地铁，一时间有些无语。

盛况随便捡了个她斜对面的位置坐下。他戴着耳机，像是在听歌，整个人看着懒洋洋的。

这趟地铁人特别少，她和盛况之间隔了好几个位置。林京往他那边看了一眼，又看了一眼，实在受不了了。她起身快速地跑到对面坐下，然后一点儿一点儿地蹭到他身边："你和于周约的是哪家店啊？"

盛况摘下耳机，往她这边偏了下头："嗯？"

林京低声说："我说，你和于周约的地儿，该不会和我是同一个吧？"

盛况把玩着摘下来的耳机，状似无意地说："你去哪儿？"

林京说了自己要去的密室逃脱店名："就挺火的一家网红店。"

盛况"嗯"了声："那是挺火的，于周订的也是那家。"

"……"

还真被她给猜中了。沉默了两秒，林京说："好巧哦。"

盛况别有深意地看了她一眼，沉默了两秒，轻点了下头，一副很赞同的样子，说："是很巧。"

地铁到站了，上来了几个乘客。

等大家坐好后，林京见盛况没再把耳机戴回去，好像是在等着自己跟他聊天。她想了想，问："你也喜欢玩密室逃脱？"

也……

捕捉到这个字的盛况没迟疑："还行。"

林京说："哦。"

她又一次地了解到了他的兴趣，而且这个兴趣，还和她的一样。

林京想到偶像居然和自己有相同的喜好，忍不住有点儿小窃喜，话大胆了许多：“那以后要是有机会，我们可以一起玩。”

不知不觉中到站了。林京跟盛况一块儿出了地铁，去他们要去的密室逃脱的店。那个地方林京来过两次，还算是挺熟的，走了五六分钟就到了。

贺蔺和他所说的其他朋友还没到，不过王晴晴已经到了，就在旁边的星巴克等着。

林京在门口停了下来：“我就不跟你一块儿进去了。我同学在旁边的星巴克，我去找她，你去找于周吧。”

盛况“嗯”了一声，两个人就分道扬镳了。

在星巴克，林京跟王晴晴一人点了一杯星冰乐，喝得差不多的时候，贺蔺他们总算到了。

时间差不多了，大家会合之后，就直接去了密室逃脱的店。

在前台，林京看到了盛况。他一个人倚着前台旁边的一根柱子，低着头在摁手机。

林京愣了下，下意识地喊了他的名字：“盛况？”

盛况闻声抬头，他的视线绕着她身后站着的那几个男生逐一扫了一圈，最后把目光落在了她的脸上。

林京往前走了两步，问道：“于周呢，他还没到吗？”

盛况摁灭了手机屏幕，站直了身子：“不是没到，是我被‘鸽’了。”

林京“啊”了一声：“那你怎么办？回去吗？”

“来都来了，总不能就这么回去。”盛况看了眼她身后的那群人，说，“你们人够不够？如果不够，拼个团？”

他们有五个人，贺蔺这次订的主题需要四到六个人。人数他们是够了，但多盛况一个也不会有什么影响。

林京是没问题的，但今天组局的不是她，她得征求别人的意见。在她犹豫不决的时候，盛况又问道：“不是说有机会一起玩吗？”

林京抬头看向盛况。

盛况迎着她的视线继续说：“择日不如撞日，就今天吧。”

“……”

不知道是他故意的，还是这里有点儿吵，她总觉得盛况的声音特别温柔。温柔得让她差点儿顶不住，当场点头说“好”。

盛况盯着她看了两秒，微低下了头，压低嗓音，语气更轻更温柔了：“行不行，小京酱？”

“行。”

林京意识到自己条件反射下做主答应了盛况的要求后，沉默了三秒。她实在说不出拒绝盛况的话，最终抿了下唇，又说：“我得去问问我的同学。”

盛况点头说道：“好。”

林京没说话，转身朝着贺蔺、王晴晴他们走去。

王晴晴看她过来，立刻好奇地问：“林京，那是你朋友吗？虽然戴着口罩，但给人的感觉好帅啊。”

林京心说，不是感觉好帅，是真的好帅。

贺蔺倒是比王晴晴敏感一些，看出了问题：“林京，是不是有什么事？”

林京实在是为自己刚刚的擅作主张感到特别抱歉，但她又抵抗不住盛况的诱惑。她在心里悄悄地组织了下语言，委婉地说道：“那是我的一个朋友，他跟他朋友约了来玩密室逃脱，但是他那个朋友临时把他‘鸽’了，现在就他一个人……”

林京越说越觉得不好意思。她想了想，觉得与其让她的同学在不认识盛况的情况下一起玩，扫了同学的兴致，还不如她好好道个歉，去跟盛况组团：“我们那个主题，不是四个人就可以玩吗？要不这样吧，你们四个去玩。我跟我那个朋友去和别人组团。我担心你们不认识他，等下玩的时候，扫你们的兴。”

“啊？你不和我们一起玩吗？”王晴晴不舍得林京，“我们那个主题不是可以六个人吗？你让你那个朋友和我们一起玩呗。反正你们和别人拼也是拼，还不如跟我们拼。”

贺蔺附和道：“对啊，一起吧。”其他两个男生更是无所谓。

林京再三确定大家真的没关系之后，对着大家又是说“谢谢”，又是说“实在不好意思”，然后才转身小跑到盛况面前，告诉他“可以了”。

贺蔺只付了五个人的钱，现在多了个盛况，他又跑去付了一个人的钱。

他们这个主题的主持人面对面建了个群，把主题故事背景发到了群里。等大家看完之后，就正式开始了游戏。

在密室场景里，大家唯一的光源就是手电筒。一伙人还是挺齐心协力的，一边找线索，一边搞分析、搞推理。总之一个个的都还挺入戏的，因此气氛也搞得挺像那么一回事，紧张又刺激。

唯独盛况是个例外。他不像是来玩游戏的，更像是出来散步的。他全程跟在林京身后，基本没怎么说话。

林京是最先发现第一个线索的：“班长，这里有个软尺，这本书上有个东字，软尺打开的长度是三，你看看东三尺那边，是不是有什么线索。”

“东三尺？”贺蔺按照林京的说法，估测了下三尺的长度，然后在东边的墙壁角找到了一个很不起眼的按钮。

王晴晴说：“哇，林京，你也太厉害了吧！这都能被你联想到。”

林京“嘿”了一声，没说话。

反倒是从游戏开始到现在，一直都很沉默的盛况，突然用只有两个人才能听到的声音，问：“那位就是你们班的班长？”

林京正沉浸在游戏里，她“啊”了一声，才反应过来盛况问了点儿什么。她点着头，一边思考着新挖出来的线索，一边“嗯”了一声。

盛况没再说话，视线却往贺蔺那边瞟了好几眼。

贺蔺这次选的主题虽然是微恐类的，但是在微恐类里属于比较恐怖的，推理难度也偏高，整体感受下来还是挺好玩的，只是最后一个环节过于恐怖。

与其说是恐怖，不如说是过于突兀。在音效的加成和气氛的烘托之下，突然冒出来的 NPC[①] 着实吓到了大家。关键这个 NPC 的演技特别好，看人的眼神阴沉沉的，配上她的妆容，真的很瘆人。

就连觉得自己胆儿挺大的林京，都被吓得一哆嗦，在王晴晴的万分惊恐的尖叫声中和不知道是贺蔺还是贺蔺带来的室友的骂人声中，她伸手往旁边胡乱地一抓。

她抓到了一只手。

王晴晴胆小，一直都紧紧地跟在她身边。她以为那是王晴晴的手，想都没想就紧紧地攥住了。

在这种氛围里，盛况不能说完全无感，但也确实没太大的感觉。总的来说，他仿佛置身事外，甚至还有点儿冷眼旁观。

最让他有感觉的，倒不是特效和突然冒出来的 NPC，而是王晴晴抱着脑袋

---

① NPC：non-player character 的缩写，是游戏中的一种角色类型，意思是非玩家角色，不受真人玩家操纵。

蹲在地上不管不顾地尖叫。那叫声着实有点儿刺耳……刺得他耳膜有点儿隐隐作痛。

他下意识地抬起手想去按下耳朵，结果手刚抬到一半，他的指尖就被抓住了。

他愣了下，过了好几秒，在仿佛置身于一片血海里的特效灯光下，侧头看向旁边的人。

灯光昏暗，他看不清她的脸，只能看到她的脖颈被染上了一层暗红。

他盯着她看了会儿，视线下移，落在了她抓着他的手上。

其实最后一个环节他们已经通关了，现在差不多算是在做故事最后的总结。

整个主题下来，最烧特效的就在这个总结里。刚刚那个 NPC 只是一个开始，接下来连续冒了好几拨挺刺激的特效，尤其是那音效，冷不丁给你来一声，着实让人心颤。

王晴晴的尖叫声未落又起，林京的手指哆嗦了下，握得更紧了。

盛况压根儿不知道周围出现了点儿什么，他挑了下眉，看她没发觉到任何不妥，也就没挣脱的意思，就那么饶有兴致地由着她抓着自己的手。

抓着他手的这位姑娘还挺要面子的，看着挺淡定地站在那儿，自始至终都没吭一声，但在不为人知的地方，她抓着他的手的力气却在频繁地加重。到最后攥得他的手微疼。

别说，这位姑娘的手劲儿还挺大。

游戏可算在王晴晴的尖叫声中结束了。特效消失，灯光亮起，他们回到了正常的世界。

王晴晴不敢睁眼，捂着耳朵声音发抖："结束了吗？"

不知道是哪个男生接了句："结束了，结束了。"

"可算是结束了，这是哪门子的微恐，这也太恐怖了……"王晴晴边说边想站起来，结果因为蹲得太久了，腿有点儿麻。她下意识地抬手拽住林京的胳膊："借我点儿力气。"

"哦。"一秒后，林京隐约察觉到哪儿有点儿不太对劲。

她不就抓着王晴晴的手吗？王晴晴怎么还要抓她的胳膊？林京蹙了下眉，这才感觉到自己手里抓着的那只手不太正常。

不是说她抓的手不正常，而是她抓着的手少了一些纤细和柔软，不太像是女生的手，更像是男生的手。

林京的心跳仿佛停了一下，顿了两秒，她僵硬地、慢慢地扭了下头。

她先看到的是盛况的脸，然后顺着他的脸一路滑到了他的肩膀、胳膊，再然后是被她紧紧抓着的手。

林京这下不只是脖子僵了，她全身都僵了。

她跟石化了一样，呆滞地望着两个人握在一块儿的手，反应了好几秒。她一整个游戏都没叫一声，此时突然“啊”了一声，然后迅速地松开了盛况的手。

王晴晴一直都没太敢睁开眼睛，现在被吓得一个激灵，迅速松开她的胳膊，重新抱着脑袋蹲在地上，又是一通尖叫：“不是说结束了吗？你们这群骗子。”

盛况一时无语，贺蔺和其他两个男生转头，一脸疑惑。

林京被王晴晴的叫声彻底叫醒了，她迎着贺蔺他们疑惑的眼神，故作镇定地弯腰拽了拽王晴晴的胳膊：“真结束了。”

王晴晴不太相信：“真的？”

林京说：“真的。”

王晴晴这才睁了下眼睛，确定是真的，才起来了：“那林京，你刚刚叫什么，吓死我了。”

林京被问住了。她的视线到处乱飘，就是没往盛况站的那边看。她见贺蔺他们都疑惑地看着她，等她答案。她张了张口：“手指麻。”

王晴晴问：“什么？”

林京闭了下眼睛，恨不得一口把自己的舌头咬下来。她的手指是有点儿麻，但她为什么要说出来？

在大家一脸茫然中，林京硬着头皮说：“就是手指突然有点儿麻，不知道碰到了什么东西……”

“触电了？”

林京正想着该怎么往下圆，听到这三个字，也没去细想是谁说的，就顺着这话继续往下编：“对，就是触电了。”

林京说完这句话的那一瞬间，反应过来刚刚说那三个字的人是盛况。

贺蔺说：“可能哪儿漏电了，你不小心碰到了。”

王晴晴说：“也可能是我抓胳膊的时候太使劲儿了，捏到你那根麻神经了。”

“……”

盛况听着两个人的分析，很轻地笑了一声。

林京被笑得耳朵有点儿热。她实在不知道该做出什么样的反应，木着一张脸僵硬了差不多十秒，才抿了抿唇，问：“我们是不是应该出去了？”

几个人从店里出来时已经到了吃晚饭的点了，贺蔺提议：“附近有挺多不错的餐厅，我们都聚在一起了，干脆一起吃个晚饭吧。”

林京不想撇下盛况一个人，刚想说她就不吃了。结果话还没说出口，贺蔺就问盛况：“这位朋友你介意吗？不介意的话，一起？”

林京没想到贺蔺会主动邀请盛况。她跟盛况不算特别熟，但到底在一块儿住了这么长时间，对他还是有点儿了解的。他这个人不是那么容易和别人处成朋友的，看着挺随和，但实际上很有距离感。

能组团玩密室逃脱，已经挺出乎她意料了，至于晚饭……林京觉得盛况大概率是不想去的。

哪知盛况听到贺蔺的话，静静地和他对视了几秒，然后点了下头：“好啊。”

“你们想吃什么？”贺蔺掏出手机搜索附近的餐厅，“林京你不是挺喜欢附近的一家湘菜馆吗，要不去那儿吃？”

其他人都表示没意见。贺蔺没订，又问了盛况一句：“有点儿辣，这位朋友，你没问题吧？”

盛况微抬了下眉，一副很散漫的样子：“没问题。”

林京看了看盛况，又看了看贺蔺，总觉得这两个人有点儿问题。无形中像是在较着什么劲，又像是真心地想要和彼此交个朋友。

第十八通

小骗子和小室友

餐厅离他们挺近的，就九百米，大家选择了步行。

玩游戏那会儿，林京没想着盛况跟其他人会有什么交集，就没怎么互相做介绍，这会儿在去餐厅的路上，贺蔺反倒对着盛况跟东道主似的介绍了一圈。

“我叫贺蔺，跟林京一个班的，挺荣幸能当他们的班长。这位是王晴晴，这位是我的高中同学，这位是我现在的室友。”

盛况对贺蔺的介绍，看着好像不怎么感兴趣，言简意赅地扔了两个字：“盛况。”

《王者荣耀》这款游戏是全民游戏，哪怕有些人不怎么玩游戏，也会偶尔去玩一玩的。

虽然不是每个人都会一场不落地追《王者荣耀》的比赛，但还是有不少人关注的，例如贺蔺的室友。

“盛况？ Miracle？打职业比赛的那个？”

“嗯。”平时盛况不是什么人的话都会接，但他今天对她这些同学倒是挺尊重的，大家问他话，他都会回应一下。

林京心想，她偶像还是挺给她面子的。

王晴晴很稀奇地问道：“这就是传说中的职业小哥哥？我还是第一次在现实中见啊。你们是怎么认识的？”

盛况自然地说道：“她是我的小室友。”

林京脚步踉跄了一下，突然很不想要盛况给她的这个面子。

王晴晴惊奇道："室……室友？"

和王晴晴一块儿被震惊到的还有贺蔺："你们住在一起？"

林京连忙解释："不是你们想的那样，他妈妈和我妈妈关系很好，我暑假不是没回家嘛，暂且借住在他家的。"

王晴晴"哦"了两声，明白了。反倒是贺蔺，看着比王晴晴还虚惊一场："原来只是借住啊。"

几个人到餐厅的时候，正好有位置。

他们挑了个大桌刚坐下，贺蔺就用手机扫了桌上的二维码："你们有没有特别想吃的？"

大家一致说"随便"，贺蔺就看着点了，下单之前顺便还点了几罐啤酒。

凉菜很快就被送上来了，连带着的还有啤酒。贺蔺随手拿了一罐拉开扣环，很自然地放在了林京面前，然后才递给其他人一人一罐。

递到盛况跟前的时候，盛况抬起修长的手挡了下。

贺蔺诧异道："你不喝？"

盛况伸手把林京面前的啤酒拿走："我喝这罐。"

"那林京……"

贺蔺的话还没说完，盛况伸手从旁边拿了一罐啤酒拉开扣环，推到林京手边："她喝这罐。"

比起贺蔺，盛况这啤酒罐开得着实有点儿装，单手食指勾着扣环打开的，发出很轻的一声"咔"。这一幕虽然就是纯显摆，但还是很赏心悦目的。

可透过这"赏心悦目"，林京总觉得盛况暗自跟贺蔺较量着些什么。

……较劲谁啤酒罐开得好？

林京皱了皱眉，瞬间对这个设想很无语。男孩儿之间的胜负欲都这么幼稚的吗？她在自己的思绪里沉浸了几秒，才发现身边的气氛有点儿不太对劲。

王晴晴正在跟另外两个男生聊天，没留意他们这边的小插曲。在他们三个人的吵闹声中，盛况跟贺蔺两个人一言不发，隔着桌子静静地望着对方。

林京不确定自己是不是又想多了，她总觉得此时此刻这两个人就像是武侠小说里的绝世高手，在用意念决斗。而且斗得特别激烈，不分个你死我活绝不罢休的那种。

林京沉默了两秒，见两个人的视线还胶着着，怕他们再这么对视下去会出问题，就清了清嗓子，拿起手边的啤酒：“那个，敬岁月静好？”

“……”

“……”

三秒后，两个人总算转移了视线，一前一后地拿起啤酒罐，和她轻碰了碰。

这家的菜上得很快，没一会儿就摆了一大桌。湘菜偏辣，贺蔺怕有人吃不惯，也点了几道不辣的。

盛况在服务员上菜的时候，捏着盘子的一角，把不辣的菜拽到了自己和林京面前，把辣的那些都推远了。

最近这一个月，兰博文点的餐也好，家里阿姨做的菜也罢，都特别清淡。林京好久没吃重口的了，现在突然看到感觉特别馋，伸着胳膊一直夹各种辣菜。

盛况留意了她好几次，她别说是碰一筷子面前不辣的菜，就连看都没看一眼。

尤其是剁椒鱼头，加热久了，辣椒入味，真的蛮辣的，坐在她身边的王晴晴吃了几口之后，都忍不住猛灌了几口冰饮。她倒好，眼睛都没带眨一下地吃了一口又一口。

盛况缓缓地“啧”一声。

林京闻声看向他，她一心只想着吃，压根儿没察觉到哪儿不对劲。

她看他一直盯着自己的脸，眨了眨眼睛，凑到他面前，小声问道：“是我脸上有东西吗？”

盛况说：“嗯。”

林京以为自己沾到了什么油渍，拿起纸巾擦了擦脸：“还有吗？”

盛况垂着眼看着她，看着不大爽地说：“有。”

林京拿起手机，刚想打开摄像头找，盛况又说：“有字。”她放下手机，不解地转头看向他：“啊？什么字？”

盛况的目光锁定她的眼睛，沉默了下，面无表情地吐出三个字：“小骗子。”

小骗子？说的是她？她骗他什么了？

林京满头问号。她刚想让他把话说清楚，他的视线往下落了落，盯着她被辣椒辣得红通通的唇，看了两秒：“吃得开心吗？”

林京心想吃得挺开心的啊。这家湘菜馆算是比较地道的，价格不高，分量还足，关键是味道够好。但直觉告诉她，她不能这么回。

就在她正犹豫着到底该怎么回他的话，盛况侧了下头，扫了一眼她面前那几盘不辣的菜，又看了看远处那几盘很辣的菜，慢悠悠地说："没看出来，你挺能吃辣的啊。"

林京张了张口，脑子里突然闪过一段对话。

——"你耳朵怎么那么红？"

——"有吗？"

——"有，特别红。"

——"是吗？可能是菜太辣了。"

——"你不能吃辣椒？"

——"不怎么能吃。"

不、怎、么、能、吃……

林京一瞬间尴尬得只想去死。"不是'社死'，就是在去'社死'的路上"，她想这句话就是专门为她量身定制的吧。

林京看着盛况努力地想了半天，也没想出来要怎么圆这个场。根本就没法儿圆。她总不能跟他说，她当时脸红是因为他给她掰筷子吧。

她不想让人知道自己就因为他的手指碰过她吃饭的筷子，她想多了，然后就脸红了，所以就瞎扯了个理由。

盛况这人那么会抓重点，要是问她想多了什么，她怎么回答？

他们此时的对话就像陷进了死胡同，让她进也不是，退也不是。

偏偏身边这位没有任何善罢甘休的迹象，看她半天没能说出一个字来，他的目光落在了她的耳朵上："那天你的耳朵为什么红？"

"……"

他这是打算逼她连夜收拾行李换个星球居住才肯罢休吗？

盛况看她不出声，又催了一句："嗯？"

林京抿了抿唇，低头看了眼碗里刚刚夹的一块鱼肉，前言不搭后语地蹦了一句："你吃不吃鱼肉？"

盛况一愣。

林京也不知道自己这会儿的脑回路究竟是怎么转的，反正她就想让盛况闭嘴，然后她看他没说"不"，就一手夹起那块鱼肉，一手拿着勺子在下面托着，递到了他的嘴边："吃吗？"

盛况看着她递到嘴边的那块白嫩的鱼肉，眯了下眼睛，没说话。

"不吃？那……"林京见他不张嘴，打算收回来自己吃。结果还没来得及撤手，盛况突然低头咬走了那块鱼肉。

等盛况吃完鱼肉，林京才反应过来自己做了点儿什么。

她为了让他闭嘴，不要提她以前那些丢人的事，居然喂他吃东西。还是用的自己的勺子和筷子喂的，而且他还吃了。

林京心想，不用他逼了，她自己已经逼得自己不得不连夜换个星球生活了。

林京还想，这大概是她有生以来最弄巧成拙的一次经历了吧：撒谎被抓，想掩盖，却被牵扯出不想被人知道的小秘密，为了掩盖小秘密，做出喂人吃东西这种惊人之举。

林京想她刚刚的行为算不算玷污了她的偶像……

在林京打算继续往下想的时候，她眼尖地瞄到盛况的表情有点儿不自然，她眨了眨眼睛，问道："你……耳朵为什么也红了？"

"……"

"……"

林京很想一口咬掉自己的舌头。

就她会说话。

就她长了一张嘴。

在她的自我唾弃中，她看着他，贴心地给了他一个台阶下，顺便也给了自己一个："这个答案我知道，辣椒辣的。"

盛况压根儿没有顺着她这个台阶往下走的意思，看着她，表情晦涩不明。

林京被他看得有点儿心慌，彻底走投无路了，正打算用"去个洗手间"这个万年老梗出去躲躲。结果她还没说话，他突然很轻地笑了一声："因为，第一次吃女孩儿喂的东西，有点儿不好意思。"

林京怔住。她一罐啤酒都没喝完，此时却突然觉得脑子有点儿晕。

她迎着他的视线不躲不闪地和他对视了十几秒后，手撑着桌子，决定不管盛况做什么，自己照旧用那个万年老梗。

然而，坐在她对面一直跟王晴晴他们几个人聊天的贺蔺，突然喊了声："林京。"

林京只好压下去洗手间的念头，看向贺蔺："啊？"

贺蔺问："过几天开学，你打算提前一天返校？"

林京说："应该是吧。"

"那一起？"贺蔺说，"反正我们住得不太远，我叫个车去接你，我们一起返校吧？"

拒绝贺蔺的人是盛况："不用了。"

贺蔺纳闷地看向盛况。

盛况平静地说："她有人送。"

吃完饭，大家在餐厅门口各自叫车直接散了。

林京跟盛况一块儿走的，不知道是因为今天闹得不好意思的事太多，还是喝了点儿酒的缘故，回家的路上两个人都没怎么说话。

到家后，两个人一前一后地进了屋。换完鞋，盛况突然转头看了眼还在玄关处磨磨蹭蹭换鞋的人："你们班长的电话号码是多少？"

林京抬头："啊？"她不知道盛况为什么要贺蔺的电话，但还是拿出手机翻出贺蔺的电话，告诉了他。

他记下后，"嗯"了声，直接上楼了。

已经挺晚的了，林京洗了个澡就上床了。她拿着手机在各种 App 里逛了会儿，最后回到了微信，然后她才想起来今天出去玩，她还没给贺蔺钱。

她跟同学出去，除了过生日这种情况，其他的她都会 AA。总不能因为谁有钱、谁大方，就一直花谁的。鉴于今天还多了个盛况，林京点进贺蔺的微信，转了双份钱。

很快，贺蔺就回了她消息，他发来了一张截图。截图内容是支付宝的转账提醒，金额也是双份的。

贺蔺：这是谁转的？

林京发了个问号过去。她真心觉得贺蔺这话问得让人有些许迷惑。这钱是转给他的，他都不知道是谁转的，她更不可能知道了。

林京正准备回他一句"我怎么可能知道"，贺蔺又给她发了一张截图。这次的截图，带了转账人的名片。头像是空白的，名字是一个拼音字母"S"，字母后面有转账人的部分信息：（*况）。

看到况字，林京愣了下，想到盛况回家那会儿问她要了贺蔺的电话号码。

贺蔺：是不是你的那位朋友？

林京也是这么想的，而且她还有依据。不过，她还是把贺蔺发来的截图转发给了盛况，然后发了个消息准备确定一下。

小京酱：你？

Miracle：嗯。

林京那双份钱有一半是替盛况付的，但她不知道盛况想的是不是和她一样。

小京酱：你怎么转了那么多钱给贺蔺？

小京酱：都双份了。

发完第二条消息，林京突然觉得自己有点儿“茶”。她明明很想知道多出来的那笔钱是不是替她付的，但又怕万一不是，到时候尴尬，然后就这么拐弯抹角地套话。

套话就算了，还故意加了个双份，简直不要太心机。

Miracle：嗯。

Miracle：是双份。

Miracle：有一份是那位叫林京的小室友的。

盛况的消息回得很快，接近于秒回。比起她为了套他的话，动用了那些弯弯绕绕的小心思，他可真是直白多了。

林京盯着“小室友”那三个字，沉默了好一会儿，抬起手搓了搓自己的脸，然后才慢吞吞地开始打字。

小京酱：哦，谢谢。

盛况没回她消息。她退出和他的聊天界面，重新点开了贺蔺的微信。

小京酱：是他。

贺蔺把她转过去的那笔钱返回给她。

贺蔺：我请你。

贺蔺：然后可能还得麻烦你，告诉下你的朋友，我退了一半钱给他。

他们今天的人均花费挺高的，都小一千块钱了，林京实在不好意思。

小京酱：不行的，太多钱了，你要是把钱退给他，那我就把我的那份转给你。

林京刚想转账，屏幕里进来了一条消息。

贺蔺：不用了。

林京以为贺蔺这是不肯要她的钱，刚打算说一码事归一码事，贺蔺的消息又来了。

贺蔺：他把我拉黑了，我的钱转不过去。

然后贺蔺怕她不信，还给她发了截图：“对方已将你添加至黑名单，你不能向对方转账。”

三秒后，林京低头敲字。

小京酱：那我去找他吧。

回完贺蔺的消息，林京退回到微信主页，她的指尖还没点进和他的聊天界面，他的消息就过来了。

Miracle：那钱不用给我了。

Miracle：就当是你今天带我一起玩的谢礼了。

“……”

他怎么知道她会来还钱？要是换成贺蔺、王晴晴，哪怕他们是真不想要这个钱，她也会想办法还回去的。但是兰婷婷不一样，她跟兰婷婷就没这么客气了，因为关系够好，只要你付出我也付出，就没什么可计较的了。

林京觉得还蛮神奇的，她跟贺蔺他们做同学也一年了，按理说要比跟盛况熟多了，但她发现自己在不知不觉中，把盛况放到了和兰婷婷差不多的位置上。

起先是因为他是偶像，她很崇拜他，可现在仿佛除了是偶像之外，在日常生活中，她也把他当作朋友了。

这还是她有史以来第一次这么快地对一个人敞开了自己的世界。

在学校里，她看着人缘很不错，但实际上真正能称为朋友的也就兰婷婷一个人。

她表现得很开朗，撺人一套一套的，但她骨子里是一个挺没有安全感且敏感的人。

有的时候别人不开心，可能和她一点儿关系都没有，但她就是容易代入自己身上，情不自禁地开始反思是不是自己哪句话说错了。

她很清楚自己的问题，也知道之所以会这样是受到了蒋琬的影响。

在家里，有太多次她的无心之失惹得蒋琬不开心，换来蒋琬短则两三天，长则一个月的不理不睬。那种冷暴力让她窒息、焦虑，甚至暴躁到抓狂。

她真的很怕谁不高兴了、谁不理她了，为了不让自己的这种情绪过多，她会让自己和别人保持一段距离。

没那么交心，也就不会在意了，那些负面情绪也就不会影响到她了。

过了半晌，林京才回过神来。手机已经自动黑屏了，她解锁屏幕，出现在眼前的依旧是她和盛况的聊天界面。

她挣扎了几秒，最终还是没给他转账。

小京酱：那回头有机会，我请回来。

盛况可能在楼下训练或者在玩游戏，没再回她。

林京退出聊天界面，想去微博逛一圈。但在退出的那一刻，她犹豫了下，滑着屏幕找到了蒋琬，点了进去。

她跟蒋琬的最后一次聊天还停留在半个月前，蒋琬来北京没告诉她的那次。最后的两条消息，都是她发给蒋琬的。

妈妈，你下次来北京，可不可以提前告诉我？

我们好久没见了。

过去这么多天了，蒋琬都没回她一个字，也不知道她看没看到消息。

或许蒋琬看到了，但并不想理自己，或许压根儿就没看。反正蒋琬经常性地要么忽略她，要么当她不存在。

都这么多年了，林京觉得自己应该已经习惯了，可她发现在蒋琬这儿，她每次都学不会真的习惯。

林京抿着唇，盯着手机屏幕看了许久，还是没忍住点出了九宫格。

小京酱：妈妈，你最近还好吗？

小京酱：立秋了，天凉了很多，你要注意身体啊。

林京心里很清楚，蒋琬不可能很快地回她消息，可她还是倔强地守着微信等了好一阵儿，才点进微博。

再次放下手机的时候，已经差不多是晚上十二点了。

微信里很安静，没有一条未读消息，但林京在锁屏之前，还是不死心地点开微信看了眼蒋琬的头像。

她什么时候睡着的，自己也不清楚，她只知道自己是被雷声惊醒的。她拿起手机看了眼时间，刚过一点，她最多睡了半个小时。

蒋琬依旧没动静。

她被吵醒后没了睡意，干脆坐起来靠着床头玩手机。朋友圈里，有同学半个小时之前分享的《王者荣耀》今天凌晨上线的一款新皮肤。

特效做得很精美，虽然是一款她不怎么会去玩的英雄的皮肤，但她还是没能抵住视觉诱惑，忍不住点进游戏，充值买了。

买这个皮肤送的东西还挺多的，都在系统邮件里。她去查收的时候，看到了盛况送给她的浓情玫瑰。两个邮件显示，分别是在昨晚十一点多和半小时前送给她的。

林京攒的那点儿浓情玫瑰早就送完了，她想到自己刚刚买的新皮肤，动了念头。她每天喝的气泡水是他买的，今天出去玩也是他花的钱……

她送他个皮肤，也是理所应当的吧。

灵光一闪的念头，瞬间变成了冲动。基本也就在一分钟里，她已经送出了刚出来的新款皮肤。

这么晚了，林京并不打算玩游戏，送完皮肤，她把亮着的任务随便点了点，打算退出游戏，发现自己的邮件多了个红点。

她下意识地点进去，发现那红点是礼物记录里的——

YLS.Miracle 给您送来了第一个皮肤：海洋之心。

YLS.Miracle 为您投放了一份小惊喜：猫影幻舞。

YLS.Miracle 为您投放了一份小惊喜：云霓雀翎。

YLS.Miracle 为您投放了一份小惊喜：云鹰飞将。

YLS.Miracle 为您投放了一份小惊喜：音你心动。

…………

礼物记录里的消息还在不断更新。

短短两分钟内，林京数了数，盛况已经送了她七八个皮肤了。林京看盛况那边还在继续，忍不住在游戏里给他发了个私信。

小京京京酱：你干吗送我这么多皮肤？

小京京京酱：被盗号了？

盛况没回她，她又收到了三个新皮肤。

"……"

游戏好友每天最多只能赠送十个皮肤，她想这下盛况总该停下来了吧。是停下来了，但也就停了二十来秒，她的邮件里又出现了一个红点点。

你生日为您投放了一份小惊喜：游龙清影。

你生日为您投放了一份小惊喜：飞鸢探春。

…………

还换号送？不要告诉她，他这是打算把她没买的那些可买的皮肤全都给她买了。

她的皮肤不算少，最起码她经常玩的那几个英雄的皮肤是全的。只不过有些英雄她实在玩不来，也基本不会玩，所以皮肤不是那么全。除非是一些限定款，以后买不到的那种，她才可能会买。

林京沉默了两秒，不在游戏私信他了，直接去发微信消息了。

小京酱：别送了。

小京酱：好多英雄我压根儿不会玩，你送我再多的皮肤，也只能在角落里落灰。

盛况一直没回她消息，林京等了十几分钟，心底泛起一丝不好的预感。她返回游戏，不看还好，一看她差点儿一口气没提上来。

她的邮件里，礼物记录跟炸锅一样，有一长串的提醒。

除了"你生日"之外，还有陈景的号，于周的号，秦余的号，兰博文的号……反正整个 YLS 战队的号差不多被他用了个遍。

她商城皮肤那一栏自动勾选的是未拥有，以前点进去，有好几排的皮肤可以购买。现在再进去，她未拥有的皮肤不是她错过的限定款，就是内测款，还有一些活动款，总之都是买不到的。至于她的皮肤数，从一百多变成了三百多。

林京看着自己一下子升级成土豪的账号，突然很后悔，自己刚刚不应该冲动地送他那款新出的皮肤了。

这平白无故浪费了多少钱啊。虽然不是她的钱，但她还是感到无比肉疼。

林京的手机突然响了一声，是一直没理她的盛况。

Miracle：我教你。

Miracle：想学哪个英雄，以后有时间慢慢教你。

林京满脑子都是那些钱，对想学哪个英雄一点儿心思都没有。

小京酱：你去给客服打个电话吧。

盛况回了她个问号。

小京酱：你就说那些钱是家里的小孩儿不懂事乱充的，让客服把钱给你退回来。

Miracle：这么晚了，怎么还没睡？

盛况不提，林京都忘了自己因为蒋琬心情不好导致失眠了。她抿了抿唇，捧着手机敲字。

小京酱：打算睡了。

Miracle：嗯，睡吧，晚安。

林京回了个“晚安”的表情包，盛况没再回她，她也就没再说话。过了没一会儿，她反应过来自己好像被他带偏了话题。

小京酱：认真的，你考虑考虑我的提议，去给客服打电话吧，不然我会后悔的。

盛况不知道在干吗，还是没回她的消息。林京以为他睡着了，也放下了手机。

房间里很安静，她在黑暗中望着天花板，还是睡不着。都快两点了，她等不来蒋琬的回复了吧，也不知道这个时候蒋琬是睡了，还是在忙。

林京翻了个身，抱着被子望着窗帘，情绪突然变得特别低落。

她一直都很努力地让自己把每件事都做得更好，她以为这样就可以让蒋琬多喜欢她一些，或者高兴一点儿。可她发现，这么多年了，不管她怎么做，似乎都没太大的用处。

是她一直不死心，以为妈妈都是爱女儿的；是她一直都在给蒋琬找理由，说蒋琬爱的方式和别的妈妈不同；是她不愿意承认，她的妈妈其实根本没那么爱她。

林京的胸口闷得厉害，她实在睡不着，打算下楼去找口水喝。

这个点，别墅里的那群夜猫子都睡了。整栋楼静悄悄的，就连一楼关在笼子里的小苦瓜看到她，都只是敷衍地动了下头，就继续趴下去睡了。

一楼亮着一盏昏黄的壁灯，光线不算暗。虽然餐厅没开灯，但林京心想她就摸瓶水就回楼上了，也懒得去按开关了。

那盏壁灯映到餐厅里的光线特别微弱，林京记得冰箱的位置，轻车熟路地往那边走。她以为餐厅里没人，走了没几步，眼角的余光瞄见了一道黑影。

大概是受下午玩密室逃脱的影响，她这会儿稍微有点儿敏感，冷不丁地被吓到了，条件反射般地将手机甩了出去。

林京亲眼看到手机不偏不倚地砸中了黑影，紧接着她手机落地，发出“啪”的一声响。

手机屏幕亮起，借着光，她看到了盛况的脸。她张了张口，整个人彻底呆住了。她是真没想到，这个点儿餐厅里还有人。有人就算了，还不开灯。

盛况关了餐厅的灯，刚想回楼上睡觉，结果看到她进来，就想退回去帮她把灯打开。

他根本没想到，自己刚到开关跟前，什么都没做，她就扬手把手机砸过来了。他完全没准备，手机结结实实地砸在了他额头的左边。

他是真的被砸蒙了，看了她足足三十秒才抬手按了下开关。

餐厅的灯光大亮，林京不适地眨了眨眼睛，过了几秒，她的视线上移，落在了盛况渗了一丝丝血的额头上。

都见血了……

林京一下子变得有点儿慌。

盛况微低着头，用指腹蹭了下被砸的地方，疼得他轻“嗞”了一声。他抬头看到眼前的姑娘微张着嘴，正不知所措地看着他。

她的眼睛睁得很大，漆黑的眼珠子无措地到处乱飘，看着慌张得很，就跟个受惊的小兔子似的。

盛况看她这副模样，一时没忍住“扑哧”一声笑了出来：“还挺聪明啊，知道用手打人疼，换成了用手机砸。”

林京分不清他这是调侃还是嘲讽，待了好久，她愣是没憋出一句合适的话来。最后反倒像是个犯错的孩子，缓缓地低下了脑袋。她也不想让自己这么㞞，主要是她真的理亏。

盛况看着眼前毛茸茸的脑袋，忍不住在心底“啧”了一声。他要是再不说点儿什么，动手的是她，怕一会儿哭出来的也是她。

这都是什么事，被打的是他，哄人的还是他。

盛况很无奈了，但开口却莫名地轻：“没生气。”

林京愣了愣：“什么？”

“我说，”盛况低头垂眸看着她的头顶，思绪跑得有点儿远，住在隔壁的这位姑娘，头发看着好软，“我没生气。”

林京偷偷地瞄了盛况一眼，少年看上去表情很平静，没什么不对劲的地方。他除了额头被她砸得有点儿红肿，还带着点儿血之外，和平时没什么差别。

林京担心自己看错了，又偷偷地瞄了他一眼。他看着不像是撒谎的样子，好像真没生气。

林京总觉得不太真实，思考了两秒，又偷偷地往盛况那边瞄去——

盛况不知道什么时候把脸凑到了她面前，她这一瞥，直接瞥到了盛况几乎要贴过来的脸上。

“……”

林京惊得险些抬手甩他一巴掌，但好在她忍住了。她忽然觉得，他额头上的伤真不怪她。他总是在大半夜突如其来地做这些，换谁也顶不住。

林京沉默了两秒后说：“你……干吗？”

“你不是一直偷瞄我吗？”盛况慢吞吞地站直了身子，“我寻思着，这样，你不是看得更清楚点儿。”

“……”

我谢谢你。

林京又沉默了两秒问道：“你……真没生气？”

盛况抬了抬眼皮，一副懒得重复第三次的样子。

“那，你有没有不高兴？”林京问。

盛况弯腰捡起她的手机，还好有手机壳保护，手机完好无损，就是壳被摔裂了。

在林京的记忆里，这是她第一次伤到人。她心里有点儿不安：“你……真没事？”

盛况被她连问了两句，他停下掰她手机壳的动作，转头看向她：“没不高兴，也没事。”

结果林京还是瞪着眼睛看着他，一副不那么敢相信他的样子。

盛况跟她对视了几秒，叹了口气，彻底没脾气了：“是不是我得给你笑一个，你才会信我？”

林京脑补了下盛况的笑，默默地收回看他的视线，不自然地说：“那倒不用。”

盛况很轻地笑了一声。

林京感觉耳朵有点儿热，她咽了口唾沫：“那个，你等我一下。”说完，林京就跑出餐厅，上楼了。

没一会儿，她从楼上下来，把手里攥着的一把创可贴递给他：“这些给你。”顿了下，林京又说，“我刚刚真的不是故意的，我纯粹是条件反射，没想着砸你。”

盛况瞄了眼她手里的创可贴，视线却落在了她的手指上：“不用了。”

“还是贴上吧。”

“小伤，用不着，而且还丑。”

“……”

林京低头看了看自己手里的创可贴，这些就是她在药店里买的那种最普通的创可贴，的确不怎么好看。

帅哥都挑剔，她懂的。尤其眼前这位还是个又狂又跩的帅哥。

林京想了会儿：“那……你再等我一会儿？”

她跟刚才一样，正准备转身往楼上跑，衣领却被盛况拽住了：“你这一趟一趟地跑不嫌累吗？有什么事，是不能回楼上说的？”

林京张了张口，反应过来，盛况现在住三楼，就在她隔壁。

她“哦”了一声：“可以。”

盛况笑了一声，站在餐厅里没动。

林京纳闷地看了他一眼：“不走吗？”

盛况没回她，直接问道：“你大半夜的来餐厅，别告诉我就是为了砸我？”

林京闭了闭眼睛，走到旁边拿了一瓶水。

回到三楼，在他们走到盛况卧室的门口时，林京说：“这次可能要等得久点儿。”

盛况“嗯”了一声。

林京没说话，抓着那把创可贴回了卧室。

二十分钟后，她放下手中的笔去找手机，却发现手机不在自己这儿。

她这才想起来盛况帮她捡起手机后，一直都没还给她。林京赶紧把创可贴整理好，去了隔壁。

盛况的门开得很快，就好像他是守在门口一样。

林京站在门口没进去，直接把手伸到他面前：“喏，现在好看了吧？”

刚刚那些创可贴，在这一会儿的工夫里，像是变魔术一样，全都被画上了画。

每个创可贴上的图案还不太一样，有黑白的，有颜色很绚烂的，还有很可爱的……其中还有一些《王者荣耀》里的英雄人物同人图。

盛况垂眸看了几秒，抬头：“你画的？”

林京点头：“嗯，不知道你喜欢哪个风格，所以多画了一些。”

“那我要说都喜欢，是不是都能拿走？”

“啊……能啊。”林京说着，把手往前伸了伸，“都给你。”

盛况的嘴角不经意地微扬了下，让开了门口：“帮我放在桌上吧，我去洗个手。”

林京把创可贴放在他的电脑旁边，然后在桌上找了一圈，没看到自己的手机。

盛况很快从洗手间出来，他很随意地把门关上，看了眼站在书桌前正找东西的姑娘：“怎么了？”

林京抬头：“我手机呢？”

盛况走到她跟前，拎起搭在椅子上的外套，从口袋里摸出她的手机。

林京道了句“谢谢”，低头检查了一遍，发现手机也好，手机壳也好，都完好无损。她松了口气：“没想到你这个周边手机壳还挺经摔的。”

盛况漫不经心地应了句：“是吗？”

林京说：“是啊，我都摔了两次了，一点儿事都没有。”

盛况没说什么。

时间已经挺晚的了，林京也没在他的房间里多逗留。她指了指自己的额头：“那个，真的很对不起，还有就是我回房间休息了啊。”说着，她往门口那边走去，走了没两步，盛况突然出声："你阳台的门锁了吗？"

林京被问得一愣，随即摇头："没。"

盛况伸手推开她身后通往阳台的玻璃门："从这儿走近。"

林京"哦"了两声，转身走出了他的卧室。

"林京。"盛况在身后喊了她一声。

林京回头："嗯？"

盛况站在书桌前，手指随意地扒拉着被她放在桌上的那一把创可贴。他看着她的眼睛，过了两秒，说："你是不是不太高兴？"

林京张了张口，不太理解他是怎么看出来她今晚不太高兴的。她觉得自己掩饰得挺好的，没在他面前露出什么破绽。

她愣了好一会儿，想问他你怎么知道的，话到嘴边，她又反应过来这么一说就等同于承认了。

"你可以找我。"盛况又说。

林京眨了眨眼睛没说话。

盛况的语气很淡："以后你要是睡不着，可以来找我。"

林京的眼睛有点儿酸，她躲开他的视线，看着阳台外的夜空，故作轻松地问："找你打游戏吗？"

"看你，"盛况顿了下，又说，"不想打游戏，干点儿别的也行。"

林京对着漆黑的天，拼命地眨了几下眼睛，把眼底涌上来的泪水压了下去。虽然她没问他是怎么看出来她不高兴的，但他的话已经让她知道答案了。

她一个多小时前就跟他说要睡觉了，结果大半夜没睡还跑到楼下去找水喝。

碰到这种情况，很多人未必能看出来什么。但他不一样，还是挺心细的一个男孩儿的。

她很少跟人流露出情绪化的一面，在她妈妈面前，她流露了也没什么用，更别说在外人面前了。林京想了一下，这好像还是第一次有人关心她是不是不太高兴。

林京觉得自己的喉咙有些堵，她用力地吞了好几次口水，才勉强地"哦"了一声。虽然她已经很努力地让自己表现得很平静了，但她的声音还是不受控制地抖了一下。

她挤了个笑容，回头仓促地看了他一眼："真的困了，走啦。"

她没等他有反应，人就已经跑到自己的卧室门前了。随着隔壁玻璃门被关上的声音传来，盛况收回视线，也关上了门。

他的手机就放在桌上，她没发现他那个同款的手机壳被他扒下来了。书桌下面有个垃圾桶，她也没发现，里面有一个摔裂的手机壳。

盛况笑了一声，拿起手机。微信里有一条他还没来得及看也没来得及回的消息。

小京酱：认真的，你考虑考虑我的提议，去给客服打电话吧，不然我会后悔的。

林京回到房间，靠着阳台的玻璃门站了好一会儿，直到手里的手机突然振了一下，她才回过神，是盛况的微信消息。

Miracle：后悔什么？

小京酱：后悔我手贱送你皮肤。

Miracle：……

林京以为盛况不会回自己了，就放下手机进了洗手间。等她再出来，微信里多了一个录屏，是盛况游戏里的礼物记录。

挺多人送他皮肤的，但全是未接收状态，其中还有秦丹丹的。包括今天刚出的那款新皮肤，已经有好几个人送过他了。

但在这些礼物里，他只收了她一个人的。

林京的心跳漏了半拍，这个录屏她反复地看了好几遍，最后实在不知道该怎么回，就放下了手机。

他也没再给她发消息，深更半夜的，房间里特别安静。她这会儿的心情倒是没那么糟糕了，可脑子里却很乱，具体乱在哪儿她也不知道。

过了不知道多久，在她快睡着的时候，她隐隐约约地感觉到不是她的脑子乱，是她自己变得不对劲了。

她也说不清是哪儿不对劲，反正就是有些东西变了。

盛况枕着一只胳膊平躺在床上，想到自己给她换手机壳的时候，在她手机和手机壳的夹缝里看到的那张字条。

那是之前推选队长的时候，他给自己的投票，上面是特别敷衍地画出来的名字。

当时她问了句那些是不是都不要了。谁也没多想，没想到她抱着的是不要她就去捡回来的小心思。

隔壁那位姑娘该不会真的就一心把他当偶像了吧？盛况叹了口气，惆怅地翻了个身。

林京这会儿还有没有再失眠他不知道，反正他被她搞失眠了。

盛况实在睡不着，他撑起上半身，靠在床头翻起了手机，翻着翻着，不知怎么就翻进了他和她的聊天记录。

他随意地滑着屏幕，指尖不小心点到了她发给他的某一条语音。

那种总觉得她的声音很熟悉的感觉再次涌了出来。

他继续点了播放，反反复复了不知道几次之后，他抬头看向了对面的那堵隔开他和她房间的墙。

啊……是她啊。

第十九通

中奖绝缘体的大礼包

林京这一觉睡得挺久的，刚开始她很难入睡，等真睡着了，睡得还挺沉的。在这长长的睡眠中，她做了一个梦。

她梦见自己养了一个很萌的小人，那小模样长得跟她画的盛况同人Q图一模一样。

那小人跟她的小指头差不多大，不管她是在寝室还是去上课，都随身带着他。

他心情好了，会在她的课本上蹦跶。有时候她在做题，他还会去抱住她的笔尖。被他惹烦了，她会用手指捏起他的后衣领，把他放进笔袋里。

他心情不好的时候会沉着一张脸，盘腿坐在某个地方，瞪着她。

偶尔他调皮的时候，会用尽全力举起她的橡皮擦丢在地上，也会费劲地抱着她的笔，在她的草稿纸上乱写乱画。

她睡觉的时候，他就睡在她枕边。她手机闹铃响的时候，他会惊得跳起来。有时候她没被手机吵醒，他就蹦到她的枕头上，拼命地戳她的脸。

每次上高数课，他就会打哈欠，然后倒头睡在她的课本上，睡得特别沉的时候，他鼻子里会吹出大泡泡。

她给他取名叫况崽，让他喊她妈妈。开始他还挺乖的，“妈妈，妈妈”地叫个不停，后来变得越来越皮，不是喊阿姨就是喊老阿姨。

梦里的时间过得很快，过了一天又一天，直到有天她醒来，发现小人突然长大了，他闭着眼睛，在她旁边睡得正沉。

寝室的床是单人床，一下子变得特别拥挤。

他和她的脸贴得特别近，她一开始根本没看出是谁。她惊魂未定地眨了好几次眼睛，才把头往后移了下，然后他那张脸完整地映入了她的视野。

赫然就是盛况的脸。

她吓得失声尖叫，他被吵醒了，蹙着眉一脸不耐烦地睁开了眼睛。看到她的那一瞬间，他脸上的不爽尽数消失。

他懒洋洋地侧躺在她床上，伸出漂亮修长的手指，捂住了她的嘴，然后脸往她脑袋旁边挪了下，嘴巴凑到她耳边："嘘，宝贝。"

林京的眼睛猛地睁到最大。

宝……宝贝?

在她一脸惊恐中，盛况亲了下她的面颊，声音里带着十足的困倦："才八点，再睡会儿吧，老婆。"

老……老婆?!

梦里的林京彻底被吓傻了，她整个人僵了差不多一分钟，然后一下子睁开了眼睛。

她在梦里，被他那声"老婆"吓得一时间忘记了呼吸，憋气憋得太久，导致她这会儿有点儿缺氧。

她茫然了片刻，反应过来自己身处在熟悉的环境中，刚刚那些吓人的画面都是她做的梦，这才深呼了一口气。

她撑着床坐起身，摸到手机看了眼时间，已经快下午一点了。林京醒了会儿神，才去回想自己做的那个奇奇怪怪的梦。

那个梦真的很奇怪，脑洞开得都快上天了不说，居然还"宝贝""老婆"的……

她怎么会做出这种不要脸的梦？明明刚开始把人家当儿子养，养到最后却变成了人家的老婆？林京打了个哆嗦，再次被自己吓到了。

她狠狠地晃了晃脑袋，把那个吓死人不偿命的梦从脑子里晃出去，然后就掀开被子下床去洗漱了。

她拿着手机下楼的时候，看了眼微信。兰博文居然没喊她吃饭。那一群男孩儿该不会到这个点了还没睡醒吧。

到了一楼，林京才发现，不是他们还没睡醒，是还没顾得上吃午饭。

客厅里堆了好几个快递，兰博文跟姜鑫正在拆箱子。其他人在旁边被人围着量身高和三围。

林京出电梯的时候，被眼前这乱糟糟的场景惊得脚下一顿。陈景眼尖，看到了她：“林妹妹，早安。”

林京毫不客气地冲着他翻了个大白眼，看了一圈没看到盛况，最后视线落在了兰博文的身上：“你们这是……”

“做队服，这群人长得太快了，尤其是秦余，裤腿都短了，得重新量尺码了。”兰博文说。

林京“哦”了一声，正准备说话，盛况从负一楼上来了。她想到刚刚做的那个梦，顿时噤声了。虽然盛况不知道自己在梦里让他做了点儿什么，但还是好羞耻啊。

“哎，盛况。”兰博文刚拆开了一个盒子，看到盛况出现就立刻喊住他，“过来看看，你的周边这次做得怎么样。”

林京的注意力瞬间被吸引了过去，她下意识地转头看向兰博文。

盛况先往她这边看了一眼，才顺着她的目光，漫不经心地落在了兰博文那儿：“都有什么？”

“这次的种类可多了，”兰博文边说，边一样样地掏出来给盛况看，“你看这鼠标垫，这帽子，这帽衫，还有这钥匙扣、手机壳……”

林京眼馋地盯着兰博文面前的那个大箱子。里面装的全是盛况的个人周边，而且还挂着“非卖品”的标签。估计是为一些官方抽奖活动准备的。好想要，但是她每次抽奖都抽不到。

“这次做得质量是不是还挺好的？”兰博文说，“尤其是这个口罩，带着你的印刷签名呢，是不是很有吸引力？”

林京默默地在心底回：是的。

兰博文说：“回头你戴着这个口罩拍张照发微博，到时候我搞抽奖，一定有特别多的人来参加。”

林京默默地点了点头，她就是其中的一个。

盛况随手拿了个帽子扣在脑袋上，照着镜子看了眼，然后摘下来递给兰博文：“总共搞了多少份啊？”

“不多，就一百份，留一半送赞助商、游戏官方机构，剩下的搞抽奖。”

林京眼热地看着兰博文接走的那个盛况随便戴了一下的帽子，有种想扑过去抢走的冲动。

盛况低着头拨弄了两下被帽子压扁的头发，往林京那边看了一眼。住在隔壁的那位姑娘，直勾勾地看着兰博文手里的帽子，就差没当场拿支笔把“想要”这两个字写在脑门上了。

盛况眼底染上了一层很淡的笑意：“这些周边，你每样都拿一个，往我房间里放一套。”

顿了下，他又说：“帽子就你手里这个吧，别拆新的了。”

林京羡慕地看了眼盛况，她也好想来一套啊。

兰博文奇怪地看了眼盛况：“你咋回事？以前硬塞给你，让你留个纪念，你都不要。现在突然抽什么风？”

“没抽风，”盛况弯腰，在箱子里随便扒拉了两下，从里面捡了个手机壳出来，“家里的一个小孩儿喜欢。”

“家里的小孩儿？谁啊？于周？”兰博文闻言，迅速地帮盛况把他要的东西整理出来。

盛况低头扫了眼手机壳，没放回箱子里，顺手递给了兰博文：“这个要两个。”

兰博文把他要的东西塞进了一个大袋子里，问道：“你量衣服的尺寸了吗？没量赶紧去量。”

盛况“嗯”了一声，往陈景他们那边走去。

林京站在原地没动，盯着兰博文随便靠着墙边放的那个大袋子，羡慕得想流口水。那么大的一个袋子，里面装的全套最新的非卖品周边。

她好想去抱一抱啊。哪怕不给她抱，摸一摸也行。

客厅里人多，还有外人，小苦瓜在笼子里一直叫，大概是有人嫌弃吵得慌，把它给放了出来。

它扭着圆滚滚的屁股，挨个儿把所有人闻了一圈，最后跑到了兰博文跟前。它先是用爪子扒拉着箱子，把毛茸茸的脑袋探进去嗅了一通。被兰博文赶走之后，就屁颠屁颠地凑到旁边的袋子跟前，用脑袋拱了拱袋子，然后肉嘟嘟的身子就卧倒在袋子旁边。

“……”

林京看着小苦瓜，一时间不知道该羡慕谁。别说是盛况家里的那个小孩儿了，就连一条狗都比她幸福。

盛况是最后一个来量尺寸的，等他结束了，姜鑫客客气气地将那几个服装设计师送走，一群人才开始吃午饭。

吃完午饭，林京看那一大箱的周边还没被搬走，就默默地装成跟小苦瓜玩耍的样子，留在客厅里没离开。

等客厅里没人了，林京刚准备跑过去近距离地偷偷地去摸摸那些周边，突然电梯响了一声。

她吓得一屁股跌回沙发上，飞速地抽出手机，表情平静且冷漠地点亮屏幕。

大概是因为太心虚，为了让自己看起来玩手机玩得逼真，她下意识地戳进微信，点进兰婷婷的聊天界面，装模作样地开始敲字。

电梯门打开，兰博文跟盛况走了出来。看到客厅里坐着玩手机的林京，兰博文眼前一亮："对了，这不是还有京妹吗？"

林京听到自己的名字，镇定自若地把手上的话打完，才抬起头："啊？怎么了？"

兰博文说："想请你帮个忙，不是马上要秋季赛了吗？想给粉丝发发福利，拍一拍大家的日常。但我又不想请那些专业的团队过来拍，主要是觉得他们拍出来的特别像剧本，所以就想自己拿着手机随便拍，这样显得自然。但我现在又有点儿担心姜鑫一个人拍不过来，到时候遗漏了什么。所以你看，你方便吗？方便的话，帮个忙，跟拍一下？"

跟拍？就是说她不但可以光明正大地拍盛况，还可以趁机拍那些周边？

林京眼睛一亮："好啊。"顿了下，她又问，"用谁的手机拍？"

兰博文说："你的手机就可以。"

林京问："那需要我剪辑吗？"

盛况诧异地看了她一眼："你还会剪辑？"

林京点头："会啊。"作为他的粉丝，她经常剪辑一些他的视频，偷偷当物料发进他的超话里呢。

"那太好了，你能帮忙剪辑最好了。"兰博文说。

"那我到时候把剪辑好的视频发给你们吧，不然原视频太大了，发起来太慢。"林京停了下，又说，"你们放心，原视频我不会泄露出去的，我会保护好你们的隐私。”

看着眼前这位姑娘认真的模样，盛况垂下眼皮，遮掩住眼里的笑意。然后，他的视线往上稍微抬了点，落在她攥着的没有锁屏的手机屏幕上。

小京酱：呜——你知道我看到了什么吗？宝儿，我看到了一大箱子的周边，况崽的周边。

小京酱：他给他家里的一个亲戚要了一套，一整套！好有排面啊，我也想要这种排面。

小京酱：小苦瓜都能去舔那些周边，我却没资格摸一摸，我活得连一条狗都不如。

小京酱：回头官博抽奖，你一定要帮我，开10个小号帮我。不，20个，我就是一个中奖绝缘体。

林京答应了兰博文帮忙拍日常，她以为会从明天开始，没想到兰博文让她现在就拍。她本以为大家面对镜头可能会拘谨，事实证明她想多了。

这群人压根儿就没把她和姜鑫的手机放在眼里，在训练室里该怎么样就怎么样。

他们说话还挺有梗的，日常生活里“中二”，一会儿你跟我父子局来一场，谁输了喊爸爸，一会儿五个人开房间玩什么梦境大乱斗，赢了笑嘻嘻，输了骂咧咧。

下午四点，他们约了训练赛，这次的战队跟他们的差距有点儿大，一个小时游戏就结束了。

离晚饭还有一段儿时间，陈景拽着何忘跟江醉去三排了，秦余在训练营里苦练百里守约。至于盛况，训练赛一结束就丢下手机，跟兰博文要了笔和纸，趴在桌上开始练签名。

他的字写得很漂亮，一会儿写盛况，一会儿写Miracle，没一会儿就洋洋洒洒地签了一整页。

正拍他的林京有些无语。

同时无语的还有兰博文：“你发烧了？”

盛况把写满签名的纸丢在一旁，又拿起一张纸继续唰唰地签：“练字。”

“……”

“这不是过几天要比赛了吗？现场肯定有人找我签名。我好久没签了，手生，先练练。”

“……”

陈景翻了个白眼，一边嚷嚷着我有干扰，一边不客气地揶道：“你能再不要脸点儿吗？”

盛况没理他，又签了一会儿，然后抬头看了眼旁边站着的林京：“哪个最好看？”

过了两秒，林京一手举着手机，一手指了一下：“这个。”

盛况“嗯”了一声，转头看向兰博文：“我让你准备的那些周边呢？”

“在这儿，等会儿我给你送楼上去，反正你也不着急……”

兰博文的话还没说完，盛况就伸了下手：“给我。”兰博文拎给他。盛况将那些周边挨个儿拆开，找了合适的地方，拿着金色签字笔逐个签了名。

“抽奖让你签个名，你死活不肯签，现在你给于周签这么多。”兰博文始终认为盛况嘴里的“家里的一个小孩儿”是他刚成年没多少天的表弟于周。

“没办法。”盛况等签名干了，把周边逐一装回包装盒里，“小孩儿要排面。”

“……”

过了差不多十秒，兰博文看着盛况不厌其烦地把周边一个个重新塞回袋子里，总算察觉到了问题了。这位大少爷什么时候变得这么有耐心了？

“把周边给我拆开！”“拿笔来！”“把周边赶紧拿走。”“不会拿旁边去再装进盒子里吗？非得在我眼前装，等着我帮忙？”

这些话，怕才是这位大少爷的正确打开方式吧。

可你瞅瞅，他刚刚都说了些什么？

“家里的一个小孩儿喜欢”“练字”“手生”“没办法，小孩儿要排面”……

他什么时候在比赛现场给人签过名？练字？就于周那小子，配在他这儿有这种待遇？于周要是敢开口要周边，还要带排面的那种，兰博文敢保证盛况绝对当场送他两个字——滚蛋。所以，家里的一个小孩儿说的是……兰博文的视线缓缓地落在了林京的身上。这么一目了然的事，这么一屋子的人，愣是没一个看出来不对劲的。

他是该夸盛况拙劣的演技真不错，还是该说这群人一个个的没有感情。

兰博文没忍住，笑了一声。

盛况转头往他这边看了眼："发骚？"

兰博文意有所指地往林京那儿瞥了一眼："能有你骚？"

盛况挑了下眉，转着笔没否认。

兰博文想把那一大袋子签完名的周边放旁边去，他拎了下，又往林京那边看去："有点儿重。"

盛况斜了兰博文一眼。

兰博文继续盯着林京："不知道能不能拎得动。"

盛况靠在椅子上，沉默地看着兰博文。

兰博文掂了掂周边："真的不算轻，不信你让京妹拎一拎。"

盛况"啪"的一声把笔丢桌上："你有病？"

兰博文笑了，把周边放在旁边的椅子上，往林京那边看了看："那么一大袋子，拎着真不算方便。拎一小会儿，可能不觉得累，那要是拎久了，真不轻松啊。"

盛况没说话，视线落在了袋子上。

兰博文提议："要不你问问你家那小孩儿，看她是要拎着，还是给她快递。"

盛况思考了两秒，觉得兰博文说的话好像有那么点儿道理，于是拿起桌上的手机："行吧。"

林京羡慕地在心里直流口水。他们对那个小孩儿也太贴心了吧，还担心他拎东西累不累。

兰博文一开始一口咬定那个小孩儿就是于周，带得林京也这么觉得。

虽然那些周边注定不是她的，但她还是挺想确定下周边到底给谁。要真的是给于周的，说不定未来她还有机会能蹭个他嫌弃的小周边。

林京眨了眨眼睛，犹豫了两秒："盛况。"

盛况抬头："嗯？"

林京小声问："我能录个你发消息的样子吗？"

盛况看着她没说话。

林京不清楚是不是自己揣了小心思的缘故，她有点儿虚。她故作镇定地迎着他的视线，生扛了一小会儿，又说："我不会录你屏幕的，我就是拉个近景。"

盛况没说话，继续盯着她看。

林京慢慢地开始有些扛不住了，就在她想说"不行就算了"的时候，盛况笑了一声："你来录。"

林京拿着手机凑到他跟前。

盛况用指纹解锁手机，点进微信。

林京看似在录他微垂着头发消息的样子，实则视线一直往他手机屏幕上扫。她看到他的大拇指滑着屏幕，往下拉了好久，然后停在了于周的头像上，点了进去。

那个小孩儿果然是于周……

林京瞄见盛况点出九宫格，懒洋洋地开始敲字。

Miracle：给你准备了一些周边，蚊子说有点儿沉，你看是邮寄过去还是自己拎走？

于周周周：哥？

于周周周：哥，你确定是发给我的？

于周周周：哥，你是不是发错消息了？

于周周周：哥，你怎么突然想着我了，你真是我哥吗？

隔着手机，林京都能感觉到于周的受宠若惊。

盛况一脸淡定地继续敲字。

Miracle：不是说自己是个中奖绝缘体吗？所以给你开个后门。

于周周周：谢天谢地，哥，你终于知道给我开后门了。

Miracle：所以，拎走还是邮寄？

Miracle：林京。

过了三秒。

于周周周：林京？？？

于周周周：为什么是林京？？？

于周周周：哥？？？

于周发来了满屏问号，盛况始终没说话。过了大概半分钟，盛况又开始敲字。

Miracle：知道你在看。

Miracle：林·中奖绝缘体·京。

于周先是发了一串"裂开"和"打脸"的表情包，随后又发来了几条消息。

于周周周：我有自知之明，我懂，我全懂。

于周周周：我姓于，所以我多余。

于周周周：我这就去改名字，改成于·多余·周。

下一秒，盛况跟于周聊天界面上方，“于周周周”这四个字就变成了“于·多余·周”。

林京彻底蒙了，半晌没反应。

盛况继续打字。

Miracle：第一次给人开后门，你要不要这个后门，好歹给个回复。

林京眨了眨眼睛，过了几秒，才回过神来。她张口想说话，想到自己的手机在录着，旁边的姜鑫也在录着，于是把话咽了回去，指了指盛况的手机：“我用一下？”

盛况把手机举起来，林京拿着的手机正录着盛况，只剩了一只手打字。她没接手机，就着盛况的手飞速地按了几个字。

Miracle：真的是给我的吗？

Miracle：呜呜呜！我好激动啊！

Miracle：况崽，爱你，永远爱你。

这些文字消息中间还夹杂着一些表情符号。于周收到这些消息后特别惊恐。

于·多余·周：哥，你在做什么？

于·多余·周：哥，你太可怕了，我都要被吓哭了！

Miracle：我不是你哥。

Miracle：我是中奖绝缘体。林·中奖绝缘体·京。

Miracle：嗯，也是小孩儿。

最后这条消息是盛况发的。

于·多余·周：你们够了。求你们放过孩子吧。

小孩儿……指的是她？

林京的耳朵开始不争气地发烫，她僵了片刻，木着一张脸抬手继续打字。

Miracle：我才不是小孩儿。

Miracle：我都成年好久了，都快过十九周岁的生日了。

于·多余·周：你们非得通过我聊天？你们是没有好友，还是不会说话？

Miracle：比我小。那不还是小孩儿？

Miracle：比你小就是小孩儿？

林京心想，那你的小孩儿还挺多的。

Miracle：那倒也不是。喊你小孩儿，是为了提醒你。

于·多余·周：啊！你们到底有完没完了？

林京眨了眨眼睛，忽略掉于周的消息，在盛况举着的手机屏幕上敲了几下。

Miracle：提醒我什么？

盛况抬头盯着她看了两秒，才垂下眼皮去打字。林京亲眼看见他要说的话，一个字接一个字地从他的指尖蹦了出来。

Miracle：年龄。你这年龄当不了我妈。只能当……

盛况敲到“当”字就停了下来。林京盯着他的手指，渐渐地屏住呼吸。

盛况像是在思考什么，沉默了好几秒，突然偏头笑了下：“算了，感觉稍微有点儿早。”说着，他把手机屏幕摁灭，丢在了桌上。

林京松了一口气，她不知道自己到底在紧张什么，但直觉告诉她，他那个“当”字后面的话会很吓人。她看了盛况一眼，又看了看被他丢在桌上的手机，忍不住有点儿好奇他到底要说什么。

她感觉自己这会儿的心情有点儿复杂，想知道，又不想知道。林京犹豫了几秒，最后还是选择了不问。

有关盛况他们的日常，林京跟拍了两天，然后用了一个晚上加一个下午，把自己拍的那些片段先粗略地做了个剪辑视频，发给了兰博文：“你看看这样剪行不行，觉得哪儿不够好，可以告诉我，我后续精剪的时候，正好可以一块儿修改。”

兰博文拿到视频的第一时间，就把大家聚在负一楼的休闲室里，集体看了一遍。包括林京也在。用兰博文的话说，就是图省事。她在现场比较方便，省得他来回传话了。

有些地方林京没加特效，也没设置倍速，所以时长稍微有点儿久，视频播放了将近一个小时。为了节省时间，兰博文用了两倍速。

过了二十来分钟，陈景眼尖地发现下面的进度条已经走了百分之七十，于是再也忍不住地看向林京：“林妹妹，你确定你这剪辑的是 YLS 战队日常，不是盛况的个人日常？”

这些镜头，在她剪辑的时候，已经被翻来覆去看了不知道多少遍。即便如此，现在这会儿，她抱着一盒薯片，依旧看得津津有味。

听到陈景的话，她把手里捏着的薯片塞进嘴里，几下吞进肚子，才转头冲着他“啊？”了一声：“有哪儿不对吗？”

“有哪儿对吗？从开始到现在，除了我的手出现过一次，我的胳膊出现过一次，我说的话出现过……”陈景卡了下壳，“不知道几次之外，我连个正脸都没有！

“包括何忘、秦余、江醉他们这几个人，也跟我一样，镜头少得可怜。不过他们比我强，好歹都还露了脸！而我！陈景！KPL 第一辅助！连个正脸都没有！”

“……”

陈景越说越觉得自己悲惨：“唯一的一次全身，还是个背影！背影！！”

林京茫然地眨了眨眼睛：“哪个背影？”

三秒后，陈景拿起遥控器，倒退到十分钟左右：“就这个背影，这就是小爷我。”

“……”

还真有陈景的背影。她的注意力都在盛况身上，真的没看到盛况身后的镜子里还有陈景的身影。

林京抿了下唇，把手里捏着的薯片慢慢地放回袋子里，尽可能地让自己说话委婉点儿，别伤到了陈景：“你眼睛还挺尖，你不说，我都没发现镜子里还有个背影。”

三秒后，陈景崩溃了：“所以，你的意思是，我之所以有那个背影，是因为我恰好乱入了？要不是盛况，我连这个背影也没有？照你这么说，我是不是还得谢谢盛况？”

林京慢慢地点了点头：“按理说，是的。”

陈景被噎住了，他看了林京足足十秒，抓狂似的开口说：“林妹妹，你简直不要太偏心，是我长得不够帅，还是我站在椅子上没盛况高？为什么你的镜头里全都是盛况，就连他洗个手都要录！

“还有，他们都有正脸，就我只有背影。背影还是个不被人记住的、无关紧要的背景板，林妹妹，你是在排挤我吗？”

“……”

她真不是在排挤他。作为唯粉，她就是习惯性地在录日常的时候，眼里只有盛况一个人而已。

林京一时间不知道该怎么跟陈景解释，她想了几秒："其实，不是他们有正脸，是他们的正脸离盛况比较近。"

江醉、何忘、秦余三个人一脸无语。盛况没忍住，笑得身子都跟着微颤了两下。

林京抓着薯片袋子，感觉有点儿抱歉。就像陈景说的那样，她拍的是 YLS 战队日常，不是盛况的个人秀。

是她不专业了。虽然她本来就不是专业的。

林京沉默了会儿："要不，我专门补录下你？"

"行！"陈景想了想，加了个诉求，"还有，剪辑出来的视频里，我要多占几个镜头。"

林京点头："可以。"

兰博文看了眼周围的人："你们呢？有没有什么意见？要不要也补录？"

其他人对自己的镜头和出场率都纷纷表示可以接受。

"那行吧，就按照京妹的这个剪辑走，盛况多点儿镜头是对的，毕竟现在我们都要靠着出卖他的色相换热度。"说着，兰博文看向了林京和陈景，"视频得抓紧，所以你们现在就补录，行不行？"

林京表示没意见。陈景低头看了眼自己身上的衣服，新换的，也表示没意见。

两人正准备开始，坐在沙发上没怎么说话的盛况突然抬了下头："我来给他补录吧。"

兰博文正准备离开，听到这话不走了，随便往旁边的酒柜上一靠，一副看戏的样子。

陈景受宠若惊地看向盛况："我没听错吧，你给我录？"

盛况走到两人跟前，跟没听到陈景的话一样，垂着眼皮问林京："我来行不行？"

林京回神："行的。"顿了下，她连忙把自己的手机递给盛况，"用我的吧，到时候剪辑比较方便，不然传来传去很麻烦的。"

盛况盯着她的手机看了两秒，掏出自己的手机："还是用我的吧。"

林京“哦”了一声，把手机收了起来。站在旁边的兰博文，按捺不住连“啧”了两声。

林京下意识地往他那边看了一眼，不太理解他在那儿幸灾乐祸个什么劲儿。

陈景这个人的偶像包袱还挺重，要求也贼多，要氛围感，还要有结构感。面对他叭叭说个不停的诉求，盛况比他干脆多了，往他面前一站，举起手机开录。

陈景拿着镜子整理了半天头发，摆了个自我感觉很帅的姿势：“开始吧。”

盛况看了眼手里的手机，沉默了两秒：“录完了。”

“录完了？”陈景伸手，“给我瞅瞅。”

盛况把手机递给陈景。陈景接过来，点进相册，点开他刚刚录的视频。

还没五秒，他抬头：“盛况，你这录的是什么鬼？你到底会不会录？你看看这角度，刁钻得一般人绝对想不出来。你可真是个录像小天才，堪比哈哈镜！你知道哈哈镜是什么吗？就是帅的人能给你搞得歪瓜裂枣，歪瓜裂枣的人能给你照得贼帅。”

林京正坐在旁边的桌子上，抱着那盒薯片，晃着两条腿啃得正欢，忽然听到“哈哈镜”这三个字，她一时没忍住“扑哧”笑了一声。

陈景缓缓地转头看向她。

林京连忙吞下嘴里的薯片：“我不是在笑你。”

陈景看着她不说话。看样子被盛况气得不轻，把孩子的嘴都气停了。

林京想了两秒，放下薯片袋子，从桌上跳了下来，抽了张纸巾擦了擦手指，然后走过去：“我看看。”不看还好，看完之后，林京也沉默了。

陈景问：“怎么样？”

林京往盛况那边瞟了一眼：“是挺哈哈镜的。”

总算找到同盟的陈景，瞬间理直气壮了许多：“你看，你看，林妹妹也这么说。我不管，你给我重录！重录！”

林京真觉得盛况这种奇特的录像角度，是不可能把陈景拍满意的。

她绕到盛况跟前，踮着脚尖，帮他调了下角度：“这个角度拍，会拍得比较好看，还有，这样拍……”

盛况看向一脸认真地帮陈景找角度的林京，沉默了会儿，问：“你拍我的时候也这样？”

林京抬头："啊？"

他这话问得有点儿有头没尾，她反应了下，反应过来他问的是她拍他的时候，是不是也这么各种找角度。

林京摇了摇头："不是。"

盛况看着她，眯了下眼睛，没说话。

林京的注意力又拉回到他手机里的陈景，她歪着头一边观察怎么拍好看，一边又说："你不需要。"

"……"

"你怎么拍都好看。"

"……"

"不用像他这样找角度。"

陈景一时无语。

盛况压了下上扬的嘴角："哦。"

兰博文在一旁连"啧"了好几声。林京又往他那边看了一眼，见他手指放在嘴边，满脸兴致地盯着他们这边看，好像很好看的样子。

她眨了眨眼睛，等盛况按照她的角度开录了，就往后退了几步。

陈景的要求特别多，盛况虽然很不耐烦，但还是冷着一张脸满足了他各种无理诉求。

林京慢慢地张嘴，"啊"了一下。她的声音很轻，只有兰博文听到了，往她这边扭了下头。林京递给他一个"我都懂"的眼神，然后继续看向盛况和陈景。

……别说，是挺好看的。

林京突然来了灵感，掏出自己的手机，录了一小段眼前的画面。

第二天晚上六点，YLS 战队拿到了林京剪辑好的视频，最终版加了一些音效和简单的特效，视频看起来有意思多了。

所有人都很满意，唯独陈景："我是露脸了，但为什么我旁边还有个画中画，里面是盛况拍我的镜头？这到底是我的镜头，还是盛况的镜头？

"还有，训练赛，有何忘双杀的视觉，有秦余抢龙[1]的视觉，有江醉绕后

---

① 抢龙就是用强力技能最后一击击杀大小龙。

切 C[①] 的视觉，为什么到了我的视觉里，出现的却是盛况操控澜高地三杀的那一幕？

“而且，你们有没有发现一个问题，何忘双杀的视觉里出现的是盛况拆塔的播报，秦余抢龙的视觉里出现的是盛况杀死对方虞姬的播报。”

盛况正侧着头听兰博文讲话，听到陈景说的顿了一秒，转头看向前方的大屏幕。

陈景拿着遥控器，一边拉镜头，一边说个不停：“还有江醉绕后切 C 的视觉里出现的是盛况发起进攻的提醒……”

陈景不说，盛况自己都没发现这个视频里竟然藏了这么多小细节。

因为是 YLS 战队的日常，她不能明目张胆地把所有镜头给他，但她却尽可能地把能给的镜头都给了他。

“训练赛就这么几个游戏镜头，每个游戏镜头里都变着法地出现了盛况，林妹妹这心都偏到太平洋去了吧。”

陈景还在叽叽喳喳，盛况盯着被陈景按了暂停的屏幕，上面出现的是他用澜三杀的播报。他沉默了几秒，垂下眼皮，遮掩住眼里的笑意。

住在隔壁的那位姑娘还真是够偏心的。

“不行，我要去找林妹妹。我要让她给我多个独立镜头，多个游戏独立视觉，例如我控住三个的独立视觉。”陈景说着，摸出手机。

盛况叫了他一声，语气特别平静：“陈景。”

陈景答道：“嗯？”

盛况面无表情地看了他两秒：“那是我的小管理员。”

“我知道是你的小管理员，我也没想着要抢你的小管理员。我就是去找你的小管理员商量下，看看能不能加个镜头而已。”陈景不但没觉得哪儿有问题，甚至还麻溜地点进微信。

盛况看着他，语气更平静了：“你自己没管理员吗？”

“有啊，我的比你的多，我有好几个管理员呢。”陈景边说边搜出林京的微信。

盛况见他还没反应过来，视线缓缓地落在了他的手机屏幕上，没等他点进林京的微信，盛况直接骂了一声，然后说道：“那你还找我的管理员。”

---

① 切 C 指的是攻击对方的核心敌人。

陈景眨了眨眼睛，看向盛况。过了两秒，他看向一旁的兰博文：“蚊子，刚刚说话的人是他？”

兰博文点头：“是。”

陈景看向盛况：“你骂我？我找下你的管理员，你就骂我？你以前直播的时候，我让我的管理员去友情帮忙，你怎么不说？我们之间还分你我？”

“分。别的可以不分，但小管理员必须分清楚。”

陈景问道：“为什么？”

“因为，”盛况一下子被问住了，他沉默了一秒，“你是个傻子。”

盛况实在是懒得搭理陈景了，起身后扔了句“你敢去找她试试”，就走了。

陈景看向兰博文。没等他说话，兰博文耸了下肩：“他说得没错，你确实傻。”

陈景无比疑惑。兰博文也懒得跟陈景解释，反正解释也解释不清。他也起了身，走了几步觉得有点儿不放心，回头说道：“想加镜头去找姜鑫，别去找京妹，都麻烦人家妹子这么久了，别再折腾人了，做个人。”

陈景更不解了，他怎么不做人了？

第二十通

秋天的傍晚是热的

林京这几天一直在忙着剪辑视频，都没什么空闲时间玩游戏。马上就要开学了，返校后她能玩游戏的时间就更少了。趁着最后还能放纵两天，林京吃完晚饭，一回房间就迫不及待地登录游戏。

盛况送她的那一堆皮肤，她都还没仔细打量。进游戏后，她点开“邮件”后，看到礼物记录里的皮肤，然后挨个儿地把对应英雄的皮肤都换成了盛况送的。

等她换完，刚打算去人机里自我欣赏一番，私信里突然蹦出来了个好友消息。

发消息的人是于周，当初他被盛况安排来道歉，他们才加了好友，但之后就再也没有任何交集了。

全能奥特曼：在？

小京京京酱：在。

全能奥特曼：帮个忙？

小京京京酱：你说。

全能奥特曼：送我个皮肤？

小京京京酱：你是盗号的？

全能奥特曼：没，是本人。

全能奥特曼：我想要那个新出的七夕皮肤，但我的账号出问题了，充不进去值。你在游戏里送我，我加你的微信转给你，或者你任选打款方式，我都可以。

小京京京酱：我劝你把号还回去。

全能奥特曼：我真没被盗号。

小京京京酱：证据。

对面的人像是被难住了一样，半天没回消息。林京“呵”了一声，心想，还说不是骗子，分明就……

全能奥特曼：林·中奖绝缘体·京。

全能奥特曼：0–10–1 的上官婉儿。

十秒后。

小京京京酱：送了。

全能奥特曼：谢谢！谢谢！！我加你微信，转给你钱。

一个皮肤也没多少钱，再说他哥都送她那么多了……

小京京京酱：不用了，送你。

全能奥特曼：真的?

不等林京回复，屏幕里又进来了新消息。

全能奥特曼：谢谢姐姐。

全能奥特曼：姐姐，来排位啊。姐姐，我带你飞。

不得不说，于周的手速是真快，刚给她发完游戏私信，游戏界面就弹出他拉她进房间的邀请。

盛况不在线，YLS 的其他几个队员也都不在线。

这会儿时间还早，说不定他们正在楼下复盘训练赛。

林京寻思着她一个人玩也是玩，玩人机无聊，玩匹配输了心塞，还不如跟着于周躺赢。

犹豫了一会儿，林京进入了于周的房间。

与此同时，她的游戏私信又有了新的消息提醒。

全能奥特曼：姐姐，快同意啊！我贼强，我保证一定能赢。

于周看她进来，迅速开始了游戏，很快匹配成功，进入了游戏扳选页面，于周在一楼，林京在五楼。

全能奥特曼：姐姐，你用什么英雄，我帮你抢选。

于周帮林京抢选，林京拿到了辅助位，用的英雄是瑶。而于周因为是最后选的英雄，补位补到了抗压路，用的是马超。

游戏开始一分钟时，林京帮中路抢中线。但因为中路太贪心，半血不肯回家，她为了保护中路，被对方打野和中单打到丝血。

“姐姐，扛住，我来救你了。”

于周清理完下路兵线，赶来中路支援，但还是慢了一步，林京被杀。

对方打野和中单的技能都打在了林京的身上，打野被林京家中单刚刚打了一套技能，血量很少，于周丢枪一下戳死了对方打野。对方中单状态同样不佳，往防御塔下逃去，于周开着语音，边说边追：“姐姐，我给你报仇。”

于周一路追到对方塔下，打死对方中单的同时，自己也被塔打死了。

他就倒在对方中单的“尸体”旁边，很快他的“尸体”上方，就出现了一个对话框：“呵呵，游戏打得不错哟。”

与此同时，他还在游戏里点了一下他们家的中单，紧接着发了一句提醒：“猥琐发育。”

于周的马超复活，一边丢枪往下路外塔跑，一边在组队语音里说：“姐姐，别跟着那个中路，来跟我，我不会让你死的。”

林京跟于周在双排，跟其他人又不认识，于周喊她，她当然要过去。

于周的马超在这种局里还是很厉害的，加上有她的保护，在抗压路可谓是所向披靡，很快就拆到了对方的高地，强势地接管了对方蓝 buff 的那半个野区。

“姐姐，刷个盾。

“姐姐，你从我身上掉了就赶紧跑，别被人打到。

“姐姐，这里有个蓝，我已经打到残血了，快来拿。”

十二分钟后，他们就推到了对方的水晶。

“姐姐，快上来，我带你去对方泉水面前嘲讽对方。”

林京按了三技能，飞到了于周的马超的脑袋上，马超往前丢了一支枪，捡起、位移，落在了对方的泉水前面。随即，马超的脑袋上方出现了这局游戏里不知道第几次出现的对话框：“呵呵，游戏打得不错哟。”

不知道是因为在赛季末，不少人的星星都打上来了，导致她这个段位的水平下降了，还是于周真的属于那种超强的玩家，林京跟他玩了三局，赢了三局。而且还都是大顺风，于周一个人可以带着她乱杀对方。

说实话，林京对于周的第一印象不怎么好。在知道他是盛况的表弟后，她给他的定义词从“神经病”变成了“熊孩子”。

她第一次和于周打游戏，于周就开了语音，说的都是她不想听的那种话，导致她根本没心思去关注他的声音好不好听。

自从她送完他皮肤，他的态度瞬间来了个一百八十度大转弯，嘴巴简直甜得不行，跟吞了一个蛋糕店一样。可能是盛况家里的基因比较好，于周不撑人好好说话的时候，声音真的很好听。

那种很干净的少年音，喊“姐姐”的时候有点儿像在撒娇。

连胜让人心情愉悦。有个声音好听的弟弟，在游戏里喊你“姐姐”带你连胜，林京觉得，这不单单是心情愉悦，简直就是身心舒畅。

第三局结束，林京回到房间，于周一直没开新的一局。林京刚想问不玩了吗，于周的消息出现了。

全能奥特曼：姐姐，我刚刚接了个电话，我点的外卖到了。

全能奥特曼：姐姐，你等我十分钟好不好，我吃完就回来。

林京能说不吗？当然不能。

小京京京酱：好的，好的，你慢慢吃，不着急的。

全能奥特曼：谢谢姐姐。

林京感觉自己的保护欲都被于周喊出来了，她实在受不住了，趁着于周吃东西，跑去微信找兰婷婷了。

小京酱：你还记得那个0-20-0的镜吗？就是盛况他表弟，那个贼招人嫌的熊孩子。

起床困难户：记得，怎么了？

小京酱：他刚刚带我打了三把游戏，就因为我送了他一个皮肤，他在游戏里一直喊我“姐姐”。

小京酱：声音特别有少年感，不是那种很油腻地喊“姐姐”，而是会激起你的保护欲，一瞬间让你特别心软。

起床困难户：有证据吗？

小京酱：有，打游戏的时候，我偷偷地录了一小段。但是你自己听听就好了，千万不要发出去啊。

林京把视频发给兰婷婷。

视频稍微有点儿大，在发送过程中，林京感觉肚子隐约有点儿不舒服，就放下手机去了趟洗手间。没想到还真是来了“亲戚”，她去更衣室翻了件干净的内衣，重新进了洗手间。

穿过卧室的时候，她听见自己的手机一直在响，以为是兰婷婷回她的消息，就没去看。

在洗手间里收拾好自己，林京想到反正离十分钟结束还有一会儿，就顺手打开水龙头把换下来的衣服洗了。

今天的复盘很顺利，盛况他们早早地就结束了。

陈景他们直播的直播，打巅峰赛的打巅峰赛。盛况想到最近几天林京因为剪辑视频，都没跟他玩过游戏，就拿起手机一边上楼，一边给林京发了个消息。

没人回他。

回房间后，他去阳台收晾干的衣服，见她的窗帘没拉，想到她到现在都没反应，就顺便往她卧室那边走了几步，想看看她在干什么。

她大概在给房间通风，不但窗帘没拉，就连阳台的玻璃门都是开着的。屋里的灯亮着，他隔着玻璃对她房间一目了然。

她不在卧室，手机随便丢在挨着阳台的桌上，旁边有 iPad、画板、画笔。手机没锁屏，界面上有个视频。不知道谁在一直给她发消息，手机响个不停。

盛况真不是故意要盯着人家姑娘的手机看，毕竟涉及隐私，但她的手机实在是太吵了，吵得他本能地看了一眼。

视频大概是播完之后就自动暂停了，中间的播放键后面是视频的初始画面。游戏房间里就两个人，单看头像他也知道那两个人谁是谁。

于周这小子怎么跟林京单排上了。看都看到了，要让盛况当没看到，那肯定是做不到。但偷看她的手机，他又觉得很不地道。

他在门口站了几秒，最后还是没忍住，点了下屏幕。他就想听听这视频里都是些什么内容。

大概是这行为真的太不道德了，他平时做什么心态都挺稳的，但此时手指在挨到屏幕的那一刹那，不知怎么抖了下，点成了视频下面的叉号。

视频消失，出现在他眼前的是林京和别人的聊天界面。他真的不是故意要偷看她的聊天记录，他真的是当场被自己搞得愣住了。

等他回神，她手机屏幕里的那些消息已经全部进入了他的视野。

起床困难户：这声音也太好听了吧。

起床困难户：这就是姐姐的快乐吗？谁能不爱呢！

起床困难户：老娘决定了，不找学长了，过几天开学，专注找小学弟。

起床困难户：我最近算了下星座，十月份可以脱单，一定是我的弟弟们在等我。

这位正跟林京聊天的好友给她发了好多条消息，这些消息的上方有个视频，是刚刚被他不小心叉掉的。他重新将视频点了出来，视频自动播放。

“姐姐，来拿蓝。

“姐姐，快跑，别回头，回头就死了。

“姐姐，扛住，我马上到，三技能，快上我身。”

视频播完了，回到了最初的画面，变成了他刚刚看到的样子。

无意中看见那些消息也就算了，现在再回去偷看人家闺密之间的聊天，那就真是不道德到极点了。况且不用看，他也能大概猜出来她们在讨论什么。

盛况垂着眼皮，盯着她的手机看了好几秒，一脸平静地在心里“哦”了一声，心想，这还需要猜吗？两个人还能讨论什么，无非是讨论做姐姐的快乐，讨论于周弟弟的声音好听，讨论于周弟弟谁能不爱呢。

呵。谁能不爱呢！盛况转身回房间了。

林京从洗手间出来，先把洗干净的衣服晾好，然后擦干手后跑回到桌前拿起手机。

她设置的屏幕自动锁屏时间是两分钟，过了这么久手机早就黑屏了。她低头用面孔识别解锁屏幕，进去看到的就是兰婷婷的聊天界面。

看完兰婷婷的消息，她想都没想就附和了句：就是，谁能不爱呢！

除了兰婷婷之外，还有别的未读消息，林京退出和兰婷婷的聊天界面，看到了盛况发来的消息。

Miracle：在干吗？

Miracle：玩会儿游戏？

小京酱：好啊，我上号。

盛况没回她消息，林京一进游戏就收到了于周的邀请。进房间后，于周立刻开始了游戏，林京急忙取消。

全能奥特曼：姐姐怎么了？

林京刚想说你哥也要来，结果还没来得及去敲字，就发现旁边的好友栏里，盛况在线且已经打游戏打了两分钟了。原来他没等到她，自己先开了一局。

林京心想盛况打完游戏看到她的消息会回的，到时候她让他等会儿，或者说不定她和于周这一局打完还要等他。

小京京京酱：没事，开吧。

直到游戏结束，盛况才去看微信。扫完林京的消息，他折回到游戏里。盛况开了个房间，刚想拉林京，结果看到林京在打游戏，时间是十四分钟。林京下面就是于周，同样是在游戏中，时间也是十四分钟。

盛况盯着并排在一起正在打游戏的两个人看了几秒，气笑了。他下意识地开始了游戏，没等匹配成功，他又取消了。

他就这么待在房间里，靠着椅子看着游戏界面，什么也没做。

等了差不多五分钟，他们终于结束了。盛况想都没想，上去就给林京和于周一人发了个“求邀请”。

两个人还挺有默契，同时邀请了他。盛况同意了林京的邀请。他一进房间，什么话都没说，就看到了房间里的聊天记录。

全能奥特曼：姐姐，我哥要来。

小京京京酱：你哥要来？

…………

怎么？他来房间，他们还得征求下彼此意见？盛况“啧”了一声，气得头疼。

他们三排的第一把，盛况一楼，于周二楼，林京四楼。对方先选英雄，之后是盛况和于周。对方没拿辅助，先锁了个打野的镜，瑶还在外面，林京点了帮抢。

盛况头疼归头疼，还是去帮抢了。不过有人比他快了一步，是二楼的于周。

盛况沉默了三秒，锁了个澜，四楼的于周补位补到了射手位。

百里守约被禁了，对方拿了公孙离，于周拿了马可波罗。

马可波罗这个英雄对线公孙离有点儿处于劣势，而且公孙离一级直接带辅助，导致于周吃完第一拨兵线的同时就被对方的公孙离和辅助越塔强杀了。

于周说：“姐姐，对面辅助和射手连体了，你快来跟我。”

林京正跟着盛况的澜到处蹭经验，想要快速升四级。她见于周的马可波罗刚复活，就又被公孙离压成了半血，立刻穿过自家野区往马可波罗那边走去。

盛况打小野的动作一停。

有了林京的帮助，于周总算有个能正常发育的空间了。

“姐姐，往后退，他们要越我们了。

“姐姐，放干扰。

“姐姐……”

家里的野第二次刷新了，盛况打完蓝，来到红 buff 区，突然发了个指令：射手来拿红。

于周带着林京赶去野区，收了盛况打到丝血的红：“哥，你怎么突然变得这么好，居然这么早就开始让红给我了？”

盛况没说话，扫完家里的野，来到了下路发起进攻。

于周立刻出去勾引公孙离，公孙离被躲在草丛里的盛况打了一套技能，然而人头却落在了于周的身上。

之后，盛况除了收野怪，基本上就蹲在马可波罗这条线上了。

游戏进行到八分钟的时候，马可波罗超神，经济领先对面最高经济位将近两千，而对方的公孙离被盛况抓得，经济跟林京这个辅助差不多。

盛况又去收了一拨野，没再来下路，去中路支援了，然后死了。

复活之后，他又去支援，这次残血逃生。

于周看到盛况连续两次切对方中单都没能成功，忍不住说：“哥，你怎么回事？”

过了两秒，盛况也开了语音：“经济有点儿低。”

林京这才去留意了下大家的经济，发现盛况的经济还真是低得可怜。以往的他基本上都是全场经济一号位，这会儿居然是他们家的四号位。

林京正想着他这是怎么了，手机突然振了两下。她的微信收到消息，会在屏幕上方弹出提醒。

Miracle：为了保于周，大多数经济都让给他了。他现在完全可以乱杀。

Miracle：能来跟我了吗？

Miracle：姐姐。

“啪”的一声，林京的手机掉在了桌上。

她正挂在于周的脑袋上，跟着于周打团，对方的法师一个二技能打过来，把她从于周身上扫了下来，不知道是被谁控了一下，她变成了一只透明的鹿灵。

“姐姐，快变身上来。

“姐姐……”

于周的声音让愣住的林京回神，她手忙脚乱地捡起手机，看到屏幕上方的“姐姐”，她停顿了下，鹿灵变回了人，被对方辅助控住，然后她的游戏屏幕暗了。

距离复活还有二十多秒，她从后台程序里直接切进微信，确定刚刚那条消息真的是盛况发来的。她心猛地跳了一下，然后就仓促地返回游戏里。

距离复活还有五秒，盛况在蓝区收完野怪，往他们家水晶这边靠。与此同时，站在河道草丛里的马可波罗已经在回城了：“姐姐，我回家接你。”

她的屏幕亮起的一刹那，她的“尸体”从中路瞬间消失。马可波罗正好回城结束，和复活的她同一时间落到泉水中。

此时盛况的澜，已经站在水晶和泉水中间。

于周无聊地操控着马可波罗一下又一下地打着玩，他催促道：“姐姐，快上来，龙要刷新了。”

盛况没说话，澜在她面前跟尊雕像一样静止不动。

林京盯着屏幕里的画面，沉默了两秒，冲着盛况站着的方向点了个大招，飞落到澜的头顶。

“看！我也会飞啦！”

随着她玩的瑶的台词响起，下一秒一动不动的澜就变成了一条鲨鱼，带着她进了红 buff 区。

“姐姐，你跟错人了。”于周的马可波罗跟在两个人后面，也进了红 buff 区。

“没。”林京开了语音，说了一个字，她就莫名心虚地看了眼自己英雄脚下踩着的澜，然后耳朵不受控制地变得有点儿热，“……没跟错，你经济挺高的了，白起已经跟团了，你现在完全可以一个人了。”

“哦，好吧，姐姐。”于周正打着红，眼看着快打完了，收完小野的盛况来到他跟前，给了个惩戒，抢走了他的红。

于周在红 buff 旁边的草丛里愣了三秒：“哥，你抢我的红干吗？”

他话刚说完，下路那一拨兵线已经被盛况打完了。

还没出自家红 buff 区的于周顿了下：“哥，你为什么不等等我一起吃兵线？这样我还能分点儿钱啊。”

因为盛况在发育路露头，对面的辅助、打野和中单开着奔狼靠了过来，试图抓盛况。于周看到，立刻赶来支援。

于周的经济高，伤害值也高，马可波罗一个打转进去，对方三个人立刻残血。

“我要三杀了，三……”于周的话音还没落定，游戏语音播报响起——

“Double Kill！”

“Trible Kill！”

于周愣了下：“哥，你怎么抢我三杀？”

林京的游戏界面右上角出现了个点赞的大拇指，她条件反射般地点了下“赞”，夸的就是盛况刚刚的三杀。

面对于周的话，盛况一点儿反应都没有，但却回应了她的点赞：“多谢。”

之后，盛况没再让给过于周一个红 buff，直到游戏结束，于周的人头数也没什么太大的变化。

盛况跟乘了直升机一样，从经济第四位很快升到了全场第一位。于周本来已经基本锁死的 MVP，落在了盛况的身上。

回到房间后，盛况没点“准备”，于周刚想催他，盛况开了语音：“还有人要来。”

于周问：“几个？”

盛况说：“两个。”

于周问：“那我改成五排？”

盛况说：“嗯。”

很快三人房间变成了五人房间，过了五六秒，房间里进来了一个人，看头像是个女生；又过了一会儿，房间里又进来了一个人，看头像依旧是个女生。

林京看着那两个女生的头像无声地抿了下唇。

于周说：“哥，你从哪儿认识了这么多妹子？”

YLS.Miracle：找你的。

“啊？找我？我不认识她们啊。”

四楼 ID 为粥的妹子在聊天界面发了个问号。

五楼 ID 为红尘的妹子直接开了语音：“于周，你给老娘睁大眼睛看看我是谁。”

粥：不认识我？
粥：好啊，我告诉你我是谁。
粥：我是你祖宗，于周。
全能奥特曼：……
全能奥特曼：说人话，OK？

红尘说：“说什么人话，老娘找了你半个月了，总算被老娘找到了。你给老娘说清楚，半个月前，你为什么一声不吭地拉黑老娘？”

粥：我也很想知道这个问题的答案，一个月前，你为什么拉黑我？

此时，不管是语音里，还是游戏界面的文字，都乱糟糟的。

都说三个女人一台戏，把一直没说话的她排除在外，单这两个女生，就已经好戏连篇、精彩不断了。

全能奥特曼：半个月前？五楼是周周要可爱？
全能奥特曼：一个月前？四楼是粥粥家乖宝？

五楼叫红尘的妹子，见于周想起来了自己是谁了，就变得没那么暴躁了，语气缓和了许多：“哟，看来你还没老年痴呆，还记得一点儿人事。”

粥：于渣男，你就没什么要说的吗？

于周见自己猜对了，在语音里骂了一声，下一秒就溜之大吉了。他溜得贼快，几乎没给人任何反应时间，就退出了房间。

紧接着林京看到在线的于周头像暗了，直接下线了。

留下来的那两个女生更暴躁了，一个在语音里骂得更欢了，一个打出来的文字消息百分之七十都是小米花。

林京看戏看得正在兴头上，盛况退出了房间，紧接着她收到了他的邀请。林京点了同意，进入了盛况新开的房间。世界清净了，林京开始好奇了。

小京京京酱：刚刚那两个妹子是怎么回事？

YLS.Miracle：前女友们。于周的前女友们。

YLS.Miracle：五楼是于周的前女友。

YLS.Miracle：四楼是于周的前前女友。

好家伙，小小年纪，前女友都用上“们”了。林京沉默了三秒，抬起手缓缓打字。

小京京京酱：那他……还挺能耐。

YLS.Miracle：嗯，是挺能耐的。

YLS.Miracle：在这一方面，我就不如他。

刚刚玩那把游戏的时候，她就有种盛况在故意针对于周的感觉。尤其在后半场，她跟了他之后，那种针对变得特别明目张胆。现在她看着他发到游戏里的消息，觉得盛况对他弟还挺狠的，针对的同时还不忘记狠狠地拉踩一下。

他那话，哪是在迎合她的话往下说，分明是在显摆自己没于周那么花心。

林京一时间不知道该怎么接话，就在她寻思着不然回句“那你好棒”时，游戏里突然又蹦出一条新的消息。

YLS.Miracle：阳台的门锁没？

小京京京酱：啊？

林京抬头，看了眼那会儿通风到现在还没关的门，继续敲了个字。

小京京京酱：没。

盛况没回她消息，但她却听到隔壁的门被拉开的声音。很快，盛况的身影就出现在了阳台上。

他搬上来住也没多久，也就在前几天打游戏的时候来过她房间一回。但是，他现在看起来一点儿也不像只来过一回的样子，轻车熟路地晃到了她阳台这边的出口，无比自然地走进来，熟络地捡了个地方坐下。

之前玩的是匹配，他给她打辅助，他需要告诉她怎么玩。现在玩的是排位，顺序颠倒了，她变成了打辅助的那一个，只要全程跟着他就好，基本上不需要什么交流。

事实上，排位匹配成功，他们各自选了英雄之后，也没因为游戏有什么太多的交流，房间里除了手机游戏里的各种台词、音效之外，基本上没什么别的声响。

上回他来她房间，说是开游戏语音听不到一些放技能、探草丛之类的特殊音效，可现在他不需要开游戏语音，也不会影响到他们一起双排，他大可不必来她房间啊。

林京玩的依旧是瑶，此时正站在盛况玩的公孙离的脑袋上，一边胡思乱想着，一边悄悄地往他坐的那边看了一眼。

她发现自从做了那个盛况喊她“老婆”的梦之后，她最近的想法变得跟她那个梦一样，特别可怕。她居然萌生了一种，盛况上次根本不是为了方便听音效，就是想来她房间待着，想和她单独相处的想法。

林京被自己这个疯狂的想法吓得手指一抖，点了大招，从盛况的身上掉了下来。公孙离的位移很多，盛况已经飘出去很远了。

他的技能还在冷却期，他直接按着方向，走路往她这边靠。

快到她跟前的时候，他的技能好了，他在原地丢了一把伞，人飘到了她面前。等她附体到他身上，他带着她飘回到伞的位置，然后继续往他刚刚要去的红 buff 区走去。

他就这么接了自己一下，林京脑子里的想法又开始变得疯狂了。

她竟然觉得盛况刚刚的举动，像极了峡谷里男朋友带女朋友上分，女朋友跟不上男朋友的节奏，男朋友耐心地慢下节奏等女朋友的画面。

他们家的打野是典韦，此时开着大冲了上去，经过林京和盛况身边的时候，冒了句英雄台词：“彻底疯狂吧！”

林京沉默了两秒，腾出一只手揪了揪自己有点儿发烫的耳朵，心想，她这些奇奇怪怪的脑回路是够疯狂的。

一天天的想的竟是吃人家盛况的豆腐。

不是梦到人家喊她“老婆”，就是脑补人家想和她单独相处。

林京觉得再这么下去，她指不定还能冒出些更疯狂的想法。她想了想，决定找点儿话题转移下思绪：“那个……那些前女友，是现实中的还是游戏里的？”

盛况垂着眼皮看着屏幕里的小地图：“嗯？”

林京说：“就于周，于周那些前女友。”

盛况大概在专注团战，没接她的话。

林京一边放技能，一边又说：“看他们聊天，应该是只在游戏里处过CP吧。”

“……”

林京想到自己之前进于周主页的时候，看到他的交友签名是“cpdd”，又说：“他交友签名是‘cpdd’，感觉他是广撒网的那种，应该不只处过那两个，还有别的吧。”

这时，他们拆到了对方的水晶，超级兵过来了，水晶没剩下多少血，对方都团灭了，刚刷新的兵线已经被盛况全部清理了。他一个位移，飘到高地外，将水晶留给了超级兵拆，“啪”的一声将手机放在桌上，抬头看向林京：“用不用我给你拉个群？”

林京一愣：“啊？”

盛况目不转睛地盯着她，语气很平静：“看你挺关心他的，连他的交友签名都记得这么清楚。给你拉个群，在群里直接问他，不是更方便？”

林京不确定是不是自己的错觉，总觉得盛况不像她看到的这么平静，她眨了眨眼睛：“我不是这个意思。”

“那是什么意思？”盛况点了点头，像是知道了一样，“想顺着他的交友签名，回他一句‘cpdd’？”

“……”

林京感觉自己好不容易消停下来的想法又不受控制地开始疯狂了。她总觉得盛况这话听起来酸溜溜的，像是在吃醋。

林京看着他想了想：“我也不是这个意思。”

盛况不说话，姿态懒懒地靠着椅子，脸上没什么表情地看着她。

林京被他看得莫名地有点儿心虚，她慢慢地吞了口口水，又说："我就是有点儿好奇，女生嘛，对这种事情都比较好奇。"

"是吗？"

盛况气笑了："你怎么不好奇我？"

林京心想，我还真的挺好奇的，就是一直以来不敢表现出来而已。毕竟涉及隐私，她怕稍有不慎就被人当成"私生饭"。

换作以前，她不敢说对盛况的私生活完全不感兴趣，但绝对能做到保持热爱，保持尊重，保持距离。

盛况不这么问她，她还没察觉，现在盛况这么一问，她发现自己不单单是对"电竞盛况"想要了解更多，就连生活里的盛况也想要去了解。

这话题是他先开的，她这么顺水推舟地问下去，应该算不上骚扰吧。

林京斟酌了一会儿，实在不想放过这种大好时机，也实在很想知道他有没有处过 CP，或者有没有谈过恋爱。

她抿了下唇，抬起眼对上他的视线："那你呢？有过吗？"

"……"

盛况发现住在隔壁的这位姑娘气人真的是有一手。

他不提，她也不问，他提了，她立刻就问。让人摸不清她到底是在敷衍他，还是真好奇。

林京想到盛况游戏里应该没有和人处过 CP，要真有，早就被人扒出来了。想到这里，林京又说："我说的是现实中的。"

林京不知道怎么回事，问完这句话莫名地有些紧张。

她担心盛况不太明白她的意思，顿了顿，不放心地又补充了句："就是，你现实中，有没有谈过？"

盛况觉得自己有点儿自讨苦吃。

明明刚刚是有点儿生气才说的那句话，现在不想理人也不行了。他在心里叹了口气，说道："没有。"

林京慢慢地点着头，"哦"了一声，没再说话。过了几秒，林京像是想到了什么，抬起头看了一眼盛况。

游戏结束之后，还停留在结算页面，盛况低头查看了下英雄的输出扛伤表。

他没抬头看她，却察觉到了她的视线："不信？"

林京连忙摇头："不是。"沉默了下说，"于周的前女友们，都是你的游戏好友？"

盛况正准备返回游戏房间，他的手指无意识地动了下。

他是不可能告诉她，他在拉这两个女生进房间之前，特意跑去好友申请消息里，翻到找于周找到自己这边来的两位前游戏情侣，然后通过了她们的好友申请。

盛况顶着林京的视线，慢慢地落下手指返回房间，才淡定地抬起眼皮："之前，他用过我的号。"

原来是未成年保护系统导致盛况有于周前任们的游戏好友啊。

难怪盛况拉进房间里的，只有半个月前的，和一个月前的。估计再早的，未成年保护系统没出来，于周忙着用自己的号带妹子。

林京"哦"了一声，也返回房间点了"准备"。

盛况一直没开始，林京往他那边看了一眼，发现他刚从游戏大厅界面回到房间。

盛况开始了游戏："删了。"

"嗯？"

"于周那两个前任，我删了。"

"……哦。"

游戏匹配成功了，进去之后，盛况禁英雄，他随手选了个钟馗，抬头往林京这边看来："你呢？"

林京在盛况的楼下，她在东皇太一和张良中间犹豫了两秒，禁了东皇太一："我怎么了？"

盛况低着头在挑英雄，看起来很随意地问道："你有没有跟人处过？"

林京没觉得盛况问这个有什么不妥，毕竟他们都聊到这个话题了："现实中没有。"

盛况看向林京。林京低着头找到瑶，点了"帮选"："游戏里有。"

盛况正准备去帮她抢选英雄，听到这四个字，视线再次落回到她的脸上："网恋？"

"不是，"二楼帮林京抢选了瑶，她抬起头说道，"是兰婷婷，我的室友。"

“……”

“之前《王者荣耀》不是搞了活动吗？情侣刷亲密度可以领情侣皮肤，我跟兰婷婷一块儿去领的。”

“……哦。”

两人一直玩到快半夜一点才不玩了，要不是林京无意间看了眼时间，发现已经很晚了急忙说不打了，盛况大概率会一直陪她玩下去。

结束了当前的这把游戏，盛况拿起手机站起身。

林京突然喊了一声：“盛况。”

盛况停下动作，抬头看向林京。

“你们这两天有没有时间？我想请你们一起吃个饭。”林京担心他们最近的训练时间比较紧张，没时间出去，“如果实在不方便，我就请你们在家吃。你们想吃什么可以告诉我，我到时候让餐厅送来。”

盛况看着她没说话。过了几秒，林京抿了下唇，又说：“我这周日要回学校了。”

林京不清楚是不是自己产生了错觉，她话音落定的那一瞬，好像看见了盛况的表情愣了一下。但没等她去仔细看，他就跟平时一样，脸上又没什么表情了。

但房间里的气氛，明显变得有些微妙。

林京刚刚告诉盛况她要回学校的时候，没想那么多，就是突然想到了，顺口就提了。

反正今晚不提，明天也还是要提的。

再说，她迟早要返校这事，是她住进来的第一天就已经定下来的结果，也是这一栋别墅的人，一开始就知道的。

她真不觉得这事有什么不对劲，等她说完了，才发现刚刚玩游戏的和谐氛围被打破了。

盛况看着她还是没说话。

林京迎着他的视线，和他对视了几秒，感觉气氛更微妙了。

具体怎么个微妙法，林京也说不清楚，给她的感觉就好像他们这一分开，以后就没什么交集了似的。貌似她这么联想，也没毛病。

她现在是因为在盛况家里住着，和他有些来往。等回了学校，估计就又跟从前一样，她只能默默地支持他。想到这儿，林京的心情瞬间跌到了低谷。

一直没说话的盛况，突然动了下眼皮，总算有动静了：“嗯。”

林京回神，看向盛况。

盛况的表情挺平静的：“明天我问问他们。”

窗户开着，入秋的深夜温度有点儿低。林京玩游戏的时候，把袖子卷起来了一些，露出小半截白皙的手臂，风吹进来，落在胳膊上，有点儿凉。

林京抬手把袖子放下来，看着站在眼前跟她隔了差不多两米远的盛况，忽然感觉这一幕很不真实。连带着她觉得这个暑假都过得很不真实，就好像是她做了一场梦，梦醒了，就什么都散了。

林京沉默了片刻，很轻地“哦”了一声。

盛况盯着她看了片刻：“早点儿睡。”

林京动了下唇，过了两秒才发出声音：“……哦。”

盛况没再说什么，他大概是困了，懒洋洋地打了个哈欠，冲着她很随意地挥了挥手，转身走了。

他身高腿长，很快身影就消失在她卧室外的阳台上，随着他那边房间的阳台门被关上，又一阵夜风吹来。林京冷得缩了下脖子，眨了眨眼睛，将视线从他刚刚站过的地方收了回来。

关好阳台的门，拉好窗帘，林京进洗手间洗了个澡。她把头发擦到不滴水，顶着毛巾从洗手间一出来，就轻车熟路地拐到旁边的梳妆台前，拿起吹风机吹起了头发。

等她给脸上涂完保湿霜，才发现自己的这一连串行为熟练得很。明明刚住进来的那会儿，开个花洒都要研究半天，找个吹风机还要翻箱倒柜。这才过去两个月，她就已经顺手到这么可怕的地步了。

林京沉默了两秒，转身打量了一圈卧室。不知不觉中，她都在这儿住习惯了，猛地要离开，她竟发现自己有点儿舍不得。

关灯，躺床上，闭上眼睛，脑子里乱糟糟的。快睡着之前，林京那股舍不得的情绪又上来了。

似睡非睡中，她有点儿分不清她是舍不得住习惯了的卧室，还是舍不得住在这个别墅里的某个人。

林京虽然没在这儿住多久，来的时候带的东西也不多，但到底还是住了两个月。有时候缺东西，她不是去超市就是上网买，不知不觉中，零零碎碎的也多了挺多东西。

有些生活用品，比如纸巾、洗手液这种，是可以留下来的，但是有些她还是要带走的。

周六，吃完午饭，林京就开始收拾东西。收拾了一个多小时，她总算把行李箱装好了。

还有很多东西，她实在塞不进箱子里，就干脆装进袋子里，竟然也装了两大袋。

林京想着明天她又是拖箱子，又是拎袋子，怪累的。她犹豫了下，决定叫个快递，把装不进去的东西寄到学校。

快递小哥很快到了，她把要寄走的东西拿给他，正准备回楼上，门铃又响了。

林京重新返回到门口，这次来的是个厨师，后面还跟着一辆车。正在她纳闷对方是不是走错地方了时，兰博文出来了："陈师傅，直接进来吧。"

被唤作陈师傅的人应了一声，很快后车门被打开了，林京看到陈师傅和他的帮手，从车上扛下来了一只已经处理好的、待烤的全羊。

这位陈师傅看着是位老手，很快就在别墅后院里搞好了装备开始烤羊了。

林京着实被这一幕惊到了："你们要在家里烤全羊？"

兰博文说："对啊，他们家的店实在太远了，一来一回大半天的时间都要在路上，所以就干脆把他们请家里来了。"

"……"

林京一时无语，这时盛况也出来了。他看到站在院子里的林京，说："陈景他们说想吃烤全羊。"

林京"哦"了一声，反应过来盛况说的是自己说请大家吃饭这事。她是问他了，但没让他顺带着帮她安排好啊。

林京沉默了一下，往盛况旁边靠了一些，小声问："多少钱啊？我转给你。"

盛况说："不用了。"

林京摇了摇头："那不行。这是我要请大家的，钱还是要我来出。"

盛况瞥了她一眼："有区别吗？"

林京被问得愣了下。没区别吗？掏钱的口袋不同呀，怎么就没区别了。她正想说话，盛况看向了旁边站着看人家烤羊的兰博文："明天没约训练赛吧？"

"目前还没约，得看晚上。你知道的，大家都是夜猫子，喜欢吃完晚饭后开始正儿八经地工作。"兰博文说。

"别约了。"盛况说。

没等兰博文说话，盛况又说："好久没放假了，明天放一天假吧。"

兰博文转头看了眼盛况："怎么，有事？"

"嗯。"盛况看着挺漫不经心地应了一声，过了两秒，他说，"送我的小老板。"

"……"

林京错愕地看向旁边站着的盛况，以为自己听错了。

盛况没看她，直视着正前方，慢悠悠地接着说："小老板要开学了，我得送她。"

"……"

"……"

过了大概三秒，林京清了下嗓子："那个，不用管我，你们该打训练赛就去打，我一个人可以的。"

"那不行，我都跟人说了，我的小老板有人送。我不能让我的小老板没面子。"盛况说。

"……"

林京反应了两秒，想起来跟贺蔺他们玩密室逃脱的那天，他是说过这种话。当时她没怎么往心里去，只当他是不想让贺蔺顺路来接她的时候，知道他家的具体位置。

没想到，他居然真的要去送她。林京愣了下，下意识地看了盛况一眼。

盛况转头看向兰博文："所以，兰教练，通融通融呗。"

"……"

就在林京正准备说"真的不用"的时候，兰博文点了下头："好吧，听你的，明天放一天假。不过提前说好了，就这么一天，比赛之前不可能再有假了啊。"

盛况"嗯"了一声。

兰博文的手机突然响了，不知道是谁给他打的电话。他低头看了一眼，就走到旁边去接电话了。

院子这边只剩了林京和盛况两个人。

太阳正好落山，天空被染成了金橘色，林京顺着盛况的视线，盯着不远处忙前忙后的厨师看了几秒："马上要秋季赛了，训练要紧。"

盛况像是没听懂她的暗示，又像是没听清楚她的话："嗯？"

"所以，你真的不用特意去送我，而且我明天都未必能见到班长，他也不会知道没人送我。"林京说。

盛况"嗯"了一声，看着挺敷衍的，感觉压根儿没把她的话听进心里去。

林京抿了下唇，又说："我都是一个人返校的。"

盛况没说话，转头看了她一眼。

林京垂着眼皮，低声说："就连我考上大学的那一年，我也是一个人来北京报到的。"

"……"

"而且当时我坐的是火车，还是卧铺，走了一天一夜呢。"

"……"

盛况看着明明是在对他炫耀可身上却找不到半点儿骄傲的少女，安静了好一会儿，问："为什么一个人？"

"啊？"林京眨眨眼，"妈妈没时间。"

实际上，她自己也不清楚，蒋琬到底是不是真的没时间。

蒋琬没说要送她，她也没敢开口提让蒋琬送。她只说她买了票，蒋琬知道后，很淡地"嗯"了一声，表示知道了，然后就没然后了。

盛况想起，他第一次带她打游戏的时候，她一个人坐在雨后的亭子里等她妈妈回微信的画面，又沉默了。

过了十来秒，他移开视线，状似无意地问："爸爸呢？"

"爸爸……"林京沉默了下，"好久没见了。"

盛况愣住："嗯？"

看到他的反应，林京这才意识到自己的话容易让人想歪，她连忙解释："不是你想的那样，是我父母离婚了。他们离婚之后，我就再也没和爸爸联系过了。"

林京刚想说也不知道他现在在哪儿，过得好不好，话到嘴边，她忽然一顿，把话又咽了回去。她本来是想告诉盛况，她没那么矫情，真不需要人送的。

没想到聊着聊着，她就聊到自己身上来了，还说了这么多家事给他听。这种事情，她跟兰婷婷都没提过。

倒不是有意隐瞒，现在的离婚率这么高，父母离异也不像以前那样说出来会让人觉得自己是异类。她就是觉得没必要说，一来这不是什么好事，二来她也不想拿这种事卖惨，三来她也不太想聊这种话题给别人传递负面情绪。

可她没想到自己居然对着盛况，毫无防范地、很自然而然地就把这些事在自己都没完全意识到的情况下说了出来。

这还是她第一次做这种事，她真有点儿不太习惯。

林京眨了眨眼睛，转着头往四处看了一圈，胡乱且生硬地转了个话题："感觉那个羊烤出来会好好吃的样子。"

盛况没说话，定定地看着她。

林京知道他在看她，没敢和他对视。她的目光躲闪着，故作轻松地仰着头看着天边的晚霞："今天的云还挺好看的。"

盛况抬头看了两秒："那更得送了。"

林京没听清楚："啊？"

盛况看着云沉默了一会儿，转头看向她。

"我说，我还没送过女孩儿上学。

"给个机会，行不行？小京酱。"

盛况的语气很轻，尤其是在喊"小京酱"的时候，特意放缓了语速，显得特别温柔。

林京感觉自己的耳朵酥麻一片。她的大脑还停留在"他喊她小京酱的声音也太温柔了"中，她的嘴巴已经动了："行。"

她这话接得飞快，几乎是在他话音落定的那一刹那，她就已经说完了。

反应过来自己又成了机器人的林京，懊恼地闭了下眼睛，又一次恨不得咬掉自己的舌头。

盛况很轻地笑了一声："谢了，小京酱。"

林京抿了抿唇，感觉自己已经酥麻的耳朵的温度在一点儿一点儿地升高。她悄悄地往旁边挪了一点点，和他稍微拉开了一些距离。

秋天的傍晚，温度已经降下来了，可林京却觉得这会儿比中午还要热。

她想，一定是不远处烤羊的火烤到了她。